Pour un soir seulement

Du même auteur
aux Éditions J'ai lu

LA VIE COMMENCE À 20H10
N° 9983

LE BONHEUR COMMENCE MAINTENANT
N° 10656

Thomas RAPHAËL

Pour un soir seulement

Journal (sexuel) d'une ex-petite moche

ROMAN

© Flammarion, 2015

Oui, je sais, les chances sont minces.
Et alors ?
Le petit garçon en moi continue de croire que tout est possible.
Maman, c'est toi qui m'as appris ça.
Et tu as menti.
Mais l'art fait pareil, et l'espoir aussi.

Larry KRAMER

Journal de Julie
Ne pas ouvrir avant 2027

Dimanche 5 janvier

Le propre d'un journal, cher Journal, c'est que ça commence trop tard. Toi, au minimum, tu aurais dû commencer mardi dernier. Mercredi en fait. Mercredi 1er janvier 2014, 3 heures du matin.

C'était chez moi (je préfère : en cas de psychopathe, je m'enferme dans la salle de bains, je grimpe à la lucarne, je passe par le toit). Il s'appelait Jérôme, mais on s'amusait à l'appeler Goldorak, comme son costume. Moi, j'étais en princesse Daenerys. À minuit, on s'était embrassés, on avait ri en imaginant une série dans laquelle Goldorak et la princesse Daenerys de *Games of Thrones* auraient une histoire d'amour. Ce n'était pas un ancien de la promo, sans doute un ami d'ami qui avait entendu parler de nos soirées karaoké chinois déguisées. Il avait reconnu mon costume et c'était lui qui m'avait abordée. Il m'avait demandé si je parlais la langue Dothraki. Ça m'avait plu parce que ça signifiait qu'il avait compris que je n'étais pas venue en princesse gnangnan, mais en fille qui avait des dragons et qui ne craignait pas le feu. Il avait chanté (j'ai oublié la chanson), ce qui m'avait permis de voir son visage car il avait dû enlever son casque pour le micro.

Je l'avais trouvé beau. Il m'avait offert un verre, je lui avais offert un verre, on s'était embrassés, pendant une heure au moins, puis il m'avait dit que ça lui ferait bien plaisir de commencer l'année avec la princesse Daenerys, et que ce serait chaud vu qu'elle craignait pas le feu. Je lui avais répondu que j'étais venue sans mes dragons et qu'on allait devoir prendre un taxi.

Mmmmh.

Chez moi, donc. Quand on est une fille, on n'a pas le droit de dire qu'on est excitée. Disons alors que « j'aimais bien la tournure qu'avait prise la soirée ». Il m'avait tenu la main dans le taxi, l'air de rien, en faisant des blagues sur le déguisement de Bob l'éponge qu'il avait failli porter, du coup je ne l'aurais même pas remarqué, à quoi ça tient le destin. Puis il m'avait encore embrassée, il avait fait d'autres blagues. Je sentais monter en moi une très forte tournure de soirée.

Je ne crois pas au coup de foudre. Je ne crois pas non plus que le monde a été créé en sept jours. Ces choses-là se construisent dans la durée. Néanmoins, à rencontre exceptionnelle, comportement exceptionnel : je lui ai montré la porte de ma chambre, il m'a prise dans ses bras, m'a portée jusqu'au lit. Il m'a demandé si ça me dérangeait qu'il garde son costume. Je lui ai dit que même en Bob l'éponge ça m'irait bien. Il a quand même tout enlevé, son masque, son pantalon, mais pas son armure. Il était doué parce qu'ensuite il m'a caressée, déboutonnée, dégrafée, et je me suis retrouvée nue, hop, d'un coup. Il me restait juste les sandales à lanières en cuir autour des mollets et la perruque blonde. Il s'est mis au-dessus de moi, en appui sur ses coudes. J'étais coincée dessous, calée contre l'armure, et il m'a regardée droit dans les yeux avec une intensité qui vous dit que vous avez eu raison de monter dans le taxi.

C'était important, ce regard. Encore une fois : je ne fais pas ça d'habitude. Je pourrais, je m'en fous. Mais je ne le fais pas.

On s'est embrassés, nos mains se sont baladées, ça a duré un peu. J'étais bien. Puis il a sorti un préservatif de je ne sais où, les garçons sont doués pour ça. C'est ça qu'on doit leur apprendre, en vrai, quand le prof de sport dit aux filles de rester jouer au volley dans le gymnase pendant que les garçons sortent « faire du rugby ». Il a déchiré l'emballage avec ses dents (sexy), mais le temps qu'il se redresse pour l'enfiler, je me suis tendue. Ce n'était pas exactement nouveau, je connaissais le mécanisme : tout va bien, plus que bien... Puis mon corps se raidit.

Il ne s'est rendu compte de rien, je crois. Il est revenu vers moi, il m'a souri, il m'a embrassée et, doucement, il a commencé à me pénétrer. J'ai reculé.
— Pas trop vite, j'ai dit en caressant ses cheveux.
— Ça va ?
— Oui, ça va. Tu me plais...
— Toi aussi tu me plais...
Il a réessayé. J'ai re-reculé.
— Ça va, t'es sûre ?
— Oui, oui, sûre. C'est juste...
Sourire qui fait fondre :
— C'est juste quoi ?
— C'est juste que...
J'ai souri aussi et je lui ai demandé :
— J'ai juste besoin de savoir, mais c'est juste une question comme ça, je te promets...
— Dis-moi...
— Est-ce que tu m'aimes ?

Oui : c'est vraiment ce que j'ai dit. J'aurais pu lui dire, je ne sais pas, t'avances d'un centimètre de plus et t'as l'obligation contractuelle de dîner avec moi trois fois. Qu'est-ce qu'on aurait ri. Car, le sexe, c'est aussi pour s'amuser. Mais non. Je l'ai regardé dans les yeux, et j'ai demandé à l'inconnu s'il m'aimait.

J'ai pris conscience de ma connerie alors que j'étais en train de la dire, ce qui m'a permis d'y ajouter une nuance à la fin :

— ... bien ? Est-ce que tu m'aimes *bien*[1] ?

Le mal était fait. Je me suis enfoncée quand même :

— Enfin, est-ce que, peut-être, tu crois, on se reverra ? Ou pas d'ailleurs. J'en ai rien à faire. C'est pas grave si on se revoit pas. Non, parce que, ça peut être sérieux. Ou ça peut être pas sérieux. Les deux me vont. Franchement.

Il y a eu un blanc.

— Du coup, heu, pour toi, j'ai demandé, tu dirais que c'est sérieux ou pas sérieux ?

Il n'a pas eu besoin de répondre. J'ai senti entre mes jambes que, soudain, c'était moins sérieux. Je ne me rappelle pas ce qu'il a raconté après. (La honte provoque un afflux de sang dans la tête, qui empêche la mémoire d'enregistrer quoi que ce soit. Ce mécanisme, qui marche très bien chez moi, est au cœur d'un processus complexe qu'on pourrait appeler ma personnalité.) Il y a eu des bafouillements, des deux côtés, j'ai entendu le bruit élastique du préservatif qu'il a eu du mal à retirer. Il a remis son caleçon, son pantalon, je me suis couverte avec la couette. Il a pris son casque, ses chaussettes et ses chaussures. Il a fini par relever la tête.

— Tu t'appelles comment ?

— Julie.

Il s'est penché pour déposer une bise sur ma joue.

— Au revoir, Julie. Prends soin de toi.

En partant, doucement, il a enclenché la porte derrière lui.

---

[1]. Les mots soulignés dans le journal sont retranscrits en italique.

Prends soin de toi. Bleurf. (Bleurf décrit un mélange de dégoût et de lassitude. Se prononce les yeux au ciel.) La nuit aurait ainsi pu se terminer là, donc, sur ce beau moment de tendresse. (Elle aurait *dû* se terminer là, sur ce beau moment de tendresse.) Mais non. Je me suis levée, non pas pour le rattraper (je ne l'ai jamais revu), mais car (surprise !) je sentais comme un gros besoin de me doucher. Je suis entrée dans la salle de bains et la lanière de ma sandale s'est coincée dans le gond de la porte. J'ai trébuché. Bien fort. Ma tête a heurté l'arête du placard. Tandis que je me suis accrochée au radiateur. Qui s'est descellé sous mon poids.

Quand je me suis réveillée, il y avait du sang sur le carrelage, de l'eau qui sortait du radiateur, et Wifi, le chat, qui me regardait depuis le rebord de la baignoire. (Je l'appelle Wifi car il passe par la fenêtre et c'est celui des voisins.)

J'ai enfilé un vieux jean et un pull. Je n'avais pas mal. J'ai pris un rouleau de papier toilette et je l'ai pressé à l'endroit qui saignait.

On dit souvent qu'il n'est pas commode de trouver un taxi la nuit du 31 décembre. C'est vrai ! Encore plus vrai quand vous vous approchez des voitures avec un rouleau de papier toilette en sang. « Vous allez tout saloper mon cuir. » « Où t'es allée traîner, salope ? » (Elle était vraiment gratuite celle-là.) Deux heures plus tard (et 30 euros de taxi – mais pas un vrai taxi, un Turc en R5 qui bossait au noir), je suis arrivée aux urgences. Trois heures encore plus tard, quand les ivrognes qui saignaient moins que moi mais qui sentaient plus fort ont été pris en charge et évacués, un médecin s'est occupé de moi. Elle m'a rasé « trois centimètres carrés » de cheveux et m'a collé des bandes cicatrisantes. Pas de points de suture. Pas de souci. La plaie est nickel. Vos sandales sont jolies. Meilleurs vœux pour la nouvelle année.

Le soleil était levé quand je suis rentrée chez moi. J'ai ouvert la porte, Wifi s'est précipité hors de l'appartement. À l'intérieur, le radiateur fuyait toujours. Le plancher gondolait. Tout était inondé.

— Bonne année ! a crié Miss Moule quand elle m'a vue par la fenêtre.
En vrai, ma cousine s'appelle Corail, ce qui n'est pas mieux. Alors je continue de l'appeler Miss Moule, comme tout le monde, ce qui est mal, mais je le fais quand même, je m'en veux.
J'avais pris vingt minutes de train jusqu'à Facture, quarante minutes de bus jusqu'à Miganosse, j'avais un trou dans la tête, pas dormi de la nuit, je tirais ma valise dans la rue, et j'avais peur que quelqu'un me voie. Quand je reviens à Miganosse, j'ai toujours peur que quelqu'un me voie.
Elle a crié :
— Non, trop cool, trop sympa, ça me fait trop plaisir, Juuulie !
Je pense qu'elle était encore un peu bourrée. Elle m'a dit qu'elle venait de se lever (il était 14 heures), qu'elle était trop contente que j'aie eu l'idée de lui faire la surprise de passer aujourd'hui, et que je ne devinerais jamais comment elle avait terminé la soirée. (C'était ma cousine, je devinais.)
Elle m'a fait entrer, elle a fini par voir ma valise, et je lui ai raconté la mienne, de soirée.
— Primo, on le voit même pas, ton trou dans les cheveux. Deuzio, désolée pour ton appart, mais je suis trop contente que tu t'installes avec moi. Juuulie !
— Je ne m'installe pas, c'est juste le temps que ça sèche.

— Trop cool, va te reposer, je fais des crêpes !

Je suis allée me reposer. Quand j'ai rouvert les yeux, on était :

Jeudi 2 janvier.
Sur la table de la cuisine, elle avait roulé quatre crêpes au Nutella.

— Je m'en fous, je suis déjà grosse. Quant à toi, t'as rien mangé hier.

Je lui ai dit que j'avais trop mal à la tête pour avoir faim. De ma vie, je crois, c'était la première fois que je n'avais pas faim. C'était aussi la première fois que je l'entendais dire « quant à toi ». Elle a cru que mon mal de tête était une ruse pour ne pas manger, puis elle a sursauté :

— Putain, faut que t'ailles voir un médecin !

Je lui ai dit que c'était normal d'avoir mal à la tête un 2 janvier. Elle a insisté. J'ai promis. Elle n'a pas lâché : Aujourd'hui !

Je me suis caché la tête dans la capuche de mon sweat-shirt et que je lui ai dit que j'avais beau être freelance, je n'en avais pas moins l'obligation d'aller travailler. Elle a demandé le nom de mon médecin à Bordeaux et elle a cherché son numéro sur Internet.

— Rendez-vous à 11 heures. Dépêche-toi. Je te dépose à la gare.

Ça m'a fait mal de laisser ma valise à Miganosse. Dans la voiture, j'ai appelé le propriétaire de mon appartement pour lui dire que j'avais eu un dégât des eaux et que ce serait bien de faire passer quelqu'un pour réparer le radiateur. Sans chauffage, en janvier, c'était compliqué.

— Houlà, a dit le type que mon proprio avait envoyé chez moi. Même si on commençait les travaux demain, et faut pas rêver, entre la tuyauterie, le plancher et le plafond de dessous chez les voisins, on en a pour minimum un mois.

Moi, j'étais dans une salle d'attente sans fenêtre à l'hôpital Pellegrin. Mon médecin m'avait vue à 11 h 14. À 11 h 18, il avait appelé l'hôpital. À 11 h 23, il avait haussé la voix. À 11 h 25, il avait obtenu un créneau au scanner. Deux bus et un sandwich thon-mayo plus tard, j'étais en sous-vêtements dans une cabine dont le petit banc était à peine assez large pour accommoder mes fesses, qui sont pourtant de taille tout à fait satisfaisante : ni trop grosses, ni trop plates, elles sont de très bonne tenue. Je leur suis reconnaissante car je me nourris principalement de camembert et, la dernière fois que j'ai fait un jogging, Nicolas Sarkozy était président. Dans le téléphone, j'ai fait répéter l'ouvrier.

— Minimum un mois. Et pas avant le feu vert de l'assurance.

La porte s'est ouverte, un type est entré. L'infirmière, juste derrière, a vu mon téléphone. Je n'ai pas eu le temps de répondre à l'ouvrier, elle m'est tombée dessus avec ses faux ongles à paillettes en disant qu'elle m'avait prévenue, que c'est interdit les portables, y a des machines sophistiquées ici, madame, et des consignes très strictes de sécurité. Je lui ai lâché mon téléphone. Je suis désolée, j'ai menti, je n'avais pas bien compris, pardon, pardon, désolée. J'ai ressenti un pincement de fierté : en temps normal, en flagrant délit de non-respect d'une consigne, j'aurais encore plus bégayé. Là, comparativement, pas tant que ça. La perspective d'un séjour prolongé ~~chez les ploucs~~ à Miganosse vous fait relativiser.

— On est full aujourd'hui, désolée pour l'encombrement, a dit l'infirmière en veillant à ne s'adresser qu'au type et surtout pas à moi, des patients se sont greffés au planning à la dernière minute, c'est comme ça chaque année après le Nouvel An, et nous on se retrouve totalement désorganisés, à devoir faire attendre plusieurs patients en même temps, alors que vous aviez réservé depuis longtemps, mais vous serez quand même mieux là que dans le couloir, ce ne sera pas long, je vous promets.

On s'est donc retrouvés à deux sur le banc, l'inconnu et moi, sous les néons, dans le petit sas. On était entrés par la droite, on sentait intuitivement qu'on sortirait par la gauche, vers ce qui devait être la salle du scanner.

Je raconte l'anecdote qui suit en hommage à la loi des séries. Et aussi en hommage à mon ange gardien qui avait pris du GHB pour le Nouvel An.

D'abord, j'ai pensé aux messages hystériques que m'avaient laissés cinq clients depuis ce matin, qui ne comprenaient pas que j'aie pu prendre deux jours de congé pour le Nouvel An, et que je n'avais toujours pas rappelés. Ensuite, j'ai pensé que je devais appeler mon assurance pour l'appartement, et que je n'avais aucune idée d'où chercher le numéro. Au bout de quelques secondes, comme on fait dans ces cas-là, j'ai tourné le regard vers le type à côté de moi, discrètement. La pièce devait faire deux mètres carrés, il y avait quelque chose de gênant dans cette proximité. Surtout que, ah, oui, on était nus tous les deux. L'infirmière m'avait fait retirer mon jean à cause des boutons en métal, mon soutien-gorge à cause des attaches, et mon chemisier à cause des zips sur les poches. J'avais eu le droit de garder ma culotte et mes chaussettes. Elle m'avait gentiment donné une sorte de blouse en Sopalin, qui s'enfilait par le dos, et dont je me demandais à quoi elle servait vu qu'elle était transparente et qu'elle ne tenait pas chaud.

J'étais quasi nue, sans maquillage, « trois centimètres carrés » de cheveux en moins (non lavés), sous un néon, dans deux mètres carrés avec un inconnu : les conditions idéales étaient réunies pour réaliser une de ces petites vidéos amateur qui ont détruit le porno professionnel.

De ce coup d'œil furtif, j'ai tiré peu d'informations. Juste que l'inconnu était un peu plus jeune (moins de trente ans), qu'il était musclé, qu'il portait une blouse, sous laquelle il était nu comme moi (caleçon-chaussettes).

La seconde fois que j'ai lancé un regard vers lui, toujours sans bouger la tête, il m'a chopée. Ou c'est moi qui l'ai chopé, ce n'était pas clair. En tout cas, nos regards se sont croisés :

— Salut, a-t-il dit.
— Salut, j'ai répondu.

J'ai fixé le mur en espérant qu'on en resterait là.

— Tu viens souvent ici ?
— Hein ?

Il a ri :

— Blague pourrie, oublie.

On est restés silencieux. Pile quand j'ai cru que j'y avais échappé, il a dit :

— Bizarre comme situation, non ?
— Si, un petit peu.
— Je suis au bout du banc de mon côté, je voudrais pas que tu croies que…
— Je crois rien. Vraiment.
— Cool.

Nouveau silence.

— Et sinon, toi, tu viens pour quoi ?
— Je me suis cogné la tête le 31.
— Ah, raconte.
— J'étais en boîte, avec des amis, ai-je légitimement menti, et on m'a, hum, bousculée.
— Putain.
— C'est clair.

On était trop près, côte à côte sur le banc, pour se regarder quand on parlait. On fixait le mur en face, et parfois on tournait la tête à quatre-vingt-dix degrés pour un coup d'œil rapide parce que c'est dur de parler à quelqu'un sans jamais le regarder. Je ne suis peut-être pas sociable, mais j'ai un peu d'éducation : c'était à moi d'enchaîner.

— Et toi, du coup, t'es là pour quoi ?
— Une déchirure dans la cuisse l'année dernière. J'ai joué toute la saison depuis, je sens plus rien, mais ils veulent que je fasse un examen de contrôle. Je fais du rugby.
— Ah, c'est cool. Que tu ailles mieux, je veux dire. Mais aussi que tu joues au rugby, c'est sympa.
— Merci.

Il m'a souri. Je sentais qu'il se concentrait pour ne pas regarder mes seins. Je ne lui en voulais vraiment pas car, quand quelqu'un est nu à côté de vous, vos yeux sont comme aimantés vers le bas. C'est d'autant plus difficile de résister à la tentation de les baisser que ça vous oblige à regarder la personne dans les yeux de façon continue.

Quand l'infirmière est revenue, elle a demandé à l'inconnu de la suivre. Il s'est tourné vers moi :

— C'est à toi, vas-y.

Mais l'infirmière, maquillée, coiffée et manucurée dans les codes, pour le coup, du porno professionnel, n'était disposée à aucun changement de programme. Pas de galanterie qui tenait :

— Les machines sont réglées pour vous, monsieur.
— Comment tu t'appelles ?

J'ai mis à du temps à saisir que la question était pour moi.

— Julie.

Il s'est tourné vers l'infirmière.

— Julie était là avant moi.
— Ce n'est pas la question.
— Je préférerais qu'elle passe d'abord.
— Ce n'est pas prévu comme ça.

Il a serré la mâchoire, il a réfléchi. Il a déclaré :

— Je ne suis pas prêt.
— Vous n'êtes pas prêt ?
— Non.
Elle a levé les yeux au ciel, ils ont disparu dans son mascara.
— Monsieur, s'il vous plaît, suivez-moi.
— J'aimerais, mais je ne peux pas.
— Vous ne pouvez pas ?
— Non, je ne peux pas.
— Et on peut savoir pourquoi vous ne pouvez pas ?

Ça pouvait durer longtemps. Il a toussoté pour s'éclaircir la voix.

— Parce que j'ai une érection tonitruante.

Elle a failli s'étouffer. Moi aussi, j'ai failli m'étouffer.

Tandis qu'elle essayait de se désécarquiller les yeux, il a tourné le regard vers moi, le buste calé contre le mur. Il a confirmé l'information d'un hochement de tête.

— Je suis désolé.

Nadine de Rothschild, que ferais-tu dans ce cas-là ?
— Tonitruante ? j'ai demandé.
— Oui, c'est gênant, a-t-il expliqué, ça se contrôle pas.
— Non, ce que je voulais dire, j'ai voulu enchaîner comme si on parlait de la météo, c'est que *tonitruante*, c'est un drôle de choix de mot pour... tu vois.
— Ça veut pas dire ça, tonitruante ?

Il avait un air perplexe et intéressé. J'ai cru qu'il voulait que je regarde pour vérifier. L'infirmière ne se sentait pas concernée par ces questions de vocabulaire :

— Il va falloir y aller, monsieur.

Il a tenté de négocier. Elle est restée inflexible. On n'était pas à l'office du tourisme. Ce n'était pas chacun son tour avec son ticket et son numéro. Elle n'allait pas immobiliser un scanner pour une soi-disant érection.

— Hé, je suis pas un menteur !

De nouveau, il a tourné la tête vers moi.

— Tu me crois, toi ? Non ? Tu me crois pas ?

— Si, si, je te crois.

J'aurais préféré ne pas prendre parti sur la question, mais il avait des yeux de petit chien malheureux.

— Debout, monsieur.

Il m'a dit qu'il était désolé, qu'il n'y était pour rien. Il a commencé à se lever. Je me suis concentrée pour garder le regard au sol.

— Enfin si… s'est-il soudain repris. Bien sûr que t'es *responsable*. Le prends pas dans le mauvais sens, t'es *responsable*, mais c'est juste un état de fait, tu vois, c'est pas comme si c'était quelque chose que tu avais activement…

— Non, bien sûr, pas de problème, bon scanner en tout cas !

Il était debout à présent. Il me tournait le dos. L'objet du litige, par la force des choses, était à la hauteur de mon visage. De l'autre côté, mâchoire tombante, celui de l'infirmière confirmait qu'il n'avait pas menti.

— Eh non, j'ai pas menti.

Le bout de la langue de l'infirmière pointait entre ses dents. Elle s'est mise à glousser. Zéro dignité.

Moi aussi, quand il s'est tourné, malgré ses bras en V devant lui, j'ai vu la bosse dans son caleçon, un dixième de seconde. Mais je n'ai pas gloussé. J'ai fait comme si de rien n'était. Ce qui n'était pas si facile car ce n'était pas rien.

— Salut Julie, et désolé, hein. Bonne journée !

— Bonne, hum, oui, journée.

Et j'ai rangé mon regard entre mes pieds.

— C'est par ici, a caqueté l'infirmière, suivez-moi, hi hi…

Avant qu'elle ferme la porte, je l'ai vue se tortiller.
— C'est vrai qu'elles sont pas très occultantes, nos petites blouses d'hôpital... Voilà, c'est par là, Jérémy...

Certaines personnes n'ont aucun surmoi.

« Géniaaaal ! dirait Miss Moule quelques heures plus tard quand je lui raconterais la scène. C'est le but secret de toutes les femmes de déclencher des érections sans avoir à toucher quoi que ce soit. » J'ai donc raté l'occasion de savourer mon but secret de femme enfin réalisé. Même si je reconnais que la température de mon corps était un peu montée et que ce n'était pas juste le stress de l'examen. Quinze minutes plus tard, l'infirmière est venue me chercher. Elle avait retrouvé son air de poupée constipée. Elle m'a conduite dans la salle du scanner. Je m'en suis voulu qu'une partie de moi regrette que l'inconnu soit déjà loin (la partie de moi qui regarde les émissions de téléréalité) : quand quelqu'un se met à avoir des érections soi-disant tonitruantes n'importe où, est-on censée regretter qu'il ne soit plus là ?

Bien sûr que non.

C'était la première fois que je voyais un scanner en vrai. Je me suis allongée, elle a quitté la pièce, le lit s'est mis à avancer vers l'énorme anneau, jusqu'à ce que ma tête soit pile au centre. Puis l'anneau s'est mis à vibrer. Il y a eu des bruits dingues, comme si on avait mis des marteaux dans une machine à laver géante, et ma tête au milieu. Je ne sais pas combien de temps ça a duré. Le bruit s'est arrêté, le lit est revenu en position initiale, la porte s'est ouverte et l'infirmière m'a aidée à me relever. Son regard avait un peu changé, mais j'avais d'autres problèmes à l'esprit, tels qu'un logement inondé, pour y prêter attention. (Son regard disait : anévrisme vasculaire cérébral de vingt-quatre millimètres sur la terminaison carotidienne gauche.)

Elle m'a dit qu'ils transmettaient les résultats au neurologue et qu'il me recevrait demain.

Vous ne devinerez jamais sur qui je suis tombée à la sortie du parking de l'hôpital. (Et par « vous », je veux dire, toi, Corail : c'est pas parce que je suis morte que t'as le droit de lire mon journal. Et pardon de t'appeler Miss Moule, mais c'est affectueux, comme quand les rappeurs s'appellent « négros ». Il paraît que la plupart disent juste « gros », à présent, mais je ne vais pas t'appeler juste « Moule » ? P.-S. : Tu me manques. Je t'aime.)

Bravo, c'est exactement ça : Jérémy. L'inconnu de la salle d'attente. J'étais à l'arrêt du tramway qui m'amènerait à l'autre tramway qui m'amènerait au train qui m'amènerait au bus qui m'amènerait à Miganosse, dans le modique intervalle de deux heures quinze seulement. Je le précise car je veux me dédouaner partiellement de ce qui suit.

Jérémy a baissé la fenêtre, côté passager :

— On te ramène à Miganosse ?

Je lui ai demandé comment il savait que j'allais à Miganosse.

Une ombre est apparue devant Jérémy.

Puis une tête : Romain.

Chers archéologues du futur qui, après Miss Moule, vous intéresserez à ce journal, car la recherche universitaire alloue l'argent public à n'importe quoi, sachez que Romain est la personne avec qui j'ai perdu ma virginité. À l'âge de quinze ans. Et qui m'a quittée aussitôt (il a quand même attendu l'après-midi), pour une dénommée Audrey Castagné. Tout ça dans des circonstances que j'évoquerai peut-être un jour, mais là je n'ai pas envie.

— Romain ! j'ai dit.

— Monte !
— Mais c'est toi qui ? Comment tu sais que ?
— J'ai vu la mère de Miss Moule ce matin au club ! Monte !

Jérémy s'est tordu le bras pour ouvrir la porte arrière, et je me suis retrouvée dans la voiture avec ces deux quasi-inconnus (je n'avais pas revu Romain depuis dix ans) qui m'avaient déjà vue nue tous les deux et qui connaissaient ma vie aussi bien que moi, ce qui est exactement pourquoi je déteste Miganosse.

Je me suis blottie sur la banquette arrière, et j'ai regardé par la vitre d'un air supérieur et mystérieux.

— Alors, alors, on a trop bu pour le Nouvel An ? a demandé Romain une demi-seconde plus tard.

Je n'ai pas daigné répondre. J'ai juste souri, vaguement.

Il a failli insister... mais nos regards se sont croisés dans le rétroviseur : il a vu que le temps avait passé mais que je n'avais rien oublié.

— Ouais, raconte ! a insisté Jérémy en joie.

C'est là que, soudain, ça m'est revenu. J'ai revu le visage de Jérémy enfant.

— T'as grandi à Miganosse, non ?
— Mi-ga-nosse ! Mi-ga-nosse ! Mi-ga-nosse ! a-t-il chanté comme à l'arrière d'un bus.
— T'as quel âge ?
— Vingt-huit.

Il ne m'a pas demandé le mien. Il devait savoir déjà que c'était le même que Romain. Trois ans de plus que lui. On avait dû se croiser un an au collège. Je devais le dépasser d'une tête.

— On a dû se croiser un an au collège, j'ai dit.

Il s'est retourné, tout sourire :
— Je me disais bien...

Son regard a un peu duré. J'ai repensé aux deux mètres carrés de la salle d'attente.

— Hé, Romain, s'est-il exclamé, faut que je te raconte la petite que je me suis levée le 31 !

Du reste du trajet, j'ai appris que Jérémy était demi d'ouverture dans l'équipe de Miganosse. Que Romain habitait à Bordeaux, qu'il y était médecin du sport, à mi-temps. Et qu'il travaillait pour le club de rugby, à Miganosse donc, l'autre moitié du temps. Il n'était pas marié. Ce n'était pas sans étonner Jérémy :
— T'imagines ça, Julie ? Médecin et tout, beau gaillard en plus...
Il a tapoté le ventre de Romain.
— Mais dépêche-toi, mon pote, avec la bouée qui pointe, les affaires vont pas s'arranger...
C'est vrai qu'il a un peu grossi, Romain. Rien de grave. Juste un peu de ventre. Ce qu'il faut de rassurant. Ce n'est pas le même profil que Jérémy, plus athlétique, plus musclé, forcément. Au lycée, Romain avait déjà sa voix grave et ce côté bonhomme maladroit que j'aimais bien.

Romain ne faisait pas l'aller-retour à Miganosse que pour Jérémy. Il voulait aussi passer voir un joueur blessé. Il a déposé Jérémy en premier : une petite maison en verre et en bois, avec un accès direct sur la forêt à l'arrière, à trois cents mètres de la plage. Titulaire au RC Miganosse Océan, j'en ai déduit, ça gagne mieux que graphiste freelance. Le savoir plus tôt n'aurait pas changé mon plan de carrière, mais c'est intéressant de remarquer que les instituteurs nous mentent quand ils racontent qu'il faut savoir lire et écrire pour réussir sa vie.
J'ai dit à Romain que c'était pas la peine de faire un détour par chez Miss Moule puisque je devais passer au camion pizza du parking de l'Intermarché. (Exemple de phrase que j'aurais voulu ne plus jamais avoir à prononcer.)

Soudain, Romain s'est comme concentré. J'ai deviné qu'il voulait profiter qu'on soit tous les deux pour dire quelque chose. Il a levé le regard vers le rétroviseur :

— Tu m'en veux toujours pour le lycée ?

Je ne m'attendais pas à ce qu'il se lance si franchement.

Je me suis rappelé qu'on était adultes.

— Non, j'ai dit, je ne t'en veux pas.

Silence.

— T'aurais raison de m'en vouloir. Je m'en veux, moi.

— C'est vieux, cette histoire.

— Et les circonstances, en plus, dans lesquelles ça s'est passé...

Non, archéologues du futur, n'insistez pas : toujours pas envie d'en parler.

— Tu sais pourquoi je suis sorti avec Audrey ?

Je suis tellement contente d'être à un âge où on ne dit plus « sortir » avec quelqu'un.

— Parce qu'elle avait des gros seins.

Romain sait mélanger l'ironie et la vérité. C'est la preuve, je crois, qu'il est intelligent. Et une tactique efficace pour me déstabiliser. Plutôt que d'essayer de répondre et de bafouiller, je me suis tue en faisant semblant d'être détachée.

— Elle était censée être la plus belle fille du lycée... Ça m'a fait me sentir fort.

— C'est sympa que tu me racontes tout ça, j'ai répondu.

— Je te dis juste les choses. Puisque j'ai l'occasion. J'y pense parfois et... Bref, c'était pas contre toi.

Il a marqué une pause et il a continué :

— Un garçon comme moi, ça disait pas non à une fille comme Audrey. J'étais amoureux de toi pourtant. T'étais de loin une meilleure personne qu'Audrey.

J'ai continué de regarder la route droit devant. À l'intérieur, j'étais en vrille : je ne suis pas entraînée à gérer autant de candeur à la fois.

Il a arrêté la voiture sur le parking. Il s'est penché pour me faire la bise. Il a passé son bras derrière mes épaules, et il m'a serrée dans ses bras un peu plus longuement que j'aurais voulu. Il a attendu que je commence à parler au type dans le camion pizza avant de redémarrer.

Devinez quoi : j'allais le revoir plus tôt que je l'avais imaginé.

(Romain, pas le type du camion pizza.)

Vendredi 3 janvier : journée pas extrêmement mémorable qui doit tenir en moins d'une page de ce journal.

7 h 00 : réveil, douche.

7 h 15 : réveil de Miss Moule, douche.

7 h 30 : réveil de « JC, pilier gauche », sorti de la chambre de Miss Moule. Il préfère que « tout ça reste entre nous ». Douche.

7 h 45 : premier CDM (Client De Merde) de l'année : il vient de voir les modèles de cartes de visite que j'ai dessinées et me dit par mail qu'il les veut « plus foie gras car c'est l'image de la région à l'étranger ».

7 h 46 : je lui demande ce qu'il entend par « plus foie gras » et s'il veut vraiment que je m'éloigne des codes en usage pour les cartes de visite professionnelles des gens qui, comme lui, sont avocats.

7 h 47 : il me répond qu'« aujourd'hui si tu te démarques pas t'es mort » et que « plus foie gras, ça veut dire plus vignoble, plus gésiers, plus piperade, à quoi ça sert que je vous paie si c'est moi qui apporte toute la créativité ? »

7 h 48 : par effort de sociabilité, je raconte l'anecdote à JC, pilier gauche, qui sert le café. Je le fais

rire. Il dit que je suis drôle. On ne se connaît que depuis dix-huit minutes, mais je l'aime bien.

7 h 49 : JC, pilier gauche, m'explique que « quand une fille est drôle, c'est mauvais signe : ça veut souvent dire qu'elle est moche et qu'elle a dû compenser ».

7 h 50 : il ne précise toujours pas qu'il ne disait pas ça pour moi.

7 h 51 : je le déteste.

8 h 10 : Miss Moule dit que j'ai tort de mettre un pull camionneur, même elle qui est grosse ne se cache pas dans des vêtements comme ça. JC, pilier gauche, confirme. « Comment tu veux séduire si tu t'habilles comme ça ? »

8 h 11 : je leur réponds que je vais *travailler*. Et que dans l'hypothèse, qui ne les concerne pas, où mon célibat me pèserait, mon but serait d'*être* avec un homme, pas de le *séduire*.

8 h 20 : Miss Moule me demande de l'appeler quand je sors de chez le neurologue. Elle descend la fermeture Éclair de mon col et dit : « Comment veux-tu qu'on te trouve si tu veux pas te montrer ? » Qu'est-ce qu'ils ont tous ce matin ?

11 h 00 : je repousse au lendemain mon rendez-vous chez le neurologue, suite à un nouveau message de mon CDM : « Ma femme dit que vos nouvelles propositions de cartes sont beaucoup trop chargées et de mauvais goût. Pas d'image, pas de couleur, et merci de privilégier un design élégant. J'en ai besoin ASAP. Ce qui signifie en anglais As Soon As Possible. Et ce, avant midi. Merci. » Je veux lui répondre : « Bien reçu. CMGC. » En français ça signifie : « Ça Marche Gros Con. » Je ne le fais pas.

12 h 01 : je consulte mon compte Meetic. 0 message(s).

12 h 02 : mon ami Mathieu, qui a grandi à Miganosse et qui a fui jusqu'à Paris où il est graphiste pour un

magazine féminin, m'a demandé de retoucher trois photos d'une Brésilienne à poil. Je passe le reste de la journée et le début de la soirée à photoshoper les images de cette personne afin qu'elle passe de cent cinquante à deux cents fois plus belle que moi.

Voilà. Vingt-quatre heures dans la vie d'une femme (moi). Un peu plus d'une page finalement.

Samedi 4 janvier, 11 h 15, rendez-vous chez le docteur Luc Elorduizapatarietxe. Quelque chose me dit qu'il est d'origine basque. Et qu'il a de bons parents, parce que c'était un acte d'amour de penser à lui donner un prénom en trois lettres. Je viens de vérifier l'orthographe. Trois fois ! C'est anxiogène. Surtout pour un neurologue : quand un de ses patients essaie de prononcer son nom, l'épouse du patient tape le 115 car elle croit que son mari est en train de faire un AVC.

Savez-vous qu'AVC signifie d'Accident Vasculaire Cérébral ? Chaque année, dans les pays occidentaux, dit Wikipedia, un individu sur six cents est atteint d'un Accident Vasculaire Cérébral. Les AVC sont la troisième cause de décès dans ces pays. Beaucoup d'AVC sont provoqués par des ruptures d'anévrisme. Et un anévrisme, c'est exactement ce qu'on m'a diagnostiqué !

— La bonne nouvelle, a commencé par dire le docteur Luc Elorduizapatarietxe quand je me suis assise sur la chaise en cuir devant son bureau, c'est qu'après l'opération vous retrouverez exactement la même espérance de vie que n'importe quel autre individu.

— Quelle opération ? Quelle espérance de vie ? lui aurais-je demandé si j'avais été capable de parler.

Les médecins, j'ai remarqué, ont une technique pour annoncer les mauvaises nouvelles : ils font comme si vous étiez au courant et qu'il s'agissait déjà du quatrième rendez-vous.

— Il se trouve malheureusement, a-t-il continué, qu'après avoir étudié votre IRM avec mes collègues, nous en avons conclu que votre anévrisme, parce qu'il est situé sur la terminaison carotidienne, gauche en l'occurrence, est particulièrement dur à opérer. D'autant que vous avez une structure vasculaire plus, comment dire, sinueuse que la norme, qui rend l'accès extraordinairement délicat. Comprenez que lorsque je dis extraordinairement, ça ne veut pas dire fabuleux, ça veut juste dire « hors de l'ordinaire ». On est dans un type de configuration où le taux de succès chirurgical est plus faible que la moyenne. Ce qui pourrait inciter, par conséquent, à privilégier l'histoire naturelle.

— L'histoire naturelle ?

— L'absence d'opération. S'en remettre à la nature. Vous fumez ?

— Non.

— Bien. Si vous aviez soixante-dix ans, je dirais, n'opérons pas. Le problème, c'est que votre anévrisme mesure vingt-quatre millimètres et que vous avez trente et un ans.

— Donc, faut opérer ?

— L'opération est risquée. Mais ne pas opérer, vous voyez, l'est encore plus. Dans votre cas, sans intervention, la probabilité d'atteindre votre espérance de vie est nulle.

J'ai serré mon sac entre mes cuisses.

— Nulle ?

— La documentation statistique n'est pas riche. La seule étude que j'ai trouvée qui nous éclaire dans votre cas dit que le taux de mortalité à trente mois est de un.

— Un mort tous les trente mois ?

— Non. Un taux de un, ça veut dire cent pour cent.

Cet homme disait que j'allais mourir et proposait de mettre ses doigts dans mon cerveau pour essayer d'empêcher ça. J'ai pensé que je devais mettre ma personnalité de côté et faire en sorte qu'il ne me déteste pas. Et que la veille de l'opération, peut-être, par tendresse, il décide de ne pas se resservir en vin.

— Cent pour cent, très bien, j'ai répondu.

— Puisqu'on est dans une situation complexe où la décision vous revient, mon rôle est d'être aussi clair et transparent que possible.

— Tout ça parce que je me suis cogné la tête contre un placard ?

— Au contraire, si vous ne vous étiez pas cogné la tête, on ne vous aurait pas diagnostiquée. Vous vivez avec cet anévrisme depuis des mois, voire des années.

(Goldorak m'a sauvé la vie.)

(Peut-être.)

— Que préconisez-vous, docteur ?

— D'opérer. Pas de doute. Mais l'opération, en raison de la difficulté d'accéder à votre anévrisme, je dois vous le dire, a environ une chance sur six de ne pas réussir.

— Et moi de... pas me réveiller ?

Il a hoché la tête. J'ai pris mon inspiration.

— Si je résume...

J'ai laissé passer l'émotion.

J'ai repris mon inspiration :

— Sans opération, j'ai cent pour cent de chances d'être morte dans trente mois. Sachant que ça peut arriver dans trente mois, mais que ça peut aussi arriver demain. Et j'ai une chance sur six de mourir lors de l'opération. Mais avec l'opération, si je m'en sors, je suis totalement guérie, et c'est moi qui choisis la date.

Je n'aime pas me vanter, mais je suis sûre d'avoir vu de l'admiration dans ses yeux. J'étais une femme intelligente et courageuse.

— C'est tout à fait ça, a-t-il dit.

— Je veux me faire opérer lundi, j'ai répondu.

Il ne m'a pas laissée partir comme ça, non. Il ne m'a pas dit parfait, entendu madame, bon dimanche à vous, on se revoit lundi !

Il a dit que quarante-huit heures étaient un délai très court. Ne voulais-je pas du temps pour préparer, pardon de dire les choses franchement, l'éventualité d'un échec de l'opération ? Les patients confrontés à la planification d'une intervention à risque se donnent généralement un délai raisonnable, vous voyez, qui leur permet de prendre certaines dispositions, notamment légales. Ou pour aller au bout de certaines choses qui peuvent avoir un sens à titre privé. Ce délai est aussi un moment pour les proches qui, lors de cette épreuve de la vie, ont besoin eux aussi de faire le chemin à côté des malades.

Ces mots du docteur Elorduizapatarietxe, qui soudain me parlait comme si j'étais en soins palliatifs, ont confirmé ma décision. Comme du sparadrap, hop, opération lundi.

Une chance sur six, j'ai pensé... Pas si terrible que ça.

— Et j'aurai une grosse cicatrice, après ?

Déjà que j'en ai une grosse sur le menton. (Ça aussi, je vous en parlerai... si je ne meurs pas avant.)

— Sur ce point, je peux vous rassurer. Il restera une cicatrice, mais elle sera minuscule, au niveau de l'aine.

— De *l'aine* ?

Oui, de l'aine. Il se trouve que le projet est de trouver un vaisseau sanguin vers mes hanches, d'y introduire un cathéter, et de conduire tranquillement ce cathéter de veine en veine, ou d'artère en vaisseau, je maîtrise mal le système vasculaire des mammifères, jusqu'à mon cerveau. Mon neurochirurgien glissera ensuite un « coil » dans le cathéter. Un coil est un fil de platine très fin, très souple. Il amènera le coil jusqu'à mon anévrisme, qui est une petite excroissance, comme une petite bulle de chewing-gum qui aurait gonflé toute seule, c'est rigolo, le long d'un vaisseau dans mon cerveau. Et il fera entrer le coil à l'intérieur de l'anévrisme. Le coil s'y enroulera, progressivement, jusqu'à former une pelote la plus dense possible. Mon anévrisme est gros, il faudra beaucoup de coil. Et voilà, terminé ! Il ne restera plus qu'à retirer le cathéter. L'anévrisme sera toujours là dans ma tête, mais il aura été neutralisé par la pelote de coil et ne risquera plus d'exploser. C'est la méthode dite du coiling, et c'est COMPLÈTEMENT DINGUE.

Comme je n'ai pas cédé, il a décroché son téléphone et il a passé des appels à des gens qu'il fallait que j'aille voir dans la foulée pour les examens avant l'opération. Il a aussi appelé son assistante et lui a demandé de lui apporter un cahier. « Oui, Géraldine, un de ceux que je vous ai fait commander pour mes séminaires. Oui, Géraldine, j'en ai besoin maintenant. »

— C'est pour vous, m'a-t-il dit dès que Géraldine est repartie.

Il m'a tendu le cahier. J'ai bégayé. Il m'a interrompue :

— Utilisez-le, ce cahier. Faites des listes, des dessins, ce que vous voulez, écrivez des lettres, déchirez les pages, faites des avions. Mais ne venez pas lundi sans avoir réfléchi. Il y a urgence, c'est vrai. Mais peut-être pas autant que vous croyez.

— Mon anévrisme peut vraiment sauter n'importe quand ?

Il a serré les lèvres.

— Et plus j'attends, plus le risque...

— Il n'est pas forcément inacceptable de vivre avec un risque.

J'ai réfléchi. J'ai pris le cahier.

— La décision, quoi qu'il en soit, a-t-il dit, n'appartient qu'à vous.

Avant que je parte au laboratoire, quatrième étage, aile B, me faire prélever approximativement trois litres de sang répartis en quinze flacons par une infirmière que je soupçonne de se livrer à un trafic ignoble sur eBay, le docteur Luc Elorduizapatarietxe m'a donné sa carte de visite.

— Mon numéro de portable. Ce soir, ce week-end, n'importe quand. Si vous avez des questions, vous m'appelez. D'ici là, prenez soin de vous.

Prenez soin de vous : quelle horreur cette expression ! Il m'a serré la main. J'ai regardé sa carte de visite.

— Je suis graphiste. Pour vous remercier, si je meurs pas, je vous refais vos cartes en mieux.

Il a ouvert la porte du bureau.

— Cadeau, j'ai insisté. Et vous avez de la chance. Parce qu'avec votre nom, ha ha, je devrais facturer encore plus cher normalement !

Je ne m'aime pas quand je fais des blagues idiotes pour faire croire que tout va bien. (Le docteur n'a pas rigolé.)

Un cahier. N'importe quoi, j'ai pensé.
J'ai mal aux doigts à force d'écrire.
Je n'aurais pas dû écrire cette phrase que je viens d'écrire qui sert à rien et qui m'a encore fatigué les doigts.
Merde, je viens de recommencer.
La nuit est tombée. J'ai froid…
Il y a de la buée sur les vitres de la camionnette.
Je pleurerai plus tard. J'ai commencé, je termine : je ne suis pas du genre à arrêter avant la fin.

La camionnette ! Bonne transition : l'après-midi (hier), j'ai appelé mon père pour lui dire que, finalement, je préférais venir déjeuner chez lui aujourd'hui (hier) car j'avais besoin de voir ma mère le lendemain (aujourd'hui). D'habitude, on fait un dimanche sur deux. Il m'a dit pas de problème. Un quart d'heure plus tard, il est arrivé devant la maison en camionnette.

— Surprise ! a-t-il crié en se garant. C'est la camionnette de ton grand-père ! Quinze ans qu'elle n'avait pas servi ! Elle roule encore !

J'étais au courant de tout ça, mais je m'en suis voulu de ne pas manifester plus de joie. C'était une bonne idée, un vrai geste d'affection, qui allait me faire économiser une grosse heure de trajet lundi matin. Et mardi soir, et les jours suivants, si j'étais encore vivante à la sortie de l'hôpital mardi soir et les jours suivants.

— Y a toujours les outils de jardinage de ton grand-père à l'intérieur !

Il a ouvert la portière, il est descendu en appui sur le marchepied, en faisant ce que les professionnels appellent peut-être un entrechat.

Car mon père est prof de danse.

Oui, prof de danse. Classique, moderne et de salon.

Je vous vois venir, avec vos préjugés. Un homme... prof de danse... qui fait des entrechats pour sortir des camionnettes... Je tiens à lever vigoureusement toute ambiguïté : mon père est totalement homosexuel.

J'ai écrit « totalement » homosexuel pour la blague. En vrai, il est juste normalement homosexuel. Il habite dans la grande pièce au-dessus de l'école de danse avec Vincent. Vincent est son ami... comme les gens disent à Miganosse. Je mets des points de suspension comme eux quand ils parlent de « Vincent, l'ami... de Gilles Arricau ». Chaque été, les années où j'étais au collège, Vincent venait faire un stage... à l'école de danse de mes parents. Il était

déjà prof à Lyon, mais il venait se perfectionner...
auprès de mon père.

Ce qui est l'occasion parfaite de raconter le jour de mes premières règles.

> *Le jour de mes premières règles*
> *par Julie Arricau, 13 ans et demi*
>
> Aujourd'hui, il y avait du sang entre mes jambes. La prof de maths m'a dit d'aller à l'infirmerie. À l'infirmerie, une inconnue a dit que j'avais mes règles et m'a donné un tampon à insérer dans mon vagin. Le soir, je suis rentrée à la maison et mes parents étaient assis à la table de la cuisine. Ils m'ont dit de m'asseoir aussi.
>
> Papa : C'est une journée importante aujourd'hui.
> Maman : Tu es une grande fille à présent.
> Moi : La dame de l'infirmerie vous a appelés ?
> Papa : Quelle infirmerie ?
> Maman : De quoi tu parles ?
> Papa : Ta maman et moi allons divorcer.
> Maman : Je suis enceinte !
> Papa : Pas de moi.
> Maman : De M. Gobineau.
> Papa : Youpi !
> Maman : On s'aime très fort, tu sais.
> Papa : Et M. Gobineau aussi.
> Maman : Toi aussi. On t'aime très fort.
> Papa : Et moi, je suis homosexuel.
> Maman : Mais pas avec M. Gobineau, hein !
> Papa : Ha ha ha !
> Maman : Avec Vincent.
> Papa : Tu te souviens de Vincent qui vient en stage l'été ?
> Maman : En stage !

> Papa : Ha ha ha !
> Maman : C'est avec lui.
> Papa : Tu veux toucher le ventre de maman ?
> Maman : Approche, regarde...
> Papa : N'aie pas peur !
> Maman : C'est des jumeaux !

Pour que l'histoire soit complète, je dois préciser que ma mère a fait une fausse couche trois jours plus tard, qu'elle a pleuré pendant un mois, mais qu'elle a quand même divorcé. On la comprend. Pour se remarier avec José Gobineau : on la comprend moins. Depuis, elle élève avec ce monsieur les trois enfants qu'il avait eus d'une union précédente (sa première femme, dépressive, avait déménagé à Roubaix tout de suite après la naissance du petit dernier). Pour ma part, je les appelle Kiki, Caca et Cucu, mais ce ne sont pas leurs vrais prénoms.

Une minute trente après l'annonce du divorce de mes parents, j'ai voulu sortir de la cuisine. Ma mère a remarqué la tache sombre entre mes cuisses. Elle m'a demandé :

— Qu'est-ce qui t'arrive, tu saignes ?

J'ai répondu :

— De joie.

Il m'avait fallu une minute trente pour comprendre que l'ironie serait désormais ma meilleure copine. Dix-sept ans plus tard, je reste néanmoins très fière de ma réplique à ce moment-là.

Je n'ai pas réussi à dire à mon père que j'allais me faire opérer lundi (demain matin). On a déjeuné, Vincent était là aussi, avec Miss Moule, tous les quatre. J'aime mon père. Mon père m'aime. Je déjeune avec lui un dimanche sur deux. Mais depuis le divorce, avec mon père, c'est à chaque fois comme une réunion d'anciens élèves. On sait qu'on a passé des années importantes ensemble, qu'on a compté les uns pour les autres, on se revoit parce que c'est bien de le faire, mais on sait que les vrais moments sont derrière nous. On n'évoque pas le passé pour autant. Non, non, non : on parle de la météo, de la forêt des Landes, et de la côte, qui a encore changé de forme cette année, c'est incroyable, à cause de la tempête, de la marée et des forts coefficients. On parle aussi de l'école de danse, et parfois je leur raconte une histoire de CDM. Je suis juste cordiale avec Vincent. Je n'ai jamais pardonné à mon père son mensonge originel, je sais bien. Le mensonge qui m'a donné la vie, certes, et qui a fait de ma mère l'ombre qu'elle est devenue.

Ma mère dont j'ai reçu ce SMS tandis que Miss Moule servait le dessert : « Pas possible demain. Pas ton tour cette semaine. Au stade voir les enfants. Bisou ! »

J'ai accompagné Miss Moule qui prenait son service à 16 heures. On y est allées à pied. À elle non plus, je n'ai pas réussi à parler de l'opération. Il faudra bien pourtant. Est-ce que c'est si grave, une chance sur six ? Est-ce qu'il faut en faire tout un plat ?

Une sur six.

Dix-sept pour cent.

Le taux d'admission dans mon école de graphisme était de 15 %.

Avant de quitter la maison, Miss Moule a reconnu l'interface de Meetic sur mon ordinateur. J'ai sursauté quand je me suis aperçue qu'elle regardait par-dessus mon épaule.

— Je croyais que t'étais une pro de Photoshop ?
— Tu m'as fait peur !
— Pourquoi tu te photoshopes pas ?
— Parce que je suis pas une photo.

— Flash info, a dit Miss Moule, tout le monde le fait. Même ceux qui sont pas pros.

— J'aime pas quand tu dis flash info.

— Avec toi on aurait juste droit à des photos de prison, sans maquillage, sous un néon.

— Je veux pas qu'on soit déçu quand j'arrive en vrai.

— On ne voit que ta cicatrice sur cette photo.

C'est difficile de choisir une photo qui vous représente sincèrement. Surtout lorsque, comme moi, vous devez choisir parmi les dix seules photos que vous avez de vous, prises la plupart après minuit, au flash, les dents rougies par le vin. (Les cordonniers sont bien les plus mal chaussés vu que je passe plusieurs demi-journées par semaine à photoshoper des photos de mannequins.) Si je devais me décrire selon les meilleurs compliments masculins que j'ai reçus au cours des quatre dernières années, je dirais que je suis « mignonne », avec « des courbes sexy », et « le regard pétillant ». Si je devais me décrire selon ce que je vois dans le miroir, je dirais que je suis « petite », « rondouillette », avec « une balafre à la place du menton ». Les hommes disent que ma cicatrice ne se voit pas beaucoup, mais un compliment peut être soit : 1/sincère, soit 2/une tentative de coucher avec vous, soit 3/une façon de botter en touche et changer de sujet, ce qui signifie que vous ne pouvez croire qu'un tiers des choses positives qu'on dit sur vous.

Miss Moule a voulu voir mon annonce. Elle a retenu l'écran quand j'ai essayé de rabattre. Elle a lu à voix haute :

— Julie, 31 ans, graphiste freelance. J'habite au centre de Bordeaux. J'aime manger, boire, dormir, les belles images et les séries télé. Pour la vie c'est mieux.

La subtilité et l'ironie passent mal sur Internet. Les gens prennent tout au premier degré. Pour cette raison, j'ai rédigé une annonce simple et factuelle.

Elle a pris soin de chercher les bons mots :
— Le dernier message que tu as reçu, il remonte à quand ?
— Non, mais c'est normal, je me connecte jamais. Les hommes pensent que mon profil n'est plus...
(Tu vois, Journal, je ne triche pas, je te raconte même les choses grotesques que je dis.)
— « Obèse et dépressive, pas de vie, aimez-moi. »
— N'importe quoi.
— C'est ça qu'elle dit, ton annonce, a expliqué Miss Moule.
— N'importe quoi.
— Ça remonte à quand ton dernier message ?
— N'importe quoi.
L'anévrisme a laissé mon cerveau intact sur ce point : il me faut toujours au moins vingt-quatre heures pour changer d'avis. Miss Moule a incliné la tête comme un petit chaton :
— Tu veux que je t'aide à rendre ton annonce un peu plus sexy ?

J'ai dit non. J'ai fermé l'ordinateur, j'ai mis un manteau. Dix minutes plus tard, on était de l'autre côté de la forêt, sur « l'esplanade », comme on dit, centre névralgique de la vie miganossaise. On y trouve la mairie, le stade, et l'Ovale : le bar où Miss Moule travaille et où, donc, j'avais proposé de l'accompagner.
— T'as couché avec combien d'hommes dans ta vie ?
Elle sortait de nulle part sa question.
— C'est impossible de répondre à ça.
— Parce qu'il y en a eu tellement ?
J'ai ~~grimacé~~ hésité :
— En plus, ça dépend de ce qu'il faut compter...
— À la télé, ils ont dit qu'une femme a en moyenne 4,4 partenaires dans sa vie.

— Tu regardes jamais les infos, mais tu retiens ce chiffre-là.

— Quatre virgule quatre, a-t-elle répété en riant. Je suis une grosse traînée !

Ça m'a fait rire aussi, finalement.

Quatre virgule quatre...

— Moi, j'ai dit, je suis pile à la moyenne. À la virgule près.

Elle a continué à rire. Ses seins gigotaient. Elle a ajusté son écharpe et son décolleté.

— Le seul truc, j'ai ajouté, c'est que c'est pas juste mon nombre de partenaires... C'est aussi le nombre exact de fois où j'ai couché.

Elle a arrêté de rire.

En comptant vraiment tout, de Romain à Goldorak, j'ai couché avec six hommes. Six selon les organisateurs, trois selon la police : les puristes n'auraient pas tout homologué.

Elle m'a regardée avec précaution :

— T'en as jamais rappelé aucun ?

Je lui ai répondu que c'est exactement comme ça qu'il faut décider de voir les choses.

Dimanche 5 janvier. Je me suis réveillée à 12 h 15, les bras enroulés autour de mon ordinateur encore tiède. J'ai eu un flash de terreur quand je me suis souvenue de mon opération : demain, 8 heures, hôpital Pellegrin, merci de vous présenter à jeun. Je ne souhaite à personne de vivre ce sentiment-là : réaliser en se réveillant qu'on vit peut-être sa dernière journée complète. Que la suivante s'arrêtera peut-être avant le déjeuner, et qu'il n'y aura jamais plus aucune autre journée après. On n'est pas assez solides pour connaître la date et l'heure de son départ. C'est un sentiment cruel que les êtres humains ne sont pas conçus pour supporter. Seuls les condamnés à mort en font réellement l'expérience. Même les suicidés gardent jusqu'au bout la possibilité de renoncer. Ils restent libres dans l'espoir, infime, du coup de théâtre qui change la donne, fait renaître in extremis une possibilité de joie et donne une nouvelle raison de continuer. Autant que de nourriture et d'eau, les êtres humains ont besoin d'espoir pour se tenir droit. Sur l'oreiller, j'ai mis de l'espoir dans la machine pour ouvrir les yeux et me redresser. J'ai pensé : « Une chance sur six. » J'ai pensé : « Tu t'inquiètes pour rien, évidemment que tout va bien se passer. »

J'ai aussi pensé : « Cette journée, que tu as devant toi, ce serait bien de ne pas trop la rater. »

J'ai vu Miss Moule avancer vers le lit à pas feutrés. C'était sa présence qui m'avait réveillée. Elle a déposé un plateau sur la table de nuit avec un verre de jus d'orange et une tasse de café. Elle portait aussi une panière avec des chocolatines. Elle en a mis une sur le bord de mon plateau...

— Il en reste deux dans ta panière, j'ai marmonné.
— Hi hi... a-t-elle pouffé. Plus pour longtemps...

Je n'ai pas eu le courage de lui demander si les deux étaient pour elle ou si on avait un nouvel invité spécial ce matin. Quand elle est repartie, d'un geste soudain et déterminé (un geste héroïque), j'ai ouvert mon ordinateur et je me suis connectée à Meetic.

J'ai cliqué sur « modifier votre profil ».

J'ai sélectionné le texte de mon annonce et j'ai appuyé sur « supprimer ». Il ne restait plus que « Julie, 31 ans. » J'ai pianoté, c'était vite fait, ça a donné ça :

Julie, 31 ans. Cherche homme pour un soir seulement.

J'ai lu à haute voix. Ça rimait.

Je me suis demandé ce que je faisais.

J'ai réfléchi.

J'ai ajouté « bien ».

Julie, 31 ans. Cherche homme bien pour un soir seulement.
J'ai cliqué sur « Enregistrer ».
Voilà.
J'ai bu une gorgée de café. Il était bon.
Je me suis douchée. Longtemps. Eau brûlante.
Je me suis enroulée dans une grande serviette toute propre.
J'ai relu mon annonce.
Cherche homme bien pour un soir seulement.
Quelques pixels se sont mis à clignoter.
Action. Réaction.
Vous avez un message.
Déjà ?

Le message tenait en une ligne :
« Pour un soir seulement ? »
Droit au but et un peu vulgaire : « Niamor » était sans doute un banquier. Puis j'ai vu la photo de profil… Car le plus incroyable n'est pas la vitesse à laquelle le message m'est arrivé. Le plus incroyable est le visage que j'ai vu dans le petit carré à côté. En blouse, souriant, un stéthoscope autour du cou et un schéma de corps humain en arrière-plan : Romain.
(Dès sa photo de profil, la même ironie sérieuse : il se moquait de son statut de médecin tout en laissant astucieusement entendre aux filles du site que, oui, il était médecin.)

Aux analyses abstraites, comme je le dis souvent à mes clients, je préfère des éléments concrets. Voici notre échange tel qu'il est archivé sur mon téléphone :
JULIE : Romain ?
ROMAIN : Julie !
JULIE : Pourquoi tu m'écris pile maintenant ?

ROMAIN : T'es dans mes contacts. J'ai reçu une alerte quand t'as mis ton profil à jour. Niamor, t'as vu, c'est Romain à l'envers.
JULIE : Dans tes contacts ? ! Pourquoi tu m'as jamais contactée ?
ROMAIN : Maintenant c'est différent.
JULIE : Parce que j'ai changé d'annonce ?
ROMAIN : Parce qu'on s'est revus mercredi.
JULIE : Et donc ?
ROMAIN : Et donc là je te contacte.
JULIE : Parce que tu veux qu'on se revoie ?
ROMAIN : D'accord.
JULIE : C'était pas vraiment ma question.
ROMAIN : C'est vraiment ma réponse.
JULIE : C'est toi qui m'as contactée.
ROMAIN : Je sais.
JULIE : Mais... du coup... pour un soir seulement ?
ROMAIN : C'est toi qui le dis...
Je l'aurais frappé.
En même temps, quand on publie l'annonce que je venais de publier, on doit assumer.
Et j'ai une vraie bonne raison d'assumer.
Pour un soir seulement : parce que c'est le dernier soir garanti que j'ai.
ROMAIN : Je suis au stade. On se voit après le match ?
Le temps que je réfléchisse, j'avais reçu un autre message.
JULIE : J'ai envie de passer une belle soirée.
ROMAIN : D'accord.
JULIE : Une vraie belle soirée.
ROMAIN : Tu veux qu'on aille à Bordeaux ?
JULIE : D'accord.
ROMAIN : 18 heures à la sortie du stade. Il me tarde.
JULIE : J'y serai.
Voilà.

Le mot « traînée » n'existe pas au masculin. Si un homme écrit « pour un soir seulement », ça ne vient à l'esprit de personne de le juger. Moi, ça ne me viendrait jamais à l'esprit de juger une femme qui chercherait une rencontre pour un soir seulement. Et vous, archéologues du futur, vous vous dites quoi ? Et Romain, que se dit-il ? Si ce soir doit être mon dernier soir, je l'aurai passé dans les bras du premier homme que j'ai sincèrement aimé. Il n'était peut-être pas encore totalement un homme à l'époque, mais ça avait la sincérité d'un vrai amour de mon côté.

Pas de hasard. Que des boucles bouclées.

Voilà ce que je me suis dit.

J'ai fermé l'ordi en me félicitant pour mon choix de date d'opération : pas le temps de se vautrer dans la mélasse des émotions. J'ai regardé le ciel par la fenêtre. J'ai frissonné.

Je suis allée voir mon père. Je l'ai serré dans mes bras. Je suis allée chez ma mère, mais elle devait être au stade. J'ai laissé une carte sur son paillasson qui disait que je l'aimais. J'ai fait mon sac pour la nuit et pour l'hôpital demain. J'ai écrit un message de réponse automatique dans ma boîte mail pro : Absente, merci de prendre contact avec... suivi des coordonnées de Sabri et Christophe, mes colocataires de bureau à Bordeaux, qui sont freelance comme moi, et qui me dépannent parfois quand je ne suis pas là. Je me suis faite belle. Je n'aime pas le maquillage, ni en théorie ni en pratique. J'ai passé mon adolescence à essayer des fonds de teint qui s'incrustaient en grumeaux dans ma cicatrice au lieu de la camoufler. J'ai pris mon temps. Juste un léger dégradé sur les paupières. Du mascara. Du rouge sur les pommettes. Un peu. Rien sur les lèvres (pour ne pas changer le goût des baisers).

J'ai dit au revoir à Corail. Je l'ai remercié pour son accueil. Elle a dit de rien et m'a trouvée bizarre et solennelle. Elle m'a demandé pourquoi je m'étais faite belle. Je lui ai dit que je passais la soirée à Bordeaux. Elle m'a souri et m'a redit que j'étais belle. Belle, belle, belle, j'ai décidé qu'elle avait raison et que j'étais belle. Je suis montée dans la camionnette, j'ai eu du mal à enclencher le levier de vitesse, et je suis partie.

Je me suis garée à cent mètres de l'entrée du stade. Je ne suis pas sortie de la camionnette. À Miganosse, j'ai toujours l'impression que les gens me dévisagent. Ceux qui étaient à l'école avec moi. Leurs parents. Qu'est-elle devenue ? Qu'a-t-elle fait de sa vie ? Faut dire qu'à l'époque, la petite...

Puis je l'ai vu.

Il sortait avec l'équipe. Ça faisait un moment que le stade se vidait, il était parmi les derniers. Il n'était pas en jogging, mais il portait le même sac en bandoulière que les joueurs. Ils se sont serré la main. Les joueurs sont restés discuter, lui s'est éloigné. Il a regardé autour de lui. J'ai ouvert la portière de la camionnette, je me suis redressée et je lui ai fait signe depuis le marchepied. Il a souri, il a marché vers moi...

Il s'est penché pour me faire la bise. Il avait les yeux qui pétillaient. C'était évident qu'il y avait une forme de complicité tacite entre nous, qui m'a mise mal à l'aise, mais qui était excitante en même temps.

— C'est ta... voiture ?

Il avait l'air inquiet. Je lui ai confirmé que « ça faisait de l'autoroute ce truc-là ». Il a proposé d'échanger nos clés. Il a dit que je serais plus à l'aise au volant de sa Clio et qu'il s'occuperait d'acheminer ma camionnette à Bordeaux... Au lieu de me demander si je devais relever le machisme de sa proposition, j'ai eu envie qu'il me serre dans ses bras et qu'il me fasse l'amour toute la nuit. J'avais simultanément l'impression de le connaître par cœur et de le rencontrer pour la première fois. Ce qui était parfait. Qu'il me fasse l'amour jusqu'à épuisement et qu'on ne soit interrompus que par l'alarme du matin. S'il savait, le pauvre, la pression qu'il avait.

— Non, Julie, in-cro-yable !

Une voix que je n'avais pas entendue depuis dix ans m'a fait mal aux oreilles.

— In-cro-yable, qu'est-ce que tu fais là ? s'est écriée Audrey.

Le visage de Romain s'est fermé. Ce qui était bien normal : Audrey Castagné reste, même seize ans après, la fille pour laquelle il m'a larguée le jour où j'ai perdu ma virginité.

Ensuite, il s'est passé quelque chose qui, à l'instant où j'écris, me donne envie de me visser le stylo dans la gorge : Audrey s'est approchée de Romain, s'est collée à lui, les bras derrière le cou, et s'est mise à l'embrasser. Un peu comme on gobe un Flamby. Elle y aurait mis la langue, le nez et les doigts, si Romain ne s'était pas légèrement reculé.

Puis elle s'est tournée vers moi. La pute.

— Ça fait plaisir de te voir ! On m'a dit pour ton appartement à Bordeaux. C'est vrai que tu reviens habiter ici, du coup ?

— C'est extrêmement temporaire, j'ai dit.

Elle a été plus rapide que Romain à commenter la situation :

— On s'est remis ensemble, il t'a dit ? Presque six mois. C'est pratique, les jours où il vient à l'entraînement, il a plus besoin de rentrer à Bordeaux, il peut dormir à la maison. Hein, loulou ?

Il a serré les lèvres sans confirmer. Il lui a demandé :

— Tu devais pas passer la journée chez tes parents ?

— Je m'ennuyais. Je pensais trop à toi. Tu veux rester à la maison ce soir ?

— Que des bonnes nouvelles, j'ai dit. Moi, sur ce, je vais y aller.

— Ça m'a fait très plaisir de te voir, a dit Audrey.

Elle portait des talons, une doudoune, ouverte sur un pull en V aussi étroit que son jean. Fine, des grands yeux clairs, une peau parfaite, elle avait gardé le regard paresseux des filles qui savent qu'elles n'ont aucun effort à faire pour plaire.

— C'est chiant pour toi, ton inondation, a-t-elle dit en posant la tête contre l'épaule de Romain. Mais c'est l'occasion, on pourrait dîner ensemble si tu veux ?

Je lui ai dit que c'était une super idée et que je réfléchissais.

Voilà. Ça s'est terminé comme ça. Romain m'a fait la bise. À bientôt, a-t-il murmuré en frottant sa main dans mon dos pour me faire comprendre qu'il était dé-so-lé.

J'en veux moins à Audrey d'avoir court-circuité ma soirée, qui aurait sans doute été pourrie de toute manière, que de m'avoir remis le nez dans la médiocrité de mon adolescence. Ça fait treize ans que j'ai eu le bac. J'en ai accompli, malgré tout, des choses : j'ai ma vie, mon indépendance, mes amis... Alors pourquoi, quand je recroise des gens de cette époque, je replonge dans la même honte qu'avant ? Dans la même panique ? Pourquoi je redeviens instantanément une masse informe et poilue qu'il aurait fallu noyer à la naissance ?

J'ai eu beau sauter dans ma camionnette, Audrey a trouvé le temps de plaisanter :

— Quitte à surprendre Romain au stade avec une fille, autant que ce soit toi. Au moins, j'ai pas à m'inquiéter !

Je n'ai jamais été douée en langage secret des filles. Mais je crois que, en diplomatie internationale, c'est comme si la Corée du Nord avait déclaré son intention de procéder à un essai nucléaire dans le cul de Michelle Obama.

J'ai démarré la camionnette. J'ai calé. J'ai redémarré. J'ai roulé dans la forêt, loin, j'ai pris une petite route, puis un chemin abandonné. Je me suis arrêtée. J'ai pleuré. Il fallait bien que ça arrive.

À présent, la nuit est tombée. Et je ne pleure plus. Même quand il faisait jour, je ne voyais pas la cime des pins tellement ils sont hauts à cet endroit de la forêt. Je me suis dit : si je vois un écureuil, c'est que tout ira bien.

Je n'ai rien vu pour l'instant. Mais c'est peut-être juste parce que j'ai le nez dans mon cahier.

Il y a une heure et demie, quand j'ai eu fini de pleurer, j'ai sorti mon téléphone pour appeler Miss Moule. Je l'ai prévenue que, finalement, j'allais rentrer ce soir.

J'aurais pu trouver un hôtel à Bordeaux pour la nuit. Mais je n'ai pas envie de partir à l'hôpital demain sans dire au revoir à quelqu'un que je connais.

Quand j'ai allumé mon téléphone, j'ai vu l'appli Meetic qui clignotait.

Machinalement, j'ai appuyé.

Vous avez 154 nouveaux messages.

Vous êtes-vous déjà fait refaire le nez ? Et les dents ? Liposucer les hanches, les cuisses, raboter le menton… Pour entendre dans le haut-parleur trois ans plus tard que Miss Bourgogne, c'est vous ? Ou avez-vous traversé à pied un quartier chaud, la nuit, entre les dealers et les pitbulls à la recherche du gars qui veut bien vous faire crédit… Pour enfin le trouver au fond d'une cave et repartir avec une énorme galette de crack ? J'espère que non.

Si oui, vous savez ce que j'ai ressenti.

Ce que je ressens.
154 nouveaux messages.
Plus de messages en deux heures qu'en cinq ans.
Je n'ai même pas changé ma photo. Juste quatre mots :
Pour. Un. Soir. Seulement.
154 messages.
Ce n'est pas à l'honneur de l'espèce humaine.
Mais ça explique sa longévité.
Les hommes ne veulent pas du « pour la vie ». Pas quand ils voient ma photo, en tout cas. Quand ils voient ma photo, ils veulent du « pour un soir seulement ».

C'est ironique, parce qu' « un soir seulement », c'est ce que j'ai passé ma vie d'adulte à éviter. Sans grand succès, vous avez tout à fait raison de le relever. Bien sûr que je sais d'où elle vient, ma névrose. Faudra que je vous raconte le jour où j'ai perdu ma virginité. Vous savez quoi ? Je vous le raconterai peut-être demain.

Oui, demain. Parce qu'après avoir vu « 154 » dans mon onglet messagerie (161 à présent), j'ai sorti la carte de Luc Elorduizapatarietxe. Je suis tombée sur sa messagerie.

— Pardon docteur, pardon de vous déranger, un dimanche, le soir en plus, mais je voulais vous dire : je ne viendrai pas demain.

J'entendais le bruit de mon cœur dans ma poitrine.

— Je ne sais pas encore quand je viendrai… Je vous rappellerai. Je suis Julie Arricau, au fait.

J'ai repensé à son cahier. Je l'avais mis dans mon sac pour le lui rendre demain. Et je l'ai sorti. Et voilà.

Pour un soir seulement : c'est la seule chose à laquelle on peut s'engager quand on a une bulle dans la tête qui peut sauter n'importe quand. Parmi les reproches que me faisait ma mère, quand j'étais ado, il y en avait un dont j'étais fière. Elle disait que j'étais une teigne. Une petite teigne.

J'irai me faire opérer quand je l'aurai décidé.

Il est 22 h 04, j'ai mal à la main. Je vais rentrer chez Miss Moule. Demain, j'enverrai la déclaration de sinistre à l'assurance. Je me remettrai à bosser comme avant. Je lirai les messages qu'on m'a envoyés. Et je déciderai qui mérite de me rencontrer. Faut que vous m'aidiez, archéologues du futur, parce qu'après je ne sais pas ce qui va arriver. Et ne m'en voulez pas si mon journal s'arrête avant la fin.

Vous seriez vraiment des connards, en même temps, de m'en vouloir si mon journal s'arrête avant la fin.

22 h 28

Parcouru les messages. Pas pu m'empêcher. Juste regardé les photos. Y en a des bien.

Lundi 6 janvier

184 messages. Répondu à aucun. Pour l'instant ! Réfléchi à une meilleure stratégie de *online dating*. Dois préciser mes critères pour un filtrage plus fin. (Critères actuels : « Hommes/Aquitaine ».) Désormais, pouvoir de mon côté. Forte intention d'en profiter ! Avant : peur de ne jamais me faire rappeler. Maintenant : plus peur car ne pas se rappeler est justement l'idée ! Plan parfait. Progrès en marche. Féminisme en action. Mourir OK, mais la tête haute et le vagin fleuri. LOL !

Mardi 7 janvier

Après relecture de ce que j'ai écrit hier, je tire la double conclusion que je ne dois plus boire de vodka-champagne le lundi soir, même si c'est Miss Moule qui la rapporte gratuitement de l'Ovale, et que je vais relire à présent les mails que j'ai envoyés à mes clients juste après.

N.-B. : message de Romain : « Pardon pour hier, je ne savais pas qu'elle serait là. On couche ensemble trois fois par mois et elle croit qu'on va se marier. Appelle-moi si t'as besoin de quoi que ce soit. Vraiment. Sans sous-entendu aucun. »

22 h 30

Serment de Julie Arricau

Les relations amoureuses ne font pas tout dans la vie. Elles sont toutefois un domaine dans lequel on ne peut pas dire que j'ai particulièrement réussi. Et ceci en raison d'une pluralité de facteurs. Par conséquent, je fais aujourd'hui ce serment solennel :

Considérant la petite bulle dans ma tête qui peut sauter n'importe quand,
considérant que cette bulle, autrement appelée anévrisme, doit être opérée dans les meilleurs délais,
considérant, au passage, que cette opération comporte un taux d'échec de 1 sur 6,
et qu'échec signifie fin définitive de partie,
je m'engage, moi, Julie Arricau, devant moi-même et les forces éternelles qui nous gouvernent (pas très bien), à respecter scrupuleusement les règles suivantes :
1 – Mettre en œuvre les moyens nécessaires pour rencontrer un homme bien dans les plus brefs délais ;
2 – Ne pas douter de mes capacités de plaire aux hommes bien, potentiels ou avérés ;

3 – M'en tenir à une stricte politique de « un soir seulement », dans le but de ne pas effrayer lesdits hommes bien, potentiels ou avérés, et ainsi maintenir les conditions d'une rencontre réussie ;
4 – Me faire opérer dès que j'aurai passé une vraie belle soirée avec un homme bien, c'est-à-dire vécu une vraie histoire d'amour d'un soir seulement ;
5 – Ne pas revoir ledit homme bien tant que l'opération n'aura pas eu lieu, car l'urgence de l'opération et les risques y afférents m'interdisent jusqu'alors de m'attacher.

Addendum :
a : la définition d'un « homme bien » exclut Romain Cayrou ;
b : « une vraie histoire d'amour d'un soir seulement » se définit comme suit : quand on l'a vécue, on le sait.

Fait à Miganosse, le 7 janvier 2014.
Julie Arricau.

Mercredi 8 janvier
1/907*

* 1/907 = une chance sur neuf cent sept = probabilité que je meure aujourd'hui. Le docteur Luc Elorduizapatarietxe m'a appelée pour me demander si j'avais réfléchi à une date. Je lui ai dit non. Et que je le rappellerais. J'en ai profité pour lui faire répéter le chiffre qu'il m'avait donné : dans l'étude où les patients ont un anévrisme comme le mien, ceux qui ont suivi « l'histoire naturelle », c'est-à-dire qui ne se sont pas fait opérer, soit à cause de l'âge, soit à cause d'une impossibilité médicale, soit encore par choix, étaient tous morts dans les trente mois à compter de la date du diagnostic. Je lui ai demandé si le risque était accru au fur et à mesure que les mois passaient,

il a posé son téléphone, il a repris son téléphone, et il m'a dit que, dans cette étude, qui n'est qu'une indication, en aucun cas une vérité absolue, le risque était également réparti sur les trente mois. Il ne semble donc pas y avoir d'accélération du risque. Années bissextiles incluses, il y a en moyenne 913 jours sur 30 mois. Mon diagnostic a été posé, disons, le 2 janvier. Cela permet d'affirmer, selon cette étude, qui n'est qu'une indication, en aucun cas une vérité absolue, et grâce à mes talents en mathématiques, dont j'étais fière au collège et au lycée, et qui m'ont valu d'être classée par les garçons sur l'échelle de la baisabilité entre le coupe-cigare et le taille-crayon, qu'il y a un risque de 1 sur 907 que je meure aujourd'hui.

Je ne sais pas quoi faire de cette probabilité. Je me dis : chaque être vivant peut mourir chaque jour. Tous les matins, chacun d'entre nous pioche une boule, comme dans Motus, et il ne faut pas tomber sur la boule noire. Sans mon anévrisme, je piocherais ma boule dans un sac grand comme une piscine olympique. Le risque existerait (il existe toujours), mais pas au point de m'inquiéter. Avec mon anévrisme, je pioche ma boule dans un sac grand comme une baignoire.

Mon calcul signifie ceci : chaque matin, je joue à Motus dans une baignoire. (C'est terrible et, en même temps, ça laisse un peu de temps devant moi.)

Par ailleurs, j'ai continué de trier mes messages :

Top 5 des messages auxquels je ne répondrai pas :

5 – « La beauté est une source inépuisable de joie pour celui qui sait la découvrir. Réponds-moi. »
4 – « Je n'ai tué personne, je n'ai jamais été amputé, je n'ai pas de problème d'odeur, viens me parler en toute simplicité ! »

> 3 – « Faudrais ce rencontré pour voire ci on ce plaie ! » *
> 2 – « Ce genre de plan cul avec des filles dans ton genre ne m'intéresse absolument pas, mais si tu veux discuter je suis open pourquoi pas. »
> 1 – « J'aime beaucoup ta coupe de cheveux, et ce n'est pas quelque chose que je dis souvent. Et comment te positionnes-tu par rapport à l'éjaculation buccale ? »
>
> * Statistiquement, il aurait dû tomber juste un mot sur deux : au-delà de son orthographe, c'est aussi son absence totale de chance qui me refroidit.

Je m'attendais à pire, en fait. La grande majorité des messages sont polis et respectueux. On veut « me rencontrer et faire connaissance », « autour d'un verre par exemple ». Les plus entreprenants me proposent « tendresse et douceur chez moi pourquoi pas ». Beaucoup me disent qu'ils me trouvent « charmante ». Je les croirais presque s'ils n'avaient pas eu tout loisir de me contacter depuis plus de deux ans déjà.

Le plus amusant, c'est le nombre d'hommes qui m'écrivent dont le profil précise en toutes lettres qu'ils cherchent des rencontres en vue d'une relation « stable et durable ». J'aime bien aussi leurs circonvolutions pour évoquer ce qu'ils veulent évoquer sans employer les vrais mots. « Je serais heureux de passer quelques heures avec toi dans le respect mutuel. » « Je pourrais te préparer un dîner et plus si affinités, il m'est arrivé de le faire cinq fois jusqu'au petit matin. » Ils codent leurs messages comme s'ils risquaient d'être repérés par la CIA : « J'aime particulièrement les petits moments à deux qui riment avec collation. »

Tous, ou presque, veulent comprendre pourquoi j'ai publié « ce message atypique ». Je leur réponds que je vais bientôt quitter la région et que j'aimerais en garder un bon souvenir. Ils disent d'accord, et pourquoi pas ce soir, car ils n'ont « pas particulièrement envie de passer des heures à chatter, surtout pour une mission d'intérim ».

J'ai reçu beaucoup de messages d'hommes plus jeunes que moi. Dont certains très beaux.

Les rôles sont inversés, ils ont envie d'être choisis. Ça les rend nerveux. C'est la première fois qu'on me dit : « Bon, ben j'imagine que tu es déjà en train de discuter avec 34 mecs à la fois. » D'habitude, on me faisait plutôt sentir que c'était quand même sympa de prendre le temps d'écrire à une fille comme moi. « Je tente ma chance, mais me fais pas perdre mon temps si je suis un parmi cent. » « Punaise répondre te ferait mal au cul ?? Allez dégage (et là je suis sûr que tu vas répondre, je sais pas koi mdr). »

Mais la plupart, vraiment, ont l'air gentils. Voire blessés : « Au moins toi tu es libre », « Ta sincérité me plaît », « Tu n'es pas comme les autres qui regardent d'abord ce que l'on possède. » Trois d'entre eux me proposent une soirée dans un hôtel au bord de la mer.

C'est une bonne idée, l'hôtel au bord de la mer, mais je préfère commencer doucement. Beaucoup d'hommes sur le site aiment les « ballades en forêt ». J'en ai proposé une au seul qui les préfère avec un seul L.

Jeudi 9 janvier
1/906

Yohan a trente-trois ans, il est œnologue et, flash info, je dîne avec lui demain. Il mesure 1,79 m, pour 68 kg, et habite dans le centre de Bordeaux. Il a les cheveux châtains, les dents alignées. Non seulement il est beau, en plus il a l'air intelligent. Il écrit avec des mots complets et fait la différence entre un infinitif et un participe passé. Ces informations, combinées au fait qu'il m'ait contactée moi, laissent penser que Yohan est actuellement en grosse carence sexuelle.

On s'est donné rendez-vous dans un restaurant. Il m'a dit qu'en tant qu'œnologue il a ses entrées dans les bons restos du centre. On lui fait des prix. Du coup, c'est lui qui invite, et moi qui choisis l'endroit parmi une liste de six restaurants. Folie : j'ai choisi l'Hippocampe (le plus cher). Officiellement le menu est à 70 euros. Je dois vivre comme si chaque jour était le dernier. « Chante, la vie, chante », a coutume de dire Michel Fugain. Une fois, j'ai vu la vidéo sur YouTube d'un sosie de Claude François qui chantait cette chanson dans une maison de retraite. Devant, donc, *des grabataires*. « Chante, la vie chante, comme si tu devais mourir demain... » C'était sordide. J'étais au bureau, j'ai eu un fou rire pendant vingt minutes. Je suis une mauvaise personne. Christophe et Sabri m'ont demandé de descendre dans la rue pour qu'ils puissent se remettre à travailler.

À présent, je vais m'épiler.

21 h 55

Je n'aurais pas dû choisir l'Hippocampe. Je vais annuler. Sinon, je vais me dire que Yohan s'attend à ce que je couche avec lui vu que, même à tarif préférentiel, il aura payé une blinde : donc je vais m'interdire de coucher car je n'ai pas envie qu'il croie que je suis une fille qui couche pour un dîner à l'Hippocampe, même s'il s'avère qu'il me plaît et que j'aurais voulu coucher. (Inextricable.)

22 h 12

Il est d'accord pour faire moitié-moitié. À l'Hippopotamus. Il a dit : « Peu importe l'endroit, le plus important c'est que tu sois là. »

23 h 24

Je peux être stupide, parfois. Dans le cas d'une rencontre fortuite, et en posant un regard ironique sur le destin, peut-être pourrait-on, hypothétiquement, imaginer une belle histoire d'un soir dans un Hippopotamus. Il est certain, en revanche, qu'on ne peut en aucun cas *planifier une histoire d'amour d'un soir seulement à l'Hippopotamus*.
Je fais quoi ?
J'ai mal à la tête. J'espère que ce n'est pas l'anévrisme, juste le dilemme cornélien.

00 h 14

Plus d'Hippopotamus. On re-va à l'Hippocampe. C'est lui qui va payer. Car « ça fait pingre de partager ». Vu le principe de mon annonce, ça n'avait pas de sens de le préciser mais je jure que s'il y avait eu une seconde fois, c'est moi qui aurais payé. Même avec un crédit Cofidis. L'aspect positif de tout ça est qu'il sait que je suis contre le principe que la fille se fasse forcément inviter. Et contre l'idée qu'il y ait des attentes implicites en échange. Ni poule de luxe, ni pute à 15 euros-menu-complet. Je suis moralement blindée.
Il m'a dit : « Dors bien, jolie, fais de beaux rêves. »
Un amour !

Vendredi 10 janvier
1/905

Quel connard ! Il est arrivé en avance et il a choisi une table au fond. Des fois qu'on le verrait avec moi. Ensuite, il a dit qu'il avait eu un déjeuner professionnel dans la journée et qu'il n'avait pas faim pour une entrée. Ce qui pouvait signifier plusieurs choses : 1/en vrai, il est radin ; 2/il a réalisé qu'il faisait une grosse connerie quand il m'a vue arriver et il a eu envie d'accélérer ; 3/il était juste là pour coucher, donc autant garder l'estomac léger et gagner du temps avant de me ramener chez lui ; 4/1+2+3.

Il était très beau, rien à photoshoper. Il ne m'aurait jamais contactée si ça n'avait pas été pour un soir seulement. Il a posé des questions sur mon job, il a parlé art, graphisme, il a cité des artistes, comme si j'allais coucher avec lui parce qu'il était déjà allé à des expositions. À un moment, il a voulu me montrer une photo de la maison de ses parents au Cap-Ferret. Au passage, l'air de rien, il me montre une photo de Game Boy, son chien. Et même si je reconnais que c'est une bonne idée pour un nom de chien, je ne suis pas le genre de fille qu'on attendrit avec un setter irlandais. Là, il me dit qu'il ne doit pas rentrer trop tard parce qu'il n'a pas eu le temps de repasser faire sortir Game Boy... Il n'avait pas voulu risquer d'être en retard pour moi... Tellement pressé qu'il me faisait le coup du chien ! Quand le serveur est venu pour les desserts, j'ai bu cul-sec mon margaux et j'ai dit, non merci, ça me suffit comme ça, je voudrais pas faire attendre Game Boy. Jusqu'au bout, il aura essayé : après m'avoir aidé à enfiler mon manteau, au lieu de me faire une bise classique, il a posé ses lèvres au coin des miennes...

Tous les mêmes. Prêts à tout pour tirer leur coup.

(Je précise que j'écris sous le coup de la colère, ce genre de généralisation est bien sûr inadmissible.)

01 h 34

Viens de skyper avec Mathieu. Selon lui, j'aurais trop dû coucher avec Yohan « plutôt deux fois qu'une », car « y en a un sur mille des mecs comme ça », « qu'est-ce que tu lui reproches en fait ? », « envoie-lui un SMS tout de suite, c'est criminel si tu le fais pas ».

À force de passer trop de temps dans les backrooms, les hommes homosexuels ont une vision totalement décadente de la sexualité.

Samedi 11 janvier
1/904
Il est possible que j'aie un peu paniqué avec Yohan hier.

Je me suis relue, et je serais heureuse, cher Journal, que tu me croies si je te dis que je ne suis pas exactement aussi stupide que j'en donne l'air.

En grandissant, le monde étant ce qu'il est, je me suis construit une carapace. Des années après, on comprend (je ne suis pas la seule dans ce cas) que le bonheur ne s'obtient qu'au contact direct des autres. Mais quand bien même une tortue pourrait retirer sa carapace, et quand bien même je pourrais renoncer au cynisme qui m'a aidée à grandir, et à la distance que j'ai appris à mettre entre les autres et moi, aurais-je le courage de le faire ? Il n'y a pas de chose plus terrifiante au monde que de s'exposer sans ce sans quoi vous n'auriez pas survécu jusque-là.

J'ai rendez-vous demain soir avec Bertrand, trente-neuf ans, 1,68 m, cuisinier scolaire. Je l'ai choisi parce qu'il est moche. Si je devais retoucher son visage, je ne sais pas par quoi je commencerais. C'est une façon de me mettre moins de pression. Non pas que je sois moche. Je ne suis pas moche. Ma cicatrice est moche, moi non.

Dimanche 12 janvier
1/903

Je suis arrivée cinq minutes en avance au café. Bertrand est arrivé pile à l'heure avec un bouquet de roses. Il s'est assis en face de moi. Il n'a pas retiré son manteau. Il m'a regardée, il a dit :
— Sur la photo, je trouvais ça excitant. En vrai, ça va pas le faire. Les cicatrices, ça me... Brrr... Tu vois ce que je veux dire ?

Il s'est levé et il est parti. Il est revenu dans le café dix secondes plus tard et m'a tendu le bouquet de roses :
— C'était pour toi, du coup. Sans rancune, hein ?

J'ai donné les fleurs à un clochard. Au début, il n'en a pas voulu. Je lui ai dit qu'il aurait peut-être pu gagner un peu d'argent en allant voir les couples dans les restaurants et en leur revendant les roses à l'unité. Il a pris le bouquet et m'a dit d'aller me faire baiser salope.

Lundi 13 janvier
1/902

10 h 45

Je n'arrive pas à bosser.

11 h 15

Liste des endroits de mon corps dont j'ai longtemps ignoré qu'ils pouvaient être moches, jusqu'à ma rencontre avec les filles de seconde C grâce auxquelles

je suis aujourd'hui la meilleure photoshopeuse de la zone Aquitaine-Midi-Pyrénées :
- *nombril : trop creux*
- *commissures des lèvres : trop arrondies*
- *front : pas aussi lisse qu'un lavabo*
- *seins : pas assez bombés*
- *mamelons : trop larges*
- *genoux : trop ronds*
- *coudes : trop pointus*
- *orteils : trop écartés*
- *yeux : trop de blanc autour des iris*
- *cou : trop court*
- *doigts : trop anguleux*
- *aisselles : trop creuses*
- *bras : trop courts*
- *jambes : idem*

N.-B. : les jambes sont le seul élément de cette liste dont le défaut inverse n'existe pas. Une femme ne peut pas avoir des jambes trop longues. Ça n'existe pas. Jean-Paul Goude retouche ses photos pour que les filles aient les cuisses plus longues que le buste et la tête réunis. Résultat : « Géniâââl ! » s'exclame le monde entier.

- *cheveux : trop châtains*

Je n'ai jamais su vraiment comment on pouvait être trop châtain, mais sachez que c'est un défaut.

- *dents : trop petites*
- *sourcils : trop fins*
- *nez : hors catégorie*

Les femmes critiquent peu les nez des autres femmes, car elles savent qu'elles en ont un aussi. Il faut savoir qu'il n'est pas possible, à ce jour, d'avoir un beau nez. Les chirurgiens testent une nouvelle forme de nez tous les six mois, sans succès. En 2030, un nez esthétiquement acceptable sera probablement un creux. L'ablation du nez, comme on le fait pour les oreilles des dobermans et la queue des caniches, se pratiquera sur les petites filles au même âge que la circoncision pour les garçons. Cette remise en question esthétique permanente est stimulante pour les photoshopeurs professionnels comme moi.

Mardi 14 janvier
1/901

09 h 15

Je suis passée chercher mon courrier à l'appartement. J'ai laissé 50 euros à la concierge pour qu'elle renvoie mon courrier au bureau dorénavant. Je suis montée à l'appartement : ça pue le moisi. Déprime. Wifi était là. Il m'a fait un câlin en ronronnant. C'est quand même triste de ne pouvoir compter à notre époque que sur les concierges et sur les chats.

10 h 20

Lettre de l'assurance : « Après vérification attentive, nous sommes en mesure de confirmer que vous ne faites pas partie de nos clients. Veuillez accepter... »
Après un smic dépensé en temps d'attente surtaxé, l'opératrice m'a dit que je n'ai pas renouvelé ma cotisation cette année et que, par voie de conséquence, je ne faisais plus partie de leurs clients depuis le 15 septembre dernier.
Envie de résoudre le problème en me secouant la tête très fort.
Vais néanmoins envisager d'autres voies.

15 h 23

De nouveau à l'appartement. La lettre que j'aurais dû envoyer est là, dans mon dossier d'impôts de l'année dernière. Christophe et Sabri se moquent de moi d'habitude tellement tout est bien rangé de mon côté du bureau. Je vais rappeler l'assurance. Je vais leur expliquer, ils vont comprendre que ça ne me ressemble pas.

17 h 35

Comme Élise Lucet dans *Cash Investigation* : « Je souhaiterais parler à votre responsable, s'il vous plaît. » La responsable m'a redit que je ne faisais plus partie de leurs clients depuis le 15 septembre dernier, date à laquelle j'aurais dû leur faire parvenir ma cotisation. Je lui ai répondu, poliment, que j'étais tout à fait disposée à régler ma cotisation et que, puisqu'il ne s'agissait que d'une question de date, je pouvais très bien antidater mon chèque, en tant que travailleuse freelance, j'acceptais tout le temps ça de mes clients. Elle m'a dit que ce serait illégal et contraire à ses intérêts.

Jeudi 16 janvier
1/899

J'ai reçu un e-mail de l'avocat de mon propriétaire. Ils accusent réception de mon souhait de résilier le bail de l'appartement, dont ils comprennent qu'il puisse ne plus correspondre à mes attentes. Après passage sur les lieux d'un maître d'œuvre dans la journée d'hier, ils m'informent que les trois mois de préavis auxquels je suis contrainte seront enclenchés à date de remise de l'appartement dans son état initial. Ci-joint le devis des travaux.

15 h 30

Je n'ose pas ouvrir le devis des travaux.

15 h 45

7 500 euros !!! Il s'avère que je dois aussi payer pour le plafond de la voisine du dessous.

18 h 09

Viens d'appeler José. (Gobineau. Le nouveau mari de ma mère.) Il est clerc de notaire. Il est censé s'y connaître en procédure et contentieux légaux. Je l'ai appelé, je lui ai expliqué précisément la situation, je lui ai dit, José, j'ai vraiment besoin de tes conseils. Il m'a répondu : « Julie, le meilleur conseil que je peux te donner, c'est que tu n'aurais pas dû oublier d'envoyer en temps et en heure ta cotisation. »
Comment ma mère a-t-elle pu tomber si bas ?

23 h 30

Nouveau message de Romain, via Meetic, parmi les 97 messages auxquels je n'ai toujours pas répondu. Il veut savoir comment je vais. Au club de rugby, il a entendu que j'avais des « déboires financiers ». Je suis trop déprimée pour réfléchir à ce que je lui répondrais si je ne m'étais pas promis de plus jamais lui parler. Je ne suis pas enrhumée, mais je viens de prendre un Fervex-vodka. Ça m'aide à m'endormir, j'aime bien.

Vendredi 17 janvier
1/898

12 h 30

Suis arrivée avec quarante-cinq minutes de retard à mon rendez-vous chez un pisciculteur qui veut un site Internet pour commercialiser son caviar de hareng dans le monde entier. Beau projet, je lui ai dit, parlons de vos besoins précis. Je vous fais un devis, on signe le contrat, et je vous fais ça, promis, avant la fin du mois.

— Un contrat, a-t-il demandé, quel genre de contrat ?

— Un contrat qui définit ce que je m'engage à vous livrer, dans quels délais, et ma rémunération.

— Je n'aime pas l'idée d'un contrat qui m'obligerait à vous rémunérer.

Le pire : j'ai continué de discuter avec lui un quart d'heure avant d'oser lui dire que je devais réfléchir mais que le projet ne correspondait peut-être pas à mon périmètre d'activité.

17 h 30

Viens de recevoir un appel de Grâce, la mère de Miss Moule, qui s'appelle Véronique en vrai. (« Mais pas Grâce comme la graisse, hein, Grâce comme la beauté. ») Il faut savoir que Grâce a été Miss Aquitaine en 1987. Plus grande réussite ou plus grand échec de sa vie ? Débat.

Son titre l'a sans doute aidée, quoi qu'il en soit, à faire un beau mariage avec Jacques Abadie, exportateur de vin vers les États-Unis. Jacques Abadie n'a jamais reconnu Miss Moule, dont personne ne sait qui est son père biologique, même pas Grâce apparemment. En contrepartie de cette non-reconnaissance de paternité, Grâce a réussi à négocier et il a racheté le RC Miganosse Océan. Ça a pris dix ans, mais elle a eu son club, ainsi que le poste de directrice de la communication. Dans la vie, c'est donnant-donnant, on ne peut pas gagner sur tous les tableaux, a expliqué Grâce, lors de la transaction, à Miss Moule qui se demande toujours sur quel tableau elle a gagné. Les premiers mois, Miss Moule s'est attendue à ce que sa mère l'embauche au club, mais Grâce a finalement préféré Audrey, car tu comprends ce n'est pas parce que tu es ma fille que ça me donne le droit de t'avantager. Au contraire même, ce n'est pas un service que je te rendrais, le meilleur service qu'une mère peut rendre à son enfant est de le pousser à tracer son propre chemin.

Alors Miss Moule a continué de tracer son chemin de serveuse à l'Ovale à trois quarts temps.

Le poste très important de directrice de la communication de RC Miganosse Océan consiste à établir des notes de frais déductibles de TVA pour les robes que Grâce va s'acheter à Paris une fois tous les trois mois. C'est à Paris que Grâce vient de découvrir les « applications smartphone » :

— Tu en as déjà entendu parler, toi ? m'a-t-elle demandé.

— Vaguement, oui.

— C'est étonnant. Dieu sait que j'ai fréquenté les États-Unis. Y compris la Silicon Valley.

Grâce a voyagé plusieurs fois en Californie pour le boulot de son mari. Elle pense qu'elle a un lien spirituel avec Barack Obama.

— Je pense qu'il n'est pas acceptable que le RC Miganosse Océan n'ait pas son application smartphone. Il paraît que les Girondins de Bordeaux en ont une. J'ai l'air de quoi ? *We have to fight*.

Ah oui, parce qu'elle a décidé qu'elle était bilingue, aussi.

— J'en veux une, a-t-elle continué, et je veux que ce soit toi.

— Moi qui quoi ?

— Qui la fasse. Tu t'y connais en tout ça. Corail m'a dit pour tes problèmes d'argent. La famille, *sweetie*, c'est aussi fait pour ça.

Pensées conflictuelles : touchée que Grâce pense à moi/opposée à toute forme de népotisme/consciente qu'une application comme ça je pourrais la facturer 10 000 euros au moins/réaliste sur le fait que ce n'est pas mon domaine et que je n'ai jamais fait ça.

— Grâce, je vais dire non. Ce n'est pas ma spécialité et je crois que tu devrais faire un vrai appel d'offres. Si tu as besoin de contacts, je serai heureuse de t'orienter vers…

— *Think about it*. On se rappelle.

Elle peut toujours me rappeler. Mon plan, c'est de m'éloigner de Miganosse. Pas de m'y enterrer.

(Figurativement parlant. Merci de noter qu'au sens propre, le cimetière dans la forêt, j'aime plutôt bien.)

Dimanche 19 janvier
1/896

Résultat financier année écoulée
(euros)

	Sur l'année	Par mois
Chiffre d'affaires	28 600	2 383*
Cotisations, versement forfaitaire libératoire de l'impôt sur le revenu	5 916	493
Loyer appart	7 720	560
Part loyer bureau partagé	3 720	310
Électricité	864	72
Téléphone portable	588	49
Internet/TV	348	29
Meetic	180	15
Vêtements	480	40
Chaussures	420	35
Carte Bus	396	33
Courses courantes	2 820	235
dont : – camembert	276	23
– brioches	624	52
– vin	540	45
Restaurants	3 120	260
dont : – vin	840	70
Cocktails	960	80

Taxis	576	48
Nouvel ordinateur pro**	2 499	208
2 week-ends Paris	600	50
Nourriture pour chat***	444	37
Taxe habitation	552	46
Assurance habitation	0	0

* moyenne mensuelle lissée sur l'année (revenus irréguliers)
** à rembourser à mon père
*** même pas le mien !
BILAN :
Épargne : 0
Dettes : 2 499
Alcool : 2 340

Budget prévisionnel année en cours
(sous réserve de non-décès)
(euros)

	Sur l'année	Par mois
Chiffre d'affaires	28 600	2 383
Frais fixes	28 282	2 381,5
Reste à vivre	18	1,5****

**** Bleurf.

CONCLUSION

Si je souhaite garder mon niveau de vie, mais que je suis prête à renoncer à toute consommation d'alcool (hypothèse de sobriété), la somme que je dois gagner en plus cette année par rapport à l'année dernière est de : *12 840 euros.*

22 h 15

Ceci est une promesse écrite de donner aux Restos du Cœur en 2015, si je suis encore en vie et que je n'ai pas besoin d'y manger. (Au moins acheter le CD des Enfoirés.)

22 h 42

Par souci de transparence et d'honnêteté envers moi-même, je précise que je m'apprête à boire le fond de la bouteille de vodka. (Cela dit, c'est Miss Moule qui l'a achetée : donc neutre d'un point de vue financier.)

Lundi 20 janvier
1/895
J'étais à l'ouverture de la poste à Miganosse aujourd'hui pour envoyer les flyers que j'ai créés pour une boîte de nuit à Bayonne. Il y avait cinq guichets, dont trois d'ouverts, et les gens faisaient la queue chacun en choisissant un guichet, sans savoir si le guichet en question allait avancer plus ou moins vite que les autres. Ce qui est extrêmement stressant. J'ai essayé de me mettre à cheval sur deux guichets, en espérant que les gens qui arriveraient après moi auraient l'intelligence de comprendre que c'est dans l'intérêt de tous de ne faire qu'une seule queue. Même délai d'attente pour tout le monde : une démocratie éclairée.

Les gens qui sont arrivés après moi ont bien entendu essayé de me doubler et n'ont pas été sensibles à mes arguments.

— Si on fait plus qu'une seule queue, comment on fait pour choisir celle qui va plus vite ?
— Et les philatélistes, ils font comment du coup ?
— Moi je passe avec Patrick, pourquoi je devrais attendre pour ceux qui sont plus lents ?

C'est à ce moment-là que Grâce m'a appelée, pour me relancer à propos de l'appli smartphone. Je lui ai dit que « jamais je ne bosserais pour cette ville de merde ». Elle a répondu qu'elle « respectait mon choix » mais que j'aurais pu lui en faire part sur un ton « moins inutilement agressif ». Plus personne n'a essayé de me doubler et je suis passée avec Patrick au guichet n° 3.

Mardi 21 janvier
1/894
Grâce m'a reçue dans son bureau au-dessus du club-house. Elle m'a dit qu'elle aussi, quand elle avait été responsable des compositions florales pour le dîner de gala des exportateurs de vins français à San Francisco en 1998, elle avait été à deux doigts du *burn-out*. « Quel dommage que tu n'aies pas un homme dans ta vie ! Ce n'est pas dans l'ADN des femmes de supporter seules tant de pression. » Je lui ai menti en disant que j'étais très chère. Et qu'une application, c'était du design, du contenu, de la programmation, je devais faire appel à plusieurs talents différents, coordonner leurs travaux, je n'étais pas sûr qu'elle se rende compte de…

Elle m'a dit que son budget était de 20 000 euros.

Je lui ai répondu que j'allais voir ce que je pourrais faire.

Je déteste l'idée que mon premier gros contrat soit commandé par ma tante. Et mes valeurs ? Ce n'est pas du tout comme ça que j'avais imaginé ma carrière. À trente et un ans, normalement, j'aurais dû être dans un grand *open space* blanc, avec des meubles en bois recyclé, vue sur la forêt, et des graphistes venus du monde entier pour concevoir à mes côtés les univers visuels des marques les plus innovantes du moment. On accepte ou on refuse nos clients par un vote démocratique au sein de l'équipe, mais uniquement si les marques adhèrent au préalable aux valeurs de notre charte (développement durable, respect de l'environnement et de l'humain). Cinquante pour cent de l'activité est dédiée à des projets non profitables pour des

ONG, mais je ne suis pas une sainte non plus : bien sûr que travailler gratuitement sur des projets à haute valeur créative est aussi une manière de continuer à se faire connaître internationalement.

Par acquit de conscience, j'ai appelé Mathieu, même s'il sait déjà que j'ai besoin de bosser et m'envoie tout ce qu'il peut. Il m'a expliqué :

— Le problème, tu vois, c'est qu'elles adorent ton travail, à la rédaction, mais on est souvent obligés de te redemander des retouches supplémentaires parce que ton travail est impeccable, mais un peu timide. Dans le doute, elles n'osent pas te confier des jobs si c'est hyper-urgent. Tu vois ce que je veux dire ?

Je vois très bien : moins de cuisses, plus de cou, encore deux petits kilos en moins... Moi je corrige les ombres sans changer les contours. J'essaie d'embellir sans effacer l'humain. Pourquoi tout le monde veut que je renonce à ce en quoi je crois ? Ma vie est un *Choix de Sophie*. (Jamais lu.)

Enfin plus vraiment un choix : en sortant du bureau, j'ai dit oui.

Grâce m'a fait la bise et m'a laissée en haut de l'escalier, *welcome to ze team*. Puis, en bas des marches, je suis tombée sur le responsable médical du RC Miganosse Océan (Romain).

Je ne crois pas que c'était entièrement un hasard. Il avait dû me guetter, discrètement, sans se faire choper par Audrey, qui est la secrétaire de Grâce, et qui l'aurait mal pris, probablement.

Pardon, Audrey : j'ai encore dit « secrétaire » au lieu d'« assistante multilingue de direction ». Je l'ignorais mais j'apprends : quand on a eu la moyenne en anglais et en espagnol au bac, on peut marquer « multilingue » sur son CV. Quand on fait du 90C, on peut ajouter « de direction ».

Il était là, au rez-de-chaussée, et m'a demandé des nouvelles l'air de rien. Il a essayé de faire celui qui s'en foutait mais qui me posait la question juste pour être poli, comme on prend des nouvelles des enfants de ses amis :

— Et sinon, Internet, les rencontres, ça marche bien ?

— Super, j'ai dit. Et toi ? Je viens d'apprendre qu'elle est assistante multilingue, Audrey. Elle pourrait peut-être t'aider à traduire ton profil Meetic en espagnol et en anglais.

— T'es en forme, dis donc.

— Un peu pressée aussi.

J'étais fière de ma réplique sur le profil en espagnol et en anglais, je comptais le planter là, mais on a entendu : « Juuulie ! », pile comme la dernière fois :

— Juuulie ! Je suis *trop* contente que tu bosses pour le club. Ta tante a eu une idée *top*. On pourra se voir plus souvent comme ça !

C'est fou comme elle arrive à vous dire des choses sympas tout en laissant entendre clairement que l'industrie cosmétique, au lieu des lapins, devrait utiliser votre peau pour ses essais.

— J'aurais bien déjeuné avec toi, mais je vois Manon à midi... On se prévoit un déj la prochaine fois que tu passes. Ça me ferait *trop* plaisir. Tu fais quoi, Romain, tu restes avec l'équipe ?

Il n'a pas eu le temps de répondre que s'est matérialisée Manon, que je n'avais pas revue depuis le lycée. Elle est arrivée derrière moi, comme dans les films d'horreur quand le réalisateur vous fait croire que le tueur est là, et en fait non, c'est juste Manon.

— Juuulie !

— Manon !

L'avantage des filles comme Audrey et Manon, c'est qu'elles ne posent pas de questions. Elles ont déjà tellement de choses, elles, à vous raconter !

— Ça doit te faire bizarre de te retrouver ici, a quand même relevé Manon, qui a soit plus de mémoire soit plus de courage qu'Audrey. Pas que des bons souvenirs, hein ? C'est horrible, les filles, à l'adolescence…

— Ah, l'adolescence… j'ai dit en essayant de partir pour la dixième fois.

— Faudra qu'on t'invite à dîner pour nous faire pardonner !

— Trop drôle, a dit Audrey, je lui disais justement qu'il fallait qu'on cale un déjeuner !

— Trop cool. On se rappelle.

J'ai cru qu'elles ne me lâcheraient pas. Romain m'a refait la bise avec son sourire pardonne-moi-j'y-suis-pour-rien.

Je veux retourner vivre à Bordeaux…

Ce soir, Journal, promis : je te raconte la fois où j'avais quinze ans et où j'ai couché avec Romain.

Il est 15 heures. Exceptionnellement, plutôt que retourner à Bordeaux, je vais travailler depuis chez Miss Moule. C'était la maison de notre grand-mère avant. Elle est toute petite. Grâce a aidé sa fille pour qu'elle puisse la racheter. C'est la belle façon de voir les choses. La moins belle : Grâce n'a transmis à sa fille qu'une partie de la maison, et pour le reste Miss Moule a pris un crédit, sur son smic à trois quarts temps, qu'elle aura fini de rembourser dans trente-cinq ans. Il y a deux chambres à l'arrière, elles donnent sur la forêt. Je venais y faire la sieste, souvent, le samedi après-midi. Quand je me réveillais, on allait à l'océan, avec des serviettes si c'était l'été. Quand je ne dormais pas, je me mettais sur le petit secrétaire devant la fenêtre, sur lequel tu te trouves en ce moment cher Journal, et je dessinais les animaux imaginaires de la forêt. J'adorais le bruit du vent dans les pins. Et l'odeur salée du vent. Et le bruit de l'écorce qui craque quand il fait trop chaud. Ce qui est loin d'être le cas aujourd'hui. Même quand il fait froid, j'aime ouvrir la fenêtre. Je me suis enroulée dans la couverture de laine tricotée par ma grand-mère. Juste les joues et les oreilles qui dépassent pour écouter dehors et sentir le vent.

Sur un blog consacré à l'optimisation de la productivité des travailleurs freelance, j'ai lu que les micro-siestes sont très pratiquées en Scandinavie en raison de leurs effets positifs sur la santé et la concentration.

18 h 20

Pardon, cher Journal, si j'ai pu te baver dessus.

22 h 16

Je déteste Manon. Je déteste Audrey. Je devrais coucher avec Romain rien que pour me venger.

22 h 20

Sérieusement : je vais faire ça.
(Sérieusement : je devrais.)

22 h 35

Je n'aime pas que Miss Moule travaille le soir. Quitte à partager une maison avec elle, je préfère quand elle est là. On se voyait tout le temps l'année où on était au lycée (elle en seconde, moi en terminale). J'ai plein de souvenirs de cette année qui me sont revenus pendant que je dînais dans la cuisine.

La prof de philo, une fois, avait demandé ce qui définissait le plus le siècle des Lumières. Manon avait levé la main et elle avait répondu : « L'invention de l'ampoule électrique. »

Une autre fois, j'étais allée chez Manon, je lui avais demandé où elle rangeait ses livres parce qu'il n'y en avait aucun dans sa chambre, et elle m'avait répondu, si, regarde, ils sont là, en pointant son doigt vers le *Voici* et le *Télé Star* sur sa table de nuit.

Je suis dure. Manon a quand même eu son bac. Un an après moi. Au rattrapage.

Regardez-moi, tout aigrie. Le pire est là : si les vœux et les génies existaient pour de vrai, je ne suis pas sûre de résister, contre tous mes principes, à la tentation d'échanger ma vie avec celle de Manon.

Car ce qui pose question, en termes de karma et d'ordre global des choses, c'est que Manon habite aujourd'hui dans la plus belle maison de Miganosse. Piscine, vue sur mer, une nounou, une femme de ménage, yoga à 10 heures mardi, mercredi, jeudi. Elle arrive en retard à son déjeuner parce que, pardon, elle est sur-dé-bor-dée. Je m'interroge : Elles sont où, celles qui lisaient des vrais livres sans images dedans ? Celles qui savaient que le siècle des Lumières a été marqué par l'émergence d'une élite intellectuelle qui croyait en la supériorité de la raison et du savoir sur la religion et les superstitions ? Et qui enchaînaient les stages non rémunérés jusqu'à l'âge de vingt-six ans ? Au lieu de passer leurs après-midi à essayer des soutiens-gorge à Vétimarché pour séduire des radiologues ? Je sais même pas pourquoi on a des tribunaux puisque la justice, de toute manière, ça n'existe pas.

Quand vous dites ça, on vous traite de mal-baisée.
À ce propos, j'ai une promesse à tenir !

J'avais alors quinze ans.
Il faut que vous imaginiez une jolie fleur, scintillante, légère, rose et pulpeuse, un petit rayon de soleil et de beauté parfumé à la lavande.
Ça, c'était Audrey, avec du gloss et déjà son 90C.

Moi aussi, j'étais très belle, chez Mathieu quand je choisissais Chun-li comme avatar dans Street Fighter 2. Le reste du temps, j'étais un gentil petit tas avec déjà des hanches mais pas encore de seins. De nature très souriante (mes bagues m'empêchaient de serrer les lèvres), j'avançais en regardant le monde droit dans les yeux, tandis que le monde avait les yeux rivés sur ma cicatrice au menton. Ma cicatrice appelait mille questions, mais moi je m'en fichais, moi j'exsudais la force et la confiance grâce aux belles toilettes que ma mère m'achetait sur les conseils de Valérie de Vétimarché. On ne peut pas dire que ma peau avait des problèmes d'acné. On peut sans doute dire en revanche que mon acné avait des problèmes avec ce qui me restait de peau. Mes longs cheveux châtains étaient la seule partie de mon corps que j'arrivais plus ou moins à contrôler, malgré leur métabolisme particulier qui transformait en huile chaque gramme de chocolat qui entrait en contact avec ma langue. Alors, je les lavais cinq fois par jour, je les sculptais, je me réinventais sans cesse avec toutes sortes de gels vus à la télé. Une fois par trimestre, afin de faire ressortir ma vraie personnalité, j'allais chez le coiffeur. Comme pas mal de filles de ma génération, je venais avec une photo de Jennifer Aniston (prononcer « Rachel dans *Friends* »), et je ressortais avec la tête de Christine Bravo.

Inutile de le préciser, j'étais extrêmement convoitée.

À partir de vingt ans, les garçons doivent ramer pour choper. Pour les filles, c'est beaucoup plus facile, il faut l'avouer :
FILLE : Tu veux coucher ?
GARÇON : Oui.
On doit juste être prêtes à assumer les conséquences le lendemain matin. Et par « lendemain matin », il faut comprendre « 22 h 45 », quand le

garçon s'attend à ce que tu rentres chez toi et que tu ne le rappelles surtout jamais.

N.-B. : Je viens d'avoir Mathieu sur Skype qui dit que les garçons homos sont l'exception. Pour eux c'est aussi facile que pour les filles, avec l'avantage supplémentaire, justement, de ne pas lire « traînée » le lendemain matin dans le regard de l'inconnu à côté sur le matelas. Ou alors le regard est réciproque, explique-t-il, ce qui constitue un instant de complicité très sympa.

Bref. À *quinze ans*, fille ou garçon, c'est compliqué pour tout le monde. Imaginez mon émotion le jour où Romain a marché droit vers moi de l'amour plein les yeux. Il avait été dans ma classe depuis le CP. Il avait été premier de la classe quand j'étais la seconde, le second quand j'avais été la première. Ça faisait dix ans que j'éprouvais à son égard des élans croissants d'érotisme et de rivalité, et donc, enfin, ce mardi après-midi, dans la cour de récréation, tandis que des garçons ricanaient derrière lui, il a marché vers moi. Pour me proposer de faire le grand saut avec lui. Je ne sais pas si les mots peuvent retranscrire la subtilité et la tendresse de cet instant :

ROMAIN : Tu veux coucher ?
MOI : Oui.

Rendez-vous a été pris le samedi suivant, à 13 h 30, au club de rugby. Il connaissait une salle, qui n'était pas fermée à clé, où ils rangeaient des matelas d'étirement pour l'entraînement de l'équipe pro. Soit l'équivalent, pour des adolescents, de la suite nuptiale du Plaza Athénée. On ne s'était jamais embrassés avant, mais il y avait quelque chose de naturel à notre rapprochement. On se mettait ensemble quand on avait des exposés à faire, on s'était mis à côté à l'aller et au retour du voyage en bus à Madrid, on s'offrait une carte pour nos anniversaires. Tout le monde se demandait : pourquoi ne s'est-il jamais rien passé entre vous ? (Réponse : *cf.* ma description physique *supra*.) Soudain, les hormones de Romain prenaient le pas sur ses facultés visuelles, et je découvrais cette sensation de papillons dans le ventre qui, instantanément, ont fait de moi la reine suprême du monde. Il est possible que la demi-semaine entre ce mardi après-midi et ce samedi matin ait été les jours les plus heureux de ma vie.

Il n'y a pas grand-chose à dire de l'acte en lui-même. Ni bref ni long, ni maladroit ni sensuel, ni agréable ni douloureux, mais je me souviens être sortie de la pièce avec le sentiment d'être liée à lui par un secret. On avait vécu un moment qu'on n'oublierait pas et qui nous unissait.

On a marché dans le couloir des vestiaires en se tenant la main, ce qui, personnellement, ne m'est jamais arrivé depuis. Au bout du couloir, avant d'arriver sur le terrain et de risquer de croiser quelqu'un, il a dit qu'il valait mieux qu'on prenne des chemins différents. J'ai répondu d'accord, plus on serait discrets, plus on serait tranquilles. Je rappelle qu'on allait au lycée et que, dans ce lycée, il y avait des lycéens.

Il m'a lâché la main et il est allé jeter dans les toilettes le préservatif qu'il tenait dans son autre main. Avant de partir, il m'a embrassée. Sans la langue, mais avec tendresse. Dans son baiser, il y avait donc de la tendresse et, je me souviens, de la reconnaissance. Ce qui m'avait paru bizarre car je n'avais pas l'impression de lui avoir donné plus qu'il ne m'avait donné lui. Il a dit qu'il avait son match à 15 heures, c'était bientôt l'échauffement. J'ai promis de venir le voir jouer.

Me revoilà donc au stade, une heure plus tard, avec Miss Moule, qu'on n'appelait pas encore comme ça à l'époque, au milieu des gradins. Ce jour-là, les cadets de Miganosse recevaient les cadets de Montde-Marsan. Romain n'était pas très bon au rugby, il était plus souvent sur le banc des remplaçants. Mais il avait quelque chose à se prouver, peut-être parce qu'il courait moins vite, ou peut-être parce que ses parents étaient moins riches. Ou parce qu'il était bon en classe et qu'il avait peur d'être catalogué. Ou juste parce que ce n'est pas vers lui que les filles venaient en premier. Toujours est-il que, quand il jouait, il jouait à fond. Comme à chaque match, un tiers du lycée était là. Et les tribunes se remplissaient déjà pour le match senior à 17 heures.

À la mi-temps, j'ai fait signe à Romain. Il m'a répondu. J'étais contente. Il a rejoint d'autres joueurs au bord du terrain, et deux filles qui étaient avec eux, pas davantage habillées que les garçons, sauf qu'elles n'avaient pas l'excuse d'avoir couru. Audrey et Manon.

Audrey était nouvelle au lycée. Ses parents venaient d'emménager à Miganosse. Manon l'avait immédiatement choisie comme sa nouvelle meilleure amie. Manon voulait sans doute impressionner Audrey en lui montrant les entrées qu'elle avait au rugby. Le petit groupe a disparu vers les vestiaires sous les gradins. Je n'étais pas jalouse, au contraire : je me sentais forte comme jamais puisque j'avais un secret. Un secret qui changeait tout, même la couleur du ciel. Quelques minutes plus tard, le groupe a réapparu derrière nous, tout en haut, dans la cabine du speaker. C'est Corail qui les a vus en premier. Elle m'a dit de me retourner. Il était clair, même sans le son, que les quatre garçons jouaient à impressionner les deux filles, qui s'amusaient à se laisser impressionner par les garçons. Romain, même s'il riait, se tenait en retrait. On était trop loin pour entendre ce qu'ils disaient. Jusqu'à ce que Manon se penche vers le micro. Il y a eu du larsen, puis :

— Bonjour Miganosse !

Elle a reculé, en ricanant, tandis que sa voix faisait écho dans le stade. Le public a continué à bavarder, l'ignorant royalement. Audrey s'est approchée du micro :

— Avis à la population. Nous recherchons la personne avec qui Romain a couché ce matin...

Et elle a pouffé à son tour et elle a sauté en arrière comme si le micro avait essayé de la mordre.

Et moi je me suis glacée. Un lapin sur l'autoroute. Je n'ai même pas eu l'idée de m'enfuir. Une coïncidence, une bêtise, elle ne pouvait rien savoir puisque Romain voulait que ce soit notre secret. Il n'avait rien dit, c'était impossible, Audrey ne pouvait pas savoir que lui et moi...

Il a bondi entre Audrey et le micro. Mais l'embarras de Romain et le rire des autres ont encouragé Audrey :

— On me dit que la personne est présente dans le stade. Merci de nous aider à l'identifier !

Si vous n'êtes pas trop stupides, archéologues du futur, vous avez compris ce qui s'est passé après. Pour l'instant, ça faisait rire Corail, qui n'était au courant de rien, et qui n'avait pas encore vu que j'étais paralysée. Il y a eu encore de l'agitation dans la cabine, diverses tentatives d'interpositions entre Audrey et le micro. Romain a mis ses mains comme on prie pour supplier Audrey d'arrêter. Mais elle s'amusait trop.

Elle a attrapé le micro et elle a pointé le doigt vers moi. Il était peut-être encore temps de partir, mais je ne l'ai pas fait. Un frisson terrible m'a traversée. Corail a arrêté de rire.

— Ça y est, a annoncé Audrey, on me dit qu'on l'a retrouvée...

Tous les gradins avaient maintenant les yeux levés vers la cabine. Audrey a secoué la tête, en riant, la bouche contre le micro et les yeux tournés vers Romain.

— Laquelle des deux ?

Romain, livide, a essayé de reprendre le micro. Audrey s'est tournée vers les garçons et a pouffé de rire :

— La petite grosse ou la petite moche ?

Dix-sept ans après, ma main tremble en écrivant (c'est à se demander comment l'espèce humaine a pu traverser les siècles avec une si faible constitution). Corail m'a regardée, apeurée, tandis que les visages autour du stade se tournaient vers nous. J'avais l'impression de brûler sous la lumière d'un projecteur géant. Romain a réussi à écarter Audrey du micro, mais pas Manon qui a pris sa place.

La voix de Manon, étranglée par les ricanements, a résonné dans les haut-parleurs :

— La petite moche ! C'est avec Julie Arricau qu'il a couché !

Elles ont de nouveau éclaté de rire, avant cette fois de s'enfuir par l'arrière de la cabine, pleines de la satisfaction d'avoir brillé et d'avoir vaincu. Les garçons les ont suivies, hilares. Romain est parti en dernier, sans se retourner.

J'ai pris la main de Corail. Je voulais courir mais mes jambes tremblaient. Marche après marche, on a descendu les gradins puis, accrochant le regard sur la ligne blanche, on a longé la pelouse jusqu'à la sortie à l'angle du terrain, sous les regards qu'on n'a pas croisés car on avançait tête baissée.

On n'a pas prononcé un mot, ni sur le chemin de retour, ni du week-end, ni à nos parents, ni entre nous.

Lundi matin, au lycée, même ceux qui avaient raté le spectacle avaient compris que la chose la plus drôle qui pouvait être faite était de venir me parler, l'air de rien, et soudain remplacer mon prénom par « la Petite Moche », comme si c'était toujours comme ça qu'on m'avait appelée. Puis m'expliquer que je ne devais pas mal le prendre. Car tu comprends, c'est juste pour plaisanter. On t'appelle la Petite Moche parce que c'est drôle. Audrey et Manon, elles l'ont dit dans le micro et tout. C'est une blague, tu ne sais pas ce que c'est une blague ? Faut avoir de l'humour dans la vie !

C'est vrai, quoi, pourquoi je ne riais pas avec eux ?

Pour ce qui était d'avoir couché avec Romain, il y avait deux camps. Le camp de ceux qui y croyaient. Mais qui, à cette époque pré-Facebook, n'avaient pas la technologie nécessaire pour créer le groupe de « Si Toi Aussi Tu Veux Coucher Avec Julie la Tepu Dans Les Vestiaires Avant l'Entraînement ». Et le camp de ceux qui n'y croyaient pas. Ceux-là étaient plus nombreux que les premiers, d'une part parce qu'ils voyaient bien à quoi je ressemblais, et d'autre part parce que Romain était publiquement sorti avec Audrey plus tard samedi dans la soirée. Ah oui, parce que Romain et Audrey étaient sortis ensemble après le match dans la soirée. Je vous l'ai déjà dit, mais je n'aime pas passer à côté d'une occasion de rendre hommage à la personnalité d'Audrey.

Vous avez raison, petits archéologues. Je suis injuste d'accuser Audrey plus que Romain. Après tout, si Romain est sorti avec Audrey, c'est lui le coupable, pas Audrey. Je suis misogyne d'accuser une fille alors que la trahison vient de Romain : c'est lui qui a dit aux autres qu'il avait couché avec moi, lui qui a embrassé une autre fille le soir même. Trois faits que j'aimerais porter à votre attention aiguisée :

— Romain a essayé d'empêcher Audrey de parler dans le micro.

— Romain m'a envoyé une carte pour mon anniversaire dix jours plus tard et les deux années suivantes pour me demander pardon.

— Audrey a cassé avec Romain dans la semaine et ne s'est réintéressée à lui, de ce qu'a compris Miss Moule, que lorsqu'il a obtenu son diplôme de médecin.

L'usage du verbe « casser » pour désigner la fin d'une relation atteste que je viens de perdre deux nouvelles heures de ma vie sur un sujet beaucoup trop lointain pour me concerner aujourd'hui. Il est presque 3 heures du matin, la nuit est déjà bien entamée, alors que le sommeil est le secret de la beauté.
Je ne vais pas coucher avec Romain. Ni pour un soir, ni pour me venger d'Audrey.
Malgré l'écume qui me revient des vagues passées, je dois garder le cap sur l'horizon, le regard fier à la barre de ce beau voilier qu'est ma vie, et tracer la ligne de mon destin sur l'océan de l'existence.
Bleurf.

Mercredi 22 janvier
1/893
Bridget Jones décompte les kilos. Moi, les probabilités de mourir dans la journée. Chacun son lot dans la grande tombola de la vie.

Autre référence, parce que j'ai de la culture, cher Journal : Hitchcock. Alfred Hitchcock disait qu'il préférait le suspense aux surprises. Il donnait l'exemple d'une scène dans laquelle deux personnes seraient en train de parler autour d'une table. Dans la première façon de la filmer (la façon suspense), la caméra montre qu'une bombe a été placée sous la table. On entend le très léger tic-tac : la bombe peut exploser à tout instant ! Le public a peur pour les deux personnes autour de la table :

vont-ils avoir assez de chance pour sortir de la pièce avant l'explosion ? Dans la seconde façon de filmer, toujours la même scène, la caméra ne montre pas la bombe. On voit deux personnes discuter autour d'une table et, tout d'un coup, boum, la bombe explose ! (C'est la façon surprise de filmer.)

Hitchcock préférait le suspense aux surprises, et je suis d'accord avec lui. Je préfère savoir que j'ai un anévrisme plutôt que de l'ignorer.

Pour la plupart des gens, un AVC n'est pas un suspense mais une surprise. Ils vivent avec une bombe dans la tête, qui peut exploser n'importe quand, mais n'en savent rien. Avantage : ils continuent de dormir huit heures par nuit. Moi, *je sais*. Avantage : je choisis d'occuper chaque journée en pleine conscience qu'il n'y en aura peut-être plus beaucoup après. Mais j'en paie le prix en insomnies, en réveils en nage, et en bouffées d'angoisse aux moments les plus incongrus de la journée. (Je suis bien élevée, cher Journal, je t'épargne le décompte quotidien de mes petites heures de sommeil et de mes sueurs froides au milieu de la nuit.)

Et même si j'étais assurée que ça allait mal se terminer, je préférerais quand même la conscience du suspense à l'insouciance de la surprise. Je préfère vivre douloureusement, en pleine conscience de la valeur du temps, plutôt qu'être rattrapée trop tard par la surprise que j'ai gâché le mien.

Jeudi 23 janvier
1/892

Je n'arrivais pas à dormir. Impossible. Pire que d'habitude. Sans doute lié à ce que je t'ai raconté hier soir, petit Journal.

Du coup, je suis arrivée de bonne heure au bureau. Christophe était en train de s'y masturber.

20 h 15

Chaque fois que je pousse une porte, je me dis que, de l'autre côté, quelqu'un est en train de se masturber, ce qui crée une accumulation d'images bizarres dans ma tête.

Ce matin, on a fait comme si de rien n'était. Aucune allusion. Je n'ai rien contre la masturbation, mais je me demande si certaines personnes m'ont déjà imaginée le faisant. S'ils pensent que ça me correspond. En réalité, je me masturbe très peu. Je me demande pourquoi j'écris ça alors que je vais probablement mourir avant d'avoir détruit ce cahier. J'ai attendu que Sabri s'absente, ce soir, pour avoir une conversation d'adultes avec Christophe. J'ai commencé en lui disant, pour le mettre à l'aise, dis donc, au fait, ha ha ha, elle ne ressemblait pas beaucoup à ta femme, la meuf, ce matin, sur la vidéo. Il a baissé les yeux et il a marmonné :

— Je suis désolé que tu aies vu ça.
— Je n'ai pas vu grand-chose.
— Pas grand-chose ? C'est pas gentil de dire ça...
— Ce n'était pas du tout, heu, ce que je voulais dire...

Puis il m'a dit : « Hé ! Hé ! Je te charrie l'Arricau » et j'ai compris qu'il n'en avait rien à foutre de s'être fait surprendre en train de se masturber.

Est-ce normal ? Ne devrait-il pas être gêné ? Devant moi ?

— Fais pas cette tête, a-t-il dit, comme si ça t'était jamais arrivé...

D'une part, rarement devant un film porno. D'autre part, même si c'est vrai qu'on a fait toutes nos études ensemble et que je le connais mieux que sa femme, ça reste intime comme sujet. Je ne suis pas romantique, mais n'est-on pas censé garder un peu de magie autour de la sexualité ? Il a vu que j'avais du mal à enchaîner. Il m'a dit, tu sais, le petit a treize mois, treize plus neuf ça fait vingt-deux : vingt-deux mois, c'est la durée qui me sépare de mon dernier rapport sexuel.

Acte manqué : il s'est gratté l'entrejambe pile à ce moment-là.

— Laurianne me dit qu'elle n'est pas prête et que sa relation avec le bébé la satisfait pleinement, elle se sent comblée sans sexe.

— C'est dégueulasse, j'ai dit.

Il m'a regardée bizarrement.

— Tu trouves ?

— Je sais pas, j'ai répondu en continuant de fixer Google, elle change les règles en cours de route... Elle peut pas te demander de... Et toi tu...

Il a réfléchi.

— Je me dis que ça reviendra. Non, ceux que je plains vraiment, c'est les hommes d'avant, qui n'avaient pas Internet dans ces moments-là.

Christophe me parle comme si j'étais un mec. Il est patient et compréhensif avec sa femme, et moi j'accuse Laurianne. C'est la solidarité féminine à l'envers. Peut-être que je suis misogyne. Peut-être que je ne suis pas assez femme ? Peut-être que c'est l'explication à tout ? Y a-t-il une leçon à tirer du constat que mes amis hommes se grattent les couilles devant moi ?

Vendredi 24 janvier
1/891
Je ne vous ai même pas dit que j'ai rendez-vous avec Sébastien demain ! Beau. Grand. Drôle. Miam.

Samedi 25 janvier
1/890
Ça me coûte cher en essence ces histoires.

Dimanche 26 janvier
1/889

Je ne comprends pas Miss Moule et Mathieu : ils veulent que je revoie Sébastien. Ils ne sont pas au courant de mon opération, ils ne sont même pas censés savoir que je suis désespérée à ce point.

Sébastien, ai-je expliqué à Miss Moule pendant qu'on épluchait les légumes ce matin, est un peu moins beau en vrai que sur sa photo (effet noir et blanc), mais il a le charme patiné des marins. Il a un voilier, ce qui explique que sa photo de profil ressemble à une pub pour Allure Homme Sport.

— Mmmh mmmh, a dit Miss Moule.

Non, pas mmmh mmmh.

Je suis arrivée vingt-cinq minutes en retard. J'ai trop bu et j'ai chanté *La Isla Bonita*, alors que je m'étais dit que ce serait amusant, un resto-karaoké, à condition d'écouter les autres chanter mais de ne pas le faire moi. Quand je suis allée aux toilettes, j'ai vu que j'avais un gros bout de basilic entre les dents et, cinq minutes plus tard, de retour face à Sébastien, j'ai postillonné un têtard dans sa Badoit. J'ai terminé mes pâtes au pesto les lèvres serrées comme si j'avais perdu mon dentier, et quand on nous a apporté la carte des desserts il m'a demandé : « Chez toi ou chez moi ? » Comment un mec peut-il être attiré par une fille comme ça ?

Corail a haussé les épaules. Ensuite elle a froncé le nez, ce qu'elle fait quand elle réfléchit vraiment. Ça a duré longtemps. J'ai fini par lui demander à quoi elle pensait.

— Je pense, a-t-elle répondu, qu'il faut que je te raconte la fois où je prenais une douche avec un type et que j'ai éternué et que ça m'a fait sauter le tampon.

Ce qu'elle m'a raconté, et ce que je préfère garder pour moi.

— Ça n'aurait pas pu se passer moins bien, j'ai réexpliqué en webcam à Mathieu.

(N.-B. : j'aurais pu faire un AVC sur place et terminer la tête à plat dans mon pesto – ne crois pas, Journal, que je ne sais pas relativiser.)

— Je crois, m'a-t-il répondu, que tu as un problème d'estime de toi.

— Parce que je trouve ça louche qu'un mec soit intéressé par une fille comme moi ?

Je me suis repassé ma phrase dans ma tête et j'ai compris ce qu'il voulait dire.

L'important n'est pas de trouver des solutions mais d'avancer dans la bonne direction. Aujourd'hui, cher Journal, j'ai avancé : j'ai un problème d'estime de moi.

Je le savais déjà mais je pensais que les problèmes d'estime de soi étaient des problèmes plutôt positifs. Qu'ils aidaient par exemple à mieux travailler en classe, à ne pas porter de jupe en cuir, à ne pas être candidat aux jeux à la télé.

Je pourrais rappeler Sébastien du coup. Mais je ne le ferai pas. Je préfère repartir de zéro avec quelqu'un qui ne m'a pas vue chanter *La Isla Bonita* bourrée avec du pesto entre les dents.

Lundi 27 janvier
1/888

888 : un nombre qui se lit aussi la tête en bas ! Mais je ne le ferai pas, je dois éviter les afflux de sang vers mon cerveau.

J'ai rappelé Mathieu. Je lui ai dit qu'il avait raison et que j'avais un problème d'estime de moi. La découverte ne porte pas tant sur mon niveau d'estime de moi que sur le fait que ça pourrait bien être un vrai *problème*.

C'est un détail qui a déclenché ma réflexion : j'ai repensé à la façon dont on s'est salués, Sébastien et moi, comme on s'est vus pour la première fois dans le restaurant. Il a tendu la main vers moi (j'aime bien les hommes qui serrent la main des femmes la première fois qu'ils les voient au lieu de leur faire la bise directement), et moi, en retour, un quart de seconde, j'ai tendu la main gauche. Au lieu de la droite. Parce que ma main droite était posée sur mon menton afin de cacher ma cicatrice.

Je n'avais pas décidé de poser la main sur ma cicatrice. Ma main s'y est posée d'elle-même. Par réflexe.

C'est en toute conscience, ensuite, que j'ai choisi le coin le moins éclairé du restaurant, le côté de la table en contre-jour, et la chaise qui exposerait mon profil droit.

Quand on n'a pas de cicatrice, ni de défaut physique apparent, on doit se dire : depuis le temps, elle a dû oublier, c'est devenu banal, sa cicatrice est devenue invisible à ses propres yeux, elle ne la voit même pas.

On a tort de se dire ça. Je n'ai jamais oublié ma cicatrice. Elle ne s'est jamais fondue dans mon visage. À part quand je dors, et pendant les bons films au cinéma, il n'y a pas une heure dans ma vie au cours de laquelle je n'y pense pas. Je ne suis pas difforme, ma cicatrice est discrète, elle n'empêche pas de voir mon visage tel qu'il est censé être (un visage que j'aime bien, d'ailleurs, un visage « qui me ressemble », même si c'est idiot de dire ça). Mais j'y pense. Je ne l'oublie pas. Car je sais que les autres y pensent, surtout ceux que je rencontre la première fois. Je monte dans le bus, je tends la monnaie au chauffeur, je m'assois à côté d'une vieille dame, je souris à une mère qui tient un enfant sur ses genoux. En moins de deux minutes, je vois quatre regards faire un aller-retour entre mes yeux et mon menton. C'est furtif, mais c'est inévitable. Ça se passe toujours comme ça, il n'y a pas d'exception. On me dit bonjour, on sourit, mais on pense, tiens la pauvre, elle a une cicatrice sur le menton, c'est dommage, elle est plutôt jolie, je me demande comment elle s'est fait ça. Il n'y a rien de grave, ce n'est pas méchant, c'est juste le cerveau humain qui est programmé pour scruter la moindre irrégularité. Plus tard, si des policiers demandent une description de moi, le chauffeur, la vieille dame et la jeune mère diront ah oui, la fille qui avait une cicatrice sur le menton.

La première chose qu'on retient de moi est un défaut. Alors, quand je rencontre une nouvelle personne, au lieu d'être légère, spontanée, et spirituelle, comme dans la version idéale de moi, je baisse les yeux et je bégaie, car mon cerveau répète : « Il voit ta cicatrice », « Il voit ta cicatrice », « Il voit ta cicatrice », et m'empêche de parler et de sourire comme la fille sans cicatrice que je voudrais être à ce moment-là.

Comment dépasser ce blocage ? Gagner en assurance malgré cette image abîmée de moi ?

— Mais je ne dis pas ça pour toi... me suis-je empressée de rectifier.

J'ai rectifié car, ma cicatrice, c'est Mathieu. Et il se sent assez coupable comme ça. (Hier soir on a skypé jusqu'à 2 h 30 du matin.)

Deuxième année de maternelle. Tourniquet. Lui et moi. La tête qui tourne, l'adrénaline, les enfants qui courent autour et nous font aller de plus en plus vite. Dans un élan spontané d'affection, je décide d'embrasser Mathieu. Je lutte contre la force centrifuge, je me rapproche de lui, je me penche à bout de bras, je fronce les lèvres, je les tends vers lui... Preuve que les préférences sexuelles sont ancrées dès le plus jeune âge : Mathieu écarte mon visage avec sa main, les miennes lâchent le tourniquet, vol plané, j'atterris trois mètres plus loin sur la margelle.

Mes parents disent que j'ai beaucoup saigné. Je ne sais pas si le médecin qui m'a recousue avait bu, ou si mes parents m'avaient emmenée aux urgences vétérinaires, mais le fait est que la ligne des points de suture n'est pas droite. Elle fait deux petits zigzags. Tandis que la margelle, elle, était droite. Pourquoi un zigzag ? Le mystère continue de m'occuper chaque matin devant le miroir.

Mathieu a donc cette dette envers moi, que j'ai habilement exploitée au long des années. Je peux lui dire n'importe quoi, il est obligé de rester mon ami. Si je lui envoie un SMS, il est obligé de répondre dans l'heure qui suit. Dommage que ça n'ait pas été François Hollande sur le tourniquet. Je lui demanderais de me nommer ministre de la Jeunesse et j'instaurerais l'obligation pour toutes les blondes de moins de dix-huit ans de se teindre en brun.

— Toute sa vie, a dit Mathieu, on garde l'image qu'on avait de soi à l'adolescence.

Moins que Miss Moule, mais Mathieu aussi était un peu rondouillet. Vous imaginez comme on était populaires tous les trois au lycée.

— Tu me conseilles quoi ?
— Tu dois affronter le passé.
— Affronter le passé ?
— Oui, affronter le passé.

J'ai insisté car ça ne lui ressemble pas de dire des choses comme ça. Il m'a dit que j'avais tout pour être la fille que j'avais envie d'être et que le problème ne venait pas tant des autres que de moi. Je dois changer l'image que j'ai de moi, or j'ai hérité de l'adolescence cette image, donc je dois affronter le passé.

Le syllogisme est très joli. Sauf que, précisément, je n'ai pas dix ans pour me faire psychanalyser.

Pour dîner, je vais manger du pain et du camembert. C'était mon plaisir secret, le soir, quand j'habitais seule. ~~Souvent,~~ Parfois, au lieu de dîner, je mangeais un demi-camembert. Je suis allée à Intermarché tout à l'heure et j'en ai acheté ~~cinq~~ trois.

Ça veut dire quoi « affronter le passé » ?

Mardi 28 janvier
1/887

Chère Madame Dumols[1],

C'est Julie ! Vous vous souvenez de moi ? Julie Arricau, 3e B, 1996 ! Ça ne vous dit rien ? Pas grave ! Moi, je me souviens de vous ! (Beaucoup de points d'exclamation, vous avez vu ? Ça montre à quel point je suis contente de renouer avec vous !!!)

Je vous écris car j'ai trente et un ans maintenant, et assez de maturité pour comprendre que j'ai mal jugé votre pédagogie. À l'époque, j'étais trop timide pour vous dire quoi que ce soit, mais dans votre dos (seule dans ma chambre face à un miroir en imaginant que je m'adressais à vous), je clamais que vous étiez une « frustrée perverse », une « sadique complexée », une « vieille fille incompétente qui vit probablement chez sa mère ». Imaginez-vous ces mots dans la bouche d'une enfant de quatorze ans ? Odieux !

Pour aider votre mémoire, je devrais rappeler que j'étais une petite fille qui ne parlait pas très fort, à qui vous répétiez toujours de mieux articuler, même quand tout le monde avait entendu, et la seule à qui vous demandiez de se mettre debout pour prendre la parole. Au premier trimestre, j'avais les meilleures notes en exercices écrits, mais vous m'aviez mis la pire note en participation orale. Ça m'avait paru étrange, car je

---

[1]. Une photocopie de la lettre est agrafée dans le cahier.

parlais plus souvent que les trois quarts des élèves de la classe, mais si vous en aviez décidé ainsi, c'est que vous aviez raison.

Au second trimestre, j'avais fait des efforts si manifestes pour m'améliorer que toute la classe a poussé un cri en entendant que j'avais une nouvelle fois la pire note de participation. Toujours aucun souvenir ? C'est amusant, moi je m'en souviens vraiment bien.

Parce qu'ensuite, face aux protestations, dont je n'étais pourtant pas l'origine, vous m'avez dit : « Vous croyez que vous valez mieux ? Venez au tableau, nous allons voir. » Et vous avez demandé à tous les élèves de la classe de me poser des questions de grammaire et d'orthographe, sur n'importe quel mot, n'importe quelle règle. Vous avez commencé en me demandant trois synonymes de « timide » en anglais.

Au début, les élèves n'osaient pas trop. Puis ils ont vu que je m'en sortais bien, alors ils ont posé des questions de plus en plus dures. Le passé simple et le participe passé de « fly », « weave », et « undergo ». La forme interrogative de « She'd rather stay » et « You'd better go »... Ça a duré dix-sept minutes. Je le sais parce que mon ami Mathieu avait chronométré. Vous souvenez-vous de Mathieu ? C'est vers lui que vous vous étiez tournée pour demander la traduction de « efféminé ».

Suite à ce petit test improvisé, constatant que j'avais donné la bonne réponse à toutes les questions qui m'avaient été posées, vous avez décidé de relever ma note de 0,5 point. Ce qui faisait que j'étais toujours la dernière, « mais ex aequo avec Johan, ce qui récompense un progrès ».

Comme une idiote, j'étais trop mal dans ma peau pour percevoir l'intelligence de votre pédagogie. Alors que, à coup sûr, elle m'aidait à développer la confiance en moi qui me faisait défaut. (À un âge où les enfants se jugent exclusivement à l'apparence, c'est vrai qu'avec ma grosse cicatrice à travers le menton, je n'avais pas exactement l'assurance d'une Miss Miganosse... Ah, ça y est, vous vous souvenez de moi ? Grâce à la cicatrice ? C'est idiot, j'aurais dû commencer par là !) À présent, oui, je vais mieux – c'est gentil de vous inquiéter. Du coup, je peux enfin juger votre pédagogie sans passion, avec recul et objectivité. Et vous dire merci.

Merci. Avant vous, je pensais qu'un adulte a toujours raison et ne veut que votre bien. Avec vous, j'ai appris que quelqu'un qui a de l'autorité sur vous ne vaut pas forcément mieux que vous. Bon, en vrai, ça m'a pris encore dix ans de plus à le comprendre vraiment. Mais il fallait bien commencer quelque part, pas vrai ?

Merci, et aussi pardon. Pour ce que j'ai dit de vous devant mon miroir. « Une vieille fille incompétente qui vit probablement chez sa mère. » Mon père m'a donné des nouvelles de vous tout récemment, et il m'a dit que vous étiez toujours vieille fille et que vous viviez effectivement chez votre mère. Comment avais-je pu mettre mon insulte au conditionnel ? Les enfants sont si injustes !

Avez-vous vu La Pianiste, *de Michael Haneke ? C'est un film. Je l'ai vu trois fois. Il y a une scène où l'héroïne se taillade le vagin avec un rasoir. À chaque fois, je pense à vous !*

En espérant que vous ne m'avez pas oubliée non plus. Du fond du cœur,

Julie Arricau.
P.-S. : My best for your mother !

Mercredi 29 janvier
1/886

Premier rendez-vous pro au club de rugby. Quinze ans en arrière. Je me demande si je n'ai pas un retour d'acné sur le front.

(À peine sortie de la camionnette, mon téléphone vibre, SMS de Romain : « T'as intérêt à passer dire bonjour. » Message effacé.)

Si j'avais un tailleur, je l'aurais mis. J'ai choisi ce qui s'en rapprochait le plus : ma veste garçonne, une chemise, avec mon meilleur jean et des talons ni hauts ni bas, juste ce qu'il faut.

— Bienvenue-Julie-Audrey-sera-ton-interlocutrice-privilégiée-sur-le-projet, a dit Grâce d'un seul souffle à la seconde où je suis entrée dans son bureau.

Un bureau très beau, au bout du couloir, avec trois baies qui ouvrent sur un panorama qui embrasse le stade et la forêt. Elle est au deuxième étage. Son mari a le même juste au-dessus.

Audrey était déjà à l'intérieur. Elle a voulu me faire la bise, mais j'ai tendu la main. Elle a eu l'air stupide de me tendre la joue, elle a dû reculer pour me dire bonjour, ah ah ah, un point pour moi.

Certes, j'ai accepté le contrat, mais je ne mélange pas tout.

— On a entendu dire que tu te cherches un mec, a dit Audrey comme si je venais d'entrer dans le top 5 hebdomadaire de ses meilleures amies.

— Ouiiii, c'est ce qu'on m'a dit ! a dit Grâce dans un sourire enfantin à travers lequel j'ai reconnu Miss Moule, et ce n'est pas fréquent que des détails rappellent qu'elles sont mère et fille.

— Qui ça, « on » ? j'ai demandé.

— *How exciting !*

Elles m'ont tendu une tasse de thé, se sont assises autour du bureau et j'ai compris que leur vie professionnelle était globalement moins stressante que la mienne.

Souvent, face aux problèmes de la vie, la solution est de tout nier. Les problèmes se dégonflent aussitôt, disparaissent d'eux-mêmes, pffffiou... C'est la méthode, chers archéologues, que j'applique depuis toujours, avec le succès immense que vous avez constaté. J'ai donc fait comme si je n'avais rien entendu. J'ai sorti mon iPad et je leur ai montré les maquettes que j'avais dessinées.

— Pour les couleurs, je suis partie sur une palette qui est une synthèse entre, d'une part, les couleurs qu'on observe le plus sur les applis sportives, à commencer bien sûr par le rugby, et d'autre part les couleurs qui sont...

— Pourquoi il se passe rien quand on clique ?

Audrey venait de poser son doigt sur mon iPad.

— Parce que c'est juste un dessin. Pour l'instant, l'appli n'existe p...

— Et pourquoi tu ne te maquilles pas, a demandé Grâce, si c'est vrai que tu cherches un homme activement ?

Grâce et Audrey avaient-elles entendu parler de mon profil Meetic ? Quelqu'un (Romain) leur avait-il répété le texte de ma nouvelle annonce ? J'ai scruté leurs regards. Quelque chose me disait que, si elles connaissaient le contenu exact de mon annonce, elles ne seraient pas en train de me sourire : elles seraient en train de me tenir bras et jambes en position de croix en scandant des chants latins.

— Pourquoi vous dites que je cherche un homme ?

— Miss Moule, heu pardon, Corail, a bafouillé Grâce à propos de sa propre fille, m'a dit que tu prenais actuellement le taureau par les cornes, si je puis dire, sur un plan affectif. Avec Audrey, quand on a entendu ça, pas vrai Audrey, on s'est tout de suite dit, il faut qu'on soit là pour l'aider.

— Exactement, a dit Audrey.

Elle a hoché la tête et j'ai eu envie de lui montrer tous les messages que Romain m'avait envoyés mais que j'avais effacés.

— Et on a beaucoup réfléchi, a-t-elle continué.

— Ah ?

— Oui, et on s'est rendu compte, Grâce et moi, et je me permettrais pas de le dire si Grâce n'était pas ta tante et qu'elle ne te connaissait pas beaucoup mieux que moi...

— Dire quoi ?

— Que tu laisses pas assez s'exprimer ta sensualité.

— Pardon ?

— Ta sensualité de femme.

Je ne vais pas m'abaisser, cher Journal, à retranscrire *in extenso* les conseils que m'ont prodigués Grâce et Audrey. Je te laisse imaginer à la place une émission de télévision dans laquelle un mannequin international de deux mètres cinquante, par exemple Adriana Karembeu, serait *love coach* et irait chez des femmes « en détresse amoureuse » pour les aider « à trouver l'âme sœur ». (N.-B. : j'ai vraiment vu cette émission à la télé.)

Top-Model-International : Le plus important, pour séduire, c'est de rester soi-même. Tu comprends ?

Thon-Plein-De-Bonne-Volonté-Avec-Accent-Du-Nord : Même si on n'aime pas vraiment son corps ?

Top-Model-International : Le corps, Monique, c'est dans la tête.

La dernière phrase, Grâce me l'a dite mot pour mot ce matin. Avec un zeste de pragmatisme toutefois puisque, même si « le corps, Julie, c'est dans la tête », elle m'a recommandé du vernis à ongles transparent pour un aspect nacré et du fond de teint, ils en font de très techniques aujourd'hui, pour tous types de peaux, même abîmées. Elle m'a raccompagnée à l'escalier :

— Tu dois prendre conscience, Julie, que le corps est le reflet de l'âme, ça, crois-moi, les hommes le verront tout de suite.

J'ai hurlé sur Miss Moule quand je suis rentrée : qu'avait-elle été raconter à sa mère ? Je n'ai pas vraiment « hurlé », eu égard à mon problème de confiance en moi, mais j'ai quand même nettement froncé les sourcils. Elle était sur le canapé, en train de se vernir les ongles des pieds, justement. Elle s'est défendue en disant que j'étais célibataire, que les gens se doutaient bien que je cherchais. Puis elle s'est approchée de moi (en canard à cause des cotons entre ses orteils), elle a gonflé sa lèvre du bas comme un chaton malheureux et m'a juré : à partir de maintenant, bouche cousue. Je me suis trouvée injuste envers elle. C'était déjà comme ça quand on avait dix ans : plus on se disputait, plus on se sentait coupables, et plus on devenait amies. On s'est mises comme des loques devant la télé, dans des positions qui nous rappelaient à quel point on avait réussi nos vies. J'ai retiré mes chaussures et j'ai commencé à me vernir les ongles des pieds moi aussi.

Je lui ai demandé si elle pensait qu'elle mangerait moins si elle n'avait pas une mère comme la sienne.

Elle m'a envoyé un sale regard. Ce n'était pas parce qu'on faisait copine-cousine à se vernir les ongles des pieds devant la télé que je pouvais lui sortir ce genre de questions. Elle s'est relevée, elle a marché en canard jusqu'à la cuisine, et elle est revenue avec deux cuillères et le pot de Nutella.

— Tiens.

Et elle s'est remise à regarder la télé l'air de rien.

Plus elle se penchait vers ses orteils, plus son tee-shirt découvrait les petits oiseaux tatoués qui lui volent autour du bras. Elle a aussi un cerf sur l'omoplate gauche. Je me suis rappelé qu'elle m'avait dit qu'il fallait me montrer si je voulais qu'on me voie. Ses tatouages, à elle, ce n'est pas une façon de se cacher ?

— J'ai un amant secret.

— Hein ?

Elle a sorti ça sans prévenir.

— C'est un plan cul régulier.

Les yeux brillants de fierté, elle m'a raconté qu'elle voyait un type tous les lundis soir. Elle n'avait jamais pris de cours de danse indienne, c'était juste un mot de code, le lundi soir, pour son plan cul régulier. « Comme on s'aime bien, m'a-t-elle expliqué, je reste chez lui la nuit. » Priscille, sa copine de danse indienne chez qui elle est censée dormir après le cours, n'a jamais existé. Miss Moule a calculé devant moi : ça fait un an et demi qu'ils se voient une fois par semaine, et « dix-huit mois, ça commence à n'être pas rien ».

— Il y a beaucoup de confiance entre lui et moi.

— J'imagine.

— Par exemple, en dehors de lui, je ne couche plus jamais avec aucun homme plusieurs fois.

— Et tu le crois quand il te dit qu'il fait pareil ?

— Non, non, lui ça lui arrive de coucher avec une autre fille plusieurs fois.

Cher Journal, parfois j'ai l'impression d'être la vieille dans Downton Abbey.

— Ça me dérange pas. Il a été clair dès le début, a continué Miss Moule en fronçant les sourcils. Non, moi, ce qui me dérangerait, c'est qu'il couche avec une autre fille *chez lui*. Ça, il m'a promis qu'il le faisait jamais.

Elle a léché sa cuillère en réprimant un sourire coquin :

— Il me dit que son appartement, c'est rien que pour moi.

Elle a rigolé.

— En fait, c'est comme si on était mariés.

Voilà, c'est ça. Comme s'ils étaient mariés. Parce qu'à la fin de *Coup de foudre à Notting Hill*, Hugh Grant dit à Julia Roberts qu'ils coucheront ensemble tous les lundis et que, promis, s'il va voir ailleurs ce ne sera jamais dans son lit. Quand elle a dit « plan cul régulier », je me suis souvenue que Mathieu m'avait parlé du concept (sous l'angle : il était désespéré parce qu'il n'en avait pas). J'avais écouté comme on regarde un docu animalier sur les écosystèmes africains, mais de là à me dire que la question se poserait à Miganosse... Est-ce que c'est moi qui ai un problème ? Qui n'aime pas partager ? Qui ai peur de la compétition ? Qui manque de confiance en moi ? On en revient là. Depuis tout à l'heure, j'aimerais retourner voir Miss Moule devant la télé et lui dire qu'elle se plante avec son « plan cul régulier ». Mais, ça m'énerve : je n'arrive pas à trouver le bon argument. J'ai toujours été pour la liberté des individus et des contrats. Et pour le partage. Mais on ne va quand même pas me dire que le progrès, en 2014, c'est de négocier avec qui, dans quel lit et combien de fois ? Quand j'étais petite, de toute façon, j'étais déjà jalouse quand j'allais à un anniversaire et que je découvrais que je n'étais pas la seule invitée.

21 h 10

Ding dong, a fait la clochette tandis qu'on était en train de manger, Miss Moule et moi, la tarte aux oignons que j'avais ~~cuisinée~~ décongelée. Miss Moule est allée ouvrir et a crié :

— C'est pour toi !

Je me suis levée à mon tour et j'ai eu un temps d'arrêt lorsque j'ai vu Romain.

Il avait un bouquet de fleurs. Il a regardé Miss Moule et il a dit :

— C'est pour toi !

Elle les a prises, merci, elle les a senties, même si c'était des tulipes, et elle est partie chercher un vase. Romain m'a regardée et a dit, mystérieux, qu'il avait quelque chose aussi pour moi.

Inutile de dire que je n'étais pas ravie de le voir ici, à l'improviste en plus. J'ai eu le réflexe de retirer mes chaussons. Je ne sais pas si mon inconscient refusait que Romain me voie en charentaises (celles de ma grand-mère, je ne possède pas de charentaises) ou s'il voulait éblouir Romain avec mes orteils vernis. J'ai relevé le visage vers lui, il a souri et il a dit :

— Je suis là pour te coacher en séduction.

%!#@!, a exprimé mon visage.

Il a répété :

— Je suis là pour t'apporter mon aide avec les hommes. Grâce t'a pas dit que je passais ?

Je ne sais pas si vous avez sauté des pages ou pas, mais que Romain, qui a couché avec Audrey le jour même où on venait de perdre notre virginité ensemble, propose de me « coacher en séduction », c'est un peu comme si Bernard Madoff offrait des conseils financiers à ses anciens clients. Ou Julie Gayet des conseils beauté à Valérie Trierweiler. Ou Gérard Depardieu une boîte de caviar au Trésor public. Vous ne comprenez pas ces références, archéologues du futur ? Que reste-t-il de notre belle civilisation ?

— Grâce m'a parlé de toi. Elle m'a dit : aide-la, elle a besoin des conseils d'un homme comme toi.

Ça l'amusait.

— On la connaît, Grâce. Quand elle est en boucle sur un sujet... Quitte à ce qu'elle soudoie quelqu'un pour venir chez toi, je me suis dit, autant que ce soit moi.

Il a haussé les épaules, sourire en coin.

Je ne me suis pas battue. J'ai accepté de le voir à l'Ovale dans dix jours (ce week-end ils sont en déplacement à Montauban). Ça ne sert à rien de dire non à Grâce et, d'un point de vue sociologique, ça sera même peut-être intéressant. Cette petite histoire amuse beaucoup Corail, qui, à l'heure qu'il est, continue de se bidonner en se brossant les dents.

Vendredi 31 janvier
1/884

Il s'appelle Olivier et j'avais rendez-vous avec lui ce soir au Zanzi'bar, qui est un bar où il y a des concerts de jazz le vendredi. On s'est retrouvés devant à 21 heures comme convenu, il portait une veste en velours, j'ai trouvé ça sympa, et il avait de beaux yeux bleus. À l'entrée, le type nous a dit : « 5 euros pour les hommes, gratuits pour les filles. » Ce à quoi j'ai répondu que : 1/ je trouvais ça ringard et sexiste, et 2/ j'étais une femme, pas une fille. À 30 euros, j'avoue, je me serais accommodée de la situation. Pour 5 euros, je me suis surprise à marquer le coup.

— Nous, justement, a-t-il enchaîné, on préfère les filles aux femmes comme vous.

J'ai reculé la tête tellement je n'y croyais pas. J'en ai bafouillé :

— Parce qu'elles sont comment les femmes comme moi ?

— Suivants !

— Elles sont comment les femmes comme moi ? j'ai répété, la voix qui gagnait en assurance. Elles sont comment, hein ?

Le pire : il était placide. J'ai essayé de lui mettre mon billet de 5 euros dans la main. Pour m'en empêcher, il a levé les bras, et il était beaucoup plus grand que moi. Du coup, j'ai posé le billet sur son tabouret, j'ai considéré que la transaction avait eu lieu, et j'ai marché vers l'entrée.

Il m'a barré le passage. Il m'a dit que, pour entrer, j'avais besoin d'un ticket, et que, à sa connaissance, il ne m'en avait pas donné. Je lui ai dit que c'était le monde à l'envers : il refusait de me laisser passer au motif que j'avais payé mon entrée ?

Ce qui est curieux, c'est qu'en même temps que je commençais à sentir les yeux des gens dans la file se tourner vers moi, je sentais comme une jubilation monter. Je n'avais jamais fait de « scène » où que ce soit avant, c'était peut-être l'anévrisme qui prenait possession de moi : j'étais comme un yorkshire qui voit l'océan pour la première fois, je ne comprenais pas bien ce qui se passait mais je ne devais pas me laisser impressionner, je me sentais petite mais j'aboyais et c'était grisant. Ma voix est montée dans les aigus, je me suis agitée, j'ai crié des choses pas très claires, tandis qu'une voix intérieure disait : Vas-y Julie, te laisse pas faire, apprends-lui la vie.

— Un ticket ! J'exige que vous me vendiez un ticket !

Il a pris son carnet et il a remis ses mains au-dessus de sa tête, hors de ma portée. Même en sautant, je crois, je n'aurais pas pu les attraper, mais j'ai au moins eu la décence de ne pas essayer. Je me suis tournée vers Olivier, fière de mon courage et de mon engagement :

— Vas-y, aide-moi, attrape-lui un ticket !

J'ai cherché Olivier mais je ne l'ai pas trouvé.

— Olivier ?

Il n'y avait plus d'Olivier. À la place d'Olivier, il y avait une file d'inconnus, et un mec avec son portable qui filmait.

Je me suis recomposé un visage normal. Le videur s'est rassis sur son tabouret et m'a souri. Il m'a dit que, finalement, quitte à ce que j'occupe une table toute seule, je pouvais payer l'entrée. Je me suis accroupie, j'ai récupéré mes 5 euros entre ses jambes, et je l'aurais peut-être traité de connard s'il n'y avait pas eu le téléphone qui filmait.

Je cherche sur YouTube mais pour l'instant il n'y a rien.

Dimanche 2 février
1/882
Les mots à taper étaient : « Féministe hystérique à l'entrée d'un bar. »
35 vues.

Lundi 3 février
1/881
41 vues.

Mardi 4 février
1/880
42 vues.

Mercredi 5 février
1/879
42 vues.
Pas viral. Peut-être que je viens de passer à deux doigts de devenir une icône Femen ? Peut-être que ça aurait été le sens de ma vie ? Peut-on être une Femen sans montrer ses seins ? Il y a trois commentaires sous la vidéo :
1 – PTDR !
2 – Grav la meuf.
3 – Hystérique ça veut dire utérus. Elle a un problème entre les cuisses, lol.

Jeudi 6 février
1/878

Cher Docteur Garbaste,

Ça fait quoi, dix-sept ans qu'on ne s'est pas vus ? Pourtant, vous êtes le premier homme devant qui je me suis mise entièrement nue. Comme je suis de retour dans le coin, je me disais que ça vous ferait plaisir d'avoir des nouvelles de mon vagin !

Je plaisante. Je sais bien qu'en tant que gynécologue-obstétricien, ce sont vos patientes dans leur ensemble qui vous importent, pas juste leur vagin.

Alors, sachez que mes règles sont toujours irrégulières et je fais désormais du 85B !

Je plaisante ! On ne m'arrête plus. Bien sûr que le plus important, c'est le bien-être de vos patientes. La première fois qu'on s'est vus, j'étais tremblante et vous avez trouvé les mots pour me mettre en confiance : « Zou, on va pas y passer la semaine, les pieds dans les étriers ! » N'était votre accent gascon, je suis sûre qu'on vous comparerait souvent à un gentleman anglais.

Ah, le mystère des souvenirs d'enfance... On oublie des pans entiers de la vie, tandis que certains détails restent gravés comme si c'était hier. Je venais d'avoir quatorze ans, d'embrasser mon tout premier copain, Romain. On avait mis la langue et tout. J'avais peur que Romain me demande plus qu'un baiser... Je ne savais pas si je devais prendre la pilule, si le préservatif suffisait, si mon corps était prêt, s'il y avait des précautions à prendre la première fois. Sans parler de toutes ces bêtises de sida. À l'époque, qu'est-ce qu'on nous rebattait les oreilles avec ça !

Vous aviez raison : c'est à ma mère que j'aurais dû poser mes questions. Les mères sont là pour ça. Mais je ne parlais plus vraiment à la mienne depuis qu'elle avait quitté mon père. J'ai appelé trois fois votre cabinet : les deux premières fois, j'ai eu peur et j'ai raccroché. Finalement, j'ai inventé un devoir collectif chez une amie et je suis venue en cachette sans rendez-vous. Mauvaise graine !

Vous m'avez tout de suite cernée : « Alors comme ça on vient sans ses parents ? » m'avez-vous demandé dans la salle d'attente devant vos autres patientes.

Zou, les pieds dans les étriers. Il faut bien dire que les jeunes filles pubères sont pénibles avec leurs chichis, j'ose pas me déshabiller devant un inconnu, etc. – vous le savez mieux que moi, leurs minauderies sont votre lot quotidien. Au bout d'une minute trente, j'étais nue (enfin !!!), jambes écartées, prête à être examinée. Vous vous êtes approché, et... BAM ! D'un coup, j'ai resserré les genoux. Votre tête s'est violemment retrouvée en étau entre mes jambes. Ça, on peut dire que vous l'avez vu de près, mon vagin ! Ah ah ah !

Sur le moment, par contre, ça ne vous a pas trop fait rire. Vous avez retiré vos gants, vous les avez jetés dans la corbeille, vous avez dit c'est bon, on laisse tomber. Vous vous êtes mis à remplir la feuille de soins et, de nouveau, vous avez su trouver les mots justes : « Les jambes, faudra bien finir par les écarter. »

Peut-être vous enorgueillirez-vous de ce paradoxe : par cette seule phrase (et pour les cinq années suivantes), vous avez réussi à me coller la double sensation d'être une grosse pucelle et une grosse pute. Oui, les deux à la fois ! Hi hi hi ! (J'utilise le mot « grosse » de façon métaphorique – mon indice de masse corporelle a toujours été convenable.)

Je ris, je ris, mais je m'en veux. Je ne me suis jamais excusée. Je suis restée nue sur la table, le temps de comprendre que l'examen n'aurait pas lieu. Sans même penser à vous demander pardon. Les filles de quatorze ans sont des goujates... Comme si vous pouviez prendre le temps d'expliquer ce qu'est un spéculum, et en quoi va consister l'examen, à toutes les adolescentes qui viennent vous consulter pour la première fois !

Je vous ai payé en liquide, je n'ai pas envoyé la feuille de soins à la sécu, pour que mes parents ne soient au courant de rien, et je ne vous ai jamais revu. J'espère que vous n'avez pas eu trop mal quand j'ai fermé mes jambes sur votre tête. Avec dix-sept ans de retard : pardon.

Avez-vous vu Cosmopolis de David Cronenberg ? Il y a une scène très longue où Robert Pattinson subit un examen de la prostate. Beurk.

Loin de moi l'idée de vous souhaiter une quelconque maladie ! Mais si vous faites un dépistage, un jour, j'espère que vous penserez à moi.
J'espère aussi que le médecin aura des gros doigts.
Du fond du cœur,

Julie Arricau.

Vendredi 7 février
1/877

20 h 55

Rendez-vous avec Romain à l'Ovale dans dix minutes.

Je n'aime pas cette époque où il y a un jury pour vous donner une note quoi que vous fassiez. C'est l'inverse d'être coachée dont j'ai besoin. Ce dont j'ai besoin, c'est d'un homme qui soit d'accord pour dire que le coaching est la onzième plaie de l'humanité. C'est étrange, quand même, de se retrouver en tête à tête, Romain et moi. Il dit que c'est pour faire plaisir à Grâce. Moi aussi j'ai dit oui pour faire plaisir à Grâce (20 000 euros). J'ai répondu à la proposition, je n'ai rien à me reprocher. À partir de là, on est tous des adultes. Et si ça dérape, ce sera juste la vie, Audrey devra l'accepter.

Je vais mettre ces chaussures à talons.

00 h 15

On était en tête à tête. L'équipe de rugby et moi.

Pourquoi ils mettent la musique à fond dans un endroit où personne ne danse jamais ? À l'Ovale, l'eau minérale est plus chère que la bière. Pas sûr que le pays sorte de la crise comme ça. Bref, j'ai reçu ce soir des conseils très subtils, cher Journal. Qui vont enfin attirer l'homme de mes rêves dans mes filets envoûtants.

Romain m'attendait dehors (galant). Il m'a fait la bise. Il m'a dit que j'avais l'air en forme. Il a poussé la porte du bar et il s'est exclamé : « Ça y est, les gars, elle est là ! »

Il n'a pas dit ça, mais c'est l'impression que j'ai eue. Je sais qu'on ne blague pas sur le sujet, mais en entrant je me suis dit : voici ce qu'on ressent quand on arrive à une tournante. Tout le bar m'a observée, de la tête aux pieds, qui en hochant la tête, qui en me faisant un clin d'œil. Le plus bourré, au fond, a proposé son aide : « Moi je veux bien lui apprendre gratis. »

— Putain, Romain, j'ai murmuré en lui donnant un coup de coude dans le ventre, qu'est-ce que tu leur as raconté ?

— T'inquiète, c'est juste une blague qui court au club.

J'ai bien sûr voulu partir immédiatement mais Jérémy, de la salle d'attente à l'hôpital Pellegrin, et possiblement du calendrier des Dieux du Stade, m'avait déjà perchée sur un tabouret et collé une bière à la main. Il y avait Romain à ma droite, Jérémy à ma gauche, Miss Moule à l'autre bout du zinc. On n'était qu'une poignée de filles dans cet aquarium de mecs. Je n'aime pas juger mes concitoyennes, mais je leur donnais encore moins de chances que moi de sortir du bar dignement. Jérémy m'a demandé pourquoi j'avais souhaité me faire coacher. Je lui ai répondu que je n'avais pas « souhaité me faire coacher ». J'étais là pour ma tante. Pour lui faire plaisir, à elle et son contrat à 20 000 euros.

— Bada baboum, a fait Romain en imitant le bruit de la boule noire dans Motus. Une lady ne parle pas d'argent. Le mec se dit merde, elle doit gagner plus que moi.

Pour le coup, il n'y pouvait rien, mais j'ai senti un frisson glacé quand il a fait allusion à Motus, même si ce n'était qu'une allusion sonore. La métaphore de la boule que je dois piocher, en espérant ne pas tomber sur la noire, ne m'a pas quittée. Elle me revient quand j'ouvre les yeux tous les matins.

— Si c'est vrai, j'ai répondu, alors je veux un mec qui gagne moins que moi, rien que pour faire changer les mentalités.

— Quand tu parles, est intervenu Jérémy, on sait jamais si t'es ironique ou pas.

Il a réfléchi...

— T'es ironique ou pas ?

— Je suis toujours ironique, Jérémy. C'est mon bouclier contre le monde extérieur.

— Tu vois, là, pareil, je sais pas.

L'art de la Séduction,
par Jérémy et Romain, rugbyman et médecin.

Le principe de la séduction entre un homme et une femme, Julie, c'est que l'homme est le chasseur, et la femme la proie. Ton travail, en tant que femme, est de donner envie à l'homme de te choisir comme proie, comme dans les documentaires animaliers que Miss Moule dit que tu regardes le dimanche après ta sieste. Si la biche est trop facile, le lion pense que c'est une biche malade. À moins d'être paraplégique, ou de ne rien avoir touché depuis cette vieille cousine bourrée au mariage de Jean-Jacques, qui aurait envie d'y goûter ? À l'inverse, si elle est trop rapide, ou trop loin, genre même pas en rêve tu l'auras, à quoi bon se fatiguer ? Le conseil à donner aux biches, tu vois, c'est de doser les

> signaux pour que le lion comprenne qu'il a une chance, sans que ce soit gagné d'avance. Le lion doit se sentir valorisé par une chasse difficile. Elle est là, l'excitation, tu comprends ?

— Les biches ne veulent pas se faire bouffer par les lions. Elle est pourrie votre métaphore.
— Exactement, a dit Romain.
— En plus, dans la savane, ce sont principalement les lionnes qui chassent, pas les lions.
— Exactement quoi ? a demandé Jérémy à Romain.
— Le problème de Julie, c'est exactement ça : quand elle voit le lion, elle n'a pas envie d'être mangée.

Je leur ai dit que j'étais vraiment contente d'être venue, et Jérémy m'a demandé si j'étais ironique ou pas.

Je lui ai répondu que l'ironie est mon Prozac à moi, et je ne crois pas qu'il ait compris non plus.

À la troisième bière, la musique était plus forte et les gens plus ivres. Une ou deux fois, j'ai cru voir une étincelle dans l'œil de Romain quand il tournait la tête vers moi. Une fille au fond s'est mise à danser debout sur une table. Elle était en pantalon, mais elle avait des bas résilles dans le regard.

— Vous voyez, moi, contrairement à cette demoiselle, j'ai dit, je refuse de jouer un rôle. Je veux juste être moi.
— Qui te dit qu'elle joue un rôle ? a dit Romain.
— *J'espère* qu'elle joue un rôle.
— Je fais l'inventaire des fois où t'as chopé et tu me dis si j'ai bien écouté : Thibaut à l'anniversaire de Margaux, Noam au karaoké déguisé chinois, Goldorak pareil au karaoké déguisé chinois.

Jérémy a alors relevé, avec ses mots à lui, que le karaoké déguisé chinois était un motif récurrent de ma vie affective. Romain m'a demandé de lui décrire l'anniversaire de Margaux.

— Pourquoi tu me demandes ça ? me suis-je méfiée.

— Réponds à ma question.

Nouvelles étincelles dans ses yeux, comme Dr House quand il s'apprête à identifier la maladie.

— C'était y a deux ans, j'ai raconté, je m'en souviens mal. Bonne ambiance, on avait dansé. Margaux avait choisi un thème disco parce que...

— Ah ! m'a coupée Romain en pointant le doigt vers moi.

— Ah quoi ?

— Soirée disco. T'étais en claudette ou pas ?

Je lui ai demandé où il voulait en venir.

— Donna Summer pour Thibault, Mata Hari pour Noam, princesse Daenerys pour Goldorak, a-t-il récapitulé.

— C'est qui Mata Hari ? a demandé Jérémy.

— Chaque fois elle était déguisée !

Romain a dit que je jouais des rôles. Que c'était n'importe quoi cette histoire d'être moi puisque, à chaque fois, j'avais été déguisée. Fièrement, il a tapé le zinc.

— CQFD. On n'attrape pas des mouches avec du vinaigre.

— Faut voir les mouches aussi.

Il s'est penché vers moi et a cogné son verre contre le mien. Il a dit qu'on avait fait un grand progrès.

S'il croyait que j'allais le laisser s'en tirer comme ça.

— Et toi, je t'ai attrapé comment ? Je rappelle que la liste a commencé avec toi.

Jérémy a souri, détourné le regard, et bu une gorgée de bière en regardant le plafond. Romain a bafouillé :

— Moi, c'était différent... C'était un âge particulier aussi... Et nous deux on était...
— Toi je t'ai attrapé rien qu'en étant moi.
Paf. Dans les dents, Romain.

Pour le reste de la soirée, j'ai veillé à être juste moi. À un moment, quand même, Romain a fait une blague de rugby, que je n'ai pas comprise, mais j'ai saisi l'occasion pour toucher son épaule et j'ai basculé la tête en arrière en riant. Ça a dû marcher un peu parce que, sans transition, il m'a dit :
— Le pire c'est que t'es jolie. T'as un beau corps, aussi. On le devine sous tes quatre pulls.
— C'est l'hiver, j'ai répondu.
Par ailleurs, je n'avais qu'un pull (certes assez épais).
— Moi, sans mentir, sur dix, physiquement, je te donne sept. Au moins. Allez, sept et demi. T'es devenue super-mimi.
Je me demande si la note inclut ma cicatrice, ou pas, mais j'ai refusé d'entrer dans ce jeu dégradant. J'ai soupiré si fort que, malgré la musique, à l'autre bout du zinc, Miss Moule s'est retournée.
— T'es pas d'accord, Jérémy ? Franchement, tu lui mets combien ?
— Franchement, a dit Jérémy, je note pas les femmes.
J'ai écarquillé les yeux vers lui. Il a eu un mouvement de recul. C'était juste ma manière alcoolisée à moi de lui dire que j'avais envie de le prendre dans mes bras.
— Depuis quand tu notes pas les femmes ? a demandé Romain.
— Depuis toujours.
— Depuis toujours ?
— J'aime toutes les femmes.

Romain a haussé les épaules : si Jérémy le prenait comme ça, autant arrêter de discuter. Pour le coup, j'étais assez d'accord avec Romain. J'ai regardé Jérémy, tranquille, il n'avait pas besoin de jouer à ça avec moi :

— Tu ne peux pas aimer toutes les femmes.
— Bien sûr que si.
— Ce serait dégoûtant.
— Les filles majeures je veux dire.
— Même, dégoûtant. Un homme ne peut pas aimer *toutes* les femmes. C'est l'anarchie sinon. C'est l'état sauvage. Y a forcément des filles qui sont incompatibles.
— Comment ça ?
— Si l'une te plaît, l'autre peut pas te plaire aussi. C'est incompatible.
— Je ne comprends pas.
— Audrey et moi, par exemple...

C'est sorti tout seul. J'ai regretté. Il a froncé les sourcils, signe qu'il réfléchissait fort. Je me suis demandé quelles images il avait dans la tête à ce moment-là.

— Non pas que je dise que je te plaise, hein, j'ai continué. Je dis juste que, pour l'exemple, si Audrey te plaît, du coup, c'est impossible que je te plaise moi. On est trop différentes. Tu vois ?
— Pourquoi pas ?

J'ai réalisé un truc :

— Mais, hum, dans l'hypothèse où, par exemple, tu serais attiré par Audrey, tu pourrais aussi, disons, être attiré... par moi ?
— Bien sûr.

Je jure que j'ai pas dit ça pour chercher le compliment. C'est juste que ça me semblait absurde. J'ai rougi. Et il est possible que j'aie minaudé, tel un petit chat. Ou telle une claudette après le show. Peut-être que Romain a partiellement raison.

Jérémy a souri, comme on fait quand on veut insinuer des trucs pas jolis-jolis :

— T'as pas eu assez de preuves dans la salle d'attente à Bordeaux ?

— Quelle salle d'attente à Bordeaux ? a demandé Romain.

— Genre, toujours dans le même exemple, j'ai continué en direction de Jérémy, tu penses vraiment que tu te verrais aussi bien marié avec Audrey qu'avec moi ?

Il a fait une drôle de tête et s'est redressé.

— Ah, au temps pour moi, pardon.

— Qu'est-ce qu'il y a ?

— Je croyais qu'on parlait juste de cul, c'est pour ça.

Ce soir, cher Journal, j'ai appris qu'on n'attrape pas des mouches avec du vinaigre. Et que ce n'est pas une mouche que je veux attraper.

Samedi 8 février
1/876

Chère Valérie de Vétimarché,

Vous ne connaissiez pas mon prénom, mais moi je me souviens du vôtre. Il était écrit sur votre badge ! On se croisait souvent au rayon « mode filles » de Vétimarché. C'était il y a plus de quinze ans. Y travaillez-vous toujours ?

J'aimais beaucoup venir faire les courses au Vétimarché. Et quand je dis que « j'aimais beaucoup », il faut comprendre que Vétimarché était le seul magasin de vêtements à trente kilomètres à la ronde, et que ma mère m'y traînait, littéralement, car j'aurais préféré aller nue au collège plutôt que de subir vos conseils de vendeuse-styliste certifiée.

Ne m'en voulez pas ! Je n'ai rien contre vous, Valérie. Et je comprends votre grande frustration, vous qui êtes née cinq ans trop tôt, qui aviez déjà trente ans au moment où la téléréalité a été inventée. Quelle carrière vous auriez eue – à cinq petites années près !

Un jour, je me souviens, vous m'aviez tendu une mini-jupe fendue et vous aviez dit « on n'attrape pas les mouches avec du vinaigre ». C'était la première fois que j'entendais cette expression. Elle m'avait bien amusée. Je m'étais moins amusée, en revanche, quand j'ai compris que vous vouliez vraiment que je l'essaie. J'ai baissé les yeux vers les pieds de ma mère et j'ai marmonné que je trouvais la jupe « vulgaire ». C'est sorti malgré moi. J'espère que vous ne l'avez pas mal pris.

En fait, si, je crois que vous l'avez mal pris. Parce qu'ensuite vous avez dit : « C'est moi qu'elle trouve vulgaire, c'est moi que tu trouves vulgaire, je rêve ou elle vient de me traiter de vulgaire ? » Ma mère a dit que je parlais de la mini-jupe, pas de vous, mais vous n'êtes pas tombée dans le panneau. Vous avez dit : « Tu crois que c'est derrière ton col roulé que tu vas plaire aux garçons ? Que c'est avec tes panta-larges que les garçons vont être attirés par ton corps de femme ? »

Soyez fière : il ne reste à ce jour, dans mon placard, plus qu'un seul panta-large ! Et je l'utilise juste en serpillière de secours quand la vraie est en train de sécher. À treize ans, mon corps de femme et moi étions en retard, vous aviez vu juste. Je n'avais pas encore compris que le sens de ma vie, en tant que femme, serait d'attirer sexuellement les hommes avec mon corps. Malgré notre petit malentendu, vous ne vous êtes jamais découragée, ce qui est à votre honneur. Vous avez continué de partager votre expérience sur les mouches et le vinaigre à chacune de mes visites : « Les fesses, c'est pas que pour s'asseoir, c'est aussi pour les montrer. » « Les seins, pas la peine d'attendre d'en avoir pour commencer à les montrer. » (Vous employiez souvent le mot « montrer ». LOL !)

De la part de la petite fille de treize ans que j'étais alors : pardon d'avoir traité votre mini-jupe de vulgaire. Alors que vous étiez si précurseuse ! (Et pardon de ne pas écrire « précurseur », mais en tant que harpie féministe, il m'arrive d'employer des néologismes affreux. Savez-vous ce que signifie « néologisme » ?) Aujourd'hui, je le reconnais : votre mini-jupe m'aurait permis de trouver une place dans la communauté locale. Surtout parmi les garçons de la communauté locale. À moins que ce soit les garçons de la communauté locale qui auraient trouvé une place en moi ? Ha ha ha !

Avez-vous vu Little Miss Sunshine *? C'est un joli film sur une petite fille qui participe à un concours de Mini-Miss, aux États-Unis. Si c'était votre fille qui avait participé, je suis sûre qu'elle aurait gagné !*

À moins que vous ayez déjà une petite-fille ? Et qu'elle soit déjà Mini-Miss Aquitaine ? J'ai vu sur Internet qu'ils font de très beaux strings pour les nourrissonnes.

Du fond du cœur,

Julie Arricau.

Dimanche 9 février
1/875

Mes insomnies sont entièrement imprévisibles. Parfois, j'arrive à faire des nuits presque complètes. Parfois, j'ai beau avoir bu ma tisane douce nuit, mis deux gouttes d'huile essentielle de lavande sur l'oreiller, tamisé la lumière et écouté une heure d'Erik Satie, il suffit d'une pensée noire, qui fait étincelle, la machine à angoisses s'enclenche, et j'en ai pour des heures à entendre mon cœur cogner dans ma poitrine. Pendant que l'ensemble des Français dorment bien au chaud dans leur lit et se réveilleront en pleine forme le lendemain. Inconvénients de dormir trois heures (exemple : cette nuit) : cernes, irascibilité, dépression, trous de mémoire. Avantage de dormir trois heures : vous avez le temps d'imaginer les plans en trois dimensions de votre maison rêvée et de faire des paris sur qui gagnerait le combat entre un crocodile et un lion, un hippopotame et un éléphant, un yorkshire et un chihuahua, Sharon Stone et Céline Dion. Le thème de cette nuit : J'aurais aimé avoir un enfant. J'ai réalisé à quel point je serais triste si on me disait que je n'aurai jamais cette expérience-là. J'ai eu le temps de projeter mes méthodes éducatives de la naissance jusqu'à l'entrée en classe prépa. Idéalement, j'en voudrais deux. Une fille pour ne jamais lui acheter de strings, et un garçon pour lui expliquer qu'un « plan cul régulier » n'existe pas. Ils m'auraient beaucoup aimée, sauf entre les âges de douze et dix-sept ans, ce qui aurait été la marque d'une éducation en passe de réussir.

J'aurais été bonne, comme mère, je crois.

Liste de choses réalistes à faire avant mon opération :

— *Me baigner toute nue dans la mer la nuit ;*
— *Faire une nuit blanche et aller travailler le lendemain ;*
— *Me faire aborder dans la rue* (pas techniquement une chose à faire, plutôt une chose à se faire faire. Comment la provoquer sans passer pour une pute ?) (Chose à faire optionnelle.)*;*

— *Avoir un orgasme (avec un homme) ;*
— *Laisser une trace de moi quelque part ;*
— *Essayer une robe de mariée pour rigoler ;*
— *Voir le bassin d'Arcachon depuis un avion.*

(+ Passer aérer mon appartement à Bordeaux : j'ai encore eu un appel de la concierge qui me dit que les voisins se plaignent parce que ça pue.)

Cahier # 2

Mercredi 12 février
1/872

04 h 55

Aucune idée d'où je suis !!! Je ne dois pas être en ville : je ne vois pas une seule lumière par la fenêtre. C'est l'odeur de pizza dans les draps qui m'a réveillée.
L'odeur de pizza dans les draps !
Posters de baleines et de dauphins sur les murs.
Ronflements dans la pièce d'à côté.
N'ose pas sortir de la chambre.
Positif : ne suis pas nue, ai toujours mon jean.

05 h 03

Plus de culotte sous mon jean !!!

05 h 07

Viens de retrouver ma culotte dans mon sac à main. Ignore si c'est bon signe ou pas. Me rends compte du présupposé idiot de Very Bad Trip : dans la vraie vie personne n'a envie d'enquêter sur ce qui s'est passé la veille si, par chance, on ne se rappelle pas.

Dernier souvenir : dans un bar, place de la Victoire. Avec Erwan que j'ai rencontré sur Internet. Je suis en train de lui expliquer que c'est raciste de dire que les Asiatiques tiennent moins l'alcool que les Occidentaux, ou, de la même façon, de dire que certaines femmes tiennent mieux l'alcool que certains hommes. J'espère que c'est Erwan qui ronfle derrière la porte.

05 h 15

Romain est un héros et un génie ! Je l'ai appelé lui car il est la seule personne que je connais à Bordeaux qui a 1/une voiture mais 2/aucun lien professionnel avec moi. Il n'a même pas râlé, il a dit, j'arrive, fais rien, bouge pas. Il a demandé l'adresse, j'ai paniqué, je lui ai dit que je ne savais pas. Il m'a dit de respirer et m'a guidée dans le menu de mon téléphone jusqu'à faire afficher mes coordonnées GPS.
— Tu es à Cabanac-et-Villagrains.

22 h 15

Je suis sur mon lit, enroulée dans la couette. De nouveau dans la merde, mais pas pour les mêmes raisons que ce matin. J'étais trop heureuse quand j'ai vu les phares de Romain sur le chemin. J'avais traversé le salon sans réveiller Erwan. Je suis sortie, j'ai marché pieds nus dans le gravier et j'ai sauté dans la voiture de Romain. Il faisait chaud, c'était bien… Il a sorti une bouteille d'eau et un cachet d'ibuprofène de je ne sais où, les médecins avec les médicaments sont comme les clowns avec leurs lapins. Erwan habitait loin à la campagne, mais Romain connaissait le chemin. J'ai essayé de lui parler pour être de bonne compagnie, mais j'étais trop fatiguée pour finir mes phrases. Je me suis endormie.

Quand il m'a réveillée, on était devant chez Miss Moule. Il avait fait un détour énorme. Il aurait dû me déposer à mon bureau à Bordeaux, ça aurait été plus simple pour lui, il allait encore lui falloir une heure pour rentrer bosser à Bordeaux. Sur le moment, en vrai, je me suis surtout dit que j'étais bien dans la voiture et que je ne voulais pas bouger. J'ai marmonné merci. Il s'est penché vers moi... J'ai passé mes bras autour de son cou et j'ai collé mes lèvres aux siennes.

Il s'est cogné la tête contre le plafond tellement il a reculé.

— Julie... T'es pas... dans ton état normal...
— Si, si, j'ai dit, je suis parfaitement bien.

J'ai retenté. Il a reculé encore plus loin :

— Et tu crois pas que, si tu voulais m'embrasser, tu préférerais te brosser un petit coup les dents avant ?

Notez cette phrase : aussi efficace qu'un seau d'eau en cas de gueule de bois.

— À ta décharge, a-t-il continué, tu as eu une nuit compliquée...

Il a détaché ma ceinture et m'a fait vérifier que j'avais mes clés.

— Et pense à éteindre ton réveil, Choupie. Je suis médecin, et toi t'es officiellement en arrêt aujourd'hui.

À quoi bon se voiler la face ? Il est évident que je suis amoureuse de Romain.

23 h 20

Bleurf. Échange de SMS avec Erwan qui voulait savoir si j'avais dormi correctement dans le lit de son fils et si c'était moi qui avais son caleçon (le caleçon d'Erwan, pas le caleçon du fils). Je n'ai pas demandé à Erwan où était son fils hier soir, ni quel âge il avait, ni d'où il sortait, et Erwan ne m'a pas demandé comment j'étais rentrée ce matin. Ce ne sont pas des questions qu'on pose entre adultes ivres et consentants. J'ai confirmé que je n'avais pas son caleçon. Il m'a raconté comment, hier soir, j'ai montré au bar comment on peut enlever son soutien-gorge sans retirer son pull. Les gens ont applaudi. Après, Erwan m'a fait croire qu'on pouvait faire pareil avec les culottes. Je l'ai cru. Je me demande quels mots clés je vais devoir taper pour vérifier que ça ne termine pas encore sur YouTube cette histoire-là.

00 h 45

Arrive pas à dormir, pense à Romain.

Vendredi 14 février
1/870
Saint-Valentin.
Bleurf.

Samedi 15 février
1/869
Passé la matinée au lit à regarder des vidéos mais en vrai à penser à Romain.
Dois apprendre à lui plaire. Totale reprise en main.

12 h 40

Du courrier ! Du courrier ! J'ai sauté de joie quand Miss Moule m'a dit que j'avais reçu du courrier.
— Juuulie ! Avec l'adresse écrite à la main et tout !
Et pas une, mais *deux* enveloppes ! Deux fois plus de chance que ce soit une lettre de Romain. Je me suis enfermée dans ma chambre et j'ai sauté sur le lit pour lire mon courrier, comme une adolescente qui pense avoir reçu une photo dédicacée de Ricky Martin. (Une adolescente des années 90.)

Chère Julie[1],

Caroline Dumols, votre ancienne prof d'anglais, a bien reçu votre lettre, et vous en remercie. Toutefois, atteinte de la maladie d'Alzeimer depuis cinq années, il lui est malheureusement impossible de vous répondre personnellement. Soyez sûre que recevoir des nouvelles de ses anciens élèves lui apporte un soutien moral et lui réchauffe le cœur.

En espérant que votre niveau d'anglais est toujours aussi bon (attention, vous avez écrit « my best for your mother », au lieu de « to your mother »),

Bien à vous,

Jeannine Dumols
P.-S. : Caroline Dumols n'est pas « vieille fille », mais veuve, depuis 1987.

P.P.-S. : Je suis sa mère.

P.P.P.-S. : Je ne connaissais pas La Pianiste. *Ma fille ne se souvient pas si elle l'a déjà vu. J'ai regardé le DVD sans elle.*

*
* *

Chère Mademoiselle Arricau,

Oui, je me souviens de vous. Je ne sais pas si on peut qualifier le choc de vos genoux sur ma tête de « violent ». Néanmoins, il a entraîné à l'époque une perte auditive diagnostiquée comme suit :
Oreille gauche : – 5 dB
Oreille droite : – 15 dB
Cela vaut-il le toucher rectal que vous évoquez dans votre courrier ?
Sincèrement,

Docteur Jean-Claude Garbaste

---

1. Les lettres sont agrafées au cahier.

Dimanche 16 février
1/868

06 h 45

Insomnie.
Me rends compte : on récolte ce que l'on sème.
Si vouloir amour, devoir semer amour.
Cela dit, l'audition est toujours considérée comme normale si la perte est inférieure à 20 dB. L'appareillage n'est envisagé que si la perte est supérieure à 40 dB, selon www.sante.gouv.fr.

Je vais écrire des lettres de gratitude aux adultes du passé qui m'ont soutenue quand j'étais ado et qui m'ont permis de devenir la femme ~~équilibrée~~ que je suis.

Je vais écrire à : ma prof de sport de troisième ; ma dermatologue ; mon conseiller d'orientation du lycée.

J'espère qu'ils sont dans l'annuaire.

12 h 40

1 – prof de sport : décédée (amphétamines)
2 – dermatologue : candidate FN (municipales)
3 – conseiller d'orientation : prison (attouchements)

Même pas douchée ! Devrais déjà être chez mon père !

13 h 05

Tracassée par cette histoire de conseiller d'orientation en prison pour attouchements. C'est grâce à lui que j'ai entendu parler de mon école de graphisme. Est-ce normal de sentir une forme de vexation qu'il n'ait rien essayé de bizarre avec moi ?

18 h 30

Comment peut-on encore faire ce genre de découverte à l'âge de trente et un ans ? Si ça se trouve, je ne m'appelle pas Julie Arricau. (Juste un exemple, archéologues, je m'appelle vraiment Julie Arricau.)

J'arrive à l'école de danse avec un bouquet d'ajoncs à la main. Mon père dit que ce sont ses fleurs préférées car, même si elles ne sont pas splendides, elles sont les seules à pousser l'hiver, c'est-à-dire quand on a le plus besoin d'elles. Ce qui, je trouve, est une jolie chose à dire sur les ajoncs. J'avais pris des gants et un sécateur et je suis passée par le chemin de derrière, par la forêt, au lieu de marcher côté route. Le bouquet remplace une entrée ou un dessert que, du coup, je n'ai pas besoin de cuisiner. Et ça me rappelle les promenades de quand j'étais petite.

Éviter de passer par la route, par ailleurs, réduit le risque de croiser des gens, ce qui est toujours ça de pris.

Bref, j'arrive, je monte les marches en bois jusqu'au balcon (ils habitent au-dessus de l'école), je frappe, c'est ouvert, j'entre, je prends un vase dans la cuisine, j'y mets l'eau, puis les fleurs. Vincent arrive derrière moi, me dit bonjour, mais je ne l'avais pas entendu arriver, alors je sursaute, je lâche le vase, qui explose sur le plancher.

— Ahhhhh ! crie Vincent.

Je suis gentille. En vrai, il a plutôt crié Hiiiii !

— Hi ! Ah ! Hi ! Non ! Regarde-moi ça...

Il a pris une serpillière et s'est mis à éponger. J'ai essayé de ramasser des bouts de verre, mais il s'agitait tellement à frotter le plancher avec la serpillière que je suis finalement restée à l'écart par peur de le cogner, me couper, d'ajouter du sang à l'eau.

Mon père est arrivé. Il lui a fallu quelques allers-retours du regard pour comprendre ce qui se passait.

Plus il vieillit, plus il ressemble à Tom Selleck, mon père. Avec ou sans la moustache. Cette année, c'est sans.

— J'ai cassé un vase sans faire exprès, j'ai dit.

Je me suis baissée pour ramasser le bouquet.

— Laisse, ma chérie, va pas te blesser, je m'en occupe.

Je me suis quand même accroupie, mon père aussi, Vincent avait épongé le gros de l'eau et retrouvait un visage détendu. J'ai rassemblé les fleurs, je les ai tendues à mon père, qui les a ajoutées à la moitié du bouquet qu'il avait rassemblée lui.

— Tiens, j'ai dit, c'est des ajoncs, c'est pour toi.

Il m'a embrassée sur le front. Puis il s'est retourné vers Vincent et l'a embrassé sur le front aussi, et lui a demandé s'il ne s'était pas coupé. Vincent a vérifié ses mains, a fait non de la tête, puis on s'est souri, comme s'ils étaient contents que je sois là, malgré le vase renversé et le plancher qui allait peut-être gondoler, et je me suis mise à pleurer, d'un coup, comme ça.

Pas un petit filet de larmes qui déborde l'air de rien : des vrais sanglots, avec les poumons qui convulsent, et la gorge, quand on veut reprendre son souffle, qui produit des grognements.

Mon père et Vincent sont restés sans voix. On les comprend.

Mon père s'est approché. Il a tendu la main vers mes cheveux, interdit, sans oser les toucher. Moi-même, j'étais inquiète pour moi. Même si j'avais plus d'indices que lui pour expliquer cet effondrement, j'étais tout aussi étonnée. Je n'avais rien vu venir. Entre deux sanglots, je me suis dit que j'avais peut-être sous-estimé ma capacité à tout gérer seule. Malgré ta présence réconfortante, cher Journal, il y a peut-être deux ou trois émotions qui mériteraient, comme on dit, d'être extériorisées.

Mon père a fini par poser la main sur mes cheveux, comme on apprivoise un animal. Encouragé par cette petite victoire, il m'a demandé si ça allait.

— Bouh... Oui, je t'assure, bouh, ça va...
— Je roule pas sur l'or mais, si c'est à cause de tes problèmes d'argent, tu sais qu'on peut t'aider...

Il m'a serrée dans ses bras et s'est mis à me bercer.

— Je sais que c'est difficile en ce moment, sans ton appart, avec les travaux à payer... Mais on est là... Pourquoi tu ne viens pas nous voir plus souvent ? En attendant de rencontrer quelqu'un avec qui tu feras ton propre nid...

Quand les parents consolent, leurs mots font mal avant d'apaiser. Mes poumons se sont mis à sursauter, comme un hoquet, j'avais du mal à respirer.

— Chh, chh, je suis là...

La voix de mon père m'a ramenée vingt ans en arrière.

— Tu sais, à l'époque, quand ta mère m'a dit qu'elle voulait divorcer, j'ai été très contre au début, parce que j'avais peur que, pour toi, ce soit...

Mes larmes ont arrêté de couler. Net.

— Pardon ? j'ai dit en me redressant, tu viens de dire quoi ?
— J'avais peur, mon père a prudemment répété, que pour toi...
— Avant ça, avant ça...
— Que j'étais contre, au début, étant donné que tu...
— C'est maman qui a demandé le divorce ?

Je me suis levée, mon père et Vincent aussi, on est restés plantés là autour de la table à ne pas oser bouger à cause des éclats de verre partout. Mon père avait l'air aussi surpris que moi. Il ne comprenait pas que je ne comprenne pas. Comment passer votre vie sans rien comprendre à vos parents ? Je pensais que mon père avait trompé ma mère avec Vincent, pendant plusieurs étés, qu'il avait fini par lui dire qu'il était homosexuel, qu'ils avaient pris la décision de se séparer, que ma mère avait alors rencontré José Gobineau. Je le découvre : les choses ne se sont pas du tout passées comme ça.

Vincent s'est dévoué pour ramasser le verre et mon père et moi avons mis le couvert sur le balcon. Il faisait huit degrés dehors mais, curieusement, on a trouvé tous les trois que c'était une excellente idée. On a mis nos anoraks, on a transporté les chaises dehors, en silence, on s'est installés au soleil. On était bien. Je sentais sécher mes joues. Littéralement : les yeux fermés au soleil, je sentais les larmes s'évaporer. Vincent a apporté le poulet. J'ai déposé de la moutarde sur le bord de mon assiette. Mon père a raconté.

Mes parents, à l'époque, m'ont-ils intentionnellement caché la vraie histoire ? Ou est-ce moi qui n'ai pas voulu entendre la vérité ? Il m'a dit :

— Quand ta mère a évoqué pour la première fois l'hypothèse de divorcer, j'ai été extrêmement surpris. Depuis plusieurs mois, elle voyait José, mais je me disais que ça n'irait pas plus loin. Et ce ne serait probablement pas allé plus loin si elle n'était pas tombée enceinte.

Il a baissé les yeux, comme chaque fois qu'on évoque la fausse couche de ma mère. Vincent aussi a baissé les yeux : sans la fausse couche, il ne vivrait sans doute pas aujourd'hui sous ce toit. Cela dit, a poursuivi mon père, ça faisait belle lurette que la contraception existait : si ma mère est tombée enceinte, comment ne pas y voir au minimum un acte manqué ? L'ironie, c'est que c'est arrivé pile au moment où mon père ne s'y attendait plus...

— Où tu ne t'attendais plus à quoi ? j'ai demandé.
— À ce qu'elle remette en cause notre accord du début.
— Quel accord du début ?
— Faire notre vie ensemble, a dit mon père. S'aimer, avoir un enfant... Vivre chacun sa sexualité. Librement. Y compris, si on le souhaitait, avec d'autres gens.

Sur le cul, cher Journal. Sur le cul.

Et je ne parle même pas de leur petit accord sexuel : *jusqu'à aujourd'hui, j'ignorais même que ma mère, le jour où elle a épousé mon père, savait déjà qu'il était gay.*

Comment ai-je pu atteindre l'âge de trente et un ans sans comprendre quelque chose d'aussi fondamental dans le couple de mes parents ?

Quand j'écris que je n'ai pas « compris », je suggère surtout qu'ils auraient pu prendre deux ou trois minutes pour me l'expliquer.

Je suis sûre que ça ne semble rien, pour vous, archéologues, mais pour moi ça change tout. C'est un changement de paradigme, pour parler comme vous, une rupture historiographique majeure. Dans ma tête, jusqu'à ce matin, ma mère avait appris que mon père était gay quand j'avais treize ans, en même temps que moi. En fait, elle l'a toujours su.

— Pourquoi vous m'en avez jamais parlé ?
— On y a pensé...
— Mais quoi ?
— C'est dur de trouver le bon moment.

Depuis qu'ils ont divorcé, je me raconte que ma mère a été victime de mon père. Victime de mon père qui lui avait menti. J'ai beau le savoir à présent, je n'arrive pas à me convaincre que, depuis le début, elle savait. Je vais devoir repasser ma mémoire image par image, comme un film en noir et blanc qu'on colorie des années après.

Je m'en fous que mon père soit gay, qu'il l'ait toujours été, que ma mère l'ait toujours su. J'aurais juste voulu être au courant.

Je lui ai demandé comment ils avaient pu me mentir toute mon enfance. Il a eu un regard dur :

— Peut-être que ça ne regardait que ta mère et moi.

— Alors fallait pas vouloir être une famille.

Seul Vincent avait commencé à manger.

— Mais tu l'aimais ? j'ai demandé.

— Je l'aime encore.

J'ai tourné les yeux vers le soleil parce que j'aurais re-pleuré si mon père y avait lu le fond de ma pensée : non, ça ne regarde pas qu'eux. Leur histoire est la mienne, c'est me trahir de me l'avoir cachée.

Mais pourquoi ma mère l'avait choisi, lui, si elle savait qu'il était homo ?

— Va la voir. Pose-lui la question. C'est à elle de répondre à ça.

Si la vision du monde d'un enfant est fondée sur le couple de ses parents, alors je dois remplacer un monde où les femmes deviennent maniaco-dépressives au bout de treize ans de vie commune quand elles découvrent que leur mari préfère les pénis aux vagins, à un monde où les femmes sont des hippies qui épousent des homos en toute conscience avant de tout plaquer treize ans plus tard pour un clerc de notaire et ses trois ignobles enfants.

Cette nouvelle vision du monde ouvre beaucoup de nouvelles questions. Et justifie largement un Fervex-vodka.

01 h 45

Avec tout ça, pas pensé une seule fois à Romain de la journée ! Quelque chose me dit que c'est mieux comme ça. Peut-être que je repenserai à lui une fois que je me serai fait opérer. Quand j'aurai du temps à perdre. D'ici là, il faut que je me concentre sur mon histoire d'amour d'un soir seulement qui est la seule forme de relation humaine à ma portée. Je dois vivre intensément comme si chaque jour était le dernier. Je vais repasser de nouveau en revue les hommes de Meetic, mais pas maintenant parce que, quand je regarde tous ces visages avant de dormir, je fais des rêves bizarres. (Pas érotiques, juste bizarres.)

Mercredi 19 février
1/865

Envie de rien. Envie de vide. À peine bossé au bureau aujourd'hui. Passé une heure trente sur le top 100 des meilleures vidéos de chats en 2013. Sinon, je pense aussi à mon anévrisme, particulièrement quand je suis dans des situations, disons, disgracieuses. Le principe de l'anévrisme étant qu'il peut sauter n'importe quand, j'ai comme une inquiétude qui pointe quand, par exemple, je passe trop de temps aux toilettes ou/et qu'Internet est ouvert sur la catch-up du Bachelor.

Si mon anévrisme saute à cet instant précis où j'écris, demain on lira cette brève dans *La Dépêche landaise* :

« Emportée avant l'heure par un AVC. Le corps sans vie de Julie Arricau a été retrouvé hier chez elle à Miganosse. L'état de son visage, recouvert d'une substance étrange, a intrigué les gendarmes qui ont d'abord envisagé une piste criminelle, avant de se rendre compte qu'il s'agissait de crème dépilatoire (moustache) et de résidus d'une célèbre pâte à tartiner choco-noisette (reste du visage). Devant l'état d'usure avancé des sous-vêtements de la victime, le crime sexuel a également été envisagé, avant d'être fermement écarté par le légiste qui nous a confié : "Houlà non, ça fait plusieurs mois qu'il ne s'est rien passé là-dedans." Nos plus sincères condoléances à la famille et aux proches de Julie qui, bien qu'âgée de bientôt trente-deux ans, n'avait ni enfant ni conjoint. Nous leur souhaitons de trouver du réconfort dans la certitude qu'elle nous a quittés heureuse alors qu'elle écoutait son chanteur préféré : François Feldman. »

23 h 35

J'ai envoyé le SMS suivant à mon père :
« Sinon, papa, pour ma conception, c'était gros câlin ou pipette et gants latex ? »

C'était pour l'énerver. Je suis en colère mais je ne sais plus pourquoi. Je lui en veux mais je ne sais pas formuler la raison.

Il m'a répondu :
« Choix numéro 1. Après je ne te dis pas qu'on a gardé les yeux ouverts tout du long. »

Il a raison : à mon âge on peut tout entendre, ça ne change plus rien.

02 h 15

Peut-être que mes problèmes avec les hommes viennent du fait que mon père est homosexuel. En effet, en tant qu'homosexuel, mon père est attiré sexuellement par les hommes. Par conséquent, il ne peut pas avoir de désir pour moi. Contrairement aux autres femmes, dont les pères...

Mauvaise théorie.

Jeudi 20 février
1/864
C'est parti d'une intention indirecte, dont je ne sais pas si elle est gentille ou méchante, qui était de tenir la tentation à distance de la bouche de Miss Moule : j'ai apporté des crêpes chez ma mère.

À part un dimanche sur deux, pour le café, je vais rarement chez ma mère. Et jamais sans le planifier plusieurs jours à l'avance. Mais je me suis dit : à quoi ça sert d'habiter dans une petite ville si on ne peut même pas se rendre des visites à l'improviste entre voisins ? Ma mère a semblé contente de me voir. Elle a eu un temps d'arrêt, mais elle m'a laissée passer, rentre vite, qu'est-ce qui t'amène, tu vas attraper froid. J'ai posé l'assiette sur la table de la salle à manger et j'ai retiré le papier d'alu, fière de moi.

— Tada !
— Anthony ! Grégory ! Rémy ! Crêpes !

L'escalier a tremblé. Kiki, Caca, Cucu ont traversé le salon. L'assiette a disparu, emportée par la meute.

— Bonjour quand même ! j'ai lancé en direction de la cuisine.
— Moi d'abord ! Pousse-toi ! T'en mets partout !
— Qu'est-ce que ça mange à cet âge-là ! a commenté ma mère, guillerette. Qu'est-ce qui t'amène ?
— Rien, j'ai dit, juste comme ça. Pour dire bonjour.
— Cabinet du docteur Lesca, bonjour !
— Hein ?
— Le plus tôt sera jeudi 11 heures.

Depuis deux ans, ma mère est télé-assistante du docteur Lesca. Elle ne quitte jamais ses gants roses, son tablier à fleurs, et son casque-micro sur la tête. Elle a souri comme si c'était à moi qu'elle parlait :

— C'est noté. À vendredi, bonne journée.

Elle a sorti un cahier à spirale de la poche de son tablier, elle a griffonné le nom du patient. Elle m'a dit qu'elle n'allait pas pouvoir me garder longtemps, elle avait les vitres à finir avant le dîner.

— Il est 14 h 30, je me suis permis de relever.
— Non, tu sais quoi, tu tombes bien, j'ai pas eu le temps de relire la dissert de Rémy. T'imagines pas l'orthographe qu'il a. Rémy !!!

J'ai sursauté : là encore, au lieu de se tourner vers la cuisine, elle avait crié en continuant de me regarder moi.

— Désolé, a répondu une voix, c'était la dernière crêpe !

— T'en as même pas eu, toi ! j'ai dit à ma mère.

— C'est normal de se nourrir à leur âge.

— Ils auraient pu partager.

— T'as pas passé l'âge d'être jalouse, ma petite Julie ?

— C'est pas de la jalousie !

— T'as toujours été jalouse de tes frères.

— C'est pas mes frères.

— Qu'est-ce que je disais.

Ça l'a fait rire.

Voilà donc comment je me suis retrouvée dans la chambre de Rémy (odeur dominante : pied, odeur additionnelle : sperme), devant son ordinateur, à relire la dissertation qu'il doit rendre demain. Je lui ai demandé, en respirant par la bouche, quel était le sujet. Il a répondu en pointant une icône en bas de la page :

— Quoi que tu fasses, il ne faut pas que tu cliques là.

— D'accord, j'ai dit, je ne clique pas.

— Il faut surtout que tu ne cliques pas.

Rémy a dix-neuf ans. C'est lui le plus âgé des trois. Il est en terminale. Il pourrait aller au lycée en voiture. Je lui ai promis une nouvelle fois que je ne cliquerais pas.

— Allez, si, vas-y, steuplé, clique.

— Faut que je clique ou faut pas que je clique ?

— Que tu cliques.

J'ai cliqué. Une femme est apparue en plein écran. Elle était nue et avait au moins deux pénis dans le vagin.

Rémy s'est tordu en deux tellement il a trouvé ça drôle.

— Pfffft, je t'avais dit de pas cliquer !

Je me suis levée. Je ne savais pas quoi faire de ma main qui avait touché la souris.

— Tu t'en vas déjà ?

— Elle est parfaite, ta dissertation. J'espère juste que ta bite elle est aussi grande que celle du monsieur sur l'écran, parce que l'année prochaine, c'est le seul métier qu'on te proposera.

Une part de moi était fière de ma réplique. Une autre était consciente que j'étais face à un adolescent mal dans sa peau et que ce n'était pas l'adversaire le plus glorieux pour prouver mon répondant. L'esprit humain fonctionne tellement mieux quand il s'agit de s'attaquer à plus petit que soi. Cela dit, ce n'était pas si méchant : lui comme moi savons qu'il ne deviendra pas acteur porno, mais clerc de notaire, comme son père, ou restaurateur, ou électricien. Il aura une jolie maison avec des enfants, comme tout le monde, il sera plus riche et il vivra plus vieux que moi.

Il m'a doublée dans l'escalier, la raclure.

— Christine, Christine ! Julie a dit qu'elle espérait que j'aie une grosse bite pour que je sois star du porno !

— C'est pas vrai, Julie, tu lui as pas dit ça ?

J'ai dit à ma mère que j'avais passé un super moment en famille, mais que j'allais devoir y aller. Elle a secoué la tête. Puis elle a souri et m'a passé la main dans les cheveux.

— Pourquoi tu rends tout compliqué ? Ma chérie...

J'ai eu envie très fort de lui demander de ne pas m'appeler sa chérie. Et de lui parler de mon anévrisme. Ce qui est paradoxal, car plus je lui aurais parlé de mon anévrisme, plus, probablement, elle m'aurait appelée sa chérie. J'ai eu envie de lui dire pour l'opération et de lui donner une ou deux probabilités d'espérance de vie. Mais je me suis retenue. Ça ne compte pas si vous forcez les gens à se préoccuper de vous.

— J'étais juste venue voir si t'allais bien.
— Bien sûr que je vais bien ! a-t-elle répondu.
— On ne prend jamais le temps de vraiment parler...
— Cabinet du docteur Lesca, bonjour !

Je lui ai fait la bise pendant qu'elle notait le rendez-vous.

En arrivant à la maison, j'ai vu que j'avais reçu un SMS : « Dois annuler dimanche. Anniversaire du cousin des enfants à Gujan-Mestras. Bisou ma chérie. »

J'ai écrit : « Pourquoi t'as épousé papa si tu savais qu'il était gay ? » Réponse : « Parce qu'on était bien ensemble et que je pensais que ça suffisait. Bisou ! » Je n'ai pas lâché : « Alors pourquoi t'as voulu divorcer ? » Réponse : « Parce que j'ai réalisé que ça me suffisait pas. Bonne soirée ma Julie ! »

J'ai enlevé mon manteau et mon téléphone a de nouveau vibré. J'ai cliqué, une photo s'est affichée sur l'écran. Sur la photo, c'était moi, plein cadre, jambes écartées, en train de me masturber.

Signé : « Rémy ».

Ça m'a fait bizarre de me voir avec des gros seins. Le pire c'est que c'était bien fait. Proportions correctes, détourage propre, ombres harmonisées. En fait, il ne sera pas porn-star, ni plombier, mais il deviendra graphiste, comme moi. Tu vas voir, Journal, si je suis encore là, ils vont m'obliger à le prendre en stage d'été.

« Fragile en philosophie mais très bon en Photoshop », ai-je écrit à ma mère en accompagnement de l'image que je me suis bien entendu empressée de lui transférer.

J'ai reçu un message de Rémy, il y a cinq minutes :
« Vieille Pute. »
Hi hi ! Premier moment de joie de la journée.

22 h 30

Ci-agrafée, une lettre arrivée au courrier :

Chère Mademoiselle Arricau,

J'ai le plaisir de vous convier aux journées privées – 30 % sur les nouvelles collections, le 21 et le 22 février. Dans votre magasin Véti, bien sûr !
Vétiment vôtre,

Valérie Chabrol,
Directrice de magasin.

Vendredi 21 février
1/863
J'ai trouvé la solution à mes insomnies ! Ça ne paraît pas logique à première vue, mais, pour mieux dormir, il faut que j'*allume* la lumière. Pas pleins feux quand même : j'ai branché au pied de mon lit la lampe coccinelle de Miss Moule qui n'éclaire pas grand-chose. Voilà pourquoi je dormais mal : ça m'angoissait de voir seulement du noir à travers mes paupières. Avec la lampe coccinelle, plus besoin d'ouvrir les yeux pour vérifier si je suis encore en vie.

Samedi 22 février
1/862
Spirale descendante. Voici ce qui vient de se produire, à l'instant, à l'Intermarché, devant le bac à melons. Je ne sais même pas pourquoi je raconte ça :
BEAU TRENTENAIRE INCONNU : Mademoiselle, vous savez, ça sert rien de juste les regarder...
JULIE : Hein ?

BTI : Pour trouver le meilleur, faut les sentir près de la queue.

JULIE : PARDON ?

BTI : Oh, non, désolé, je voulais pas dire ça au sens où...

Je crois que c'est ma manière de le regarder : il a reculé, il a glissé sur une feuille de laitue, il a failli tomber, il est parti en baissant les yeux.

C'est en rentrant à pied, en repassant la scène dans ma tête, que j'ai réalisé : Romain a raison, je suis une harpie féministe frigide qui fait peur aux hommes.

(Romain n'a jamais dit ça mais je sais qu'il le pense.)

Dimanche 23 février
1/861

On s'entend bien, Miss Moule et moi. Elle a rapporté le fond de Margarita qu'ils n'ont pas vendu hier soir. Il y a quelque chose qu'on ne peut pas m'enlever : je ne m'apitoie pas sur mon sort, j'avance. Tirant les conséquences de l'incident d'hier à l'Intermarché, j'ai décidé de changer de stratégie et de contacter sur Meetic les deux hommes que j'avais mis dans ma black-list. Si je les ai bloqués, c'est forcément qu'ils ne me laissent pas indifférente. Or, qui doit-on contacter : les gens qui laissent indifférente ou les gens qui ne laissent pas indifférente ? Étant donné que je prends toujours les mauvaises décisions, la bonne décision à prendre est forcément de prendre la décision inverse à la décision que spontanément j'ai prise. Faites pas semblant de trouver cette phrase trop compliquée, vous m'avez parfaitement comprise. Au travail ! Archéologues, je vous raconte après.

N.-B. : Ces deux personnes sont Romain et « 50Shades ».

00 h 55

JULIE : Si je te dis que t'as raison et que je veux bien que tu m'apprennes à jouer au jeu de la séduction ?

ROMAIN : Je réponds : « Cette fois-ci aussi, j'en parle à Audrey ? »

JULIE : LOL

ROMAIN : LOL

JULIE : Si tu dis LOL, ça veut dire que t'es d'accord ou pas ?

ROMAIN : On est bien sur un site de rencontres ?

JULIE : Audrey, tu l'aimes ou pas ?

ROMAIN : Je dors chez elle de temps en temps.

JULIE : C'est pas la réponse à ma question.

ROMAIN : C'est elle qui fait comme si on allait se marier.

JULIE : J'arrive pas à savoir si t'es un connard ou pas.

ROMAIN : C'est le secret de mon charme à moi.

JULIE : Bleurf.

ROMAIN : ???

JULIE : Merci pour ton message l'autre jour.

50SHADES : La liste d'attente est si longue ?

JULIE : ?

50SHADES : C'est pour ça que tu ne réponds que maintenant ?

JULIE : Ton message était intimidant…

50SHADES : Faut pas être intimidée. L'appartenance est une démarche de confiance et de protection.

JULIE : Ça se passe comment sinon quand on te rend visite ?

50SHADES : Tout dépend des limites qu'on a fixées avant.

JULIE : Genre un contrat et tout comme dans le bouquin ?
50SHADES : Je préférerais que tu me vouvoies.
JULIE : Ah ouais, t'es à fond.
50SHADES : Et que tu évites ce genre d'expression vulgaire.
JULIE : Vous avez des menottes, des cordes, tout ça ?
50SHADES : Tu me plais.

Lundi 24 février
1/860
JULIE : Pourquoi t'es avec Audrey ?
ROMAIN : Je ne suis pas avec Audrey.
JULIE : C'est pas ce qu'elle disait l'autre jour à Vétimarché au rayon robes de mariée.
ROMAIN : Elle fait du bien au petit gros à lunettes qui sommeille en moi.
JULIE : Sous cette carapace d'assurance, d'humour, de charisme et d'intelligence, tu veux dire ?
ROMAIN : Oui, voilà.
JULIE : T'as quoi à te prouver ? Tu pourrais être la photo d'accueil quand on se connecte ici.
ROMAIN : Je ne suis pas beau.
JULIE : Et ne dit-on pas que la vraie beauté est intérieure ?
ROMAIN : En tant que médecin je t'assure qu'aucun être vivant n'est beau de l'intérieur.
JULIE : T'es dur avec toi. (Et avec les êtres vivants.)
ROMAIN : Moi je veux bien être dur avec toi. :-)
JULIE : **yeux levés au ciel**

JULIE : Si on vient chez toi, y a un mot de sécurité et tout ?
50SHADES : Vouvoie-moi.
JULIE : Si on vient chez vous, y a un mot de sécurité et tout ?

50SHADES : Oui. Mais l'important n'est pas là.
JULIE : L'important est où ?
50SHADES : J'aime les rencontres entre un homme et une femme qui apprennent à se faire confiance et s'avouent leurs désirs pour les dépasser ensemble.
JULIE : Et comment on apprend à avoir confiance en vous ?
50SHADES : En franchissant les limites progressivement.
JULIE : Donc pas qu'un soir seulement ?
50SHADES : Non, pas qu'un soir seulement…
JULIE : Je n'ai pas envie d'avoir mal.
50SHADES : Je n'aime pas faire mal.
JULIE : Vous aimez quoi ?
50SHADES : Je t'ai déjà dit : posséder.

Bon. Je me demande si une histoire d'amour d'un soir seulement peut impliquer des chaînes, des menottes et un collier en cuir. J'imaginais plutôt un dîner aux chandelles sur un catamaran. Comme pour le reste, il est possible (probable) que mon imagination ait eu tout faux. Peut-être que c'est au fond d'une cave voûtée que je vais parvenir au sentiment d'avoir intensément vécu ? J'ai mes doutes. Mais je suis prête à essayer si la cave est chauffée.

Mardi 25 février
1/859
ROMAIN : On fait ça quand ?
JULIE : J'ai une idée : c'est quand votre mariage, Audrey et toi ?
ROMAIN : Arrête avec ça.
JULIE : Tu trouves que je suis maso d'être attirée par toi ?
ROMAIN : T'as envie ?
JULIE : Oui, j'ai envie.

50SHADES : On se voit quand ?
JULIE : Chez vous ?
50SHADES : Tu verras, c'est bien chez moi.
JULIE : Vous êtes beau sur la photo que vous m'avez envoyée.
50SHADES : Tu veux ?
JULIE : Oui, je veux.

Mon rapport médico-légal dira : « Cause de la mort : AVC par comportement sexuel excessif, syndrome dit de la *Maxima Cochonna*. »

Mercredi 26 février
1/858
Machine en marche... Romain passe me chercher à 19 heures vendredi au bureau. Je lui ai dit que je ne serais pas douchée et il m'a dit qu'il aurait une serviette propre et que, je verrai, c'est bien chez lui, il a une très jolie salle de bains.
50Shades/Nicolas m'attend demain à 19 heures « autour d'un verre pour commencer, il y a un bar sympa en bas de chez moi ». Je serai bien sûr libre de « monter ou pas ». (Pas de cave apparemment.) Je ne monterai probablement pas, mais je suis une femme libre, je ferai ce que le désir me dictera.

Jeudi 27 février
1/857

09 h 15

Je viens d'envoyer mon numéro à un pervers sadique qui veut posséder mon corps et mon âme.

10 h 45

Un verre, ça engage à quoi ?

12 h 35

Le problème, si je le vois, c'est que je ne peux pas voir aussi Romain demain. Je ne suis pas une fille comme ça. Et j'ai très envie de voir Romain demain. Je vais annuler.

14 h 50

Je ne vais pas annuler. Je vais être courageuse et vivre une expérience nouvelle qui me fera explorer le désir humain.

16 h 20

Je le vois mais je ne monte pas. Quoi qu'il arrive, je ne monte pas. Même si ça me tente. Je ne me pose même pas la question. Je le reverrai un autre jour si je veux. Là, on prend juste un verre. C'est une prise de contact. (Il ressemble un peu à Mark Ruffalo.)

16 h 45

Rien foutu depuis ce matin. Comment font les esclaves sexuels pour se concentrer sur leur travail pendant la journée ?

17 h 15

Il m'a dit qu'il m'appellerait à 18 heures max pour confirmer. Dans moins de deux heures, je l'aurai rencontré. Argggh !

17 h 55

Je ne veux pas y aller.

18 h 08

Il m'a appelée à 18 h 06. Je n'ai pas décroché. Je lui ai envoyé un SMS : « Comme tu m'avais pas appelée avant 18 heures max je croyais que t'avais changé d'avis. Du coup prévu autre chose. Bise ! »

Il a rappelé. J'ai bloqué son numéro sur mon portable et son profil Meetic.

19 h 00

Je suis une merde.

21 h 30

J'aime Romain.

Vendredi 28 février
1/856
Cher Journal, on n'est pas grand-chose.

ROMAIN : Toujours partante pour notre revival lycée ce soir ?
JULIE : Le grand cycle de la vie, l'éternel recommencement.
ROMAIN : C'est drôle de se retrouver dans cette position...
JULIE : C'est sexuel quand tu dis ça ?
ROMAIN : Tu sais, petit clown, j'ai plus mon corps de dix-sept ans.
JULIE : Tu me plais comme ça.
ROMAIN : Toi tu m'as toujours plu.

À ce moment-là, j'ai fondu sur ma chaise et Sabri m'a grillée. Il m'a demandé si j'avais une touche sur Meetic, ce qui est d'autant plus clairvoyant qu'il ne sait pas que j'ai un profil Meetic. Non, pas du tout, j'ai répondu, en essayant de faire une tête que j'aurais normalement eue en écrivant à un client.

JULIE : Ça va être bien ce soir...
ROMAIN : Y a intérêt !
JULIE : :-)
ROMAIN : Faut pas qu'on se plante.
JULIE : Me mets pas la pression non plus !
ROMAIN : Bien obligé.
JULIE : Pourquoi ? !
ROMAIN : Parce que c'est la règle du jeu.
JULIE : Quelle règle du jeu ?
ROMAIN : Pour un soir seulement.

Bada baboum. Dans ma tête, j'ai entendu Romain imiter le bruit de Motus quand on tire la boule noire, comme il avait fait l'autre soir à l'Ovale. Et je me suis sentie très conne.

Comment ai-je pu espérer autre chose avec moi ? Oublier la règle que j'ai moi-même fixée ? Que j'ai fixée justement pour ne pas me retrouver dans la situation dans laquelle je suis, qui est de me mettre à attendre plus que ce qu'on veut bien me donner. La règle qui est aussi la raison pour laquelle Romain a renoué avec moi.

Pour. Un. Soir. Seulement.

Sabri m'a demandé si quelque chose n'allait pas.

— Juste un CDM, j'ai dit, je te raconterai.

Honte à moi. Honte à moi. Envie de me mettre un sac sur la tête. D'appeler le docteur Elorduizapatarietxe et qu'il m'opère demain.

Je dois m'être immunisée contre le Fervex-vodka parce que j'en ai pris un il y a une heure et je ne sens toujours rien.

Samedi 1ᵉʳ mars
1/855

Je pense que, ces dernières semaines, j'ai trop vécu sur mon cerveau droit, qui est l'hémisphère des sentiments, du présent et de la créativité. Mon prof de dessin, en deuxième année, disait qu'un artiste doit savoir également solliciter son cerveau gauche, afin de porter un regard technique et distancié sur son travail. C'est peut-être une partie de l'explication : avec un anévrisme dans la partie gauche de mon cerveau, je n'arrive plus à être méthodique au quotidien. Je me laisse emporter par les sentiments et les instincts. Je ne sais pas si ce diagnostic est médical, mais ça n'a jamais fait de mal à personne de se forcer à étudier sa situation analytiquement.

Quel est mon problème ?

Les hommes.

Pourquoi ?

Ils ne veulent pas de moi.

Pourquoi ?

Je les repousse.

Intéressant. Et je les repousse parce que je suis repoussante ? Ou je les repousse parce que, au fond, j'ai peur quand on s'approche de moi ? (Première avancée analytique importante.)

Hypothèse 1 : je suis repoussante.

Crédible. Mais, dans ce cas, pourquoi autant de réponses depuis ma nouvelle annonce Meetic ? L'examen des faits tend donc à prouver que je ne suis pas intrinsèquement dégoûtante.

Hypothèse 2 : j'ai peur quand on s'approche de moi.

Goldorak + 50Shades + le type des melons à Intermarché = hypothèse confirmée. C'est moi qui repousse les mecs qui s'approchent de moi.

Pourquoi ?

J'ai peur d'être utilisée.

Pourquoi ?

Peur qu'ils veuillent juste du sexe et qu'ils s'en foutent de moi.

Pourquoi ?

Parce que la nature humaine.

Pourquoi ?

Pas pourquoi : *comment ?* Comment accepter le risque qu'on ne cherche que du sexe avec moi ?

Réponse : embrasser ce risque, créer une situation où, justement, je saurai dès le début qu'il s'agira d'une rencontre sans suite, en écrivant sur Internet « pour un soir seulement ».

Je l'ai déjà fait. Ça ne marche pas.

Pourquoi ?

Je ne peux pas m'empêcher d'espérer plus quand même (*cf.* Romain).

Pourquoi ?

Parce qu'il me reste malgré tout une part résiduelle de dignité.

Pourquoi ?

Tu me saoules avec tes pourquoi. Tout ce que je sais c'est que j'ai peur du désir des hommes, car malgré moi j'ai peur de perdre quelque chose en me donnant. Ceci est le fruit d'une culture sexiste plurimillénaire qui nous inculque que la femme doit abdiquer une part d'elle-même (*i.e.* sa part résiduelle de dignité) pour que l'homme soit satisfait.

Que faire ?

Comprendre que tout cela est une hérésie et qu'une femme ne perd rien en se donnant. D'ailleurs : une femme ne se donne pas. Le sexe n'est pas un don. Le sexe, c'est du plaisir partagé.

Et concrètement ?

Je dois me mettre dans une situation où je vivrais une rencontre charnelle avec un homme dont j'aurais la certitude, quoi qu'il arrive, que je ne pourrais pas le revoir après.

Je dois coucher avec un condamné à mort ou bien me rendre dans un club échangiste.

Dimanche 2 mars
1/854
Êtes-vous déjà allés dans un club échangiste ?
Moi oui.
(42 secondes/1,20 euros la seconde.)

Je ne devrais même pas raconter ça, tellement c'est évident que je suis incapable de faire, et encore moins de trouver, quoi que ce soit dans un endroit comme ça. Je le raconte quand même : pour ce qui s'est passé après.

Il y a tellement de profils qui m'ont contactée depuis janvier que je peux demander ce que je veux, y en a toujours un qui correspond. Je ne sais même pas pourquoi j'y suis allée tellement c'était évident que ça n'allait pas fonctionner. Il était cela dit très clair pour moi, comme pour Gaël, que ce n'était qu'une expérience *visuelle,* pour tenter de stimuler ce qui me reste de libido. Gaël m'avait envoyé un message parce qu'il cherchait quelqu'un pour l'accompagner dans un club échangiste. Aux grands maux les grands remèdes. J'ai osé lui répondre parce qu'il n'a que vingt-neuf ans. Aller en club échangiste avec un mec plus jeune que moi rendait l'expérience moins crade, je trouvais. Plus innocente. Gaël porte des petites lunettes rondes qui lui donnent un air de philosophe gentil.

On s'est retrouvés devant un café à cent mètres du club, on s'est fait la bise. J'étais moins stressée que prévu. D'une part car ce n'était que *visuel*. D'autre part car j'étais fière d'avoir déjà réussi à m'approcher autant de la porte d'un club échangiste et j'aimais bien ce nouveau pan audacieux de ma personnalité.

Un geste m'a amusée : Gaël m'a pris la main. Il avait deux ans de moins que moi et on a traversé la rue comme s'il m'emmenait à l'école pour la première fois. Il m'a dit que j'étais encore plus jolie en vrai. Il avait raison : c'était presque plus excitant de ne pas se parler avant.

Après le vestibule, où ils nous ont fait payer, Gaël a poussé la double porte insonorisée. Il avait toujours une main soit sur mon dos, soit sur mon épaule, soit sur ma nuque, il maintenait toujours le contact : on était ensemble et, quoi qu'il se passe, il ne me perdrait pas. Les premières secondes, dans le couloir, je n'ai rien vu de spécial, juste des gens qui discutaient. Même si c'est vrai que les hommes avaient des sourires de marchands de voitures, et les femmes des regards de call-girls qui essayaient de faire oublier leur début de carrière sur Minitel. Il y en avait deux l'une à côté de l'autre qui riaient, simultanément, en jetant leur tête en arrière. Puis on est entrés dans une pièce avec des gens et des canapés. Les gens n'étaient pas entièrement nus, mais suffisamment pour que je me demande pourquoi exiger à l'entrée que les femmes portent des jupes et les hommes des chaussures en cuir fermées. J'ai tourné la tête à droite et je me suis raidie, mon corps a réagi avant même que mon cerveau analyse ce que j'avais vu. Je me suis raidie exactement comme l'autre fois, quand Goldorak avait essayé de me pénétrer, sauf que cette fois j'étais habillée et personne ne m'avait touchée plus bas que les hanches. Mon problème s'est-il aggravé ? Le club s'appelle le « 7 et plus » et, sur la grande banquette dans l'alcôve à ma droite, c'était exactement ce qui était en train de se passer.

J'avais grimpé au plongeoir de dix mètres sans savoir nager.

Les clubs échangistes, puis-je désormais affirmer avec la légitimité de l'expérience, sont faits pour les gens qui ont *trop* couché. Je suis contente que ce genre d'endroits existent pour les gens comme ça, mais mon problème, à moi, c'est l'inverse exactement.

— Pardon, pardon, pardon, je suis désolée, j'ai dit quand Gaël m'a rejointe sur le trottoir.

— La première fois, a-t-il répondu en reprenant ma main, ça m'a fait bizarre aussi. Peut-être que tu tiendras trois minutes la prochaine fois ? Ou deux ? T'en fais pas.

Il a ri. Je me suis demandé s'il riait parce que de toute manière dans deux secondes il allait y retourner sans moi, ou s'il était vraiment sympa.

— Je ne suis pas sûre qu'il y ait une prochaine fois... j'ai dit.

Il a marché avec moi jusqu'à ma camionnette. Je lui ai demandé s'ils le laisseraient revenir tout seul maintenant que j'étais partie. Il a fait non de la tête, avec un sourire mignon. Il n'a pas fait de remarque sur ma camionnette et il a proposé qu'on se revoie.

Se revoir. Je n'avais pas imaginé les choses comme ça... Il avait du charme, cela dit. Un beau sourire, une belle voix. J'aimais bien son côté paternaliste alors qu'il était plus jeune que moi.

Je lui ai dit qu'il avait mon numéro. Il a eu l'air d'aimer m'entendre dire ça.

— Il y a quelque chose de pur et naturel, chez toi. Ça me plaît.

« Pur et naturel »... Il en faisait un peu trop.

— Toi aussi, j'ai répondu, t'as l'air sympa.

Ce qui était sincère, mais à quoi bon revoir quelqu'un qu'on a rencontré pour la première fois sur le trottoir d'un club échangiste. N'est-ce pas une faille originelle dont on ne se remet jamais ? En tout cas, j'aimais la tendresse de cet au revoir, qui compensait ce que je venais de voir dans l'alcôve à droite après le couloir.

— C'est vrai, a-t-il dit, je te plais ?

Il avait vraiment l'air surpris. Au fond, il n'était qu'un garçon qui avait besoin d'être rassuré. Comme moi.

— Oui, Gaël, c'est vrai, tu me plais.

Il a souri, ses yeux ont brillé. On était peut-être les mêmes, au fond, lui et moi...

— Ah oui ?
— Ah oui.
— Parce que je pensais...
— Tu pensais quoi...
— Un petit coup rapide dans ta camionnette, ça te dirait ?

Y a-t-il vraiment des femmes qui disent oui à ça ? Des femmes sans addiction à l'héroïne, dont le passeport n'a pas été confisqué ? Ça répond quoi à ça, une femme, normalement ? Et je ne parle pas non plus des femmes de l'alcôve à droite après le couloir : je parle des femmes qui dînent en amoureux les soirs d'été dans les restos chics du bassin d'Arcachon. Elles auraient répondu quoi ? Oui ? Oui bien sûr ? Oui prends-moi ? Ou tout simplement, à elles, on n'aurait jamais posé la question ? Pourquoi je n'arrive pas à courir joyeusement à travers la vie, comme elles, comme Super Mario, sans me torturer le cerveau ? Je veux faire pareil : il court, Mario, il s'en fout, il écrase les champignons, il attrape les étoiles et décroche le drapeau à la fin du niveau.

J'ai dit non et je suis rentrée regarder la saison 1 de *Sex and the City* à la maison. (Ça a très bien vieilli.)

Lundi 3 mars
1/853

Ma vie est une blague. Une farce. Une comédie qui peut s'arrêter à chaque instant.

03 h 10

C'est une torture, les insomnies. Je suis crevée, je me mets au lit, les paupières qui tombent, je lis trois pages, je pique du nez, j'éteins la lumière, et là mon cerveau décide de jouer à fond dans ma tête le morceau de musique le plus dansant que j'ai entendu récemment. Ce soir, c'est *Samba de Janeiro*. Je ne sais même pas où mon cerveau est allé entendre ça, sans doute dans une pub ou à la pharmacie pendant que je faisais la queue pour acheter un spray aux huiles essentielles dont Corail m'a dit qu'elle avait une cliente au bar dont la tante dormait nettement mieux depuis qu'elle en vaporisait deux pressions dans sa chambre le soir. Comme mon cerveau ne connaît pas la chanson en entier, il répète en boucle : « Samba de Janeiro ! Samba de Janeiro ! Samba, samba ! De Janeiro ! » L'autre fois, il n'avait rien à se mettre dans la tête, la seule chanson que j'avais écoutée de la journée, c'était *Dis quand reviendras-tu ?* de Barbara. Mon cerveau a réussi à en faire un remix techno. En plus de m'empêcher de dormir, c'était démentiellement laid. J'ai réussi à dormir trois heures et j'avais encore la musique en tête quand je me suis réveillée le lendemain.

Mardi 4 mars
1/852

02 h 40

Re-insomnie.

03 h 10

J'aurais moins peur de mourir si la mort était comme une partie de ballon prisonnier : t'es touché, tu sors, terminé. Mais depuis le bord du terrain, tu peux quand même voir ce qui se passe après.

04 h 35

Liste des femmes que j'envie :
- *les femmes qui sont belles sans maquillage ;*
- *les femmes qui sont belles avec maquillage ;*
- *les femmes qu'on appelle Madame (respect) et dont on mate le cul une fois qu'elles sont passées (désir).* Désir + respect : une combinaison magique dont j'ai moi-même le privilège de faire l'expérience une fois par an quand je vais voir Julia Roberts au cinéma ;
- *les femmes qui gèrent le décolleté au nombril et qui citent Kant l'air de rien ;*
- *les femmes qui portent des robes Jil Sander achetées avec leur propre argent ;*
- *les femmes qui mangent des aliments qu'elles ont cuisinés elles-mêmes ;*
- *les femmes qui chantent juste à jeun ;*
- *les femmes imberbes ;*
- *les femmes qui boivent de la bière sans gonfler ;*
- *les femmes qui boivent sans ronfler après ;*
- *les femmes qui ont l'air copine avec leur copain.*

Mercredi 5 mars
1/851

Avant toute chose, cher Journal, tu dois savoir qu'il y a une petite blague qui court à Miganosse. Quand un joueur est titularisé au RC Miganosse Océan, on dit qu'il obtient deux choses : un CDI et une nuit avec Miss Moule. Pour la suite, c'est bien que tu sois au courant de ça.

C'est bien que tu saches aussi que je ne suis pas misogyne : cette blague, c'est Miss Moule toute seule qui l'a inventée.

— Excellente initiative ! s'est-elle exclamée ce matin quand je suis sortie de la salle de bains.

Je lui ai demandé de quoi elle parlait et j'ai vu mon ordinateur sur ses genoux. Elle a dit que je cachais bien mon jeu avec mes rencontres d'un soir seulement.

Je lui ai demandé de me rendre mon ordinateur. Elle a levé les mains comme un Dalton. J'ai repris mon ordinateur en lui disant que ça ne la regardait pas. Je l'ai fixée droit dans les yeux, j'ai haussé la voix, comme avec un chiot qui a fait pipi sur la moquette. Pour qu'elle comprenne que je ne plaisantais pas.

— Quand un joueur est titularisé au RC Miganosse Océan, a-t-elle commencé, on dit qu'il obtient deux choses, un CDI...

— Pourquoi tu me parles de ça ?

— C'est pas moi que ton annonce va effrayer.

Dire qu'au lycée c'était elle la petite et moi qui la protégeais.

Elle a croisé les bras sur ses gros seins et elle m'a dit quelque chose qui ressemblait à ça :

— Chaque femme, dans sa vie, devrait coucher avec un inconnu total. Un révélateur de qui on est. C'est un révélateur de soi. On n'est jamais autant soi qu'après l'amour à côté de quelqu'un qu'on connaît pas. Jamais aussi nue. Jamais aussi soi. C'est tellement libérateur...

Elle avait manifestement déjà réfléchi au sujet.

— Les principes, les interdits, ça ne sert qu'à vivre moins. Tu sais ce que c'est le plus incroyable après que t'as couché avec quelqu'un que tu connaissais pas ? Tu te rends compte que t'es la même qu'avant. La même, sauf que tu te vois plus clairement. Tu te découvres telle que tu as toujours été. Avec juste un petit truc en plus, un petit secret, que t'es contente de garder avec toi.

Elle s'est souvenue que j'étais là. Elle m'a traitée de petite traînée et a dit, mais au fait, qu'est-ce que je raconte, vu ton annonce, forcément, tu l'as déjà fait.

Elle m'a fait asseoir sur le canapé et je lui ai tout raconté. Presque tout. Pas l'anévrisme. Pas Romain. Je ne lui ai pas dit que c'était pour lui que je voulais apprendre à gérer les plans cul d'un soir seulement. Pour lui que je devais m'endurcir d'abord, pour mieux terminer avec lui après, boucler la boucle, avant d'aller me faire opérer. Je ne lui ai pas dit car elle est devenue « la petite grosse » le jour où je suis devenue « la petite moche » et elle ne comprendrait pas que Romain puisse être l'homme pour lequel je fais tout ça.

Je lui ai raconté tout le reste. Elle a saisi le sens global de ma démarche :

— T'inquiète, on va te décoincer.

— Le monde étant ce qu'il est, j'ai reformulé avec mes mots, mon pari est d'être plus heureuse si j'apprends à dissocier le sexe et les sentiments.

— Vendredi soir, on va danser.

Vendredi soir, on va danser.

Jeudi 6 mars
1/850

Chaque matin, Sabri reçoit un appel de sa mère. C'est le signal, pour Christophe et moi, qu'il est l'heure de faire une pause. Car il est difficile de se concentrer quand Sabri parle arabe au téléphone avec sa mère. C'est beaucoup trop drôle. Ça ressemble à ça :

— Alrrrragrlre guerrrflrané mirtrabrrragra stragrrralrrlrrré aktasrrralmrrrirch *gigot d'agneau*, grinérrralra frrralrargé brrragttifrrrar grrrotminarrrti *gentes en allu*, istiklarrrmartouch varrrtokrrrachoukrrran slavrrrounachtoarrr *comme on fait son lit on s'couche, inch'Allah*.

— Tu savais qu'une femme a en moyenne 4,4 partenaires sexuels dans sa vie ? j'ai chuchoté à Christophe.

— C'est non, Julie, je suis marié, n'insiste pas.

— 4,4 partenaires par femme : t'aurais dit plus ou moins ?

— Pourquoi tu dis « par femme » ?

— Parce que les hommes, c'est 9,6 en moyenne.

— Je croyais que t'étais bonne en maths ?

Je lui ai dit que j'étais bonne en maths. Il m'a répondu que je n'étais pas si bonne que ça :

— Sauf à imaginer des centaines de partouzes à travers le pays, avec minimum 5 hommes par femme, les chiffres ne peuvent pas coller.

— C'est l'Insee, j'ai dit, je t'envoie le lien si tu veux.

— Ils sont polis, ils n'ont pas voulu traiter les Français de menteurs. Mais si on considère que l'amour ça se fait à deux, alors le nombre moyen de partenaires est forcément le même des deux côtés.

J'ai réfléchi.

— Donc les femmes déclarent moins et les hommes exagèrent leur chiffre... Ça ferait une moyenne à 7 partenaires ? Ce serait ça la vérité ?

— T'en penses quoi, Sabri ? 7 partenaires en moyenne ?

Sabri, toujours au téléphone, a ri en secouant la tête.

— Kalrrrragrlrrre varrrtokrrrachokrrra mirtrabrrragra stragrrralrrlrrré aktasrrralmrrri grrrakrakkouné slavrrrounachtoarrr guerrrflrani, *pourquoi je ris ?* Ha ha ha ! *Parce que petits joueurs les Français.*

Christophe lui a lancé une boulette de papier :

— Ah, parce que t'es plus français tout d'un coup ?

J'ai lancé ma boulette moi aussi :

— T'as pas honte de parler de cul avec ta mère !

Ah ! là là, qu'est-ce qu'on se marre entre graphistes freelance. N'empêche : je trouve ça libérateur de découvrir que je suis trois partenaires sexuels en dessous de la vraie moyenne. Être *normale* n'est pas un but, mais ça ne mange pas de pain de savoir qu'on a de la marge. Après, ça dépend aussi de l'âge, j'imagine. Il est logique d'avoir moins couché à trente et un ans qu'à cinquante et un ans. Sans doute malin, donc, en bonne gestionnaire, d'économiser une partie son capital sexuel. Vu ma situation médicale, cela dit, je ne devrais avoir aucun remords à consommer le mien.

23 h 30

Mathieu n'est pas étonné par les statistiques de l'Insee. Selon lui, 5 % des hommes sont homosexuels, or les homosexuels couchent en moyenne avec 50 autres hommes par an, par mois, par jour, je ne sais plus ce qu'il m'a raconté, ce qui déséquilibre l'ensemble et explique que le nombre moyen de partenaires soit plus élevé du côté des hommes. Le site de l'Insee ne précise pas si l'enquête portait sur les personnes hétérosexuelles ou sur toutes les sexualités. Entre les femmes qui mentent et les hommes qui couchent entre eux, on n'y comprend plus rien, j'aimerais qu'ils refassent une enquête sérieuse et qu'on sache enfin la vérité.

Vendredi 7 mars
1/849

Objectif pâlot. Ce soir, je dois trouver un mec qui me plaît et l'embrasser « à-bouche-que-veux-tu », a décrété Miss Moule. C'est une expression de notre grand-mère Jeannine, dont le grand regret, disait-elle chaque année à mon anniversaire, était qu'on n'ait pas inventé la pilule contraceptive plus tôt. Miss Moule est une bonne prof. On reconnaît les bons profs à leur capacité à concevoir un apprentissage en paliers. Étape par étape. Je ne me suis pas épilé le maillot : aucun risque de déraper.

Samedi 8 mars
1/848

Objectif pâlot accompli !

C'est hélas une victoire à la Pyrrhus, chers archéologues du futur. Ne vous emballez pas.

Je ne sais pas si c'est parce que j'ai dormi dix heures ou si c'est parce qu'il fait très beau, ou si c'est parce que j'ai sauté un repas, mais je me sens très littéraire aujourd'hui. Je vais tout bien vous raconter.

Il est midi et Miss Moule n'est toujours pas rentrée. J'imagine qu'elle va bientôt m'appeler et que je vais devoir aller la chercher à la gare. Je lui dois bien ça. Quoique ça commençait mal, hier soir, quand j'ai découvert dans le rétroviseur les « retouches » maquillage qu'elle venait de me faire. Elle s'est justifiée en disant qu'une boîte de nuit, en termes de lumière, est un lieu compliqué. Sombre, avec des stroboscopes, des spots fluo, dix poufs au mètre carré : visuellement, il faut s'armer.

Elle était armée, pour sa part, de dix centimètres de talons, d'un top en satin assez large pour couvrir ses bourrelets, et d'une mini-jupe stretch ras le dessert. Elle s'était mis du rouge à lèvres violet et s'était teinté deux petites mèches en rose devant les yeux. Elle m'a étudiée : moi aussi, je portais des talons. J'avais mis un jean parce que je n'aime pas mes cuisses, et un débardeur Petit Bateau parce que j'aime bien mes bras. J'avais les cheveux détachés. Elle s'est tapotée le menton avec les doigts, elle réfléchissait…

— J'aime bien le gloss et les paillettes…

Quelque chose n'allait pas.

— Tourne-toi. Lève les bras.

— Quoi ?

Elle m'a retiré mon débardeur.

— Qu'est ce que tu fais ?

— C'est ton soutien-gorge qui va pas.

C'était le plus beau que j'avais.

— Je ne dis pas qu'il n'est pas beau, je dis qu'il est en trop.

J'ai obéi. J'ai retiré mon soutien-gorge. Vite, car il y avait des gens sur le trottoir. J'ai renfilé mon débardeur. J'ai baissé les yeux : on voyait précisément le relief de mes tétons. Elle a hoché la tête, fière de son intervention.

— Parfait.

J'ai accepté de sortir dans cette « tenue » en me disant que ce n'était pas vraiment moi mais une créature inventée par Miss Moule. C'était comme se mettre entre parenthèses, comme au carnaval, comme un jeu, une fantaisie, un personnage qui n'engage pas votre propre dignité. Certaines comédiennes font probablement ce même raisonnement, sur le plateau, avant de retirer leur peignoir pour la double sodomie.

Le gros videur nous a laissées passer sans problème. Il a même décroché la corde cinq mètres avant qu'on arrive. Il y avait des gens qui attendaient avant nous, des jeunes mecs, des couples. Nous, il nous a vues arriver avec nos talons sur lesquels on arrivait à peine à marcher, nos têtes de tentatrices du pauvre, le maquillage qui pesait plus lourd que les vêtements, et il nous a fait passer sans faire la queue, ce qui en dit long sur le cœur de cible des boîtes à Bordeaux le long des quais.

(On a quand même dû payer nos entrées.)

Quand on danse, le plus dur, je trouve, ce n'est pas les jambes ni les bras, mais le visage. Sachant qu'il n'y a pas de bonne solution : vous souriez trop, ça dit « psychopathe », vous tirez la tronche, ça dit « frigide », vous gonflez les lèvres, ça dit « pute russe ». Alors, il faut alterner. Et, de temps en temps, vous dansez face à Miss Moule en faisant des gestes rigolos pour montrer aux gens autour que vous avez des amis et que vous vous amusez vachement. Essayez de tenir vingt minutes, puis sortez le coupon boisson inclus avec l'entrée. Si vous gérez bien la descente, et que le verre vient avec une paille, ça donnera à vos lèvres et à une de vos mains quelque chose à faire pendant vingt minutes supplémentaires, ce qui est une perspective encore plus réjouissante que la vodka elle-même. Il ne resta plus qu'à re-danser sans verre une dernière vingtaine de minutes, une heure se sera écoulée depuis votre arrivée, ce qui vous permettra de dire à Miss Moule, wouah, trop bien, je me suis éclatée, il est tard non, on va peut-être rentrer, mais continue de danser, profite, c'est génial ici, je vais aller chercher nos vestiaires en attendant !

— Déjà ? Y a personne qui te plaît ?
— Et toi, j'ai répondu, t'as vu qui ?

Elle m'a dit qu'on ne partirait pas tant que je n'aurais pas roulé une pelle à quelqu'un.

Il n'y avait pas beaucoup de mecs que j'aurais eu envie de revoir à la lumière du jour. Ils avaient fait des efforts de séduction trop manifestes pour être séduisants, à coups de gomina, de chemise rouge Ferrari dans le jean moulant. La journée, en vrai, ils étaient probablement équarrisseurs de veaux. Et ils devaient se dire la même chose pour moi. Avec un autre métier : ils devaient se dire que, la journée, je vernissais des ongles ou que j'épilais des anus à la cire. Ce qui me ramène à ce grand mystère : pourquoi, quand on veut séduire, se débrouille-t-on pour paraître moins intéressant qu'en vrai ? Et pourquoi ce paradoxe semble-t-il n'intéresser que moi ?

— Alors, qui ? a répété Miss Moule dans mon oreille.
— Pas encore choisi !

Comme si c'était vraiment un choix et qu'il ne tenait qu'à moi. Et là, soudain, j'ai eu un éclair génial.

Exactement ! Ne vise pas quelqu'un qui te plaît : vise quelqu'un dont tu sens qu'il ne dira pas non. Ceci, en cascade, a déclenché une seconde révélation : j'ai compris comment tout le monde, dans sa vie, arrive à se marier au moins une fois.

Le secret est de viser plus bas.

C'est alors que je l'ai vu.

La même taille que moi, brun, quelques kilos en trop, des lunettes, un sourire timide, un tee-shirt South Park. Et le regard de quelqu'un que le mot « soutien-gorge » ferait bégayer. Sauf que lui, au moins, il saurait l'épeler. Telle une grue huppée qui a repéré un poisson, j'ai entrepris de traverser le ruisseau.

Lorsque, patatras, on m'a collé une main au cul.

Mes fesses se sont contractées. Comme un piège à loup. Je l'avais clairement senti : une main était venue se caler sous ma fesse droite, le pouce entre mes cuisses. Elle avait « soupesé ». J'ai fait volte-face. Je me suis retrouvée face à un type qui avait de jolies dents, de beaux yeux. Et le sourire de quelqu'un qui ne voyait pas pourquoi il aurait dû s'excuser.

— T'es jolie, tu t'appelles comment ? Moi, c'est Pierre.

J'ai bégayé, zozoté, postillonné. Était-ce lui qui m'avait mis la main au cul ? J'avais perdu tous mes moyens mais il a quand même compris ma question. D'ailleurs, il a eu l'air ennuyé que je la lui pose. Mais pas ennuyé au sens de « gêné ». Ennuyé comme lassé. Comme si je l'avais interrogé sur l'économie du Pakistan. Il a haussé les épaules. Il a bu une gorgée de bière au goulot. Je l'ai mieux regardé et je me suis rendu compte qu'il était canon. Peut-être pas canon dans l'imaginaire de quelqu'un qui caste les mannequins pour les défilés Armani, mais un bon 8 pour une fille qui fabrique des sites Internet pour des poissonneries et se tape une cicatrice en travers du menton. Son tee-shirt noir tombait parfaitement sur son torse. Il avait de jolis muscles à la base du cou. Et des pommettes toutes fines qui luisaient dans l'obscurité.

Comme Judas. Comme Satan.

— Je sais que c'est toi qui m'as mis la main au cul.
— C'est juste pour ça que tu t'es retournée ?
— Je... Je sais que c'est toi.

Il s'est penché vers moi et il a frôlé mon oreille avec ses lèvres :

— Tu veux ou tu veux pas ?
— Quoi ?
— Danser...

Je me suis reculée et j'ai re-bafouillé que je voulais savoir, avant toute chose, si c'était lui qui m'avait mis la main au cul. Il a alors eu un sourire qu'on ne peut, objectivement, que qualifier de sexy :

— Je veux bien répondre, mais tu dois d'abord répondre à une autre question.

Je lui ai demandé quelle était l'autre question. Il a crié dans mon oreille une théorie selon laquelle, la soi-disant main au cul ayant permis d'initier la conversation, certaines mains au cul pouvaient être considérées comme des mains au cul *positives*.

— J'ai raison ou pas ?

Et là, amis archéologues, j'avoue, j'ai bugué. Je suis restée bouche ouverte, je regardais ses belles dents, je pensais à mes principes, à ses belles dents, à mes principes, à ses belles dents. C'était un piège, sa question. Une main au cul positive ? Une main au cul qui serait la première pierre d'une belle relation ? J'y serais encore, bouche ouverte, s'il n'avait pas fini par pointer son index vers sa bière pour indiquer qu'il allait s'en chercher une autre.

— Je vais au bar. Si jamais t'as envie que la main au cul soit de moi...

Il m'a frotté les cheveux comme à un enfant. Et il est parti.

Le con.

J'ai voulu l'appeler, mais il était déjà trop loin. Je suis retournée vers Miss Moule, qui dansait au milieu de la piste entre deux types qui avaient l'air de bien l'aimer. Elle m'a fait « super » des deux pouces, elle s'est tournée vers celui des deux types qui avait l'air de trouver sa jupe encore trop longue et elle a fait tourner ses pouces autour de ses tétons. Ses tétons à elle. Puis ses tétons à lui.

Ça m'a prise d'un coup : galvanisée par l'aplomb de l'autre goujat, j'ai fait demi-tour et j'ai marché vers le type à lunettes qui savait épeler soutien-gorge. Pas Pierre qui était beau et qui mettait des mains au cul, celui avec les lunettes et le tee-shirt South Park, collé à son pilier. Je me suis arrêtée devant lui, je lui ai souri, il m'a souri, j'ai passé mes bras autour de ses hanches. Et je l'ai embrassé.

Direct. Je jure que c'est vrai.

Il avait un goût d'ananas. (Il avait dû boire une piña colada.)

On a repris notre souffle. C'était allé si vite qu'il n'avait pas pu dire non. Je ne suis pas sûre qu'il avait eu le temps de voir quelle tête j'avais. On s'est regardés. On s'est souri. On a remis ça.

Quand il a eu besoin de respirer, il m'a demandé si je voulais boire quelque chose.

— La même chose que toi, j'ai répondu fièrement.

En attendant qu'il revienne, je suis retournée voir Miss Moule. Les deux types qui l'aimaient bien avaient disparu. On a un peu dansé ensemble. Je lui ai raconté. Elle m'a dit qu'elle aussi elle était fière de moi. Mais qu'en revanche son plan cul régulier venait de lui envoyer un SMS pour lui dire qu'elle pouvait passer. Elle allait prendre un taxi, ça ne me dérangeait pas ? Heu, ben, OK... ai-je à peine eu le temps de répondre avant qu'elle disparaisse vers le vestiaire. Pas grave, j'ai pensé, je suis grande, je suis forte, je suis libre. On s'est fait au revoir de la main. Je me suis frayé un chemin jusqu'à bar. Je me suis sentie glamour et mystérieuse à la fois.

Et je l'ai retrouvé, mon amoureux qui sentait la piña colada. Avec une grande blonde, la tête dans son cou, en train de lui mordiller l'oreille.

J'ai fait demi-tour, j'ai bousculé tout le monde pour me faire un chemin en sens inverse, vers la sortie, en gardant mon masque glamour et mystérieux de fille qui ne venait pas de se faire humilier. J'ai juste eu le temps d'apercevoir Miss Moule en haut de marches, sans réussir à la rattraper. À quoi bon, de toute façon : je n'allais pas lui proposer de l'accompagner.

Bilan : mission accomplie. Au prix, je ne le cache pas, d'une certaine frustration. Ne pas être beau, pour un homme, est presque un atout en fait : on attend contre un pilier et on ramasse toutes les filles qui ont compris que le secret est de viser plus bas.

15 h 34

À l'instant, en remettant mon jean (les autres sont au sale, vous n'avez pas fini de juger ?), j'ai trouvé un bout de papier avec un numéro de téléphone dessus. Quel genre de type vous embrasse, va fricoter avec la première blonde qui passe, vous laisse son numéro en douce, et s'attend à ce que vous le rappeliez après ?

15 h 35

À moins que ce soit le type qui m'ait mis la main au cul ? Voilà ma vie. De Charybde en Scylla. Je vais appeler, par curiosité, et parce que, dans un cas comme dans l'autre, j'ai deux trois choses à leur expliquer.

15 h 40

Je dîne avec Pierre ce soir.

18 h 30

Quitte à trahir la cause des femmes, j'avoue être assez excitée par mon dîner ce soir. Je vais imaginer que Pierre ne m'a pas mis de main au cul hier soir. Peut-être que ce n'était qu'une impression au moment où il m'a glissé son numéro ? (N.-B. : Ce n'était *pas* une impression.)

En matière de relations amoureuses, de nos jours, il ne faut pas essayer de rationaliser. Ce matin, par exemple, à Bordeaux, Miss Moule a été faire le marché avec son plan cul régulier. Ils ont acheté des poireaux, des oignons, du cresson, des pommes de terre, et ils ont fait un potage en rentrant.

18 h 50

Appel masqué : j'ai cru que c'était Pierre pour annuler. Non, c'était ma concierge, à Bordeaux, qui dit que les voisins sont à deux doigts de défoncer la porte à cause de l'odeur. Elle dit qu'ils veulent passer mon appart au Kärcher. J'ai promis de passer lundi. Elle m'a dit non, venez ce soir, le cousin de M. Iparrigari a dit qu'il passait demain avec un pied-de-biche. Arf. Je décale Pierre d'une demi-heure. Et j'emporte mon eau de toilette pour si l'odeur imprègne mes habits, déjà qu'il va me voir avec le même jean qu'hier soir. Ce stress ne peut pas être bon pour mon cerveau.

Dimanche 9 mars
1/847

Schadenfreud : mot allemand désignant le sentiment de joie provoqué par l'évocation du malheur des autres.

Auto-schadenfreud : perversion propre à moi, fonctionnant par mise en distance, qui conduit le sujet à s'amuser de son malheur propre. Exemple :
— Pourquoi t'es ironique tout le temps ?
— Auto-schadenfreud, Jérémy, auto-schadenfreud.

D'une certaine manière, ma soirée d'hier a commencé dans la cage d'escalier quand j'ai constaté qu'on pouvait sentir l'odeur de mon appartement depuis le rez-de-chaussée. La concierge a tenu à monter avec moi. J'ai fait celle qui n'était pas certaine de sentir l'odeur dont on parlait. En vrai, ça sentait comme si on avait repeint les murs avec de la merde et du roquefort. Si les voisins essaient de me lyncher, j'ai pensé, je leur dirai pour mon anévrisme. S'il le faut, je m'inventerai une chimio. Depuis le diagnostic, pas une seule fois je n'ai joué la carte de la maladie, j'ai des jokers à utiliser. J'ai tourné la clé dans la serrure.
— Un petit courant d'air, j'ai dit, et ce sera terminé.
J'ai ouvert la porte. J'ai dû me soumettre à l'évidence.
— Bhoua ! Guézguézapu !
Sauf qu'à y regarder de plus près, le salon n'était pas en si mauvais état. Le plancher était toujours aussi gondolé, mais j'ai eu beau me mettre à quatre pattes et scruter, les traces de moisi que j'ai vues n'étaient pas si grosses que ça, et ne semblaient pas avoir évolué depuis la dernière fois. La concierge a ouvert la fenêtre, je suis allée faire la même chose dans la chambre... J'ai poussé la porte de la salle de bains, direction la lucarne, tandis que la concierge reprenait son souffle, penchée contre le garde-corps. L'odeur m'a semblé encore plus insupportable. J'ai escaladé pour atteindre la lucarne, qui était déjà ouverte, mais qu'on pouvait ouvrir en encore plus grand. J'ai baissé la tête. Devinez ce que j'ai trouvé dans la baignoire.

Indice : dans le hall de l'immeuble, scotchée sur le mur des boîtes aux lettres, une feuille format A4 disait ceci :

AVEZ-VOUS VU NOTRE CHAT ? IL NOUS MANQUE BEAUCOUP ! MERCI DE VOTRE AIDE SI VOUS LE RETROUVEZ.

Avec une photo couleur et un numéro de portable.

Le vrai Wifi, le pauvre, n'était plus vraiment en couleurs. À part un bout d'intestin rose qui pointait à travers son pelage, et des petits asticots jaunes ici ou là, il était tout gris. Il avait la gueule bizarrement ouverte, soit comme si ses dents avaient poussé, soit comme si ses gencives avaient disparu. J'ai cru qu'il avait encore l'œil brillant, mais c'était juste un petit moucheron qui dansait dessus.

Je suis retournée au salon, en prenant sur moi pour ne rien laisser paraître, et j'ai raccompagné la concierge sur le palier en lui disant qu'elle ne s'inquiète de rien. Je passerais le temps qu'il faudrait pour tout astiquer, l'odeur n'existerait plus demain, elle pouvait compter sur moi. Elle est partie. Je me suis appuyée le dos contre la porte, pour rassembler mes pensées, comme il est courant de le faire dans ces moments-là.

J'ai pris un drap au fond de la commode, je l'ai déplié, je suis retournée dans la salle de bains et, depuis le lavabo, je l'ai lancé sur la baignoire, de sorte qu'il recouvre tout et que je ne voie plus rien. Puis, me rapprochant progressivement, tendant les bras le plus loin possible, j'ai froissé le drap, côté par côté, bout par bout, jusqu'à ce qu'il forme une boule autour du pauvre Wifi. Le plus horrible a été de devoir glisser mes mains sous la boule, c'est-à-dire sous Wifi, et de sentir son poids. Ça a fini par faire un gros baluchon. J'ai couru chercher un sac-poubelle sous l'évier, avant que les asticots se mettent à ramper dans les replis du drap. J'y ai tassé le tout et j'ai noué le sac.

Yeurk.

Je me suis lavé les mains à l'eau bouillante. J'ai rincé la baignoire. Pauvre Wifi. J'ai vu des traces de griffes sur les carreaux sous la lucarne. Il avait essayé de sauter mais à cause de l'arrondi de la baignoire il n'avait pas réussi à repartir par où il était arrivé. Quand il venait me rendre visite le soir, je le faisais ressortir par la porte d'entrée.

Je me suis relavé les mains. Je me suis recoiffée devant le miroir. Le ménage, c'est triste à dire, m'avait plutôt donné de jolies couleurs. J'ai regardé l'heure : dans les temps. J'ai pris le sac, j'ai laissé les fenêtres ouvertes et fermé la porte à clé.

J'ai voulu déposer le sac dans les poubelles de la cour mais la concierge me regardait derrière sa porte vitrée. J'ai eu peur qu'elle reconnaisse l'odeur de ma poubelle, qu'elle jette un œil dedans, découvre l'ignoble vérité et me dénonce aux voisins. Je lui ai fait coucou de la main et je me suis carapatée.

Je n'avais pas le temps de me recueillir en bonne et due forme pour Wifi, mort des conséquences de ma vie sexuelle désastreuse. Si je n'avais pas fait fuir Goldorak au Nouvel An, tout se serait enchaîné différemment. À l'heure qu'il est, je serais en train de regarder la catch-up de *Belle toute nue*, Wifi me lécherait des résidus de camembert au bout des doigts, et j'ignorerais qu'un anévrisme dans ma tête peut sauter à tout instant. D'une certaine manière, Wifi est mort pour moi. Peut-être que, dans le grand ordre karmique des choses, sa vie a été échangée contre la mienne. Qu'en pensez-vous, archéologues du futur ? Ma théorie est-elle bonne ? Wifi est-il mort pour moi ? Sa vie valait-elle ma chandelle ? À vous de le dire car vous avez la réponse, moi pas.

Pour l'instant, il était dans un sac à l'arrière de la camionnette.

J'ai regardé l'heure : je pouvais encore être à l'heure au dîner.

Qui a été incroyable. Pas incroyable en soi, mais incroyable que-pour-une-fois-ça-se-passe-normalement.

Il m'avait donné l'adresse d'un indien pas loin de la gare. Pas terrible comme quartier, mais délicieux comme resto. J'ai un peu menti en disant que *Mad Men* était ma série préférée alors que je n'ai jamais pu dépasser la première saison. On n'a même pas parlé de sa main au cul, dont je veux bien aller jusqu'à accepter l'idée qu'il se soit agi d'un mal nécessaire, comme Guantanamo contre le terrorisme. Quand le serveur nous a donné la carte des desserts, Pierre m'a demandé si je voulais vraiment un dessert ici, je lui ai demandé où est-ce qu'il voulait son dessert, et il m'a répondu : « Je ne sais pas, t'habites où ? » J'ai rougi comme une petite pucelle qui l'a bien cherché. Puis je lui ai dit laisse tomber, en ce moment j'habite à Miganosse. Il m'a dit tu plaisantes, moi ça me va, j'habite à Arcachon. Je me suis rendu compte que je ne le lui avais même pas demandé ce qu'il faisait dans la vie (il est ingénieur, il s'occupe de la chaîne de mise en bouteilles à la source des Abatilles), ce qui est la preuve que même une fille un peu évoluée comme moi (vous pouvez m'accorder ça) s'en fout, en vrai, de savoir ce que vous faites dans la vie si physiquement vous êtes parfait.

(Savoir ce que je fais, moi, dans la vie a été en revanche une de ses premières questions.)

Donc ça c'est fait comme ça : simple et spontané. Je n'étais pas anxieuse ni rien. Je crois que mon expérience récente liée à la mort de Wifi avait fonctionné comme une sorte de libération cathartique. Pauvre Wifi.

J'ai d'abord supposé que Pierre me suivrait en voiture jusqu'à chez moi, puis j'ai compris qu'il était venu en train. D'où le choix d'un resto près de la gare.

— J'essaie d'éviter, quand je peux, les modes de transport polluants. À Arcachon, je fais quasiment tout à vélo.

Le fait qu'un type qui vous aborde avec une main au cul puisse par ailleurs être écolo est la preuve que l'écologie gagne vraiment du terrain. Tu vois, cher Journal, j'apprends à voir du positif partout.

On a pris place dans ma camionnette. (Il a cru que je lui faisais une blague quand j'ai sorti mes clés devant la camionnette. Ensuite il m'a demandé combien elle consommait aux cent.) On a roulé cinq minutes, et il a trouvé que ça sentait bizarre et m'a demandé si j'avais un chien mort à l'arrière.

— Un chat, j'ai rectifié.

Là aussi, il a cru que je plaisantais. Tant mieux ! On en est restés là jusqu'à ce que l'odeur devienne insupportable, même fenêtres baissées. Il a mentionné l'odeur une nouvelle fois et je lui ai dit, tu vas rire, Pierre, faut que je te raconte un truc.

— Mais avant que je te raconte, ne t'inquiète pas, sache que ce n'est pas vraiment mon chat, mais celui des voisins.

Il y a alors eu un vacillement dans ses yeux, que j'aurais dû prendre plus au sérieux.

— Je l'appelais Wifi, j'ai continué. Parce qu'il passait par la fenêtre et c'était celui des voisins. C'est drôle, non ? Comme idée de nom, je veux dire.

— Et il est, hum, mort comment ?

Même si je conduisais, j'essayais de tourner la tête vers lui aussi souvent que possible pour garder le contact visuel et ne pas perdre la bonne dynamique de la soirée.

Je lui ai raconté Wifi qui venait dîner chez moi le soir, la lucarne par laquelle il entrait, qui était trop haute pour ressortir, les asticots qui avaient mangé sa langue, et la concierge qui heureusement ne m'avait pas grillée.

Avec le recul, je me rends compte que j'aurais pu raconter l'histoire avec plus de précautions. Mais il y avait entre nous tant de complicité, Journal ! Je pensais qu'on avait passé le stade des précautions, comme un couple où ce n'est pas grave, de temps en temps, si l'autre vous entend péter.

Ça faisait dix minutes qu'on roulait dans la forêt sur la départementale. C'est une route agréable, toute droite. Dans la journée il n'y a pas grand-monde, et la nuit il n'y a pas un chat (si on peut dire). Les lumières de la camionnette ont éclairé un chemin à gauche qui m'a paru parfait.

— Qu'est ce que, hum, tu fais ? a demandé Pierre.
— Juste cinq minutes.

Je lui ai dit que j'allais enterrer le chat.

J'avais quoi d'autre, comme choix ? Je n'allais pas jeter Wifi par la fenêtre et l'abandonner au bord de la route. Qu'auriez-vous fait, archéologues ?

J'ai pris le chemin sur cinquante mètres, j'ai coupé le moteur, mais gardé les phares allumés. C'était vraiment la nuit, on ne voyait rien. J'ai fait le tour de la camionnette pour récupérer le sac à l'arrière. J'ai demandé à Pierre s'il pouvait m'aider. Il s'est un peu tortillé sur son siège. Il n'avait plus le regard taquin qu'il avait eu pendant le dîner. Il a fini par ouvrir la portière, et par descendre, mais il est resté à distance sur le côté.

L'avantage, avec la camionnette de mon grand-père jardinier, c'est qu'elle est équipée pour de nombreuses circonstances. J'ai posé le sac par terre, j'ai sorti une pelle.

J'ai désigné un sentier et j'ai déclaré qu'il avait l'air très bien.

Pierre m'a dit de passer d'abord. Je me suis un peu enfoncée dans la forêt. Il faisait nuit noire, même avec les phares on voyait presque rien. Les fougères étaient denses, j'ai dû marcher trente mètres avant de trouver un espace assez dégagé pour creuser.

— Pierre ?

J'ai mis les mains devant mes yeux pour cacher la lumière des phares qui m'éblouissait.

— Pierre ?

Je ne le voyais pas.

— Pierre, je te vois pas...

Pas un bruit.

— T'es où, Pierre ?

J'ai crié son nom, je me suis inquiétée. Je suis retournée à la voiture, j'ai pris mon portable pour appeler le sien. Il devait être déjà loin car je ne l'ai pas entendu sonner. Il a décroché. Il m'a expliqué qu'il se sentait un peu fatigué, qu'il avait préféré rebrousser chemin et qu'il allait appeler un taxi.

S'il a réussi à faire venir un taxi, au milieu de la forêt et de la nuit, à vingt kilomètres de Bordeaux, la course a dû lui coûter trois fois le prix du dîner. Mais il est plus probable que Pierre a passé la nuit en boule dans un buisson, option finalement plus souhaitable que de venir dormir chez moi.

Lundi 10 mars
1/846

J'ai laissé trois messages à Pierre. Pas de nouvelles. Alors qu'avec le soleil, on se réveille forcément de bonne heure dans la forêt. J'espère que son portable n'est pas déchargé.

11 h 40

SMS de Pierre : « Merci d'effacer mon numéro. »
Et dire que Wifi est toujours dans son sac-poubelle dans la forêt à l'heure qu'il est.

Mardi 11 mars
1/845
J'ai rêvé de Wifi. Il était mort dans la baignoire et il miaulait.

Mercredi 12 mars
1/844
Je suis passée discrètement à mon appart après le boulot. J'ai déposé sur le palier de mes voisins le chaton gratuit que j'ai trouvé en début de journée sur Leboncoin. Je l'ai mis dans une boîte à chaussures avec des gros trous pour respirer : pas la même erreur deux fois.

Jeudi 13 mars
1/843
Arf. Appel de ma concierge : elle fait le tour des occupants de l'immeuble à la recherche de quelqu'un qui voudrait bien recueillir un chaton abandonné. Je lui ai dit : c'est un signe du destin, c'est un chat pour la famille du premier...

Vous pensez bien, on s'est tous dit ça, d'autant qu'il a été abandonné sur leur palier, a répondu ma concierge, sauf que la mère des petites est passée me voir hier soir à la loge, elle m'a mis le chaton dans les bras et elle a dit tout net : « Dieu merci l'autre est jamais revenu, celui-ci, soit vous le prenez, soit il sera noyé avant que les filles rentrent du cathé. »

Vendredi 14 mars
1/842
Miss Moule adore son nouveau chat !

Dimanche 16 mars
1/840
Passé le week-end avec Karma, qui est adorable. J'envisage de lui créer une chaîne YouTube, de le filmer et de poster ses vidéos. Il suffit qu'il fasse un million de vues et il m'aura payé les travaux. (Il faudrait qu'il fasse deux millions idéalement pour qu'on puisse partager Miss Moule et moi.)

Lundi 17 mars
1/839
78 vues pour la vidéo où Karma tombe du canapé.
45 vues pour celle où il joue avec une pomme de pin.

Mardi 18 mars
1/838
82 vues pour la vidéo où il tombe du canapé.
55 pour celle où il joue avec une pomme de pin.
49 pour celle où il se lèche la truffe après avoir bu du lait.
Karma est un chat à faible viralité.

Avec 38 like, la vidéo du canapé est toutefois mon post le plus populaire sur Facebook depuis celui, en 2009, où je raconte que j'ai déchiré un bas de maillot en l'essayant dans une cabine chez Mango.

Mercredi 19 mars
1/837
Je suis passée au club réaliser un entretien avec le demi d'ouverture de l'équipe de rugby, pour la page

« 5 questions au demi d'ouverture » de mon appli. Or, le demi d'ouverture, c'est Jérémy. Et Jérémy, j'ai réalisé, est parfait dans mon cas.

La solution était devant moi depuis le début. Dans la vie, c'est souvent comme ça : la solution est sous vos yeux depuis le début.

Je vais coucher avec lui. Grâce à Jérémy, je vais résoudre mon problème de surattachement et dissocier sexe et sentiment.

Je te sens perplexe, petit Journal, mais suis mon raisonnement. Avec un type qui se « lève des petites pour le Nouvel An », il est impossible que mon cerveau se projette dans ce qui pourrait être une relation. Avec Jérémy, même mon cerveau malade ne peut pas se mettre à fantasmer des pulls assortis pour Noël, nos deux noms sur la boîte aux lettres (ordre alphabétique), ou une visite chez Ikea. Avec Jérémy, on sait ce qu'on achète et c'est ça qu'on reçoit.

Ensuite, je passerai une soirée avec Romain. Ce sera romantique, tendre, avec des sentiments nostalgiques d'un amour impossible, notamment puisqu'il couche aussi avec Audrey et que je dois me faire opérer. Mais avec des sentiments quand même, que j'arriverai à assumer, grâce à Jérémy qui m'aura débloquée.

Ça ne saute pas aux yeux, mais ce plan a sa propre rationalité. Une rationalité en deux temps, à la mesure de ma psychologie. Je sais comment je fonctionne, accordez-moi ça, je sens que ça peut marcher. D'ailleurs, en vrai, vous ne vous dites rien, archéologues du futur, car vous êtes du futur et vous savez déjà que ça a marché !

Ce serait bien que ça marche, sérieusement.

Ça m'est venu vers la fin de la séance de questions/réponses. Un type est entré dans la salle de gym, il a tendu un tee-shirt à Jérémy, pour un match le week-end prochain, avec des couleurs spéciales pour ne pas confondre les équipes sur le terrain. Jérémy devait essayer le tee-shirt, appelé « maillot » dans le jargon technique du rugby, pour savoir s'il lui allait. Ni une ni deux, Jérémy s'est retrouvé torse nu, et j'ai baissé la tête dans mon MacBook.

J'aime bien Jérémy, aussi, car il n'est pas calculateur. Il est franc, il répond à toutes les questions sans s'en poser. Après l'interview, j'ai posé mon ordi, je me suis assise sur la machine à pecs, et je lui ai demandé combien il gagnait, pour le provoquer. Là, quand même, il a tiqué. Il a bafouillé, il a contourné la question, mais il m'a quand même répondu qu'il pourrait gagner deux fois plus s'il acceptait la proposition d'un club italien qui le relance chaque saison. Puis il a regretté sa confidence aussitôt et m'a demandé de ne rien répéter à personne. Tu vois, Journal, un secret nous lie déjà, Jérémy et moi.

J'ai dit à Jérémy que, s'ils le rappellent, il devait accepter la proposition des Italiens. C'est tout petit, Miganosse. Tout étriqué.

— Vis ta vie, je lui ai dit. Tu ne leur dois rien.

Il m'a dit qu'il ne ferait jamais ça à Miganosse puisqu'il « leur devait tout ». J'ai levé les yeux au ciel comme une petite ingrate libérale et je lui ai demandé s'il leur devrait encore tout quand il aura trente-cinq ans et qu'il serait jardinier municipal, comme 80 % des anciens du RC Miganosse Océan. (Un panneau à l'entrée de la ville prévient les automobilistes qu'ils entrent dans une commune « 2 fleurs ».) Il m'a dit que jardinier était un beau métier (méthode Coué) et que, d'ici là, il aurait fini de rembourser sa maison et que tout le monde ne pouvait pas en dire autant. J'ai pensé à mon appart à Bordeaux et j'ai changé de sujet. Ou, plutôt, j'ai rangé mon ordi dans mon sac parce que ça faisait déjà dix minutes que l'interview était terminée. Je ne savais pas si je devais lui faire la bise, vu qu'on était malgré tout dans un cadre professionnel. Il m'a raccompagnée à la sortie de la salle de gym, comme si on était dans son salon, et il m'a dit, tu sais, t'as pas tort, j'y pense des fois, il me reste quoi, cinq, sept bonnes années devant moi. Et après quoi ? Mais j'aime la région. Et je ne suis pas un traître, tu vois ?

À présent, je vais arrêter d'écrire sur Jérémy car, si je m'attache, mon plan s'effondre.

J'ai le droit de penser à lui, mais uniquement à son corps. Je retourne au club mardi pour la séance photo. Chaque joueur aura sa fiche dans l'appli.

J'ai dit à Grâce que ça générait plus de clics si les joueurs étaient torse nu. (Rire sardonique, j'aime bien quand je dis des choses qui ne me ressemblent pas.)

Jeudi 20 mars
1/836

Vincent et mon père sont passés à l'improviste après le dîner. Miss Moule était là aussi, elle était off aujourd'hui. On a coupé *Pékin Express* et on leur a laissé le canapé. On a sorti une bouteille de porto, ils nous ont donné des cannelés que Vincent venait de cuisiner, et ils nous ont dit qu'ils allaient se marier.

Oui, Journal, *se marier*.

— Le week-end de l'ascension, a dit Vincent.

— Vendredi 30 mai, a dit mon père.

— Yeaah ! Coool ! a dit Miss Moule.

Moi aussi, j'ai dit yeah cool, car je n'étais pas capable de faire une phrase, juste de répéter des onomatopées. Je suis allée dans la cuisine chercher les petites assiettes qui étaient déjà sur la table du salon, j'ai respiré un coup, et je suis revenue avec un dessous-de-plat qui ne servait à rien et une question toute préparée :

— Et ce mariage, sinon, ça fait longtemps que vous y pensez ?

— Pas vraiment, a dit Vincent.

— Tu te souviens du dimanche où vous vous êtes disputés, Vincent et toi, et que ça t'a fait pleurer ?

C'était le 16 février, je viens de vérifier.

— C'est ce jour-là qu'on a décidé, a dit Vincent.

— C'est une belle histoire, j'ai souligné.

— T'es partie, a raconté mon père, et, avec Vincent, on s'est mis à parler. De toi, de nous... Et de fil en aiguille...

Il a regardé Vincent, ému. Puis il a tourné son sourire vers moi et m'a demandé si j'étais contente.

— Yeaah ! Coool ! j'ai répondu.

Suis-je contente, cher Journal ? Ce qui est sûr, c'est que ce n'est pas donné à tout le monde, dans sa vie, d'aller au mariage d'un de ses parents. Ni d'aller à un mariage gay. Moi je vais avoir les deux à la fois ! Sauf si, bien sûr, au lieu de leur mariage gay, ils se retrouvent avec mon enterrement hétéro.

Vendredi 21 mars
1/835

J'étais en train de refaire une proposition de site de location de planches à voile cet après-midi, pour un CDM qui veut un design plus « rétro contemporain », lorsque j'ai reçu un appel de mon père. Ce qui n'arrive jamais. Mais ces temps-ci, cher Journal, il ne faut jamais dire jamais.

— Julie ?

— Oui.

— J'ai pas osé te demander hier...

Montée d'angoisse.

— Me demander quoi ?

— J'avais peur de ta réaction...

Seconde montée d'angoisse.

— Quelle réaction ?

— Est-ce qu'à mon mariage tu veux bien être mon témoin ?

— Oui, papa, j'ai dit, je veux bien.

Miss Moule, à l'heure où j'écris, est en train de chercher sur Internet des modèles de robes pour demoiselles d'honneur. En possibilité alternative, elle trouverait ça cool qu'on y aille en drag-queens elle et moi. Elle dit que ça coûterait pas cher : on aurait juste à porter plein d'habits à elle à la fois. Ce qui est drôle, et vrai, mais ne traduit aucun progrès en termes d'estime de soi.

Je suis surprise de ne pas avoir hésité avant de dire oui. J'avais l'impression que ça me gênait, au fond, l'idée d'aller au mariage gay de mon père. Et pourtant j'ai dit oui tout de suite. Peut-être que je suis une meilleure personne que je ne crois ?

En y réfléchissant, c'est vrai que je suis une fille bien.

(Pas au point de reculer l'opération juste pour le mariage de mon père : lui c'est son second mariage, moi j'aimerais optimiser mes chances que ça m'arrive au moins une fois – comme je suis contre le mariage, je parle de l'opportunité de dire « non, mais si tu veux on peut se pacser ».)

Samedi 22 mars
1/834

J'ai téléphoné à ma mère pour confirmer le café chez elle demain. L'air de rien, j'ai glissé :

— C'est cool, hein, pour le mariage de Vincent et papa ?

Il y a eu un blanc. J'ai eu peur qu'elle ne soit pas au courant.

— Oui, a-t-elle fini par répondre, très cool.

Elle parle comme Miss Moule maintenant.

— T'es sûre ? j'ai insisté, y a un truc bizarre dans ta voix...

— Si, si. À demain du coup ?

Avant de raccrocher je lui ai demandé de confirmer qu'elle serait bien présente au mariage de Vincent et papa. Sa réponse a été confuse. Globalement, elle « réfléchit ». Je lui ai dit que c'était une chose de ne pas venir avec José, Kiki, Caca, Cucu (j'ai employé les vrais prénoms) mais que ce serait super-triste si elle ne venait pas. Elle a dit qu'elle avait un patient qui appelait, ce qui était un mensonge vu qu'on est samedi. « On en reparle demain pendant le café. »

Je sens que ça va m'énerver.

Dimanche 23 mars
1/833

On s'entendait à peine avec José qui taillait la haie. Kiki, Caca, Cucu n'ont même pas arrêté leur jeu vidéo pour me dire bonjour. J'ai demandé à ma mère si elle avait réfléchi pour le mariage de mon père, je venais juste de poser les fesses sur le tabouret du bar de la cuisine américaine, et elle me dit, en se mettant à faire la vaisselle, avec des gants roses et tout : « Non mais tu comprends, moi je veux bien, c'est pas moi le problème, mais je dois penser à José, aux enfants, mets-toi à leur place, pense à leur réputation. »

Leur réputation !?

Je lui ai dit : il y a des choses dans la vie sur lesquelles on devrait pas avoir à négocier. Pourquoi elle a divorcé avec mon père si c'est pour ne pas aller à son mariage gay ?

Je ne suis pas certaine que la formulation était claire/percutante, mais l'évidence est que ma mère n'a aucun droit d'ostraciser mon père. Il ne lui a jamais menti, c'est elle qui a choisi de refaire sa vie. Je ne dis pas qu'elle a eu tort de refaire sa vie, ni qu'elle n'en avait pas le droit. Peut-être qu'elle s'est trouvé une nouvelle famille homophobe qui lui convient mieux, mais nous on est encore là.

Juste une demi-heure. Juste à la mairie. Elle peut même y aller à pied !

Lundi 24 mars
1/832
Miracle : deux appels de ma mère.
N'ai pas répondu. N'ai pas rappelé.

Mardi 25 mars
1/831
Professionnellement, il y a des journées qui sont meilleures que d'autres. Celle d'aujourd'hui, cher Journal, je lui mets 12.
Sur 10 !
Comme je ne suis pas calée en prise de vue, j'ai embauché Sabri pour la journée. Il est devenu pâle quand je lui ai dit qu'aujourd'hui les joueurs seraient photographiés torse nu. Il m'a dit que personne ne devait savoir qu'il avait été photographe pour un projet « genre Dieux du Stade ». Pour qu'il accepte de décharger son matériel, j'ai aussi dû promettre de prendre en charge personnellement l'application de poudre matifiante sur la peau des joueurs. Raison pour laquelle, je n'ai pas perdu le fil cher Journal, j'ai passé une excellente journée.
L'équipe du RC Miganosse Océan n'aurait peut-être pas de quoi fournir tout un calendrier. Certains joueurs sont quand même bien abîmés, les avants notamment (je connais les noms de positions de jeu maintenant !). On les a fait venir un par un, devant un fond vert qu'on avait installé dans la petite salle des tapis d'étirement, qui est aussi, incidemment, le lieu où j'ai perdu ma virginité. Une journée excellente, et cohérente thématiquement.
Comme je suis machiavélique et que je ne recule devant rien, j'avais prévu dans l'ordre de passage que Jérémy serait le dernier.
De 14 heures à 18 heures, vingt-trois athlètes se sont donc succédé pour se mettre torse nu devant

moi (« Tu veux que j'enlève le short aussi ? » (6 fois)/ Blague alternative : « C'est la technique que Romain t'as apprise au bar l'autre fois ? » (4 fois). Avec ma Terracotta et mon pinceau, je leur ai matifié la peau. Sabri pesait quinze kilos de moins que le plus léger. Je ne l'ai jamais connu si silencieux. Quand il est retourné à sa voiture, à 18 heures, il avait le regard des filles du dimanche matin qui prennent le bus en talons hauts avec le mascara sous les yeux. Même à Christophe, il m'a refait promettre, je ne devais rien raconter.

J'ai promis, j'ai promis, sans écouter, je m'en fichais, parce que Jérémy était à l'Ovale et m'attendait. Après sa prise de vue, je m'étais lancée, je lui avais dit : « Qu'est-ce que tu fais maintenant, on se prend un pot ? », ce qui n'a peut-être l'air de rien écrit comme ça, mais comme je venais de lui étaler de la poudre sur les abdos et de lui dire « très bien », « oui c'est bien », « gonfle le torse », « très sexy », c'était *grosso modo* comme si j'avais fini par me plaquer contre le mur en le suppliant de me prendre. C'est l'impression que j'ai eue en le disant en tout cas. Pour l'audace, je me suis accordé un bon point.

Je l'ai retrouvé devant l'Ovale. C'était la première fois de l'année qu'il y avait assez de soleil pour se mettre en terrasse. Il avait posé un paquet Amazon sur la table, je lui ai demandé ce que c'était. Il a commandé une pression pour lui, un Monaco pour moi, et il a ouvert le carton et m'a demandé ce que j'en pensais.

C'était un beau livre, illustré, du genre qu'on met sous la vitre de sa table basse et qu'on n'ouvre jamais. Sur le Raffles Hotel à Singapour.

— Ils jouent au rugby, là-bas ? j'ai demandé.

Il m'a dit que ce n'était pas pour lui mais pour sa mère. Avec l'assurance d'une fille qui organise les tournées mondiales de Lady Gaga, je lui ai répondu que les voyages, c'était quand même mieux en vrai. (La dernière fois que je suis allée à l'étranger, c'est en 2005, à Bruxelles, pour voir une expo sur la BD avec ma promo.)

— Mon père a planté ma mère quand j'avais un an, a dit Jérémy. Elle m'a élevé toute seule, elle n'a jamais voyagé depuis. C'est le plus grand regret de sa vie.

J'ai moins fait la fière, tout d'un coup. Il m'a achevée en ajoutant qu'à chaque livre qu'il offrait à sa mère, il lui proposait le voyage qui allait avec.

— J'insiste, mais elle refuse. Elle dit que les beaux hôtels ne sont pas pour les vieilles femmes, mais pour les jeunes amoureux.

Même mon cœur de vieille mégère desséchée en a trembloté.

— Toi non plus, du coup, tu n'as jamais profité de ces beaux endroits... j'ai dit pour essayer de recentrer la conversation.

— Si, si, je suis allé trois-quatre fois dans des beaux hôtels. Avec des filles. Comme ça. J'ai adoré le Ritz, qui a rouvert à Londres, et le Mandarin oriental à Barcelone.

Il a haussé les épaules.

— Après, j'avoue, le dimanche, c'est chiant.

On arrive, petit Journal, à la raison pour laquelle je te raconte tout ça. Il a continué :

— Le dimanche t'es coincé avec la fille jusqu'à l'avion, alors que t'avais déjà plus rien à lui dire au petit déjeuner... Ce qui n'empêche que, les palaces, ça reste génial pour baiser.

Terminus, tout le monde descend, ont déclaré mes hormones.

Il y avait cette petite étincelle dans le regard de Jérémy qui laissait penser qu'il avait dit ça pour me provoquer, mais quand mon hérisson émotionnel se met en boule, je ne perçois plus les choses rationnellement. Je me suis entendue dire qu'en cherchant un peu on devait pouvoir trouver des filles tolérables pour le petit déjeuner, mais que, houlà, ce n'était pas tout, le temps filait, je devais y aller. J'ai pris mon sac, j'ai regardé ma montre (l'ordre inverse aurait semblé plus naturel). D'un geste étonnamment rapide, il a retenu ma main :

— T'as pas dit de quoi tu voulais me parler.

Et là, je me suis retrouvée bien bête, cher Journal, bien bête.

— Oui. Tout à fait, j'ai dit. Je voulais te voir, pour te dire que...

Il m'a regardée en penchant un peu la tête. Je ne savais plus s'il me plaisait, si je le détestais, pourquoi j'étais là, ce que je m'étais raconté. J'ai paniqué :

— Pour te dire que tu ne dois pas être jardinier.

Il a fait une drôle de tête.

— Non, j'ai improvisé, car tu as trop de talent. Trop d'avenir. Quand tu ne seras plus joueur de rugby, tu ne dois pas devenir jardinier. J'y ai beaucoup pensé, et voilà, c'est ça que je voulais te dire : ne deviens pas jardinier.

J'ai sorti 7 euros de mon porte-monnaie, je les ai posés sur la table, en lui disant que je l'invitais. Et je suis partie à pas de canard en faisant crisser le gravier.

Il m'a attrapé le bras :
— Tu dis ça pour l'Italie ?
On avançait à la même vitesse, sauf que je trottinais et qu'il semblait marcher au ralenti.
— Tu dis ça pour que j'accepte l'offre du club italien ? Parce que c'est ma région, ici... J'ai pas envie de la quitter...

Il avait le front plissé, ça moulinait là-dedans. Ma réponse improvisée avait touché une zone sensible. Il m'a parlé de l'Italie, du marché des demis d'ouverture, des joueurs qui avaient des agents, des joueurs qui approchaient des trente ans. J'ai deviné qu'il rêvait de dire oui, mais qu'il n'était pas assez aventurier pour oser. Je l'ai laissé parler. Longtemps. Quand il s'est tu, j'ai glissé un autre argument en faveur du départ :

— Et puis t'as pas vraiment le choix, t'as déjà couché avec toutes les filles ici.

Avec le recul, je m'en veux. Il me parlait d'un dilemme sérieux, qui était un vrai enjeu pour lui, et moi je suis restée sur ma vexation, dont il n'était pas responsable et que j'avais moi-même provoquée.

Il a froncé les sourcils.

— J'ai pas couché avec toutes les filles ici.
— Ah non ?

Il a souri.

— J'ai pas couché avec toi.

On était dans la forêt, des rayons de soleil arrivaient jusqu'à nous. Il y avait une belle odeur de résine de pin et des écureuils dans les arbres. J'ai senti que l'univers, à cet instant, voulait que je baisse les armes. Jérémy se lève des petites pour la nouvelle année ? Il baise dans des palaces avec des filles qui l'ennuient au petit déjeuner ? Et alors ? N'étais-je pas la pire des hypocrites de lui reprocher exactement ce que j'étais venue chercher ? La solution à mon blocage était peut-être dans l'acceptation de ce changement sémantique : ne plus dire « faire l'amour » mais « baiser ». Il était temps que j'arrête les histoires et que j'accepte la vraie vie.

— OK, j'ai dit. Tu veux qu'on fasse ça maintenant ?
— Faire quoi ?
— Chez moi si tu veux. Ma cousine embauche à 19 h 30.

Il s'est arrêté et m'a regardée, tous sourcils froncés.

— Tu veux... qu'on couche ensemble ?

J'ai essayé d'avoir l'air motivée.

— Oui, j'ai dit, qu'on couche ensemble.

Il a gonflé ses petites joues roses de sportif en bonne santé. Il m'a dit qu'il ne s'attendait pas à ce que je...

J'ai essayé de lui faire comprendre, sans employer le terme, que ce n'était pas un piège : pas d'avion, pas d'hôtel, juste une heure. Juste *baiser*.

Il m'a demandé si j'étais sûre. Il a dit que ça ne me ressemblait pas.

Je lui ai répondu : justement. C'était pour m'habituer. Car il y avait un mec que j'aimais bien, qui était du genre à faire des plans d'un soir, et comme j'avais peur de m'attacher à lui, je voulais d'abord apprendre à séparer le sexe et les sentiments.

Il paraît que l'époque appartient à ceux qui savent parler « cash » et « transparent »... J'aurais dû remarquer son air atterré, mais j'étais nouvelle à ce jeu-là et j'avais déjà assez de mal à faire semblant d'être détendue et sûre de moi :

— Pour toi, du coup, ce serait un moment sympa. Enfin, j'espère, ha, ha, ha ! Pour moi, ce serait comme une sorte d'entraînement. Tu vois ce que je veux dire ? Un partenariat gagnant-gagnant.

Je suis grotesque. Je préférerais tellement ma vie d'avant. Avant l'anévrisme. Ma vie sexuelle reposait entièrement sur les séries HBO, je gérais ça beaucoup mieux.

Il n'a pas défroncé les sourcils :

— Mais...

— Oui ?

— Tu veux que je couche avec toi pour que tu puisses coucher avec quelqu'un d'autre ?

— Voilà.

Le pire, quand on est ridicule et qu'on perd pied, c'est le moment où on voit que les autres l'ont remarqué.

— Ça te dit pas ? j'ai minablement insisté.

— Pas vraiment.
— Même si c'est garanti sans engagement ? Satisfait ou remboursé !

J'ai fait semblant d'éclater de rire, pour faire croire à Jérémy que depuis le début tout ça était une blague, il a fait semblant d'y croire parce que c'était plus simple comme ça, mais il n'y a absolument pas cru et il pense désormais que je souffre d'une pathologie lourde, ce qui est de toute façon plus ou moins vrai.

Je viens de manger un demi-camembert pour décompresser.

Cette mésaventure est déjà du passé. Une petite ombre sur une belle journée. J'aurai juste à éviter de croiser Jérémy, dorénavant, ce qui ne devrait pas être compliqué. Quand on trébuche, l'important est le rebond : je vais faire un tour dimanche au-dessus du bassin d'Arcachon avec un militaire qui s'appelle Clément et qui pilote des avions.

Mercredi 26 mars
1/830

Juste un dernier truc, quand même, sur Jérémy. Je trouve qu'il abuse un peu, dans la mesure où, si c'est Audrey qui lui proposait un petit coup, juste une fois, pour s'entraîner, ça m'étonnerait qu'il sorte ses grands principes et qu'il dise heu, ben, merci, mais non merci. Ça m'étonnerait beaucoup.

Jeudi 27 mars
1/829

04 h 20

Selon Karma, mon visage est le meilleur endroit pour dormir de toute la maison.

Vendredi 28 mars
1/828

Je reviens de chez mon père. À l'âge de huit ans, paraît-il, je lui aurais dit : « Je n'aime ni le sport ni la danse, mais je précise les deux car la danse c'est pas du sport. » Il s'agit sans doute d'un œdipe tardif. Doublé du refus inconscient d'être une fille à pédé, au sens généalogique du terme. Aujourd'hui, je regrette mon comportement : je suis sûre que j'aurais été la petite fille la plus fabuleuse de la Terre si mon père s'était assumé. Bref, ce n'est pas du tout pour ça que je suis passée le voir.

Ses mots exacts sont : « Il faut comprendre ta mère qui est maintenant dans une famille où un mariage entre deux hommes ne va pas de soi. Je respecte sa décision, si elle pense que c'est plus simple pour elle de ne pas venir. »

Mes mots à moi : depuis quand on se laisse dicter la loi par un clerc de notaire moyenâgeux et ses enfants pourris gâtés ? Je ne comprends pas comment il peut rester calme. Il a vécu un tiers de sa vie, ses plus belles années, avec une femme dont il a eu un enfant, et ça ne le dérange pas qu'elle ne vienne pas à son nouveau mariage ? Comme s'ils niaient deux décennies. Comme s'ils les effaçaient. Sous prétexte que ça pourrait perturber les enfants de José Gobineau. Je ne l'ai pas trouvé si fragile, Kiki, l'autre jour, quand il m'a montré sa jolie photo de double pénétration.

(Je sais que Rémy, Anthony et Gregory ont souffert de la dépression de leur mère qui les a laissés avec leur père, qui à son tour les a surprotégés, que ma mère en a fait autant, que l'Église a joué un rôle important dans leur vie, et qu'ils sont le fruit de tout ça. Il n'empêche : que ma mère aille au mariage de son ex-mari et du nouveau conjoint de ce dernier est un signe d'amour, d'espoir et de réconciliation, soit pile ce dont ils ont besoin.)

La ~~résignation~~ tolérance de mon père est sans doute à son honneur. Il faut dire qu'il revient de loin. À l'époque où il a grandi, l'homosexualité était un délit. On fichait les homos et on leur faisait écouter Dalida.

Mais aujourd'hui !

J'ai dit à mon père : « Si t'obliges pas maman à venir à ton mariage, moi non plus je ne viens pas. » Il ne m'a pas crue. Il est monté sur une chaise, il a ouvert un placard, il en a sorti une vieille caisse en plastique qu'il a posée sur la table. Il a fouillé et il a fini par brandir une cassette VHS. Archéologues du futur, une cassette VHS est un peu comme les tablettes en écriture cunéiforme qu'on a retrouvées en Mésopotamie. Mais pour les lire il faut les insérer dans un « magnétoscope ». Ça a pris vingt minutes pour en trouver un, au rez-de-chaussée, à l'école de danse, dans l'armoire en métal où mon père range sa compta. Il l'a relié à l'écran sur lequel il montre des ballets aux élèves. Je me suis assise sur le parquet, au milieu de cette grande salle vide, avec vue de part et d'autre sur la forêt, qui m'aurait évoqué de magnifiques souvenirs d'enfance, moi en ballerines, moi en demi-pointes, en développé, en demi-plié, si on avait des souvenirs de ce qu'on vit entre les âges de trois et six ans. Mon père ne m'avait toujours pas dit pourquoi je devais voir la vidéo.

— Attends, bouge pas, c'est presque prêt.

Il a appuyé sur « Play ». Il est venu s'asseoir à côté de moi.

Le film dure sept minutes. On y voit ma mère, vingt-cinq ans, en train de se maquiller dans un couloir, puis d'enfiler un body à paillettes. Elle est en soutien-gorge. Elle a un corps incroyable. La voix de mon père, derrière la caméra, fait des blagues, qu'on entend mal, pour qu'elle regarde vers lui. Du coup elle rit, elle n'arrive pas à enfiler le body. (Ça m'a fait rire aussi.) Ensuite, l'image saute. On voit une grande salle plongée dans le noir. La lumière s'allume, mon père et ma mère apparaissent, tout beaux, tout droits, au milieu d'une piste de danse. Mon père a une veste argentée et un dossard avec le numéro 26. Il y a trois rangées de public autour d'eux. La musique commence à jouer, mes parents se mettent à danser un cha-cha-cha, ainsi que mon éducation m'a permis de l'identifier. Ma mère a une souplesse, une légèreté, un sourire... Elle porte une robe avec de longues franges roses qui lui tombent du décolleté jusqu'au milieu des cuisses. Quelqu'un qui ne la connaîtrait que d'aujourd'hui penserait que, ce soir-là, on l'avait droguée. Ils terminent le morceau d'un coup sec, sur la dernière note : tapé de talons, ils s'enroulent l'un contre l'autre, et se déroulent face au public en écartant les bras bien haut. Ils tiennent la position quelques instants, puis éclatent de rire. Fin de la séquence, grésillements. Le film reprend après, très brièvement, pour une dizaine de secondes : dans un restaurant, mon père porte toujours sa veste argentée, ma mère un tee-shirt large qui lui dénude l'épaule gauche. Il y a un trophée sur la table. Ma mère a les cheveux lâchés. Ils sont entourés de gens de leur âge, quelques filles, surtout des garçons, dont certains n'auraient pas fait illusion devant le maire si c'était eux que ma mère avait essayé d'épouser. On ne peut pas dire qu'elle est magnifique, ma mère. Mon père, à côté sur la banquette, est objectivement plus beau. Elle a un visage pointu (qu'elle a un peu perdu aujourd'hui) et des ombres pas très jolies de chaque côté du nez. Mais ce soir-là, le soir de la vidéo, il est clair qu'elle s'en fiche. Il y a trop de bruit pour entendre autre chose que les rires. On la voit accepter une cigarette roulée, dont elle tire une longue bouffée, avant de la souffler vers mon père, qui inspire avec gourmandise (confirmant l'hypothèse selon laquelle ma mère avait été exposée à des psychotropes ce jour-là).

La femme qu'on voit à l'écran est ma mère telle qu'elle est vraiment. C'est celle-là, la vraie. Celle d'aujourd'hui, parmi ses amis de l'époque, personne ne la reconnaîtrait.

Samedi 29 mars
1/827

J'ai déposé la vidéo chez ma mère ce matin. Je ne me sentais pas d'avoir une vraie conversation. J'ai posé la cassette sur le paillasson avec ce mot dont j'ai gardé sept brouillons :

Maman,

Papa m'a donné cette vidéo. Vous êtes très beaux. Vous dansiez très bien. Il dit qu'il y a plusieurs vies dans une vie et que c'est très bien comme ça.
Je ne suis pas d'accord avec lui. Moi je voudrais que tu viennes à son mariage en mai,
Julie.
P.-S. : Anthony, Grégory, Rémy, merci de ne pas toucher à la cassette, il n'y a pas de porno dessus.

J'ai laissé le magnétoscope aussi.

22 h 00

Pas de nouvelles.

Dimanche 30 mars
1/826

Je suis partagée, cher Journal, sur le bilan de cette journée.

POUR : j'ai vu le bassin d'Arcachon depuis un avion.

CONTRE : j'ai eu une crampe quand Clément a essayé de me pénétrer. Au vagin.

Le vol au-dessus du Bassin était incroyable. J'ai retrouvé Clément à 14 heures à l'aérodrome de Villemarie. Il est militaire à la base de Cazaux. La semaine, il pilote des avions de guerre. Le week-end, il se fait prêter un avion quatre places et il invite des amis. Une fois, il a emmené une fille à Lisbonne. Classe.

Ce n'est pas Tom Cruise, mais j'ai bien aimé ses cheveux en brosse. Et son côté « bien sûr que je suis en tee-shirt, il fait au moins treize degrés ». Et sa façon archi-factuelle de parler. Tu sais décompresser tes oreilles ? Tu pèses combien ? Ça, c'est ton casque, micro intégré, neutralisateur de bruits. Regarde l'horizon si tu te sens mal. Ça, c'est le siège éjectable. Je plaisante. Ça, c'est ton parachute. Je ne plaisante pas.

J'étais surprise de la taille de l'avion : minuscule. Plus petit qu'une voiture si on enlève les ailes, et beaucoup plus fragile on dirait. On a l'impression que tout est en plastique, ça tremble au décollage et l'air passe entre les joints. Je pouvais toucher le plafond avec mes coudes. Clément n'a pas perdu de temps. On s'était à peine fait la bise que j'étais déjà coincée avec un casque à l'avant de l'avion. Il m'a demandé si j'étais prête pour le décollage. Vu qu'on roulait à fond et qu'il ne restait même pas vingt mètres de piste devant, c'était assez rhétorique comme question.

C'est fou comme, en quelques secondes, on voit déjà toute la région. À peine on a décollé qu'on voit la mer, qui est pourtant à plusieurs kilomètres. C'est fou aussi comme, dans un petit avion comme ça, contrairement aux avions de ligne, on a concrètement l'impression de voler. On sent la force du vent et le vide sous ses pieds.

— Tout est OK ?
— Oui, commandant !
— Je suis lieutenant.
— Au temps pour moi, j'ai plaisanté.
— Pas grave.
— Lieutenant de bord !
— On n'utilise pas ce terme dans l'armée.

Il comprenait encore moins mon humour que Jérémy. Il a ajusté des boutons.

Il n'y avait pas un nuage. J'étais bien. Avec ce type que je connaissais depuis douze minutes, je vivais une aventure et en même temps je me sentais en sécurité. Au bout d'une dizaine de minutes à regarder le paysage la bouche ouverte, je me suis tournée vers lui et je lui ai demandé :

— Tu fais toujours ça avec une fille au premier rendez-vous ?
— Faire quoi ?
— Une balade en avion.
— C'est la première fois.

Il avait le regard fixé devant lui. Sans les casques et les micros, à cause du bruit, même en criant, on n'aurait pas pu se parler. Il a posé sa main sur ma cuisse. Pas de façon libidineuse ni rien, juste deux secondes pour me dire que tout allait bien.

J'ai ressenti une forte décharge érotique.

Sans bouger son regard d'un centimètre, il a remis sa main sur la manette. On volait au-dessus des cabanes sur pilotis au milieu du bassin d'Arcachon. Droit devant, il y avait le banc d'Arguin.

J'ai ressenti une forte décharge érotique car, en vérité, dans la vie, on a beau dire, on attend tous la même chose : que quelqu'un vous mette dans un avion et vous emmène survoler le Cap-Ferret.

Je lui ai demandé pourquoi il n'avait jamais eu de premier rendez-vous en avion avant moi.

— C'est assez efficace, je lui ai expliqué.

— Parce qu'on ne me l'avait jamais demandé.

J'aimerais bien être dans la tête de Clément. En me préparant, avant de venir, j'ai essayé trois paires de baskets, j'ai regardé la météo sur deux sites différents, et cinq extraits de *Top Gun* sur YouTube pour voir comment ils étaient habillés. J'ai refait six fois ma queue-de-cheval, j'ai mis mon gilet, enlevé mon gilet, remis mon gilet. J'ai testé quatre rouges à lèvres et j'ai demandé à Miss Moule de me prêter des lunettes de soleil. Finalement, j'ai pris les miennes. Ça a pris cinquante minutes et je ne compte pas les étapes préalables dans la salle de bains. Clément, lui, il a enfilé son tee-shirt et il s'est dit : « Oups, dis donc, faut pas que j'oublie mes clés. »

On a volé trois quarts d'heure. J'étais triste quand on a tourné le dos à l'océan et que j'ai compris qu'on était en train de rentrer. Trois minutes plus tard, on avait atterri. À travers le hublot, j'ai vu ma camionnette sur le parking. Je préfère l'avion, j'ai pensé. Clément a enlevé son casque, j'ai fait comme lui, il s'est penché vers la banquette arrière pour attraper mon manteau, et j'en ai profité pour l'embrasser.

Tada !

Initiative. Audace. Fierté.

Sentiment de basculer dans un monde nouveau.

Il m'a souri. Il avait l'air content (mais pas surpris). Il a passé sa main dans mes cheveux. On s'est réembrassés. Puis il a fait un mouvement compliqué pour enjamber les fauteuils. Il m'a tenu la main pour m'aider à faire pareil. On s'est retrouvés à l'arrière et le type de la tour de contrôle n'a pas dû comprendre pourquoi l'avion s'est mis à tanguer alors qu'il était au sol et qu'il n'y avait pas de vent. C'était drôle, en fait, de se retrouver dans ce tout petit espace entre les hublots. Ça a duré un peu, il avait bon goût, un goût tout frais, il m'a embrassée partout, dans la limite des positions permises par la configuration... C'est justement lors d'une manœuvre pour changer de position que son entrejambe, encore recouverte de son caleçon, s'est retrouvée très proche de mon visage. Je ne savais pas si c'était une invitation subtile ou un concours de circonstances, toujours est-il que je me suis vue baisser son caleçon et approcher ma bouche.

Avec toutes ces pubs de sites pornos qui nous bombardent sur Internet, on ne peut plus sucer innocemment. À la seconde où on desserre les lèvres, on visualise la caméra et on entend une petite musique au synthé. Il faudrait vérifier auprès de Nadine de Rothschild, mais je ne crois pas qu'il soit possible, de nos jours, de sucer en restant distinguée. Il n'y a plus d'innocence, c'est trop connoté... En tout cas, ça a eu l'air de lui plaire, beaucoup même, et je dois reconnaître qu'une part de moi n'a pas trouvé ça désagréable non plus. La banquette arrière de l'avion y est sans doute pour beaucoup. En temps normal, j'aurais pu trouver ça glauque de faire ça avec un inconnu. Mais là, je ne sais pas, dans ce micro-avion, avec un militaire, c'était presque valorisant, un peu comme si je remerciais l'armée pour service rendu à la nation.

Puis on s'est réembrassés, recaressés, il a sorti un préservatif de la poche de son pantalon : ce qui était un peu trop simple et rapide pour faire entièrement improvisé. Mais vu le contenu de mon annonce, j'aurais été bien hypocrite de m'offusquer. On n'était pas entièrement nus, mais toutes les parties concernées étaient maintenant dégagées. Il a déchiré l'emballage, il a fait ce qu'il avait à faire, ce qui n'était pas grand-chose, mais quand même un peu plus que moi qui n'avais qu'à attendre et rester là. Pourtant, c'est moi qui ai merdé.

Vlam ! Fermé.

J'ai reculé, je me suis réinstallée, on a réessayé. Mais c'est comme la porte de mon lave-linge : tant pis si vous avez oublié une chaussette, c'est foutu jusqu'au cycle d'après. Désolée, j'ai dit, j'en ai très envie, mais c'est un peu rapide, on est à l'étroit, tu comprends, bla bla bla.

Quelques instants plus tôt, pendant que Clément enfilait le préservatif, il m'a traversé l'esprit que je couchais avec lui en échange de la balade en avion. Vu le prix du carburant, il était bien normal que... Cinq secondes plus tard, la boutique était fermée. Il est possible que cette pensée soit la cause de mon blocage, mais je ne prétends pas avoir la clé de mon inconscient.

Clément l'a bien pris. Il m'a aidée à me rhabiller, délicatement, sans avoir l'air de penser au prix de l'essence. Il m'a tenu la main quand je suis descendue de l'avion. Devant ma camionnette, il m'a donné sa carte de visite. Il m'a dit de l'appeler si je voulais « refaire un tour d'avion ». Ce qu'il faut sans doute comprendre littéralement, malgré mon instinct dépravé, car Clément n'est pas le genre d'homme à jouer sur les ambiguïtés.

Alors que mon candidat préféré vient de se faire éliminer dans *The Voice* (catch-up) et que je suis en train de racler le fond du Nutella (parabole de ma vie), je me dis que j'ai passé une belle journée mais qu'il ne faut pas s'y fier : non seulement mon problème n'est pas résolu mais je crois qu'il s'est aggravé.

Lundi 31 mars
1/825

http://fr.wikipedia.org/wiki/vaginisme :

« Contraction musculaire prolongée des muscles du plancher pelvien qui entourent l'ouverture du vagin.

Cette action réflexe, involontaire et incontrôlable, empêche de façon persistante toute pénétration vaginale désirée, même par un doigt ou un tampon hygiénique. Lorsqu'il intervient lors de relations sexuelles (pénétration du pénis notamment), on parle également de "dyspareunie". La source est toujours psychologique. »

Mardi 1ᵉʳ avril
1/824

J'ai parlé de mon problème à Miss Moule qui a cru que je lui faisais un poisson d'avril. Elle m'a finalement écoutée et m'a conseillé le « cyber-sex pour commencer », ce qui n'était pas un poisson d'avril non plus.

Mercredi 2 avril
1/823
Peut-être que je devrais essayer ?

Jeudi 3 avril
1/822
J'ai rendez-vous à 22 h 30 sur Skype avec Romain.

23 h 16

Mes aïeux.
(houlà, je te mets de l'eau partout, cher Journal, je passe un tee-shirt sec et je reviens.)

23 h 17

Au début, je me suis allongée sur le côté, la tête sur le coude, l'ordi posé sur le lit, face à moi. J'avais un débardeur à bretelles fines. J'ai allumé la webcam : on ne voyait que mes seins. Je ressemblais, en vieille, à ces Moldaves qui surgissent sur Internet quand vous voulez regarder une série, avec une voix de pervers par-dessus qui veut partager avec vous le secret du porno gratuit. Des fois que vous vous disiez, oh ben tiens, au lieu de télécharger *Game of Thrones*, je vais plutôt regarder une fille mère se masturber. On devine son proxénète derrière, en train de mettre de l'héroïne dans un biberon, des fois que le bébé se mette à pleurer en pleine retransmission.

J'ai changé de position.

Plus conservatrice, j'ai opté pour l'ordi sur les genoux et moi assise contre la tête de lit. Malheureusement, j'avais les mêmes ombres autour du nez que dans *Freddy : Les Griffes de la nuit*. Je suis allée débrancher la lampe halogène du salon, je l'ai installée dans la chambre, ampoule tournée pleins feux vers le lit, selon la méthode dite « Isabelle Adjani », en espérant qu'avec toute cette surexposition il ne reste qu'une bouche et deux yeux sur un fond blanc. Raté : l'halogène envoyait juste ce qu'il fallait de lumière pour qu'on puisse compter mes points noirs à l'écran. Je suis allée baisser le régulateur. Je me suis donné des claques sur les pommettes, pour les couleurs, j'ai atténué mon gloss, et j'ai secoué mes cheveux pour un effet décoiffé, je ne voulais pas qu'il me prenne pour une fille qui s'était préparée.

L'image est apparue. Romain n'était pas dans le cadre. On ne voyait que son salon. C'est beau chez lui, ça m'a surprise : il a du plancher noir, trois grandes fenêtres, deux canapés beiges face à face, un petit palmier, et un ventilateur en bois au plafond. Il n'y a pas de poster, ni de Pamela Anderson ni de rugby. Romain est grand maintenant. Sa tête est entrée dans l'écran. Il s'est assis devant le bureau. Il porte un tee-shirt.

— Je comprends pas, j'ai dit, je pensais que tu serais déjà nu, ah ! ah ! ah !

Pourquoi je parlais vite et aigu comme ça ?

J'ai à peine fini ma blague qu'il avait enlevé son tee-shirt.

— OK. À toi.

— Ah ah, hum, j'ai dit, on n'est pas obligés de…

Il avait pris du poids depuis la dernière fois que je l'avais vu nu. C'est normal, en quinze ans. Et pas tant que ça non plus. Juste ce qu'il faut. Il a plus de poils sur le torse, ce qui me plaît. J'aime quand il sourit, on a l'impression qu'il s'excuse d'être là.

— J'attends. C'est ton idée, Julie, faut que t'assures, maintenant…

— Mon idée, mon idée, c'est surtout la pression de cette société hyper-sexualisée qui m'a poussée à ça.

Il a souri car, contrairement à Jérémy et à Clément le pilote d'avion, Romain comprend mon ironie. Et il m'a dit que j'avais l'air d'avoir de beaux seins. Il faut dire qu'eux aussi (mes seins) avaient pris du poids depuis la dernière fois qu'il les avait vus… Je lui ai dit merci et j'ai saisi l'occasion pour partager avec lui les règles auxquelles j'avais pensé pour cette petite session.

La limite : un centimètre au-dessus des tétons.

— Très décevant.

— Le sexe, j'ai dit, c'est aussi de l'imagination.

— Parce que tu croyais que moi j'allais te montrer quoi ?

Je lui ai répondu qu'on ne savait jamais, avec les garçons. J'ai ajouté qu'il fallait bien aussi en laisser pour quand on se verrait en vrai. Ça l'a étonné. L'occasion de lui rappeler qu'il était question, entre lui et moi, de se voir par ailleurs pour un beau soir seulement… Avait-il oublié ? Ce petit rendez-vous sur Skype n'était-il pas censé être notre entraînement ?

— Tu sais déjà que tu voudras remettre ça en vrai ? Coquine. Non, parce qu'à force tu vas risquer de t'attacher…

— Ah ah ! Aucun risque, j'ai répondu. Alors là !

On était entrés dans cette zone où on ne sait plus ce qui est ironique ou pas. C'est une mauvaise zone, il ne faut pas y rester.

— Anyway, j'ai minaudé du mieux que j'ai pu, dites-moi, qu'est-ce que je peux faire pour vous, monsieur Cayrou ?

Ça a monté doucement. Il fallait se caler sur un même rythme, lui et moi, accompagner l'excitation sans la devancer, respecter la montée progressive de nos taux d'hormones de luxure dans le sang. Le jeu est délicat : une phrase, qui aurait été sordide une minute plus tôt, vous chatouille les tétons prononcée au bon moment. On s'est mis à raconter des idioties pornographiques, de plus en plus pornographiques, avec ce qu'il faut d'ironie et de détachement pour ne pas avoir l'air totalement crétins. Le décollage que j'essaie de décrire n'a pas été linéaire, certains mots surgissaient soudain et indiquaient qu'on avait franchi un palier. Je pense notamment à un très gros palier quand, après avoir dit : « Puis-je vous demander, infirmière, de fermer la salle de repos à clé », Romain a lâché que, putain, Julie, il bandait grave, là.

Je préférerais que tu t'autodétruises, cher Journal, une fois que j'aurais écrit ça, mais j'avoue, OUI, j'ai aimé entendre ça. Ce basculement brutal du second au premier degré, cette montée de désir qui transforme le son de la voix... Je ne pensais pas que je pouvais produire cet effet-là. J'ai eu un frisson.

— Et tu veux toujours pas qu'on se revoie en vrai ? j'ai susurré.

— Tu veux pas déjà qu'on aille au bout de cette fois ?

Et voilà : je me suis mise à m'inquiéter, d'un problème au demeurant très cohérent : si Romain ne veut plus me « revoir » après, parce qu'il considère que ce moment sur Skype complète notre petit projet d'un soir seulement, alors je suis en train de me tirer une balle dans le pied. Puisque, moi, je ne fais ça *que pour mieux le voir après*. Pour m'assurer qu'après, en vrai, ça se passera bien. Mon projet n'est pas d'aller voir le docteur Luc Elorduizapatarietxe et de lui dire : « Hier, docteur, je me suis touchée sur Skype, aujourd'hui c'est bon je peux mourir en paix. »

— C'est pas drôle si on se revoit pas en vrai... On pourrait dîner à Arcachon... Après une sortie en bateau... On pourrait, je sais pas, louer une jolie chambre d'hôtel...

— Mmmh, d'accord, et toi, Julie, est-ce que tu mouilles ?

Techniquement, il venait d'accepter de me revoir. En vrai, j'étais consciente que les promesses n'engagent que ceux qui les croient, comme dirait Jacques Chirac, surtout quand on est à deux doigts d'éjaculer. Romain avait clairement basculé sur un autre canal. En bas du cadre, je voyais son bras qui s'agitait.

— Hein, Julie, dis-moi, est-ce que tu mouilles ?

Il faut parfois nager avec le courant :

— Mmmh, oui, j'ai dit, mmmh, qu'est-ce que je mouille...

— C'est vrai ? Mmmh, tu mouilles comment...

— Beaucoup, j'ai dit. Mmmh, je mouille vraiment beaucoup.

C'était faux, mais qui étais-je pour le décevoir ? Je ne suis pas mesquine, j'aurais été bien mal élevée de le priver du plaisir auquel je l'avais incité. Par ailleurs, j'étais contente de voir que je ne me contractais pas. À aucun moment je ne me suis contractée : mon corps n'a pas refusé de nager avec le courant, il a accepté le courant, il a embrassé le courant. Mon corps n'est pas capricieux au point de se fermer au sexe virtuel, ce qui marque, comme je l'espérais, une étape importante de la reconquête de ma confiance en moi.

— Tu me sens en toi, là ?

— Oui, j'ai répondu. Oui, je te sens.
— Je peux voir tes tétons ?
— On n'avait dit que...
— Un téton, mmmh, juste un téton...
Je lui ai montré un téton.
— Mmmh, et tu mouilles toujours là ?
— Oh, mmmh, oui.
— Tu mouilles comment ?
— Je mouille comme... heu... comme...
C'était bizarre comme question.
— Je mouille, mmmh, je mouille comme...
Comme quoi est-on censé mouiller ?
— Je mouille comme, heu, comme...
— Mmmh, oui, tu mouilles comme quoi ?
— Je mouille comme un baba au rhum. Mmmh, oui, un gros baba au rhum, j'ai répété.
— Mmmh, oui, c'est bon, ça, un baba au rhum...
Il était parti très loin.
— Mais si, mmmh, ça te plaît, j'ai dit, ça veut dire qu'il faut vraiment qu'on se revoie en vrai... Non ? Mmmh.
Je n'ai pas pu m'empêcher.
— Je veux te voir mouiller... a dit Romain.
— Erk. On avait dit que...
— Juste tes doigts. Je veux juste voir tes doigts mouillés...
Analyse urgente de la situation : il était trop tard pour reculer, et mon intérêt était que ça se termine bien. C'était la meilleure façon qu'il ait envie de me revoir après : que ça se termine vite et bien. J'ai ravalé ma grimace intérieure.
— Tu veux, mmmh, voir mes doigts mouillés ?
Il s'est pincé les lèvres et a grogné.
— C'est vraiment ça que tu veux ? je lui ai fait confirmer.
— Mmmh, oui, Julie, vas-y... Julie ? Julie ? Qu'est-ce que tu fais ?

Il a approché la tête les yeux plissés :

— Pourquoi tu te plies comme ça ? T'es plus dans l'écran...

La vérité, cher Journal, est que je venais de penser à la petite bouteille d'eau sous ma table de chevet.

— Rien, rien, continue, continue, j'ai une crampe, je voulais juste... hop... argh... mmmh, ça va mieux.

Je me suis débrouillée pour transporter la petite bouteille derrière l'ordi sans qu'elle entre dans le champ.

— Mmmh, a grogné Romain, trop bon quand tu mets tes seins en gros plan.

J'ai dévissé le bouchon. J'ai mis les doigts dans la bouteille et j'ai secoué. Mais ça ne les mouillait pas vraiment. J'ai versé l'eau directement sur mes doigts, ça a un peu coulé sur la couette, c'était le prix à payer. J'ai calé la bouteille derrière l'ordi, entre mes cuisses, et je me suis remise assise comme au départ face à Romain. J'ai fait briller mes doigts dans la lumière. Je me traîne le syndrome de la bonne élève depuis l'école primaire : quand je commence quelque chose, je le fais bien. Je me suis caressé la joue avec mon index mouillé.

— Mmmmh, j'aimerais les lécher, a dit Romain.

— Mmmmh, j'ai répondu comme si ce n'était pas dégoûtant.

— Julie, tu voudrais pas te lécher les doigts pour moi ?

On n'ose pas se dire ce genre de choses quand l'autre est là en vrai... Vous dites ces choses-là, petits archéologues, quand vous faites l'amour en vrai ? Moi non, ce qui confirme que je préfère le sexe non virtuel : drap remonté, lumière éteinte, sans se parler, tel que le christianisme l'a imaginé.

À cet instant, mon téléphone a sonné. J'aurais saisi n'importe quel prétexte de diversion : j'ai plongé pour l'attraper sur la table de chevet comme si ma vie en dépendait. J'ai senti aussitôt une vague de froid se répandre sur mon ventre. C'est un phénomène naturel quand une bouteille d'eau vient de se renverser entre vos cuisses.

D'un bond, je me suis mise debout sur le lit. L'ordi a glissé sur la couette. Je me suis alors vue plein champ sur l'écran. Une gigantesque tache humide me recouvrait le bas du ventre et le haut du pantalon de pyjama.

— Oh putain ! Oh Julie ! Mmmhhhh... a dit Romain.
Et il a joui.

Au terme de cette belle et digne aventure, qui restera à n'en pas douter la clé de voûte de mon existence, je sais ce que vous pensez, archéologues, vous vous dites : « Mais que contenait donc le SMS qu'a reçu Julie ? »

Calmez-vous. C'était un SMS de ma mère. Voici ce qu'il dit :

« Pour la fête, c'est trop tôt pour dire, mais je viendrai à la cérémonie. »

Curieuse formulation, « trop tôt pour dire ». Comme si elle attendait un rapport du CNRS et un décret du gouvernement. Mais peu importe, la nouvelle est bonne, cette journée marque par conséquent une victoire pour moi.

Quant à Romain, il est clair que je ne passerai jamais de soirée avec lui à la terrasse d'un bel hôtel sur le bassin d'Arcachon. J'aurais trop peur de le décevoir, n'étant pas la femme fontaine qu'il croit que je suis. Ce serait incommode, de toute façon, un tête-à-tête, puisque je ne pourrai plus le regarder dans les yeux du reste de ma vie.

Vendredi 4 avril
1/821

Aujourd'hui, j'ai mis en ligne le site de location de planches à voile. « Puis-je vous payer en tickets resto ? » a demandé mon gentil CDM, ravi du résultat.

Je lui ai dit : « Non. »

Christophe et Sabri l'auraient insulté. Moi, pour la première fois avec un client, j'ai eu le courage de le regarder dans les yeux et de lui dire : « Non. » Ce n'est pas grand-chose, « non », pourtant je me suis sentie rougir comme si je l'avais giflé. Alors que j'avais juste refusé qu'il me paie en tickets restaurant. Je lui ai dit qu'il pouvait me payer en chèque, en espèces ou par virement et que le site serait mis hors ligne en attente du paiement.

Sinon, le docteur Elorduizapatarietxe m'a appelée, mais je n'ai pas répondu. Il a laissé un message pour dire que ça fait trois mois jour pour jour qu'on ne s'est pas revus et qu'il s'inquiète de ne pas avoir de nouvelles de moi.

Samedi 5 avril
1/820

15 h 26

Message à l'instant de Romain : « J'ai envie de toi. » !!!!!!

18 h 30

Pensées contradictoires.

19 h 40

On mangera des pâtes à l'huile jusqu'à lundi. Karma fera ses besoins dehors dans le sable. Je ne peux pas faire de courses car l'Intermarché est derrière le stade et j'ai trop peur de croiser Romain.

Dimanche 6 avril
1/819

D'un côté, j'ai envie de revoir Romain. De l'autre, je ne sais pas si c'est une bonne chose qu'il ait envie de me revoir après ce qu'il a vu. J'ai pris le dilemme par tous les bouts et j'ai fait le choix d'une stratégie adulte : ne pas lui répondre et l'éviter. Je suis sûre qu'une solution va se présenter d'elle-même. Parce que, dans la vie, les solutions se présentent d'elles-mêmes. Quand on a un problème, il suffit d'attendre et tout finit par aller bien.

Ah ah ah.

Lundi 7 avril
1/818
Tu vas être fier de moi, petit Journal !

Grâce m'avait dit de passer au stade après le décrassage des joueurs (écoutez-moi qui parle comme une pro). Ils devaient valider chacun leur photo. Je me suis installée dans les vestiaires invités, mon MacBook sur les genoux. Ils sont venus un par un. Ils s'asseyaient à côté de moi sur le banc, je faisais défiler les photos, il y en a beaucoup, ça prenait du temps. Parfois, s'ils voulaient, je proposais des retouches, ce qui prenait encore plus de temps. Le précédent disait au suivant de venir, selon la même liste que la dernière fois, ce qui fait que Jérémy, de nouveau, est passé en dernier.

Il s'est assis à côté de moi et, avec lui, ça a été facile de trouver une photo. Il y en a au moins un tiers où il est bien. Ce qui est un pourcentage excellent. Même Sabri, vendredi, au bureau, a mentionné la « photogénie » de Jérémy.

L'opération n'avait pas l'air de le passionner. On s'est vite mis d'accord, puis il a dit :

— C'est vrai que tu sais faire des retouches et tout ?

Je lui ai répondu que ses photos n'avaient pas besoin de retouches, mais sinon, oui, c'était vrai, je savais faire des retouches et tout. Il a eu des yeux de gamin. Il m'a demandé si je pouvais lui montrer. J'ai ouvert Photoshop, j'ai pris la photo qu'on avait choisie. Pof pof pof, je lui ai mis des yeux bleus et une moustache.

— C'est dingue. Tu pourrais m'ajouter des muscles aussi ?

Pif paf pouf, je lui ai dessiné des biceps au bras droit, comme s'il n'en avait pas déjà assez. Il ressemblait à un lanceur de poids allemand, alors je lui ai fait le bras gauche aussi, et je lui ai demandé s'il se préférait comme ça. Il a ri. Il m'a demandé si, moi, je le préférais comme ça. Je lui ai dit que je le préférais nature. Il m'a souri et il a dit : « Ah oui ? »

Sexy, hein ? Attendez la suite.

Je ne sais pas ce qui m'a pris, je me suis repenchée sur la photo de Jérémy, j'ai fait glisser la souris au niveau du short, pim, pam, poum, étirer, ombrer, je lui ai dessiné un gros paquet. Une bosse énorme... C'était indécent.

Qu'est-ce que j'étais drôle et délurée. J'ai souri à ma propre blague et j'ai tourné la tête vers lui.

— Tu vois, on peut tout faire, j'ai dit.

Déclic dans son regard.

D'un geste rapide et précis, il m'a attrapée par la nuque. Tchac. Comme s'il s'y était entraîné. À ce moment-là, je devais avoir le même regard que les lapins pris dans les phares la nuit au milieu de la route. Je sais que je l'ai cherché, mais je pensais que ce n'était qu'un jeu de provocation entre lui et moi. Je pensais qu'au fond je l'agaçais, je ne pensais pas que ça pouvait tourner comme ça. Il a collé ses lèvres sur les miennes et, d'un même geste, il m'a fait basculer sur lui. Sans que je comprenne comment il s'y est pris, je me suis retrouvée sur lui. Il me tenait par la taille d'un côté, me tenait toujours la nuque de l'autre, et continuait de m'embrasser goulûment. Je dis bien goulûment : comme si j'étais un robinet et qu'il n'avait pas bu depuis trois jours. D'habitude, je suis plutôt du genre diesel, mais là, je ne sais pas, il y avait un tel empressement de son côté que mon corps m'a dit : Vas-y, fais-toi plaisir, lâche-toi. J'ai monté de trois degrés en sept secondes, des oreilles aux orteils, je ne sais pas où Jérémy a appuyé, mais il a trouvé les boutons. Toutes les parties de mon corps se sont mises à crier en même temps, touche-moi là, non ici, moi d'abord. Jérémy m'a soulevée, il m'a retournée comme une crêpe, pour me reposer sur le banc, sur le dos cette fois. Il s'est redressé et m'a regardée, sans sourire, concentré. Les parties de mon corps qui n'avaient pas encore été touchées criaient comme au premier rang d'un concert de Johnny Hallyday, et celles qui avaient déjà senti ses mains en voulaient encore : ta bouche, tes lèvres, ta langue, Jérémy, embrasse-moi, lèche-moi. Mon corps n'avait plus aucune retenue, j'étais gênée pour lui. Sur ce, Jérémy m'a dit je reviens, et j'ai vraiment prié pour que ce soit vrai, parce qu'il m'a laissée pattes en l'air sur le banc et j'aurais eu du mal à m'en remettre si finalement il avait changé d'avis et m'avait laissée là comme ça.

Avant de revenir, il a fermé la porte à clé, et il a ouvert un placard au-dessus du banc. D'un grand geste du bras, il a fait tomber sur le carrelage des dizaines de serviettes, qui avaient été roulées et empilées en pyramide dans le placard, et j'avoue n'avoir eu aucune pensée pour l'équipe de ménage. Il a déplié quelques serviettes, les a vaguement étendues par terre, puis il a fait quelques pas à genoux jusqu'à moi. Il m'a soulevée, avec son air toujours concentré, m'a allongée dans les serviettes, et il a glissé la main sous mon chemisier. Là, un instant, il a eu un sourire, le même sourire que pendant ses matchs, j'imagine, quand, quelques instants avant l'essai, la voie est libre et il sait qu'il va marquer.

Amis archéologues, Jérémy avait raison de sourire : elle était libre, la voie, en effet.

(J'essaie de dire subtilement que mon vagin ne s'est pas contracté.)

Faits notables après l'amour avec Jérémy :

— Quand il a dit que j'étais jolie, j'ai rigolé et j'ai répondu : « C'est pas grave, t'inquiète, mais c'est gentil. »
— Quand il m'a dit : « Désolé, j'avais pas de capote », j'ai répondu : « Tu peux m'offrir la pilule du lendemain si t'y tiens. »
— Quand il m'a dit : « C'est la première fois que je couche avec une trentenaire », j'ai répondu : « Va te faire foutre », et là c'est lui qui a ri.
— Quand il m'a dit : « C'est vrai que je te trouve jolie, tu sais », j'ai répondu : « Laisse tomber, je vais me doucher », il m'a suivie dans les douches et on a remis ça.

Mardi 8 avril
1/817
Tu vois, Journal, il suffisait d'attendre. L'amour sans les sentiments est une question de confiance en soi, de contexte et de partenaire. Moi et mon corps savons désormais dissocier. Je suis prête à présent. D'ailleurs, j'ai appelé Romain.

On se voit ce soir.

Comme j'ai toujours tendance à anticiper les angoisses, je suis déjà en train de me dire que, maintenant que c'est en bonne voie de se produire, notre belle soirée, je ne vais plus avoir d'excuses pour repousser l'opération.

J'ai dormi trois heures cette nuit. Quoi qu'on fasse, le temps passe, la fin se rapproche. C'est pareil pour tout le monde. Moi, simplement, j'ai moins de temps pour terminer mon histoire. Je dois l'écrire plus vite et la vivre plus intensément.

Je suis fière d'avoir osé ce que j'ai fait avec Jérémy. Avant l'anévrisme, ce ne serait jamais arrivé. Beaucoup de gens trouveraient ça dérisoire, voire médiocre, loin de ce qu'on doit attendre de la vie. Mais les gens ne savent pas qui je suis et d'où je viens. De loin, on peut penser que c'est anecdotique. Pourtant, je me sens plus accomplie. De façon curieusement *concrète*, ça me rend heureuse de me dire que je n'ai pas été exclue de ça.

15 h 45

J'ai la chanson des *Sœurs Soleil* en boucle dans la tête, qui est mon mauvais film préféré. « Les hommes, je les consooomme. Et les maris, j'les mets dans mon lii-ii-iit. »

17 h 30

Rentrée me coucher. Bleurf. Putain de pilule du lendemain.

Bien la peine d'avoir été désignée en troisième par le prof de SVT pour enfiler un préservatif sur une banane. Un connard au fond de la classe avait crié : « Essaie avec la bouche, ça fait gagner plus de points. »

(Romain décalé à jeudi.)

Mercredi 9 avril
1/816

Je pense que les laboratoires ajoutent des tas de produits toxiques dans les pilules du lendemain juste pour te passer l'envie de recommencer, pécheresse.

Jérémy m'a envoyé un SMS pour me demander si je vais bien. Je lui ai répondu : « Très bien + merci + bise ! » Il est sympa.

Grand jour demain !

Jeudi 10 avril
1/815

Humeur mélancolique. Prise de conscience que je joue gros ce soir. (Forme de mélancolie positive, faite d'excitation et d'appréhension devant la vérité que chaque jour compte car on ne vit chaque jour qu'une fois.) Comme si, depuis des mois, tout convergeait vers ce point.

Je n'ai pas travaillé cet après-midi. Je suis rentrée de Bordeaux à 14 heures. Je voulais prendre mon temps : c'est aujourd'hui, mon histoire d'un soir seulement. Si ça se passe bien ce soir avec Romain, je demanderai au docteur Elorduizapatarietxe de m'opérer la semaine prochaine. (J'ai promis à mon père d'être témoin à son mariage : une chance sur six que je lui aie menti.)

Il est presque 18 heures et je suis prête pour ma soirée avec Romain.

La semaine prochaine, quand j'aurai une aiguille dans le bras, je veux pouvoir penser à Romain et aux souvenirs que je n'ai pas encore mais que je compte emmagasiner ce soir. L'anesthésiste me dira de compter jusqu'à cent.

Un, deux, trois...

Mes deux précédentes opérations (végétations, amygdales) ont montré que je ne devrais pas dépasser trois.

C'est pour ces trois secondes que ce soir est important. Il faut que j'aie de belles images en tête. Le temps que le produit m'arrive dans les veines, j'aimerais voir : la forêt, le banc d'Arguin, l'océan, une nappe blanche, deux verres de vin. La série de fausses affiches de cinéma que j'ai créées pendant ma dernière année à l'école de graphisme. Mes parents qui dansent ensemble le cha-cha-cha. Miss Moule qui m'apporte des croissants. J'aimerais entendre le bruit des vagues, un frottement de draps, me rappeler la chaleur de Romain contre moi.

Pas forcément Romain en tant qu'individu qui aurait compté pour moi, mais comme incarnation symbolique du souvenir de se sentir bien dans les bras de quelqu'un.

J'aimerais m'endormir à l'hôpital comme j'aimerais m'endormir ce soir : fenêtre ouverte, le ciel, les vagues, Romain qui respire contre moi. Je pense que je serai bien avec lui car on a grandi ensemble et quand il me regarde, c'est vraiment moi qu'il voit.

À part ça, je me suis exfoliée, hydratée, et lavé les cheveux pour les porter détachés. J'ai mis ma chemise préférée, mon jean qui me donne un beau cul. Je porte un peu de maquillage sur les lèvres et autour des yeux. Aucun bijou. Pas de parfum non plus. Il fait beau. Il y a du vent : les nuages qui viennent de l'océan traversent la fenêtre en quelques secondes, je les vois arriver au-dessus des pins, un, deux, trois, et ils disparaissent au-dessus de la maison.

J'ai confirmé la table et la chambre à La Corniche, qui est le plus bel hôtel d'Arcachon. Au pied de la dune du Pilat, juste en face du Cap-Ferret. J'ai pris une chambre avec balcon. J'imagine que le prix est dingue, je n'ai même pas demandé. Juste pour un soir, on va dire que l'argent n'existe pas. On va dire que ma vie est une photo dans Photoshop sur laquelle je peux appliquer tous les calques et tous les filtres que je veux. Toutes les ombres, lumières, tonalités... Qu'une illusion ne soit pas la vérité ne veut pas dire que l'illusion n'a pas existé.

Je retrouve Romain au club dans quinze minutes. On va prendre sa voiture. Il voulait passer me prendre ici, mais j'aime l'idée de commencer au stade pour reprendre l'histoire là où on l'avait (mal) terminée.

Je vais partir à pied. Traverser la forêt. Prendre le temps.
Treize minutes.
Douze minutes.
Onze minutes.
J'y vais.

19 h 45

OMG.
Ces lettres signifient *Oh My God*, archéologues du futur, au cas où à votre époque, ça y est, le chinois a remplacé l'anglais. L'expression n'est pas à prendre au sens strict car je ne crois pas en Dieu et je vais vous dire pourquoi. Merde, j'ai encore de la boue sur le bras, je reviens.

19 h 55

Je ne sais pas comment je fais pour être calme. Ils pourraient m'opérer direct, cerveau ouvert, je ne sentirais rien, mon corps sécrète actuellement son propre anesthésiant. Ça a commencé quand on m'a dit que Romain était dans son bureau, qui se situe sous les gradins, près des vestiaires. J'ai frappé à la porte. Il portait une veste et des chaussures cirées, comme je lui avais demandé. J'ai passé la tête et je lui ai dit qu'il était beau, il m'a répondu, sourire en coin, évidemment, j'ai des consignes à respecter. Il a éteint son ordinateur, il s'est levé, il a marché à la porte et s'est penché vers moi. On ne savait pas si on devait se faire la bise, ou plus si affinités. Il m'a fait la bise, mais une seulement, pas loin du coin des lèvres, ce qui était bien.
Il m'a fait entrer, il a fermé la porte, il a dit qu'il était prêt mais qu'il lui restait une toute petite chose à faire. Il a vérifié qu'il avait son portefeuille dans sa veste, ses clés dans sa poche, que son téléphone

était chargé, voilà, très bien, parfait. Il m'a attrapée par la taille et m'a embrassée : sur la bouche, avec la bouche, dans la bouche. Pas juste une bise cette fois.

— Voilà. C'est bon, on peut y aller.

J'aurais voulu me retenir de sourire, mais je n'ai pas réussi.

— Attends, juste, Romain, j'ai dit, avant d'y aller, il y a un dernier truc que je voulais...

À mon tour de l'embrasser. Il a souri avec les yeux quand j'ai levé mes lèvres vers lui. Ça commençait très bien.

Puis la porte s'est ouverte et on a entendu Audrey crier.

Au début, j'ai eu peur pour mon visage, car Audrey a les ongles vernis et acérés. Mais elle a choisi la posture de la victime, souillée par la bassesse humaine, sûre de son bon droit, ce qui était moins menaçant physiquement. Froide, la tête haute, elle nous a regardés avec toute la commisération qui seyait à son statut de femme outragée. Elle devait penser que sa seule présence allait déclencher un flot d'excuses de la part de Romain, mais comme il ne bougeait pas, elle a fini par le traiter de salaud, moi de manipulatrice et d'hypocrite. Romain l'a écoutée, elle a répété plusieurs fois ses insultes avec le même dédain, et quand il a compris qu'elle n'avait pas l'intention de ressortir du bureau, Romain a fini par se défendre, avec des arguments d'autant plus solides qu'il ne lui devait rien. La dignité d'Audrey s'est un peu fissurée. Elle a dit : « Mais vous êtes qui, mais t'es qui toi, un coup vers Romain, un coup vers moi. » Car le scandale, à ses yeux, n'était pas tant que Romain embrasse une autre fille, mais que cette autre fille soit une fille comme moi. À cet instant, une petite part de moi riait encore : Audrey humiliée, boucle encore mieux bouclée. Joli proverbe chinois.

Comment tu peux me faire ça. À moi. Avec elle. Je te faisais confiance. D'un battement de cils dramatique, elle a levé les yeux vers Romain. Je te pardonne si tu t'excuses, là, maintenant.

— M'excuser de quoi ? a demandé Romain. Je te dois rien, tu vois des choses qui n'existent pas.

J'ai dit à Romain que je l'attendais devant sa voiture. J'ai pris le couloir vers le terrain, direction le parking. En m'éloignant, j'ai entendu le ton monter. Audrey redevenait elle-même et Romain ne se laissait pas faire : « Je ne t'ai jamais rien promis », « Tu t'es raconté l'histoire toute seule », « On a juste couché deux fois y a six mois ». C'était la première fois de ma vie que j'étais celle qu'on choisissait. Je n'aurais pas aimé être à la place d'Audrey, mais je me suis dit aussi que ça ne pouvait pas lui faire de mal, pour une fois, de se retrouver de l'autre côté. Juste une fois. Qu'elle voie. J'ai été tentée de rester écouter de l'autre côté de la porte, mais ce qui se jouait entre elle et Romain ne devait pas concerner ma soirée. Je suis arrivée sur le terrain, j'ai fermé les yeux vers le soleil, j'ai longé les tribunes. La voix de Romain m'a rattrapée :

— Julie ! Attention !

Je me suis retournée. Audrey courait derrière moi.

— Juliiie ! a répété Romain.

Il courait mais Audrey avait de l'avance, son visage était transformé par la colère. Je me suis pétrifiée. Qu'est-ce que je pouvais faire, de toute façon ? Elle n'était plus qu'à trois mètres et je portais des talons.

L'impact a été plus violent que prévu. Elle n'a pas ralenti avant de me rentrer dedans. Elle a tendu les bras vers mes épaules, vlam, et la seconde d'après mon dos cognait le gazon. Audrey était déjà assise sur moi quand j'ai voulu relever la tête. Elle a cloué mes épaules par terre avec ses bras. J'ai inspiré et j'ai été soulagée de constater que mon cerveau marchait encore. Mon anévrisme n'avait pas explosé.

Elle m'a redit que j'étais une petite salope, puis elle m'a semblé plus légère. Romain était en train de la soulever par-derrière. J'en ai profité pour m'extraire et me relever. J'avais de la terre sur la chemise et sur les bras.

Romain lui disait de se calmer, que je n'y étais pour rien, mais plus il la faisait reculer, plus elle criait :

— Romain n'ira jamais avec une fille comme toi. Tu t'es vue ? Jamais il t'assumera devant ses potes. Tu crois quoi ?

J'ai vu dans ses yeux qu'elle savait qu'elle venait de marquer un point.

Des silhouettes approchaient au pied des gradins. Les cris d'Audrey attiraient des gens du club, il y avait quelques joueurs, et des personnes qui, pour on ne sait quelle raison, passaient par là.

J'ai repris mon chemin vers le parking.

— Il t'a promis quoi, Romain ? a hurlé Audrey. Hein ? Un mec comme lui ne fera jamais sa vie avec une fille comme toi.

Je me suis retournée, c'était plus fort que moi. Ses yeux ont brillé :

— S'il te voit, c'est juste pour tirer un coup.

Lentement, j'ai marché jusqu'à Audrey. Romain a eu l'air inquiet de me voir revenir vers eux, mais j'ai hoché la tête pour lui faire signe que tout allait bien.

— Et son coup, avec toi, a dit Audrey, si tu te mets pas un sac sur la tête, je te garantis qu'il le tirera les yeux fermés.

J'ai réussi à rire, en me forçant un peu.

— Audrey ?

— Oui, gros thon ?

Elle était pathétique. Elle n'avait pas grandi en quinze ans.

Je lui ai demandé si on pouvait se mettre d'accord pour rentrer chacune chez soi et en rester là. Elle m'a dit que je pouvais rentrer où je voulais mais que ça ne changerait rien au fait que j'étais laide et que je le resterais.

Audrey s'est crispée quand elle a compris ce que je m'apprêtais à faire, elle ne s'y attendait pas. J'ai ouvert les mains, pleines de boue, et j'ai caressé son visage, voluptueusement, le front, les joues, le menton, le cou, y laissant autant de traces aussi grasses que possible. C'était un geste minable, régressif, extrêmement grisant.

J'ai fait de mon mieux pour que la terre s'étale bien, mais ce n'était pas simple vu qu'Audrey gigotait, criait, crachait. Il y a eu des sifflets dans les gradins, de tous ces *homo* à peine *sapiens* qui s'étaient installés dans les gradins au lieu de venir aider Romain à nous séparer.

Ils ont dû ressentir une grande joie quand Audrey est parvenue à se détacher de Romain et s'est jetée sur moi.

De la suite, je n'ai que des images floues. Je me souviens de gifles que j'ai reçues, des poignées de cheveux qu'elle essayait de m'arracher, de moi essayant de lui planter mes pouces dans les yeux. Elle a déraciné des mottes de terre, elle les a écrasées sur mon visage, j'ai voulu faire pareil, mais j'avais de la terre dans les yeux, je voyais mal ce qui se passait. « À poil ! » a lancé un gentleman depuis les tribunes, tandis que Romain nous ordonnait, sans résultat, de nous séparer. Il y est finalement allé de tout son poids. J'ai réussi à étaler une dernière motte de terre sur les dents d'Audrey et elle a eu le temps de recracher la terre sur moi.

Romain a fait tomber Audrey. J'ai pu me relever pendant qu'il l'immobilisait dans l'herbe. Je me suis essuyée. D'un regard, il m'a fait comprendre que c'était le bon moment pour m'en aller. Audrey se débattait, il n'allait pas pouvoir la retenir éternellement. J'avais le cœur qui battait fort, la peau en feu. Je sentais mes veines qui cognaient partout, dans les lèvres, dans les bras. Je sentais de la rage, et un étrange soulagement. J'aimais voir Audrey couverte de crasse. J'étais forcément dans le même état, mais sur elle la boue était plus incongrue que sur moi.

J'ai repris mon chemin vers le parking. J'ai marché tout droit. Au lieu de penser à la douleur, j'ai pensé à la chambre qui resterait vide à l'hôtel de la dune du Pilat.

J'ai senti une main dans mon dos. Puis une main dans ma main. C'était Corail.

Audrey et moi avions rameuté notre public jusqu'à l'Ovale…

Corail s'est adressée à Romain pleine de colère froide, d'une voix qui venait de loin, probablement de quand elle avait treize ans et que Romain, au même endroit, avait laissé Audrey nous insulter elle et moi :

— T'es un connard, Romain !

Dans la forêt, elle m'a demandé comment on en était arrivé là, Romain et moi. Je lui ai raconté notre petit projet, comme dans l'annonce, d'un soir seulement. Elle ne m'a lâché la main qu'à la maison. Avant que j'entre dans la salle de bains, sans prévenir, elle m'a prise dans ses bras. Ça a mis de la boue plein son tee-shirt.

Elle a été dure, je trouve, avec Romain. Vu l'heure, il a dû avoir le temps de s'expliquer avec Audrey.

Peut-être qu'il n'est pas trop tard pour... Merde, on sonne. Ça doit être lui.

21 h 15

Warning : je suis bourrée. On a ouvert une bouteille de champagne et on l'a bue à trois. Plus exactement : ils ont bu un verre chacun et j'ai fini la bouteille à une.

C'était bien Romain, au fait. Il avait une cravate, en plus de sa veste et des chaussures cirées qu'il avait pris soin de décrotter. Il avait un énorme bouquet de fleurs à la main. J'ai fait semblant de ne pas voir les fleurs et je lui ai dit d'entrer. Un bouquet de roses de gamme si-splendide-qu'en-le-voyant-elle-oubliera-qu'elle-était-fâchée.
— Elle est pas là, Corail ?
— Elle prend un bain.
— Bonsoir, Corail !

Il m'a demandé si j'allais bien. Si je n'étais pas blessée. Je lui ai dit non, juste des griffures sur les bras et sur le cou. Il s'est approché pour regarder, « en tant que médecin », a-t-il précisé sourire en coin. Puis il s'est redressé et... je n'arrive pas à croire ce que je m'apprête à écrire.

Il a confirmé que je n'étais pas blessée et il m'a dit qu'il était désolé pour Audrey, qu'elle était érotomane, au sens quasi pathologique du terme, mais qu'il aurait pu être beaucoup plus clair avec elle, depuis longtemps. Depuis le lycée, avec les filles, il ne s'était pas franchement amélioré. Notamment en matière d'engagement et de fidélité. Mais il avait décidé d'essayer de changer... Miss Moule nous a interrompus. Elle sortait du bain, cheveux mouillés, serviette enroulée autour des seins. Elle avait une tête de matrone en colère. Pour une raison que je ne m'expliquais pas, elle était restée plus en colère que moi.

Romain a alors eu un geste étrange : il a retiré une rose de son bouquet. Il s'est penché vers moi et m'a fait une bise sur le front.

— Tiens, a-t-il dit, pour toi.

Il a souri :

— Pardon, Choupie.

Le temps que je réalise que quelque chose de vraiment pas normal était en train de se produire, Romain était déjà en train de donner le bouquet à Miss Moule. Elle l'a pris, les yeux écarquillés. Je me suis trouvée minable avec ma rose. Ma petite rose de merde.

Romain s'est mis à genoux devant Miss Moule.

Il lui a dit :

— Je m'en veux. Tu peux pas savoir.

Puis :

— Corail, veux-tu m'épouser ?

C'est peut-être utile que je l'écrive deux fois :

— *Corail, veux-tu m'épouser ?*

J'ai failli m'étrangler tellement j'ai ouvert la bouche. Corail, elle, a lâché son gros bouquet et elle s'est agenouillée face à Romain. Elle lui a dit :

— Si tu te fous de ma gueule, je jure, je te bute.

— J'ai jamais été aussi sérieux, a-t-il répondu.

Elle a commencé à sourire. Et à pleurer en même temps.

— Je veux me marier avec toi, a murmuré Romain.

Ils ont ri. Ils se sont embrassés. *Romain et Miss Moule.*

Non seulement c'était surréaliste, en plus ça a duré longtemps.

Corail a dû reprendre son souffle. Elle a regardé Romain et lui a dit :

— T'es le plan cul le plus régulier que j'aie jamais eu...

Ils se sont réembrassés et mes neurones ont connecté : Corail... Bordeaux... Lundi... Plan cul... Je n'étais pas en mesure de m'exprimer à voix haute, mais je pense que mon visage était éloquent. De toute manière, ils se foutaient royalement de moi. Romain a fouillé dans sa poche, il a sorti une bague. Il l'a mise au doigt de Miss Moule et lui a dit que c'était une bague improvisée en attendant de lui trouver la vraie.

Miss Moule s'est levée d'un bond, et m'a dit d'aller chercher du champagne à la cave. J'ai obéi. Quand je suis remontée, Romain racontait à Miss Moule comment nous voir se battre, Audrey et moi, sur le terrain de rugby lui avait fait un électrochoc. Il avait vu Miss Moule au pied des gradins, il s'était trouvé con entre Audrey et moi, alors qu'il avait déjà trouvé la femme qui le faisait rire, avec qui il n'avait jamais connu autant de plaisir, et qui voyait le monde comme lui. Il était un abruti d'attendre qu'elle se lasse d'attendre, il la voulait rien que pour lui, tous les jours, au grand jour.

Ce à quoi elle a répondu :

— Parce que tu me parles de mariage *et* de fidélité ?

Il a avoué qu'il parlait sous le coup de l'émotion. Le mariage, d'abord. Le reste, après. De nouveau, ils se sont embrassés.

Ils ont trouvé que j'avais mis beaucoup de temps à remonter. J'ai donné la bouteille de champagne à Romain et j'ai justifié mon absence en disant que je leur avais réservé une table et une chambre à La Corniche, au pied de la dune du Pilat.

Romain a eu un temps d'hésitation. Il n'est pas impossible qu'il ait compris que c'était la chambre que j'avais réservée pour lui et moi. Ou pas. Peut-être qu'il n'a pas compris. Je ne sais pas.

Ils y sont, en ce moment. Sur la terrasse, face au Cap-Ferret.

Je viens de recevoir un message pendant que j'écrivais : Corail veut que je sois son témoin.

Demain je lui répondrai : « Bien sûr ! », avec trois smileys.

Mais pas ce soir. Demain.

Cahier # 3

Vendredi 11 avril
1/814

J'ai cru que j'avais rêvé quand je me suis réveillée ce matin. Qu'hier était un mauvais rêve.

Point positif : je me suis réveillée ce matin.

Point négatif : le reste. Sauf Karma, qui est un point positif. Mais un point positif *aggravant*, car c'est encore pire d'avoir un chat comme seul point positif.

Samedi 12 avril
1/813

Je n'ai revu Miss Moule que ce matin. Elle bossait hier soir quand je suis rentrée. Ça m'a fait bizarre de me lever et de tomber sur Romain dans la cuisine. Je l'ai aperçu de dos depuis le couloir. J'ai voulu retourner dans ma chambre...

— Thé ou café ?

Je me suis figée contre le mur.

— Julie, je sais que c'est toi.

Il m'a dit qu'en l'absence de réponse de ma part il me préparerait un plateau avec du thé *et* du café et qu'il me l'apporterait au lit, ce que, pour tout dire, j'ai trouvé assez déplacé. Il a décidé de la jouer cool. J'ai pris mon inspiration. Je lui ai montré que je ne suis pas la dernière à ce petit jeu-là. Je lui ai répondu : « Café ! », j'ai un peu arrangé ma tête dans le miroir de la salle de bains, je suis allée m'asseoir dans la cuisine, et je lui ai demandé si désormais ce serait lui tous les matins.

— Moi qui sors de la chambre de Corail ou moi qui prépare ton petit déjeuner ?

Je lui ai dit que j'étais trop égocentrique pour penser à autre chose qu'à mon café, même s'il était clair que c'était de la chambre de Corail que je parlais. Puis il m'a expliqué, de dos, pendant qu'il pressait une orange, que ce serait violent pour « un vieux garçon comme lui » de passer directement de sa vie de célibataire à Bordeaux à une vie d'homme marié à Miganosse : il allait falloir que je fasse mon propre café certains matins. Je me suis permis d'évoquer la possibilité que Corail soit en train d'imaginer les choses autrement. Peut-être qu'elle allait accepter moins facilement de ne se voir que le lundi soir vite fait. Quel nouveau label allaient-ils apposer sur la relation ? Un plan cul fiancé ? Son explication sur ses habitudes de vieux garçon était un gros tas de n'importe quoi : il avait besoin de temps pour larguer ses maîtresses, la voilà la vérité. Non pas que ça me regarde ni quoi que ce soit.

Il a posé le verre de jus d'orange devant moi et il a dit :

— La vérité, Julie, c'est que Corail et moi préférons attendre que tu retrouves ton appartement à Bordeaux avant que je m'installe ici définitivement. Enfin, pas définitivement. On cherchera une maison plus grande, après.

J'ai fini son jus d'une traite plutôt que de répondre à ça.

Je lui ai demandé combien ils voulaient d'enfants, Miss Moule et lui. Il m'a répondu que, dorénavant, il casserait la gueule à tous ceux qui continueraient d'appeler Corail Miss Moule.

— Ah, très bien, j'ai dit, et pourquoi tu n'as jamais pris la défense de Miss Moule avant ?

— Toi aussi, Julie, je te casse la gueule si tu l'appelles comme ça.

Il venait de s'asseoir de l'autre côté de la table. On avait beau se sourire, il y avait assez de tension entre nous pour recharger un téléphone portable. Et je te promets que ce n'était pas de la tension sexuelle, cher Journal, ni de son côté ni du mien.

— Sinon, pour Audrey, j'ai demandé, qui la prévient ? Elle pourra encore t'héberger les soirs où Corail aura ciné ? On lui dit quoi ?

Je comptais sur mon ironie pour le déstabiliser, mais il a continué de boire son café sans ciller.

— En parlant de transparence, petit coquin, j'ai réattaqué, avais-tu prévenu Corail hier soir que tu avais prévu de coucher avec moi ?

— La règle était que si c'était juste une fois on n'avait pas besoin de s'en parler.

— Vous aviez beaucoup de règles.

— C'est ce qui permet la liberté.

Il avait son petit argumentaire bien rodé.

— Pas de clause spéciale pour les membres de la famille ? j'ai demandé.

— J'ai pas couché avec toi. Et je lui ai demandé pardon.

Il a sorti son portable. J'ai voulu lui demander ce qu'il faisait, mais il s'est mis un doigt devant la bouche :

— Chut...

Il jouait à quoi ?

— Ça sonne...

Il a regardé ses pieds pour se concentrer.

— Audrey ? C'est Romain.

J'ai entendu des caquètements dans le combiné. Audrey a embrayé tout de suite, et n'a pas lâché, ça a duré, duré, sans que Romain ait la place de dire quoi que ce soit. Il m'a regardée, fataliste, en hochant la tête : Audrey avait beaucoup à extérioriser.

Audrey, à cet instant, était une contrainte technique, une formalité désagréable par laquelle Romain devait passer, pas un être humain dont les émotions importaient réellement : cela m'a emplie de joie.

Une joie relative car, par ailleurs, j'en voulais toujours à Romain, mais j'étais incontestablement du bon côté du combiné.

Quand les caquètements ont diminué, Romain a pu placer quelques phrases : ça lui faisait « beaucoup de peine ». Oui, « énormément de peine ». Bien sûr qu'elle allait lui manquer. Sa « douceur », sa « beauté », son « esprit »... (Il m'a regardée, amusé : l'important n'était pas de dire la vérité mais qu'Audrey y croit.) Bien sûr qu'ils seraient toujours « amis ». Par contre, non, ils ne pouvaient pas « dormir ensemble juste une dernière fois ». Voilà, un « salaud », il était un « gros salaud, exactement, voilà ». Il ne pouvait pas empêcher Audrey de penser ça, mais lui ne garderait que « les meilleurs souvenirs » d'eux deux.

Il a raccroché.

— Tada ! Pour le mariage avec Corail, a-t-il repris après une gorgée de café, je me suis dit qu'il valait mieux attendre quelques jours avant de le lui annoncer.

Il venait de barrer une ligne de sa liste de choses à faire, il était satisfait. J'ai imaginé Audrey chez elle, au même moment, nue devant son miroir, des larmes plein les yeux, vérifiant la hauteur de ses seins pour essayer de comprendre ce qui s'était passé. D'ailleurs, je me suis sentie coupable de ne pas avoir plus de peine pour elle, comme je m'en veux parfois de ressentir plus d'excitation que de tristesse, dans les documentaires animaliers, quand l'impala, après avoir failli semer le léopard, se fait finalement rattraper.

Romain a quand même dû se trouver cynique parce qu'en se resservant du café, sans que je lui demande rien, il a eu besoin de se justifier :

— Je suis peut-être quelqu'un qui aime s'amuser avec les filles, mais j'ai envie de construire, aussi. En profiter, mais construire. Pendant que vous vous battiez, Audrey et toi, j'ai vu Corail au pied de la tribune et je me suis rendu compte qu'avec elle je faisais déjà les deux.

Je lui ai demandé s'il allait assumer, devant ses petits camarades du rugby, de passer d'Audrey à Corail. Le petit garçon qui était complexé de courir moins vite que les autres allait-il réussir à ne plus utiliser les filles comme trophées pour compenser ? Son sourire s'est crispé, et j'ai ressenti la joie perverse d'avoir visé là où ça faisait mal.

— L'hôtel où vous êtes allés, jeudi, Corail et toi, j'ai continué, je l'avais réservé pour nous deux.

Pour toute réponse, il m'a resservi du café, que j'ai bu en faisant semblant de ne pas me brûler. Il est resté silencieux quelques secondes, puis il a levé les yeux vers moi :

— Toi tu l'avais réservé pour un soir seulement.

J'ai réussi à soutenir son regard encore trois secondes, pour l'honneur. Puis terminé. Je ne sais pas si ce qui venait de se jouer entre nous s'appelle un défi, un duel, une provocation, mais, quoi que ce soit, c'est lui qui l'a gagné.

J'ai pris mon café, j'ai pris Karma, qui avait sauté sur mes genoux et, aussi dignement qu'on peut le faire en pyjama, j'ai marché jusqu'à ma chambre, et je n'en ressortirais que lorsque j'entendrais la porte d'entrée s'ouvrir, se fermer, et la voiture de Romain démarrer.

15 h 20

Putain j'avais faim. Romain est parti au stade à 14 h 45. ~~Miss Moule~~ Corail est d'accord avec Romain : elle trouve que Miss Moule est un surnom dégradant, et tant qu'à bientôt changer de nom de famille, elle préfère retrouver son vrai prénom. J'aurais bien continué à l'appeler Miss Moule, j'ai l'impression que Romain est en train de me voler ma cousine, mais je suis bien obligée de reconnaître que je n'ai pas beaucoup d'arguments.

Le bonheur des autres, cher Journal, ne m'a jamais autant déprimée. Je ne sers à rien, je n'ai aucune perspective, je suis un encombrement, ce qui constitue les trois symptômes de la dépression selon Petiteminoute42 du forum Doctissimo. Quand je me suis installée ici, en janvier, j'avais l'impression que j'allais aider Corail à reprendre sa vie en main. Il s'avère qu'elle se débrouille très bien sans moi, et ce sans même perdre de poids. Une excellente nouvelle pour les femmes cela dit, qui m'amène au vrai sujet :

Qu'est-ce qu'un homme comme Romain fait avec une fille comme Miss Moule, heu non, Corail ?

Ce n'est pas moi qui pose la question : c'est l'ensemble des futurs invités à leur mariage.

Je suis heureuse pour Corail, sincèrement, vraiment, honnêtement. Je pense que Romain ne mesure pas la chance qu'il a d'avoir trouvé une fille comme elle, libre, unique, drôle, spontanée, intuitive, tolérante. Mais je suis consciente que ce n'est pas comme ça que le reste du monde la regardera. Pour le reste du monde, la seule question sera : que fait un beau médecin comme Romain avec une grosse serveuse comme ça ?

J'ai choisi une formulation moins polémique, tandis que je partageais un camembert avec Corail, pour tester le terrain :

— T'étais pas trop jalouse quand Romain s'est mis à voir Audrey ?

— Je le connais bien.

Je me suis redressée dans le canapé et je lui ai demandé de m'expliquer. Elle a répondu :

— Je n'étais pas inquiète, car on a la même vision de la vie.

Puis elle s'est pincé les lèvres et elle a souri jusqu'aux oreilles.

— Putain, Julie, au lit, Romain et moi, c'est...

Petit soupir suivi d'un petit cri.

Peut-on fonder un mariage sur le sexe ? Réponse : évidemment, Julie.

— Tu sais, il m'a promis d'être fidèle. Jusqu'à nouvel ordre.

J'ai demandé à Corail de définir les concepts de promesse et de fidélité. Elle m'a expliqué que Romain, de son propre chef, s'était engagé à ne jamais coucher avec une autre femme sans lui en parler avant. Elle a eu l'air ennuyée :

— Je lui ai dit d'accord, mais tu sais, à long terme, ce n'est pas viable. J'ai aucune envie qu'il vienne me demander la permission à chaque fois, tu comprends ?

Je n'ai pas dit que je comprenais. J'ai hoché la tête, ce qui est différent. J'ai aussi retenu cette phrase que, Journal, je tiens à partager avec toi :

— Je ne tiens pas particulièrement à connaître tous les détails de la vie sexuelle de mon mari.

Quelques bouchées de camembert plus tard, pendant que l'épisode de *Game of Thrones* chargeait, je suis revenue à l'attaque. C'était surtout la notion de « confiance » qui me travaillait. Plus précisément : comment pouvait-elle en avoir à l'égard de Romain ?

D'un point de vue logique, l'argument de Corail est assez implacable :

— Comment ne pas faire confiance à quelqu'un qui, précisément, ne te cache rien ?

Comme quoi parfois la logique et les sentiments ne se superposent pas parce que, personnellement, même si c'est rationnel, j'aurais du mal à prendre les choses comme ça. Mais Corail est sûre d'elle :

— Ce que j'aime le plus chez Romain c'est qu'il n'essaie pas de se faire passer pour ce qu'il n'est pas. Il a besoin de séduire. Il le sait. Il le dit. Il l'assume. Je le comprends. D'autant mieux que je suis comme lui. On m'a tellement fait comprendre, il y a dix ans, que j'étais laide et grosse et imbaisable que je ne me lasserai jamais de me prouver le contraire... On est fait pareil, Romain et moi. Ce qui explique au passage qu'un médecin comme lui finisse par demander en mariage une grosse serveuse comme moi.

— Ce n'était pas du tout ma question, j'ai menti.

— C'était exactement ta question et ce sera la question de tout le monde au mariage quand on marchera dans l'allée.

Elle a trois temps d'avance sur moi.

Je me suis dit : tant mieux.

Elle s'est habillée pour son service à l'Ovale. Comme un enfant de cinq ans qui découvre l'univers et n'arrête pas avec ses questions, je lui ai demandé si elle n'en voulait pas à Romain de l'avoir gardée un an et demi dans un placard. Elle m'a souri :

— Qui a gagné ?
— Pardon ?

— Au final, qui a gagné : Audrey ou moi ?
Ma cousine est une guerrière.
Moi j'ai trente et un ans trois quarts et je n'ai rien compris à la vie.
Avec Romain, ils cherchent une date pour juillet.
De mon côté, j'envisage d'épouser Karma.
C'est le seul qui me comprend et qui veut bien de moi.
Pas vrai Karma ?
Oh oui, Julie. Oh oui.

Dimanche 13 avril
1/812
Peut-être que mon rôle, dans la vie, est d'aider les gens à se rapprocher, tandis que je vis leur bonheur par procuration, comme Joséphine, ange gardien.
Sauf qu'à la fin de l'épisode, au moment de partir dans un autre espace-temps, ce ne serait pas mes doigts mais mon anévrisme qui claquerait.

Grâce déjeunait chez mon père et Vincent à midi. On était tous les quatre. Grâce est la sœur de ma mère pourtant, pas de mon père. Ils sont restés proches. Il faut dire que Grâce s'est « toujours senti une proximité particulière avec la communauté homosexuelle ». Avant le repas, elle m'a dit que si je n'étais pas sa nièce, elle aurait été dans l'obligation de rompre mon contrat suite aux événements de jeudi. « Le lieu de travail, Julie, *that's a big no* » Audrey a dû passer « tout hier matin chez le coiffeur, en note de frais ». Elle se demande au passage ce que, Audrey et moi, on peut bien trouver à Romain : « Une fille comme Audrey, il faut qu'elle vise au moins un Jérémy. » Corail a programmé sa grande annonce ce soir. J'ai dit à Grâce qu'elle allait passer une excellente soirée.

23 h 15

Corail a annoncé à sa mère qu'elle allait épouser Romain. Grâce lui a répondu qu'elle « ne pouvait pas faire mieux » et a demandé au serveur une bouteille de Dom Pérignon.

Lundi 14 avril
 1/811
 J'ai appelé le docteur Elorduizapatarietxe. Il trouve que c'est dangereux de repousser jusqu'en juillet. Il veut que je repasse un scanner demain.

À la boulangerie, la vendeuse, Sharon, qui était au lycée avec moi mais qui n'a pas eu son bac pour cause d'oraux de rattrapage tombés la même semaine que son accouchement, m'a dit une chose étrange : « Une baguette, Julie, à consommer *ce soir seulement*. » Ça m'a d'autant plus troublée que c'était la première fois qu'elle m'appelait par mon prénom, je croyais qu'on faisait semblant de ne pas se souvenir l'une de l'autre.

Peut-être que c'est un signe. Le destin qui s'adresse à moi à travers elle. Peut-être que je n'aurais pas dû supprimer mon profil Meetic hier soir.

Ah oui, Journal, parce que j'ai supprimé mon profil hier soir.

Comme Lionel Jospin, j'ai décidé de me retirer définitivement de la vie sexuelle française.

Fini les bêtises. Je passe à autre chose. Je me recentre sur mon île de Ré intérieure.

Mardi 15 avril
 1/810
 Mon anévrisme a grossi de deux millimètres. L'infirmière a bien voulu me donner le chiffre, mais, pour l'interprétation, il faut que je voie jeudi avec le médecin.

Dans la salle d'attente, avant le scanner, j'ai repensé à Jérémy. Je ne regrette pas d'avoir couché avec lui. Je le regrette d'autant moins qu'il est le seul résultat concret de ma quête, pourtant active, d'une histoire d'un soir seulement.

Mais efforçons-nous de voir le positif.

Jérémy est demi d'ouverture d'une équipe de rugby. Si je suis honnête avec ma libido, ce premier argument compte déjà triple, d'autant que Jérémy a exactement le corps de l'emploi et que celui-ci m'a permis d'atteindre l'orgasme deux fois. Par ailleurs, il m'a envoyé un SMS le lendemain. Ce qui n'est pas grand-chose en soi, mais je ne sais pas comment c'est à votre époque, archéologues, à la nôtre ce n'est pas tout à fait rien. Ce qui donne déjà :

Choses positives à propos de mon aventure avec Jérémy :

1. Jérémy est demi d'ouverture d'une équipe de rugby.
2. Orgasme #1.
3. Orgasme #2.
4. SMS le lendemain.

Alors pourquoi cette certitude d'avoir échoué ?

Peut-être que, depuis le début, je joue à un jeu auquel on ne peut pas gagner.

Jusqu'au mariage de Corail et Romain, ou jusqu'à mon opération (c'est la même chose), je vais arrêter de perdre mon temps à poursuivre ce que je n'aurai pas. J'ai joué au jeu de l'histoire d'amour d'un soir seulement, et même si j'en ai fixé les règles moi-même, ce jeu n'est pas pour moi.

Le voilà donc, le bilan. J'ai eu Jérémy comme belle aventure sexuelle d'une demi-heure seulement.

À présent, je vais me consacrer à Corail, à mon père, pour qu'ils aient chacun un beau mariage. À mes amis, à ma famille, pour quitter chacun, si le pire doit se produire, sans laisser de regrets derrière moi.

Gros boulot avec ma mère.

J'ai la gorge nouée, ce qui est normal quand on réfléchit à ces choses-là.

Mercredi 16 avril
1/809

Il s'avère que Sharon n'est pas une messagère du destin. L'autre jour, quand elle m'a dit que ma baguette était à consommer « pour un soir seulement », il ne s'agissait pas d'une coïncidence, mais d'une allusion ouverte à la rumeur selon laquelle je chercherais des plans cul d'un soir seulement. Sans être aveugle au fait que l'information a un certain fondement, je suis atterrée par cette mentalité de clocher. Ils peuvent compter sur moi pour porter ma lettre écarlate la tête haute, sur ma poitrine, comme dans le roman (je l'ai lu, celui-là).

J'ai pris conscience de l'ampleur de la rumeur à Miganosse quand j'ai reçu ce SMS ce matin : « Tu es une femme libre, je le comprends, mais par rapport aux maladies, quand même, fais attention. Ta mère qui tient à toi. »

J'ai montré le SMS à Corail et Romain, qui dorment ici ce soir. Ils m'ont juré qu'ils n'y étaient pour rien. La nouvelle semble les inquiéter car, trois fois chacun, ils m'ont dit que je ne devais pas m'inquiéter. Ils vont se renseigner « discrètement » sur l'origine de la rumeur.

Jeudi 17 avril
1/808

C'est Audrey. Un joueur de l'équipe de rugby lui a parlé de mon profil, elle lui a demandé de le lui montrer, elle en a fait une capture d'écran, qu'elle a postée sur Facebook, et apparemment ça a bien été partagé, je bats largement Karma en viralité.

Je n'ai pas à avoir honte. Si j'avais honte de ma recherche, j'aurais enlevé la photo de mon profil il y a trois mois.

Il y a plein d'hommes qui écrivent dans leur profil qu'ils cherchent « des rencontres *a priori* sans lendemain » mais, ça, personne ne le partage sur Facebook. Le pire, dans cette histoire, et ça ne me surprend pas, c'est que je n'ai pas été dénoncée par un homme : j'ai été dénoncée par Audrey, car les Audrey sont les premières à jouer contre leur camp. Les parents disent à leurs enfants de faire attention aux dealers, aux SDF et aux gitans, alors que ce sont Marie, Anne et Priscille les plus dangereuses, surtout depuis qu'elles ont Facebook à portée de main.

J'en regretterais presque d'avoir supprimé mon profil. On va penser que je l'ai fait sur le coup de la honte. Rien que pour ça, je devrais le réactiver. En partant, ce matin, j'ai croisé Valérie de Vétimarché à la station-service. Elle m'a demandé si « ce n'était pas trop dur pour moi ». Quand je lui ai demandé de quoi elle parlait, elle est remontée dans sa voiture et elle m'a répondu : « De toute manière c'est bien de s'assumer. » Je n'ai rien su répondre tellement j'étais scotchée. J'étais moins furieuse contre elle que contre moi d'avoir perdu mes moyens. Face à Valérie de Vétimarché. C'est fou l'aplomb que donne la médiocrité. La médiocrité a l'avantage du nombre : on ne se sent jamais seul quand on est médiocre. On a le soutien invisible d'une armée derrière soi.

L'assistante m'appelle, c'est à moi.

20 h 30

Un sur trois. Une chance sur trois que je ne me réveille pas. Je ne sais pas si l'opération est devenue plus risquée, ou s'il avait minimisé le chiffre la première fois, ou s'il l'a exagéré aujourd'hui pour m'inciter à me dépêcher. Sa phrase exacte est : « Avec ce rythme de croissance, et le délai que vous demandez, on arrive à un risque d'échec de un sur trois. » Il n'a pas été aussi doux que la dernière fois. Il dit que c'était dangereux d'attendre encore jusqu'à juillet, et que son devoir est de me donner toutes les informations pour que je prenne la meilleure décision.

02 h 15

J'ai peur.

Vendredi 18 avril
1/807

Corail et Romain vont se marier le 31 mai.

Cette date est le fruit de grandes manigances, cher Journal, qui se sont déroulées toute la semaine et que j'ai eu la bienveillance de t'épargner. C'était loin d'être gagné. J'étais la seule à militer pour une date rapide, tout le monde soutenant, à l'instar de la mère de Romain (bon courage, Corail), qu'un mariage « s'organise un an à l'avance au moins ».

Si j'ai pu défendre cette date, c'est que Corail et Romain n'ont pas de salle à réserver : ils ont le club-house pour eux, le soir qui leur convient.

Restait la question des amis qui habitent loin et qui doivent organiser leur voyage. J'ai marqué un point décisif en ralliant Romain contre sa mère sur l'argument inverse : au RC Miganosse Océan, il y a des joueurs étrangers, qui rentrent chez eux l'été. Un à Buenos Aires, un des îles Fidji, deux des îles

Samoa. Or, ces joueurs sont des copains : on ne va quand même pas les exclure du mariage parce qu'ils sont étrangers ? Tout choix de date au-delà du dernier match de la saison serait clairement un acte raciste de la part de la maman de Romain.

Dernier rebondissement, alors que la date, via statut Facebook, était à un clic d'être publiée : Corail s'est rappelé que Vincent et mon père se marient le 30 mai. Je m'étais bien gardée de le mentionner, et j'ai dû faire preuve d'une certaine mauvaise foi en refusant d'y voir le moindre problème : un mariage le vendredi soir, un autre le samedi, ça s'appelle juste un week-end réussi. J'ai enfoncé le clou en rappelant que Gilles et Vincent ne vont pas faire de grande fête, juste un vin d'honneur après la cérémonie. Les deux événements sont complémentaires, pas concurrents. Il est toujours prêt ton statut Facebook ? Un, deux, trois, publié.

Ce sera donc :
Vendredi 30 mai : mariage de mon père et Vincent.
Samedi 31 mai : mariage de Corail et Romain.
Lundi 2 juin : annonce de mon anévrisme au cerveau (il faut que je trouve un statut Facebook sympa).
Lundi 9 juin : opération.
Le docteur Elorduizapatarietxe a réservé le bloc pour moi.

Mon père et Vincent ont fait leurs comptes et ont réalisé qu'ils n'avaient pas les moyens de payer à la fois une grande fête et un grand voyage. Ils ont choisi le grand voyage. De début juillet à mi-août, ils comptent aller, dans l'ordre : à Paris, à Rennes, à Madrid, en Inde et au Japon. Leur idée est de faire le tour de France et du monde des amis qu'ils ne voient jamais. C'est la première fois que mon père va fermer l'école si longtemps.

Il y a un risque que je gâche un peu les voyages de noces, mais au moins les mariages auront eu lieu et j'aurai été là. (J'ai conseillé à mon père et Vincent de prendre une assurance annulation sur les billets.)

Sept semaines avant de lancer le dé. Je pouvais difficilement faire moins.

J'aurai suivi l'histoire jusqu'au bout. Pas forcément *mon* histoire, mais l'histoire de ceux qui comptent pour moi.

Bien sûr que je dis ça pour me consoler.

Bien sûr que je suis terrifiée.

Mais la consolation n'est pas une idée vaine. Quand votre mère vous prend dans ses bras, vous êtes toujours triste, mais un peu moins qu'avant. Dans la vie, comme dans les histoires qui se finissent mal, le jeu n'est pas de gagner (c'est impossible), mais d'arriver, du mieux qu'on peut, à se consoler avant la fin.

Samedi 19 avril
1/806

J'ai demandé à Corail quel genre de mariage elle veut. Elle m'a répondu : « Un mariage classe et élégant qui ne me ressemble pas. » Je lui ai reparlé de son estime de soi et elle m'a dit : « T'as pas fini avec ça ? »

Dimanche 20 avril
1/805

J'ai dessiné les faire-part des deux mariages. Ils seront imprimés demain chez mon imprimeur préféré et postés mardi matin. Pour Corail et Romain, j'ai repris le style du faire-part du mariage Kate et William. J'ai donc dû leur inventer un blason. J'ai pris celui du RC Miganosse Océan, reproduit en monochrome doré, et j'ai remplacé l'hippocampe au centre par un double profil de Corail et Romain. Je suis contente du résultat. Élégant, personnel, avec une pointe de distance amusée. Personne ne remarquera la pointe de distance amusée mais j'aime bien savoir qu'elle est là.

Corail veut qu'à son mariage les femmes soient en robe et que les hommes portent un nœud papillon. Comme au festival de Cannes. Je lui ai dit qu'avec ce dress-code, vu la liste d'invités, son mariage ressemblerait probablement moins à Cannes, en termes de classe et de distinction, qu'au Nouvel An au Kazakhstan. Elle m'a répondu que j'étais snob et rabat-joie.

Elle veut aussi un bal avant le dessert, avec danses de salon : je découvre cette part d'impératrice Sissi en elle. Les amis proches vont devoir prendre des cours, gracieusement offerts par mon père et Vincent. Tu sais, l'ai-je prévenue, ton intention est louable, mais tu te bats contre une force qui te dépasse. À moins de n'inviter aucun Français à ton mariage, à minuit il ressemblera à n'importe quel autre, c'est-à-dire tout le monde bourré et la chenille qui redémarre. Elle m'a nommée en charge du verrouillage de la playlist et de la confiscation des appareils photo au premier verre de vin. Comme quoi ce n'est peut-être pas inutile d'avoir une cousine snob et rabat-joie.

Je dois te laisser, cher Journal, si je veux que le site du mariage soit en ligne demain.

P.-S. : J'ai trente-deux ans demain.

20 h 30

J'arrive à me prendre des râteaux même quand je ne demande rien. Jérémy m'a appelée. Quand j'ai vu son numéro, je me suis dit qu'il voulait me revoir, eu égard à notre relation sexuelle animale de l'autre fois. J'ai dit : « Allô », il m'a dit : « C'est Jérémy. » Pour la blague, j'ai répondu : « Salut, Jérémy... » en laissant traîner la voix, comme une vieille pub pour 3615 ULLA. Je ne sais pas pourquoi j'ai fait ça. Il y a eu un blanc. Jérémy s'est raclé la gorge. Il m'a expliqué que, en tant que témoin de Romain, il m'appelait pour préparer la playlist du mariage en coordination avec moi. Il a eu l'air gêné tout le reste de la conversation.

Lundi 21 avril
1/804

Youpi ! Trente-deux ans ! La dernière fois que j'ai passé un anniversaire aussi pourri, c'était en 2002. J'habitais dans mon micro-studio d'étudiante. Tous mes voisins de palier étaient chinois. Quitte à être raciste culinairement, j'avais l'impression de vivre, à cette époque, dans une sorte de hammam à base d'huile de friture usagée. Je grossissais en respirant. C'était un dimanche, j'avais cuisiné toute la journée. À 20 heures, avec mes copines et Mathieu, on a allumé la télé et Jean-Marie Le Pen est passé au second tour. On est allés manifester place de la Victoire. J'ai mangé mon gâteau toute seule en rentrant, enrichi entre-temps du parfum délicieux des beignets de crevette de mes voisins.

Hier, j'ai soufflé des bougies chez mon père. Aujourd'hui, c'est lundi de Pâques, je suis allée goûter chez ma mère, et ce soir j'ai dîné avec Corail et Romain. Il y avait aussi Mathieu, par Skype, sur mon ordi au bout de la table. On a mangé des fajitas Picard et j'ai refait mon gâteau au chocolat de 2002 (une recette de ma grand-mère, sans farine, très moelleux). Ce qui était moins réussi : quand Mathieu a demandé à Romain ce qu'il pensait de Jérémy. Il voulait un avis objectif sur « la brute que Julie s'est tapée dans les vesti... »

J'ai plongé sur l'écran trop tard.

Corail et Romain ont rappelé Mathieu et lui ont dit qu'il était invité à leur mariage, billets de train compris, s'il leur racontait ce qui s'était passé dans les vestiaires entre moi et Jérémy.

Ce qu'il a fait. Diligemment. Tandis que Romain me bloquait l'accès à l'ordinateur. J'ai fini par avoir l'idée de débrancher le wifi directement mais le mal était fait.

« Trop mignon », a dit Corail.

« Comment elle cache son jeu la coquine », a dit Romain.

Je n'ai pas essayé de nier : le récit de Mathieu était trop précis et ma réaction (panique, rougeurs, bégaiements) trop éloquente. Je leur ai fait promettre de ne rien dire à personne, puis je leur ai dit que j'avais trop mangé et j'ai fait semblant d'aller me coucher.

L'histoire a dû les décomplexer : je n'ai jamais entendu le sommier grincer si fort dans la chambre d'à côté. Sur l'oreiller à côté de moi, même Karma, à l'heure où j'écris, a les oreilles dressées.

Mardi 22 avril
1/803

Il a proposé que je le retrouve au club mais j'ai préféré la terrasse de l'Ovale. Au club, il y a les vestiaires, et je ne voulais pas passer devant et devoir gérer d'éventuelles allusions déplacées. Le problème avec les gens comme Jérémy qui sont trop à l'aise avec leur sexualité est qu'ils peuvent dire des trucs tout d'un coup et faire des blagues sur lesquelles il n'est pas facile de rebondir l'air de rien sans bafouiller. J'ai préféré me comporter comme s'il s'agissait d'un rendez-vous professionnel, j'en donne souvent dans des cafés, je suis habituée.

Il était beaucoup mieux préparé que moi. Je pensais juste qu'on allait se mettre d'accord sur une méthode pour sélectionner les musiques et se répartir le travail. Au lieu de ça, il a sorti un ordinateur, il a dit que le mieux était d'utiliser son abonnement à un site de musique en ligne, sur lequel il avait préparé quatre listes : les morceaux d'ambiance classique pour le repas, les morceaux jazz pour le dessert, les morceaux pop pour faire danser toutes les générations, et les morceaux électro pour terminer la nuit. Quant au bal classique juste après le dessert, les choix reviennent à Gilles et Vincent, il faudra penser à intégrer leur sélection. Les playlists seront protégées par un code d'accès. Qu'il partagera bien sûr avec moi. Restera simplement à choisir le meilleur ordre de diffusion et vérifier les enchaînements. Je lui ai demandé s'il menait une double vie dans l'événementiel. Il m'a demandé pourquoi je lui posais cette question. J'ai regardé l'heure, la réunion avait duré dix minutes. Puis il m'a dit qu'il repensait souvent à l'autre fois dans les vestiaires avec moi.

Permets-moi, cher Journal, d'appuyer quelques instants sur le bouton pause.

Mon amie Géraldine, qui est graphiste à Paris, est inscrite sur un site de rencontres intitulé « Adopte un mec ». Sur ce site, m'a-t-elle expliqué quand je lui ai fait remarquer la semaine dernière que quelque chose semblait la captiver sur son ordinateur beaucoup plus que notre conversation sur Skype, les membres accumulent un certain nombre de points, et ce nombre de points devient un indicateur de leur popularité. Selon Géraldine, ceci crée un cercle vertueux : plus les hommes ont des points, plus ils reçoivent de messages. Ça m'a paru étrange. Pourquoi les femmes écrivent-elles aux hommes dont elles savent qu'ils sont les plus sollicités ? Sachant que ce sont les hommes, par conséquent, qui sont les plus susceptibles de les ignorer ? Quand Jérémy m'a regardée dans les yeux à la terrasse de l'Ovale, après m'avoir dit qu'il repensait souvent à lui et moi dans les vestiaires, j'ai compris pourquoi. Deux mots expliquent le phénomène : validation narcissique. Quoi de plus gratifiant que d'être choisie par un homme qui a tous les choix ? Plus le risque est élevé de ne pas être choisie, plus la gratification est forte de l'avoir été. Les petites filles ne rêvent pas d'un prince charmant pour sa beauté ni sa richesse. Le prince charmant n'a aucune qualité singulière. Un seul critère suffit à le rendre attirant : qu'il ait l'embarras du choix. Ce n'est pas du désir. Ni de la séduction. Ni de l'amour. C'est de la compétition. C'est le désir narcissique d'être « l'heureuse élue », tandis que les autres sont écartées, rabaissées, humiliées.

Le plaisir déclenché par le désir d'un homme qui a tous les choix et qui vous regarde, vous, est un plaisir vain, immoral, égoïste, et je vous le recommande chaudement car il fait un bien fou. Mais je sais ce que vous pensez, archéologues du futur : vous vous dites que, contrairement à moi, vous n'avez pas attendu l'âge de trente-deux ans pour comprendre ça.

Comble de l'égoïsme : pas besoin de passer à l'acte pour sentir les bénéfices de ces relations-là. Un simple regard indiquant que vous avez suscité le désir d'un mâle alpha suffit à ressentir les effets recherchés. J'ai remercié Jérémy en secret pour la décharge d'hormones positives que je lui devais. J'ai noté ses codes d'accès. Je lui ai dit bravo pour son super-boulot. J'ai posé 3,50 euros sur la table, je lui ai fait la bise et je suis rentrée.

Corail et Romain sont à Bordeaux. Après avoir dîné en écoutant la musique de Jérémy, je suis allée faire un tour dans la forêt avec Karma. Je me sens comme une femme qui, après une vie aux mille tumultes, aurait choisi de se retirer dans un couvent. Ce serait mieux s'il y avait eu les tumultes en vrai, mais l'essentiel n'est-il pas d'atteindre cet apaisement ?

Mercredi 23 avril
1/802
Je ne sais pas comment faisaient les gens, avant Internet, pour occuper leurs soirées.

Jeudi 24 avril
1/801
Première répétition du bal. Étrange de voir tout le monde à l'école de danse... Vincent et mon père vont nous apprendre trois danses : une valse, un tango, un cha-cha-cha. Il y avait Grâce et son mari, ma mère, qui dansera avec mon père, plein de joueurs de l'équipe de rugby, avec des filles sorties d'on ne sait où, du fossé disons, dont Audrey qui dansait avec un pilier tout trapu, nez écrasé, oreilles décollées, ha ha ha. C'est Grâce qui a obligé Corail à inviter Audrey : tout le club est invité, faire une exception serait « *unprofessional* ». Il y avait Corail et Romain, bien sûr. Quant à moi, en tant que témoin célibataire, il m'incombait de danser avec Jérémy.

S'il était inscrit sur un site de rencontres, Jérémy ferait partie de la moitié d'hommes dont le profil se présente ainsi :
Description : non renseigné.
Recherche : nana sympa.
Soit potentiellement quelqu'un de bien, d'ailleurs la photo est tentante, mais aucune prise n'est visible en surface pour s'accrocher. Comme je conçois mal de passer une heure collée contre une autre personne sans rien dire et que, par ailleurs, parler est une façon de maintenir une distance de civilité entre les gens, je lui ai posé quelques questions de circonstances sur ce qu'il pensait du mariage, quel genre de fête il voudrait, s'il voulait des enfants. (Réponses : « pourquoi pas », « je sais pas », « ça dépend ».) Ses réponses

étaient brèves mais il n'a pas donné l'impression que je l'ennuyais. Nos pieds faisaient UN, deux, trois, UN, deux, trois, il se concentrait, comme s'il sondait ses sentiments les plus profonds. Il a fini par me retourner la question, fier de son initiative, l'astuce est simple pourtant (retourner les questions), je ne comprends pas pourquoi les hommes n'y pensent pas plus souvent :

— Et toi, Julie, que penses-tu du mariage ?

Je lui ai répondu : dans l'esprit, le mariage est une belle institution. J'aime l'idée de s'engager. En revanche, je déteste la cérémonie. Je déteste le symbole de la robe blanche, blanche comme le drap qui sert à vérifier la virginité de la mariée, qu'on brandit devant la foule qui est venue vérifier. « Hymen » n'est-il pas synonyme de « mariage » dans la littérature ? Je déteste l'idée que le père accompagne sa fille dans l'allée, qu'il la confie à son mari, comme un objet que seul un homme peut transmettre à un autre homme. Je suis d'ailleurs étonnée que les divorces ne prennent pas la forme de petites annonces sur Leboncoin : « Cède femme fertile, bon état général, silhouette agréable, rétive aux travaux domestiques mais idéale pour dîners professionnels et occasions sociales. » Je n'aime pas non plus que ce soit l'homme qui doive faire « sa demande », comme si une femme n'avait pas le droit de demander quoi que ce soit, seulement celui d'accepter ce qu'on veut bien lui proposer. Voilà, Jérémy, puisque tu me demandes, ma vision du mariage : une cérémonie archaïque, tribale et sexiste dans laquelle tout le monde est déguisé mais où personne n'est libre de choisir son déguisement.

Le plus étonnant, je le réalise avec le recul, est qu'il a eu l'air globalement intéressé par ma diatribe. À plusieurs reprises, il a donné un petit coup de menton, comme s'il était d'accord avec moi. À la fin, il m'a demandé :

— Du coup tu ne porteras jamais de robe de mariée ?

Je lui ai dit qu'il pouvait toujours m'organiser une soirée déguisée. Il a plongé dans ce qui ressemblait à une intense réflexion, comme si je venais d'ouvrir une nouvelle branche des sciences métaphysiques.

On a dansé en silence.

Il danse bien. Il dirige naturellement, ce n'est ni forcé ni contraignant, il ne tire pas, il porte, on sent toujours où il veut aller. Vincent m'a dit de lever plus la tête. Jérémy m'a souri. Il a penché la tête vers mon oreille. Il m'a dit qu'il avait une érection.

Impression de déjà-vu.

Je ne vais pas m'en plaindre mais, tout de même, quand n'en a-t-il pas ?

— Tonitruante ? j'ai demandé.

— C'est pas beau de se moquer des érections des gens.

Il a eu un regard mi-timide, mi-amusé, et m'a dit qu'il avait regardé dans un dictionnaire en revenant de l'hôpital en janvier. J'ai rougi quand il m'a surprise en train de baisser les yeux vers son pantalon. Il m'a dit qu'aujourd'hui il avait un caleçon plus solide que la dernière fois.

— C'est un hasard qui tombe bien. Je ne l'ai quand même pas choisi exprès parce que je savais que j'allais danser avec toi.

Vincent a frappé dans ses mains et nous a dit qu'on allait changer de partenaire toutes les trente secondes sur le morceau suivant. À chaque fois qu'il taperait dans ses mains, les hommes s'immobiliseraient et les femmes continueraient jusqu'au cavalier suivant.

Je me suis retrouvée avec Romain. Il avait du mal à coordonner ses bras avec ses pieds. Au lieu de me concentrer sur le morceau, j'ai repensé à l'érection de Jérémy. Allait-elle se maintenir en mon absence ?

Allait-elle dépérir sans moi ? Après Romain, j'ai dansé avec mon père. Puis avec les gars du rugby. Tous, même le petit trapu d'Audrey. Puis j'ai retrouvé Jérémy. On a fait six pas et il m'a dit :
— Et voilà.
— Voilà quoi ?
— Ça revient.

Il a eu un regard furtif vers son pantalon et m'a regardée le sourire aux oreilles. J'ai lutté contre un instinct dans lequel je n'avais pas envie de me reconnaître, c'était objectivement une mauvaise idée de rebondir, si je puis dire, sur l'érection de Jérémy. Je ne devais pas commencer à flirter avec lui.

— Je suis sûre, j'ai dit, que tu réagis pareil avec n'importe qui.

Il a souri comme si je venais de lui lancer un défi. Vincent a frappé dans ses mains et la ronde a recommencé.

Dans le premier virage, j'ai aperçu que Jérémy faisait des signes avec ses mains. Dans le virage suivant, j'ai compris que les signes étaient pour moi. À chaque nouvelle fille avec qui il dansait, il me montrait son pouce tourné vers le bas. Quand il a dansé avec Grâce, il a baissé les deux pouces à la fois, ce qui m'a fait sourire malgré moi.

— Rien, rien, j'ai répondu à mon père qui me demandait ce qui se passait, je suis contente de danser avec toi.

Quand il s'est retrouvé avec Audrey, Jérémy a mis son pouce à l'horizontale, il a hésité, puis il l'a soudain fait tomber vers le bas, en mimant un soulagement, ce que j'ai apprécié. Deux filles sont sorties du cercle pour aller aux toilettes. Jérémy et le pilier trapu d'Audrey ont dansé ensemble, pour la blague. Jérémy a aussitôt brandi son pouce vers le haut, et cette fois j'ai ri aux éclats, ça m'a pris par surprise, je n'ai pas su me retenir. C'était agréable.

Je me suis dit qu'il fallait peut-être que j'arrête de me retenir, tout court, de façon générale, dans la vie et avec les gens.

J'ai ressenti une joie intense, et je ne sais pas dire quelle est la dernière fois que j'ai connu ça. Cette joie n'était ni du plaisir physique, ni de la satisfaction intellectuelle, mais la sensation d'être entièrement présente dans l'instant.

Quand on s'est retrouvés, Jérémy m'a demandé si je faisais quelque chose après. J'ai secoué la tête : rien de prévu après... Il a souri et on a continué de danser.

À la fin du cours, Corail m'a demandé de rester l'aider à choisir le morceau qui ouvrirait le bal. Je suis sortie dix minutes plus tard. Il faisait nuit. Jérémy était au bord du parking, appuyé contre une voiture. En face de lui, Audrey riait aux éclats.

Elle a posé sa main sur le ventre de Jérémy, comme on fait pour tester la fermeté des abdos de quelqu'un. Elle a pris la main de Jérémy. Toujours en riant, elle l'a posée sur son ventre à elle.

Jérémy m'a vue à ce moment-là. Je lui ai fait un signe de la main qui signifiait que je rentrais chez moi et que je lui souhaitais une bonne soirée. Audrey s'est retournée. Elle m'a souri. Jérémy a eu l'air gêné. J'ai fait demi-tour et je suis partie.

J'ai tellement aimé entendre, dans les épines de pin, les pas de Jérémy qui courait derrière moi.

— Qu'est-ce que tu fais ? Je croyais qu'on se voyait ?

Je lui ai dit que j'étais fatiguée et que j'allais rentrer.

— Je comprends pas, tout à l'heure t'avais l'air de...

Je me suis sentie coupable de faire ma mégère alors qu'il était évident qu'Audrey lui était tombée dessus pendant qu'il m'attendait. Pourtant, j'ai continué. Je lui ai dit que j'étais contente qu'on soit amis et qu'il ne fallait pas laisser une petite érection brouiller les choses entre nous.

Il a froncé les sourcils. Je lui ai tendu la main comme quand on signe un contrat :

— Amis ?

Il s'est raidi. Il a fini par hausser les épaules.

— Pas de soucis, t'en fais pas.

Il a tendu sa main vers la mienne :

— Amis.

Car voici une autre caractéristique des hommes qui ne renseignent pas leur description et cherchent une « nana sympa » : quand vous leur dites que vous n'êtes pas intéressée, au lieu d'insister, de vous sonder, de deviner que « je ne suis pas intéressée » signifie que vous ne l'avez jamais autant été et que, pour cette raison, vous avez besoin d'être rassurée d'une voix ferme, une voix qui dirait c'est sérieux, réel, réciproque, tu peux t'appuyer sur moi je ne te décevrai pas, au lieu de ça, donc, ces hommes-là répondent : « Pas de soucis, t'en fais pas », sans insister ni chercher à savoir pourquoi.

Vendredi 25 avril
1/800

Je ne regrette pas d'avoir laissé Jérémy à l'école de danse hier soir. Assez d'angoisses à gérer comme ça.

Samedi 26 avril
1/799

Grâce est dans le salon avec des catalogues de robes de mariée. C'est elle qui va acheter celle de Corail. Moi, je suis à la table de la cuisine et je n'arrive plus à travailler. Parfois, j'ai envie d'attraper Grâce par les cheveux et de lui enfoncer la tête dans le mixeur. Je vais me borner à la live-twitter :

15 h 31 : « Avec tes tatouages et tes bras, on peut déjà éliminer tout ce qui ne recouvre pas ces zones-là. »

15 h 31 : « Le poster est aussi important que le film. Je suis directrice de communication. Crois-moi. »

15 h 32 : « Jacques s'est peut-être organisé pour que tu n'hérites de rien, mais tu restes ma fille et tu pourrais penser à ça. »

15 h 34 : « Je préfère la version qui tombe sous les mollets. »

15 h 37 : « Pendant les tangos, on a vu sa main descendre un peu trop bas dans le dos de certaines filles. À plusieurs reprises, je n'invente rien. »

15 h 37 : « Le problème est justement que je ne suis pas la seule à l'avoir vu. »

15 h 38 : « La communauté de biens est toujours une demande légitime. »

15 h 39 : « Je ne suis pas vénale, j'ai envie de savoir à quel point il tient à toi. »

15 h 39 : « Vu ce que ça me coûte, tu pourrais me parler autrement. »

15 h 39 : « Oui, c'est Jacques qui paie. Et Jacques, c'est moi. »

15 h 40 : « Tu crois que c'est une partie de plaisir pour moi ? »

15 h 41 : « Faudra pas pleurer quand Julie aura tout à photoshoper ! »

15 h 41 : « Reviens immédiatement ! »

#InstinctMaternel #ÉmancipationDesFemmes

Dimanche 27 avril
1/798
Ma mère est dans le regret de devoir annuler notre café aujourd'hui. Pourquoi ? lui ai-je demandé par retour de SMS. Parce que « ce n'est pas le bon jour, bisou », a-t-elle diligemment répondu.

16 h 15

Ce qui est rigolo, avec la vie en général, c'est qu'on peut toujours tomber plus bas.

Ding dong, a fait la sonnette pendant qu'on était en train de déjeuner, Corail et moi, sur la terrasse pour la première fois de l'année. (Romain est en déplacement avec l'équipe pour la journée). Je suis allée voir : c'était ma mère, une valise à la main.

— Ah, ma chérie, ça me fait plaisir de te voir. Je vais dormir ici cette nuit, ça ne dérange pas ?

Je suis une sacrée pourriture parce qu'au lieu de me réjouir de ce jour tant attendu où ma mère retrouverait le sens commun et larguerait ce bon vieux José Gobineau, ma première pensée a été de regretter qu'elle n'ait pas attendu l'automne. La seconde que je gardais ma chambre et qu'elle se débrouillerait avec le canapé.

C'est seulement à la troisième pensée que j'ai vu à quel point elle avait l'air désorientée et que je l'ai prise dans mes bras.

C'est ironique que ce soit ma mère qui me demande de l'aide. Que ce soit moi qui la prenne dans mes bras. Si elle savait.

J'ai posé sa valise dans le salon. Je l'ai guidée à travers le couloir et la cuisine et je l'ai installée sur la terrasse face à Corail et moi.

Il s'avère donc que, jeudi dernier, en rentrant du cours de danse, ma mère a dit à José Gobineau que ça lui manquait, la danse, que Gilles et Vincent étaient des gens charmants, et qu'elle ne voyait pas pour quelle raison elle se priverait d'aller danser avec eux de temps en temps. José Gobineau l'a mal pris. Il aurait répondu : « Moi ça m'est égal, mais pense aux enfants, veux-tu vraiment qu'on se moque d'eux parce que ma femme fréquente son ex-mari à l'école de danse, et tout ce qui va avec si tu vois ce que je veux dire. » La dispute a repris ce matin quand ma mère a mis le disque de Gotan Project pour réviser ses pas de tango dans le salon. José Gobineau a dit que ce n'était pas lui qui avait un problème de « jalousie » mais elle qui avait un problème de « décence ». Ce à quoi ma mère a répondu que, dans ce cas, elle préférait « être indécente toute seule que décente à deux ». Je ne sais pas si elle a réellement dit ça, mais j'ai senti une montée d'affection pour elle quand elle l'a raconté. Elle a fourré des affaires dans sa valise et, en partant, elle a dit à José et aux trois garçons : « Pour le poulet, faudra vous débrouiller sans moi », ce qui continue de la faire rire à l'heure qu'il est. « Vous vous rendez compte, vous auriez vu leur tête, je leur ai vraiment dit ça. » Ça l'a fait rire et ça l'a fait pleurer. Les deux à la fois. D'ailleurs, je vais aller la retrouver au salon, je n'aime pas l'idée que ma mère soit toute seule en tailleur sur le canapé un dimanche après-midi en train de parler à un chat, devant un documentaire sur la vie secrète des lémuriens. On dirait trop moi.

23 h 20

Je l'entends qui sanglote dans le salon. Elle a oublié de prendre un pyjama. Ça me fait bizarre de la voir porter un pyjama à moi. Je me sens responsable : c'est moi qui ai insisté pour qu'elle reprenne contact avec mon père, qui lui ai montré la vidéo d'eux en train de danser avec des paillettes partout.

J'ai voulu cuisiner une quiche poireau-saumon mais elle m'a dit : « Oh non, pour une fois que je peux manger du surgelé. » Elle a voulu ouvrir une bouteille de champagne, elle nous a dit : « Les filles, vous vivez vraiment la belle vie, surtout, ne vous mariez jamais.

Mais je ne dis pas ça pour toi, Corail, tu seras très heureuse avec Romain. »

Lundi 28 avril
1/797
Deuxième nuit avec ma mère.
La maison n'a jamais été aussi propre.
J'ai vu ~~cette pute~~ ce joli papillon d'Audrey au club cet après-midi. En tant qu'assistante de Grâce, elle continue de venir à toutes les réunions. On a passé deux heures à ne valider aucun des éléments que j'avais préparés. (Je retiens que Grâce « adore » mais veut une nouvelle proposition d'interface « 50 % plus pétillante ».) À la fin, Audrey a voulu me « raccompagner ».
En bas des escaliers, elle m'a fait la bise et m'a dit :
— J'ai bien vu ce que tu essaies de faire avec Jérémy. Je voulais te prévenir que j'ai pas l'intention de revivre ce que tu m'as infligé avec Romain.
Elle avait le visage près du mien. J'ai senti son souffle froid. Je crois qu'elle a des gènes de serpent.
Quand je te raconte ma vie, j'enjolive forcément un peu, petit Journal, surtout ma repartie. En toutes circonstances, tu dois ajouter des bégaiements et m'imaginer avec un regard de chèvre à qui on a demandé de réciter l'alphabet. L'aplomb d'Audrey m'a tétanisée :
— Heu, Audrey, tu sais, je crois que, ben, dans la vie, les hommes sont libres, heu, de faire ce qu'ils...
— Ah oui ? m'a-t-elle interrompue, alors on va faire en sorte, toi et moi, que Jérémy soit libre d'aller vers moi en premier.
Sans ciller, elle m'a expliqué qu'elle ne pouvait plus se permettre de perdre son temps. Je ne pouvais pas comprendre, moi, car le temps jouait en ma faveur. À notre époque, les hommes accordaient de plus en plus d'importance à la personnalité des femmes. Mais elle, c'était pour son physique que les hommes la

regardaient. Elle n'était pas idiote, elle le savait. Or, le physique, ça ne durait pas éternellement.

Elle m'a presque touchée. En tout cas sincèrement déroutée. Comment tant de candeur, de calcul et de lucidité peuvent coexister dans la même personne ?

C'était la première fois de ma vie que je voyais une fille revendiquer un droit de propriété sur un homme, comme du gibier sur un terrain de chasse. Au motif, en l'occurrence, qu'elle le connaissait « depuis des années ».

Je n'ai pas l'esprit de compétition, mais j'ai voulu défendre Jérémy :

— C'est un grand garçon, je lui ai dit, tu ne peux pas décréter qui le séduira.

Elle a souri, elle a secoué la tête. Elle a dit qu'elle réalisait en me parlant qu'elle s'inquiétait pour rien.

Mardi 29 avril
1/796

Ma mère à la maison : jour 2.

Bonne nouvelle : Grâce aussi va dormir avec nous cette nuit !

— Ton mariage, Corail, a été l'impulsion dont j'avais besoin pour franchir le pas, a déclaré Grâce sur le pas de la porte, le visage recouvert de pansements.

— Je vais chercher du champagne ! s'est exclamée ma mère qui n'avait pas retiré son pyjama de la journée.

— *Great !* a renchéri Grâce, mais une seule coupe pour Corail, l'alcool c'est poison quand on veut perdre du poids.

Puis Grâce, dont on ne voyait que les yeux, s'est laissée tomber dans le canapé. Elle a dit à ma mère qu'elle avait raison d'être ferme avec José, mais qu'elle ne devait pas tirer sur la corde non plus, à son âge ce ne serait pas facile de retrouver ce qui était « malgré tout, bon an, mal an, une pas si mauvaise situation ». Elle a avalé des cachets en même temps que son champagne et elle a essayé de nous faire croire que c'était son premier lifting : « Il paraît que c'est indétectable, sauf derrière les oreilles. » Le chirurgien lui a dit qu'elle serait « indisponible socialement » pendant quinze jours après l'opération.

— Quinze jours ! j'ai répété. C'est le temps que tu vas rester ici ?

— Le désir est une chose merveilleuse, Julie, mais fragile, très fragile. Je ne vais pas me présenter à Jacques dans cet état-là !

Qu'est-ce que je vous disais, archéologues ? Toujours plus bas.

Mercredi 30 avril
1/795
Ma mère à la maison : jour 3.
Grâce à la maison : jour 2.

Grâce a organisé une « réunion de travail » dans le salon car il était « hors de question » que Grâce se montre au club dans son « état ». Je leur ai montré, à elle et Audrey, une nouvelle proposition d'interface. Elles la trouvent « très jolie ». Grâce est heureuse qu'Audrey et moi soyons réconciliées. Elle a proposé à Audrey d'inviter Manon à nous rejoindre pour déjeuner. Ma mère a enlevé son pyjama pour la première fois depuis qu'elle est à la maison.

Il a semblé naturel à tout le monde que c'était à moi de cuisiner. Je leur ai fait une quiche au thon. Quant à Manon, elle a égayé la conversation avec ses anecdotes sur sa vie de jeune mère au foyer dynamique. Il faut savoir que Manon est la gloire de Miganosse, un modèle de réussite qui réchauffe le cœur en temps de crise. Manon, en quelque sorte, c'est Audrey qui aurait eu la bonne idée de s'inscrire en première année de fac de médecine.

*Conseils à l'usage des demoiselles
en première année de fac de médecine.
Par Manon Gignac*

Bienvenue en première année de médecine ! Vous avez fait le bon choix ! Vous allez voir, ici, c'est comme la foire aux vins : des opportunités exceptionnelles pour celles qui savent reconnaître ceux qui vieilliront le mieux.

Ne soyez pas surprise : la concurrence est rude. N'hésitez pas à mettre plusieurs bouteilles dans votre petit panier. Tant que vous ne passez pas à la caisse, personne ne vous le reprochera.

Vous allez passer une très belle année. Vous verrez. Voire deux. Mais il y aura des moments difficiles aussi, de doute et de découragement. Ne vous inquiétez pas, tout le monde connaît ça : oui, c'est dur, oui, c'est chiant, ces TD et ces bouquins compliqués, plein de schémas et d'images dégoûtantes. Rappelez-vous : le bonheur est à ce prix.

Sans compter le risque, à trop fréquenter la fac, de soi-même finir diplômée, ce qui remettrait considérablement en question l'équilibre de votre projet de vie.

Dans les moments durs, pensez aux générations de femmes avant nous, des époques pré-wifi, qui ne pouvaient même pas se connecter sur 24carats.com pendant qu'elles faisaient semblant de prendre des notes en amphi.

Apprenez de vos erreurs. Je sais de quoi je parle ! Exemple : avant d'accepter le mojito offert par un de vos camarades d'amphi, assurez-vous que ce dernier n'a pas l'intention de consacrer sa carrière à soigner de vrais patients, atteints de vraies maladies, au sein de l'hôpital public. Avant de laisser votre cœur chavirer, il est légitime d'attendre que

> *votre galant vous susurre quelques mots tendres, tels que « radiologue » et « secteur privé ».*
>
> *Je ne m'en fais pas pour vous, si vous êtes là, c'est que nous sommes faites du même bois. Le mode d'emploi, vous l'avez dans la peau. Votre maman vous le répète depuis le jour de votre rentrée à l'école maternelle. Merci les mamans !*
>
> *Et très bientôt, ce sera votre tour.*
> *Meilleurs vœux de réussite et de bonheur,*
> *Votre dévouée,*
> *Manon.*

Pourquoi c'est moi et pas Manon qui ai un anévrisme ?

Remarquez, peut-être qu'elle en a un.

Ou qu'elle se fera écraser par un 4-tonnes demain en rentrant du yoga.

Jeudi 1ᵉʳ mai

1/794

Ma mère à la maison : jour 4.

Grâce à la maison : jour 3.

Je n'ai pas marché sur les pieds de Jérémy. Il n'a pas marché sur les miens. Il y a 99 % de chances que je pense à lui ce soir en m'endormant.

C'est largement à cause de la danse, je ne suis pas dupe du phénomène. En tant qu'athlète, il sait coordonner son corps. Et comme il est bien bâti, c'est facile pour lui de me diriger et de me donner l'illusion que moi aussi je sais bien danser. D'où ce sentiment de « bien-être », cette impression de « flotter » qui ne doivent en aucun cas remettre en cause notre *modus operandi* d'être amis seulement.

Pendant la valse, qui est la danse la plus facile je trouve, il a dit qu'il trouvait que les gens qui dansaient ensemble finissaient par se ressembler. La remarque m'a surprise, venant de lui, je n'imaginais pas qu'il faisait attention à ces choses-là. Quoiqu'il paraît que les athlètes sont de bons observateurs car ils doivent lire les intentions de leurs coéquipiers et de leurs adversaires. Au lieu d'aller directement à l'évidence qui était de constater que, lui et moi, on ne se ressemble pas, je lui ai dit : « Évidemment, c'est en raison de la hiérarchie des couples. Grâce ne t'a jamais expliqué ? » Ainsi que je l'espérais, il m'a demandé ce qu'était cette hiérarchie des couples dont Grâce parlait, et je lui ai raconté.

Selon Grâce, chacun se met en couple non pas en fonction d'affinités subjectives, mais selon une hiérarchie objective qui correspond au pouvoir d'achat de chacun sur le marché de la séduction. Chantal a un gros cul, donc elle s'est mise avec Kevin, dont les oreilles ont doublé de superficie à force de se faire étirer dans la mêlée. Manon, qui a les mensurations de Laetitia Casta, s'est mise avec un radiologue qui, en échange, lui paie une nounou à temps plein, des jolis vêtements et des cours de yoga. Chacun y trouve son compte, tu comprends ?

— C'est qui Manon ?

— Manon Gignac. Tu peux pas savoir comme j'apprécie cette question.

— Ah oui, Manon. On a couché il y a six ans pour fêter ma titularisation.

J'ai ignoré ce retour de mémoire et j'ai poursuivi ma démonstration.

— Grâce voyait Audrey avec Romain. Maintenant qu'il n'est plus libre, hiérarchiquement, elle devrait se mettre avec toi.

— J'ai mon mot à dire ou pas ?

— Non, c'est l'ordre des choses, désolée.

Il a souri. J'ai souri qu'il ait souri.

— Et toi, a-t-il demandé, tu vas finir avec qui ?

Discrètement, j'ai pointé mon doigt vers Bruno. Il attendait tout seul dans un coin, car Bruno n'a personne avec qui danser. Bruno tond la pelouse au stade, mais ce n'est plus lui qui trace les lignes blanches car, lorsqu'il le faisait, rien n'était droit. Bruno mesure 1,55 m, il a cinquante ans et il lui manque les dents de devant. Ça a fait rire Jérémy : j'ai ressenti plus de joie que nécessaire à le voir rire à cause de moi. J'ai essayé de ne pas le montrer. Il a dit que rien n'était jamais perdu et que, avec des d'efforts et de la persévérance, j'arriverais peut-être à faire mieux que Bruno. Puis on n'a plus parlé de tout le morceau.

UN, deux, trois… UN, deux trois…

Mes yeux se sont posés sur Romain, de l'autre côté du cercle, qui regardait Corail l'air amoureux. Il m'a semblé loin. Je me suis demandé comment j'avais pu passer tant de temps, au début de l'année, à penser à lui. J'ai réalisé que ce n'était pas moi qui m'étais fixée sur lui, mais l'adolescente qui n'avait pas grandi en moi. J'ai ressenti une sincère bouffée de bonheur pour eux. J'étais heureuse pour Romain car mon histoire avec lui était terminée. Ou l'inverse. Ou les deux.

Mon père a lancé une série de cha-cha-cha et Jérémy a baissé les yeux vers moi. Sans préambule, il m'a demandé :

— C'est vrai que sur Internet tu fais des plans cul d'un soir seulement ?

A posteriori, je me dis que j'aurais dû rougir. (Là je me sens rougir en y repensant.) Sur le moment, étrangement, j'ai haussé les épaules et j'ai confirmé :

— J'ai tout fait pour, mais ça n'a pas marché.

Soit la pire réponse possible. « Des plans cul, moi ? Jamais », aurais-je pu répondre pour soigner mon image. À l'inverse, j'aurais pu choisir de vanter mon sex-appeal : « Et tu peux pas savoir le succès que j'ai. » Au lieu de ça, j'ai combiné le pire des deux options en certifiant à Jérémy que j'étais en effet une cochonne, mais une cochonne dont personne ne voulait. Une cochonne tout en bas de l'échelle des cochonnes, juste au-dessus des cochonnes enceintes et des cochonnes à MST.

Il s'est un peu redressé. Il a été gentleman parce que sa question a juste été :

— T'as arrêté d'essayer ?

— Je suis allée sur mon profil, j'ai cliqué sur « Supprimer », et je suis redevenue une petite princesse délicate comme la rosée.

Je faisais celle qui était détachée, qui s'en foutait, mais c'était tout l'inverse, cher Journal. J'étais venue danser les mains dans les poches et me voilà soudain avec cette impression de jouer à quitte ou double. J'avais besoin de l'approbation de Jérémy. Il me tenait dans ses bras, puisqu'on dansait, et je ne voulais pas qu'il ait envie de me lâcher. Je voulais qu'on soit amis, plus que jamais, puisque c'était ce qu'on était. Tant pis si j'avais l'air à la ramasse avec mes parents bizarres, ma grosse cousine, ma camionnette des années 60, ma vie sexuelle dépravée et la balafre sur mon menton. Au contraire : tant mieux si les autres se trompaient sur moi, mais je voulais que Jérémy, lui, connaisse la vraie version, qu'il me connaisse moi comme on connaît un secret.

Il m'a demandé pourquoi j'en étais arrivée à mettre en ligne une annonce comme ça. Je lui ai répondu qu'il n'aurait pas posé la question à un homme : pourquoi les hommes auraient le droit de juste coucher quand les filles n'auraient le droit que de chercher à se marier ?

Il a ri et il m'a dit qu'il aimait bien mes colères. Je lui ai dit que je n'étais pas en colère. Il m'a répondu que selon lui j'étais en colère et que je devais accepter cette différence de perception. Mais il aimait bien ça, a-t-il promis, mes colères, comme l'autre jour quand je me suis énervée à cause de la couleur des robes de mariée. J'arrivais à m'énerver pour des choses que lui ne voyait même pas. Il trouvait ça « sympa ».

Ce soir, par conséquent, je vais penser à Jérémy en m'endormant, car j'ai des troubles psychologiques profonds à cause desquels il suffit qu'un homme danse avec moi et soit vaguement aimable pour que je pense à lui le soir en m'endormant.

J'ai bien fait de tracer cette ligne entre lui et moi. Cette ligne, cher Journal, qu'on appelle l'amitié. Sans cela, à l'heure qu'il est, je serais en train d'avoir du sexe torride avec Jérémy dans sa maison en bois au bord de la mer. Ce qui n'est pas aussi idyllique qu'on le croit : demain matin, il m'aurait servi un verre d'eau (robinet) et m'aurait demandé si ça ne me gênait pas de plutôt rentrer me doucher chez moi. Je l'aurais mal pris et, demain soir, c'est Audrey qu'il aurait invitée à dîner, parce qu'il est beau, riche et joueur de rugby et qu'il serait crétin de se priver.

On ne va pas commencer à dire qu'on est amoureux de quelqu'un dès qu'on ressent à l'égard de cette personne de l'amitié (même profonde), de la tendresse, et par ailleurs un fort désir sexuel...

Oh oh.

Vendredi 2 mai
1/793

Ma mère à la maison : jour 5.
Grâce à la maison : jour 4.
Je suis rentrée de Bordeaux vers 21 heures. Grâce et ma mère faisaient un scrabble sur la table du salon. Elles avaient mon ordinateur portable ouvert à côté d'elles.

— Mathieu ? j'ai demandé en le reconnaissant sur l'écran.

— Julie ! a-t-il répondu, on savait pas à quelle heure tu rentrerais.

— Ça sonnait, a dit ma mère, alors je suis allée cliquer dans ta chambre et j'ai proposé à Mathieu de faire une partie avec nous.

— C'est très facile, a dit Grâce, il nous dit où poser les lettres, et il fait pareil de son côté.

— On met du temps à retrouver les lettres de Mathieu dans la pioche, a dit ma mère, mais qu'est-ce qu'on rit. Tu veux jouer ? Il nous met la pâtée.

— Je vous avais prévenue, Christine, a dit Mathieu, que c'était une mauvaise idée, ce champagne ! Ah ! Ah ! Ah !

Je leur ai dit que je n'étais pas tentée et je suis allée finir seule dans ma chambre le camembert que j'ai commencé hier. Sans mon ordinateur je ne savais pas quoi faire, j'ai essayé de lire un livre parmi ceux qui prenaient la poussière dans le placard (*Une vie*, Maupassant), j'ai pas réussi, j'ai entrouvert la porte de la chambre en espérant que ça ferait venir Karma. J'ai essayé de l'attirer en faisant gigoter un lacet, mais ça n'a pas marché. Je suis quand même restée assise par terre dans ma chambre, sans rien faire, je ne voulais pas retourner au salon et donner raison à Mathieu, Grâce et ma mère qui disent que, sans mon ordi, je suis perdue.

Samedi 3 mai
1/792
Ma mère à la maison : jour 6.
Grâce à la maison : jour 5.
Reçu SMS de Jérémy à 18 heures : « Tu fais quoi là ? Je suis chez moi. J'ai quelque chose à te demander. »

Il pouvait vouloir me demander « un conseil professionnel », ou de l'aide « pour l'enterrement de vie de garçon de Romain », mais il m'est d'abord venu à l'esprit – conformément aux troubles psychologiques dont je te parlais l'autre soir, petit Journal – qu'il voulait me demander « si ses sentiments étaient réciproques ». J'aurais pu arriver chez Jérémy dix minutes après avoir reçu le SMS. En fait, ça m'a pris une heure car, auparavant, je me suis enfermée dans la salle de bains et me suis épilé le maillot. En me répétant : « Quoi qu'il te propose, Julie, tu ne fais rien. Rien. Tu entends ? Rien. »

Je me suis hydraté la peau « de la région » avec la crème Chanel antirides de Grâce, à probablement 3 000 euros, voilà ce qui arrive quand on laisse traîner ses affaires partout alors qu'on n'est pas chez soi.

La maison de Jérémy n'est pas grande, mais qu'est-ce qu'elle est jolie ! En verre et en bois. Depuis le salon, on aperçoit la mer au loin, à travers les arbres.

> *Signes indiquant que la maison de Jérémy a été aménagée par quelqu'un qui n'a aucune intention d'avoir enfant et qui, de sa vie, n'en a propablement jamais rencontré aucun :*
>
> – pas de barrière autour du jardin
> – sol en coco,
> – cheminée non vitrée,
> – canapé en lin blanc,
> – four encastré *sous* le plan de travail,
> – couteaux alignés à portée de main sur une rampe-aimant

N.-B. : Je suis prête à réfléchir à l'hypothèse selon laquelle cette liste en dirait plus sur moi que sur lui.

Il a ouvert la porte pieds nus. Ce que j'ai interprété comme un signe de sensualité. J'ai retiré mon gilet en pensant « d'accord pour le gilet, mais rien d'autre, après c'est terminé », en me demandant si je n'aurais pas mieux fait de porter mon soutien-gorge rose que Corail m'a offert pour mon anniversaire. Il a alors confirmé que je n'aurais rien d'autre à retirer :

— C'est gentil d'être venue mais pourquoi tu m'as pas juste appelé ?

Je me suis assise sur le canapé, l'air professionnel, et il m'a proposé de l'eau, de la bière ou un expresso. Je lui ai répondu que je n'avais pas soif, et il m'a dit qu'il ne savait pas quoi faire car il venait d'être contacté cette année pour la troisième fois par le Firenze Rugby 1931. Il s'agit d'un club de rugby à Florence et qui joue dans l'équivalent italien de la pro D2 en France. Ils lui proposent un contrat d'un an payé 15 % de plus qu'ici à Miganosse.

— Du coup, toi, Julie, t'en penses quoi ?

Ma réaction m'a autosurprise : j'ai ressenti une angoisse, un vide et j'ai pensé que ça nous faisait un point commun : l'année prochaine, on ne serait peut-être plus là ni lui ni moi.

Il a dit que je faisais une tête bizarre.

J'ai cru qu'il allait lire dans mes pensées.

— Je suis contente, j'ai dit. Contente, c'est tout !

Pourquoi ai-je ressenti ce vide ?

Peu importe ce qu'il décide, le choix de Jérémy n'est pas censé m'importer.

Par ailleurs, au-delà de l'attirance que je peux avoir pour Jérémy, je crois que je suis révoltée par l'idée que la vie des autres puisse continuer après moi.

Je lui ai dit : « La dernière fois, je t'ai conseillé de quitter Miganosse. Donc, si tu m'appelles aujourd'hui, ça veut dire que tu as envie de réentendre ce conseil-là. Donc qu'au fond de toi tu as envie d'y aller. Inconsciemment, ta décision est déjà prise. Toutes mes félicitations : une belle aventure commence pour toi. »

Il a dit que les décisions n'étaient jamais prises tant qu'on ne les avait pas rendues, et qu'il ne croyait pas à l'inconscient « et tous ces trucs-là ». J'ai enchaîné les expressions bien plates : « ta vie à vivre », « tu t'en voudras si tu laisses passer ta chance », « on ne vit qu'une fois », « mieux vaut des remords que des regrets ». J'ai remis mon gilet, je lui ai fait la bise. Je lui ai dit que j'étais contente qu'il se soit confié à moi et j'ai promis de garder son secret.

J'avoue m'être sentie assez seule, Journal, au retour, dans la forêt. J'aimerais qu'on m'appelle, moi aussi, avec des propositions de nouvelle vie en Italie. Qu'on veuille de moi dans un autre pays. J'ai envoyé un SMS à Jérémy pour lui dire que, s'il se décidait à dire oui, il devait réclamer une augmentation d'au moins 30 %.

Il m'a répondu : :-)

Dimanche 4 mai
1/791
Ma mère à la maison : jour 7.
Grâce à la maison : jour 6.
Ma mère est venue déjeuner chez mon père et Vincent avec moi. Ça doit faire dix ans que je ne l'ai pas vue rire comme ça. Et encore, je dis dix ans, c'est juste pour donner un ordre de grandeur, parce qu'en vrai je ne me souviens pas de la dernière fois que je l'ai vue rire comme ça.

Trop de joie est louche. Je peux comprendre qu'une personne puisse être joyeuse quelques secondes par jour. Au-delà, c'est suspect. Pendant que ma mère riait et faisait des blagues, je me disais que quelque chose de grave allait se passer.

Elle va demander à mon père de se remettre avec elle. Elle va se couper les cheveux très court et les teindre en blond doré. Elle va commencer un recueil de poésie.

On ne peut qu'attendre et croiser les doigts.

Sur un tout autre sujet, cher Journal, sache que de façon certaine je suis

Ah ! Ah ! (Blague d'anévrisme.)
Gros poutou ! À demain !

Lundi 5 mai
1/790
Trop fatiguée pour écrire. (Insomnie.)

Mardi 6 mai
1/789
Ma mère à la maison : jour 9.
Grâce à la maison : jour 8.
Je lis un livre, avec plein de tests, intitulé *Êtes-vous assez intelligent pour travailler chez Google ?*
J'ai bien peur que non.

Mercredi 7 mai
1/788
Ma mère à la maison : jour 10.
Grâce à la maison : jour 9.
Quand j'ai ouvert la porte de la maison en rentrant ce soir, Corail était debout sur la table basse du salon, en sous-vêtements. Ma mère et sa sœur se tenaient de part et d'autre. Grâce criait : « Si, ça va rentrer, si, ça va rentrer » Ma mère criait : « Ça va déchirer, ça va déchirer ! » Corail gémissait : « C'est trop serré... C'est trop serré... » Chacun répétait sa phrase en boucle et tirait sur la robe de mariée dans un sens différent. Laquelle robe n'avait pas atteint les hanches de Corail : il était impossible que ça puisse passer.
J'ai posé mon sac sur le sol, j'ai écarté les bras en forme de croix et je me suis interposée entre Grâce et ma mère, comme un bâton entre les mâchoires d'un crocodile dans les dessins animés.
J'ai dit à Corail :
— Hop, tu descends, terminé.

— Je peux pas descendre, c'est tout bloqué...

Elle avait perdu tout résidu d'énergie, de présence, de personnalité : Grâce ferait un carton à la scientologie. D'ailleurs, elle refusait de baisser les bras « si près du but », peut-être qu'avec des sous-vêtements moins épais... J'ai dû menacer d'aller chercher une paire de ciseaux dans la cuisine pour qu'elle accepte de tirer sur la robe en sens inverse. Elle y serait encore à l'heure qu'il est, sinon, à vouloir faire entrer une saucisse de Morteau dans un sachet de thé.

J'ai enroulé Corail dans la couverture qui traînait sur le canapé, comme on fait pour les rescapés d'un naufrage, et je me suis dit que si toute son enfance avait été comme ça, je n'avais peut-être pas totalement tort avec ma théorie sur son estime de soi et le fait qu'elle n'en avait pas. Elle a couru dans sa chambre, elle a claqué la porte, et on ne l'a pas revue de la soirée. Même quand je lui ai apporté un plateau-dîner, avec les lasagnes végétariennes qu'elle adore et que j'avais mis une heure à préparer, elle a refusé d'ouvrir.

J'ai insisté.

— Je ne sortirai pas, a-t-elle répondu, tant qu'elle est là l'autre pétasse.

Gênée, je me suis retournée vers Grâce, qui a murmuré que ça faisait « partie du processus » et qu'elle devait assumer son rôle de *bad guy*, les mères sont là pour ça.

J'ai posé le plateau devant la porte et j'ai proposé à ma mère de m'accompagner vider la litière de Karma dans le jardin. J'ai essayé de la faire parler mais je n'ai pas réussi à lui faire dire le moindre mal de sa sœur. C'est une nouvelle pièce dans le puzzle de la personnalité de ma mère (que je suis loin d'avoir terminé) : au lieu, dans l'adolescence, de se mettre à détester sa sœur, plus belle, plus grande, plus libre, elle s'est mise à l'aimer encore plus. Manifestement, une variante familiale du syndrome de Stockholm. Quand je lui ai demandé si elle gardait un bon souvenir du jour où Grâce est arrivée quatrième au concours Miss France, au lieu de répondre : « On a échappé au pire, qu'est-ce qu'elle nous aurait saoulés », qui aurait été à mon avis la seule façon saine et rationnelle de voir les choses, ma mère a répondu, émue : « Dire qu'on aurait pu avoir une star dans la famille... À quelques votes près... » Ma mère est une femme sacrificielle. Elle a vécu sa vie pour les autres : pour sa sœur, pour mon père, pour son second mari, pour les enfants de son second mari. Quitte à être égoïste deux secondes, je pose la question : tant qu'à faire, ne pouvait-elle pas se sacrifier un peu aussi pour moi ? Elle qui n'est qu'amour et don de soi, pourquoi ne s'est-elle pas battue après le divorce pour vivre avec moi ? Pourquoi même pour Noël et mon anniversaire, depuis que j'ai plus de seize ans, n'a-t-elle jamais eu le temps de venir faire du shopping avec moi ? Pourquoi n'a-t-elle fait aucun scandale au lycée, au stade, auprès des parents d'Audrey, le jour où Audrey nous a humiliées, Corail et moi, mais surtout moi ? Certes je l'avais implorée de ne rien faire, mais le rôle d'une mère n'est-il pas d'outrepasser les craintes de son enfant et de réclamer la lapidation publique d'Audrey Castagné ? Moi, à sa place, c'est ce que j'aurais fait.

J'ai changé de sujet. Je lui ai demandé où elle en était avec José.

— Je vais faire comme ma sœur.
— Pardon ?
— Je vais m'imposer à la place qui est la mienne.

Je n'ai pas réussi à en savoir plus, si ce n'est qu'elle ne semble pas avoir l'intention de le quitter. Le reste ne me « regarde pas ». Je ne suis pas rassurée.

Jeudi 8 mai
1/787
Ma mère à la maison : jour 11.
Grâce à la maison : jour 10.
J'ai dansé avec Jérémy. C'est le seul moment de la semaine où il peut se passer plusieurs minutes consécutives sans que je pense à mon anévrisme. Si jamais mon opération réussit et que Jérémy ne part pas en Italie, je fais le serment sur ta tête, cher Journal, de « renouveler l'expérience » avec Jérémy. En tout cas d'essayer, mais quelque chose me dit qu'il dira oui. Après, bien sûr, il faudra cinq à six mois pour m'en remettre vu que :
1/Je fantasmerai sur une relation alors qu'on n'a rien en commun mais mon cerveau abîmé refusera de l'admettre ;
2/Jérémy aura vite fait de passer à la suivante, car il est comme ça, et j'aurai beau être prévenue, je serai jalouse quand même, et je passerai mes journées sur Facebook à l'espionner.

Ces désagréments semblent toutefois acceptables quand on a du temps devant soi.

Mais je me fais opérer.

Et il va partir en Italie.

On ne se bat pas contre les faits. Je danse avec Jérémy tous les jeudis, l'activité est plaisante, les risques minimes, mon conseil à moi-même est d'arrêter les conjectures, et de profiter de ce que j'ai.

Ce soir encore, donc, c'était très bien. Audrey m'a envoyé un regard noir depuis les bras de son pilier trapu. Pendant la pause, elle s'est précipitée sur Jérémy. Je ne sais pas ce qu'elle lui a raconté. Quand on s'est remis à danser, j'ai dit à Jérémy :

— Tu sais, je crois qu'Audrey aimerait beaucoup te faire un enfant. Ou trois. Ou quatre.

Il a ri. Il a dit :

— Elle est tellement discrète, on se croirait à l'*Île de la tentation*.

— Je ne connais pas cette émission.

Il a compris que je plaisantais et, de nouveau, il a ri. Quand je fais rire Jérémy, je ressens une bouffée de joie. Mais ce n'était rien comparé à ce qui est venu après : je lui ai demandé combien de jours il se donnait avant de succomber à la tentation et il a répondu :

— Elle a quand même un côté poupée gonflable.

Il a marqué une pause pour réfléchir :

— Tu vois ce que je veux dire ?

Ce que tu veux dire ? Ah... Heu, non, je ne sais pas, peut-être... J'ai réussi à faire mine de rien car je ne suis pas un cartoon. Si j'avais été un cartoon, en revanche, ma tête se serait transformée en machine à sous. Elle aurait sonné et clignoté dans tous les sens et trois cœurs seraient apparus dans chacun de mes yeux.

— Maintenant que tu le dis, j'ai concédé, c'est vrai qu'elle peut avoir un petit côté vulgaire, Audrey.

Quand on est passés au tango, il m'a dit qu'il avait une question à me poser et que j'étais libre de dire non. Je ne te fais pas de dessin, cher Journal, sur ce que j'ai pu visualiser dans le dixième de seconde qui a suivi (setter irlandais, soirée DVD au coin du feu, paires de chaussons coordonnées). Il m'a posé sa question :

— Ça t'embêterait de relire une lettre que j'ai préparée ?

— Une lettre pour qui ?

— Pour le club à Florence.

Masquage de déception. Je lui ai demandé pourquoi il ne prenait pas un agent. Il m'a dit qu'il ne savait pas comment ça se trouve, un agent, et que, par ailleurs il n'avait pas le niveau suffisant pour en avoir un. Je lui ai demandé s'il y avait des joueurs du RC Miganosse Océan qui avaient des agents, il m'a dit oui, mais ceux qui viennent de loin, moi j'ai grandi ici, c'est différent. À mon avis, je lui ai dit, si des joueurs de l'équipe dont il est le capitaine ont un agent, il n'y a pas de raison qu'il ne puisse pas en avoir un aussi.

Un agent pourrait l'aider à trouver un meilleur job encore. Mieux payé. Utiliser celui-ci en levier et faire monter les enchères.

Ce serait bien que je sois aussi chienne quand il s'agit de négocier mes propres contrats.

— Lent, lent, vite, vite, lent, a crié mon père à l'intention de ceux qui ne respectaient pas le rythme naturel du tango.

— Ça a l'air bien, Florence, a dit Jérémy. J'ai regardé.

Je lui ai demandé si ça signifiait qu'il allait dire oui.

Il a eu une tête d'enfant qui a fini le Nutella en cachette.

— Oui... Ça veut dire ça.

Là, Journal, j'ai ressenti de la tristesse. Je suis honnête, tu vois, je te dis tout, même si c'est n'importe quoi. Mon père a redit lent, lent, vite, vite, lent, je me suis reprise, et j'ai reconnu en mon for intérieur que j'étais folle d'être triste alors que le seul sentiment convenable à cet instant était d'être heureuse pour Jérémy, qui va vivre sa vie, voyager, connaître autre chose que cette petite ville dont il a déjà fait le tour cinq fois. En rentrant à pied, après le cours, j'ai pensé à au moins sept raisons incontestables pour lesquelles je n'ai pas le droit d'être triste du départ de Jérémy. Mais je passe déjà trop de temps à faire des listes. Journal chéri, je te laisse faire cette liste tout seul. Toi aussi tu dois prendre ton envol. Tu dois commencer à te débrouiller sans moi.

Vendredi 9 mai
1/786
Ma mère à la maison : jour 12.
Grâce à la maison : jour 11.
Opération dans pile un mois.

17 h 50

Je reviens d'un rendez-vous important avec Jacques, le mari de Grâce à qui j'ai montré mon travail sur l'appli. Je crois qu'il a bien aimé ce qu'il a vu. J'ai passé du temps à lui expliquer le fonctionnement de l'interface, accessible sur Internet, qui leur permettra d'entrer toutes les mises à jour qu'ils souhaitent : les photos, le calendrier, la formation de l'équipe, les fiches des joueurs. Ils pourront aussi envoyer des alertes à leurs abonnés, pour les informer par exemple du résultat des matchs, voire de chaque changement de score, pourquoi pas, pendant les rencontres en déplacement.

Audrey m'a raccompagnée dans le hall, comme d'habitude. Entre les séances photo et les cours de danse, je commence à connaître les joueurs maintenant. On en a croisé deux et ils sont venus me faire la bise. Inoke, qui vient des îles Fidji, et qui ressemble à un méchant dans *Le Seigneur des Anneaux*, trouve que Jérémy et moi dansons très bien. (« Toi et Jérémy êtes très bons danseurs mais encore mieux danseurs quand vous dansez ensemble. ») Audrey a trouvé la remarque inacceptable. Elle a posé sa main sur mon épaule et elle a souri comme une mauvaise comédienne qui doit jouer la générosité :

— Le petit canard est presque devenu un cygne blanc... Dire qu'à l'époque, au lycée, tout le monde l'appelait « la petite moche »...

Elle a secoué la tête, nostalgique de cette bien belle époque.

— Tu te souviens, Julie ?

J'ai fait une tête amusée.

— *Tu* m'appelais la petite moche.

Puis la même tête en direction des joueurs :

— *Elle* m'appelait la petite moche.

— Tout le monde t'appelait comme ça, a dit Audrey.

Inoke et David ont soudain eu l'air d'avoir de nouveaux maillots à essayer.

Audrey m'a souri, puis m'a dit au revoir, le regard paresseux, histoire de me faire comprendre que ma présence lui donnait envie de bâiller. Je n'ai pas répliqué. Je l'ai laissée avoir le dernier mot. Parce que je n'avais pas envie de refaire un combat dans la boue, et parce que j'avais eu une idée.

Je suis rentrée à la maison et, avant de t'ouvrir, cher Journal, j'ai travaillé à mon petit projet. Je ne te dis rien, je garde la surprise. Archéologues du futur, si je devais mourir d'ici là, je vous invite à consulter *La Dépêche landaise* qui sera datée du 12 mai.

19 h 15

Bon. Corail est partie. Elle a fait sa valise et elle a claqué la porte de sa propre maison. Cinq minutes plus tôt, Grâce lui avait dit qu'elle avait mené son enquête, passé quelques appels, notamment au club, et qu'il était improbable, d'après ses informations, que Romain « soit le type d'homme à être fidèle ». « Un mariage étant une institution publique », Corail était-elle prête à assumer « des humiliations sous les regards de toute la ville » ? « En tant que femme, *that's your job* de t'assurer de la fidélité de Romain, et je ne suis pas sûre que tu aies la force de caractère pour ça. » Le ton est monté. Il a culminé quand Corail a traité sa mère de « vieille salope », en insistant autant sur les deux mots.

Je suis rassasiée en téléréalité pour une année.

Je vais préparer une seconde valise pour Corail. Personne ne peut faire une valise correcte en si peu de temps. Je vais la lui apporter à l'Ovale, d'autant qu'elle va avoir besoin de quelqu'un à qui parler. Et je ne voudrais pas qu'après son service, elle prenne la route pour Bordeaux dans je ne sais quel état.

23 h 45

Corail n'avait pas besoin de moi. Quand je suis arrivée, elle riait aux éclats avec les clients. J'aimerais être comme elle. Elle dit que sa mère a raté un point essentiel : qu'est-ce qui lui permet de dire que Romain sera le premier des deux à avoir un amant ? Je lui ai demandé si elle voulait vraiment avoir des amants. Elle a haussé les épaules et elle a fait signe à Jérémy qui venait d'entrer.

Quand Jérémy m'a dit bonjour, il a chuchoté dans mon oreille qu'il devait m'envoyer sa lettre pour que je lui donne mon avis et il m'a fait un clin d'œil avant d'aller rejoindre ses copains.

J'ai l'impression d'être au cœur des secrets et des manigances. Peut-être que c'est ce qui arrive quand vous vous mettez à moins regarder de séries et à passer plus de temps dans la vraie vie ? (Je ne suis pas en train de reconnaître que je préfère la vraie vie : ma réponse est réservée pour l'instant.)

00 h 40

J'ai reçu la lettre de Jérémy par mail un peu avant minuit. C'est une lettre au directeur du club à Florence. C'est mignon, on dirait qu'il s'excuse à chaque phrase. *A posteriori*, je comprends mieux pourquoi, en quittant le bar, il m'a dit qu'il avait besoin des conseils de quelqu'un « qui sait être méchant ». Même si c'est quand même une drôle d'image de moi.

Après plein de circonvolutions, il finit sa lettre par une demande d'augmentation de 30 %. Il a suivi mon conseil. C'est peut-être un très mauvais conseil, qui va le faire passer pour un petit péteux et lui faire perdre le contrat, mais ça fait plaisir de voir qu'on a de l'influence. Je vais lui renvoyer un brouillon bien senti, enthousiaste mais ferme, avec une demande de prise en charge additionnelle d'un hébergement (minimum 100 m2) à moins de dix minutes du club en voiture (de fonction).

Je me demande quelle est la commission d'un agent sur ce type de contrat.

00 h 55

Jérémy m'a rappelée cinq minutes après que je lui ai envoyé ma version de la lettre. Lui non plus ne dormait pas à presque 1 heure du matin : serait-ce parce qu'il pensait à moi ? Il m'a dit merci, puis il y a eu un blanc que ni lui ni moi n'avons su meubler. Peut-être que j'imagine des choses qui n'existent pas, mais j'ai eu l'impression que lui non plus n'avait pas envie de raccrocher.

La dernière fois que j'ai fait un jogging, c'était en 1999, pour l'épreuve du bac. J'ai eu la moyenne et j'ai cru que j'allais mourir. Qu'est-ce qui m'a pris d'accepter d'aller courir avec Jérémy demain matin ? Cette fois-ci vais-je mourir pour de vrai ? A-t-il vraiment envie que je l'accompagne ou était-ce juste pour combler un blanc ?

Samedi 10 mai
1/785

Ma mère à la maison : jour 13.

Grâce à la maison : jour 12.

On avait rendez-vous à 10 h 30 devant chez lui. À 10 heures, j'étais sur le parking de Véti pour l'ouverture du magasin, conséquemment à la prise de conscience que je ne possède aucun habit de sport. Dans mon cas, je ne peux même pas faire la blague pourrie de tous ceux qui se justifient de ne pas faire de sport : « Mais je pratique beaucoup de sport en chambre, ha, ha, ha. » Je me suis traitée de grosse vache molle et je suis allée à Véti en voiture parce qu'à pied ça fait un peu loin.

J'ai fait un sourire hypocrite à Valérie car, bien sûr, c'est elle qui a ouvert le magasin ce matin, à 10 h 03. À 10 h 25, j'étais encore devant le miroir de la cabine, à hésiter entre une option tout en blanc et une option avec une bande de fuchsia sur le short et un logo Nike entre les seins. Finalement, j'ai pris l'option tout en blanc. Je me suis présentée à la caisse en tenue de jogging. Valérie a scanné les vêtements directement sur moi. Avec une paire de ciseaux, elle a retiré les étiquettes qui pendouillaient un peu partout : « Et voilà ! Parée pour tes bonnes résolutions ! » Avant d'entrer dans la voiture, je suis allée frotter mes chaussures dans la terre au bord du parking, je ne voulais pas que Jérémy pense qu'elles n'avaient jamais servi. Mon téléphone a vibré. C'était Jérémy.

— Écoute, Julie, a-t-il dit, je suis désolé.

Comme il y avait un bon vent et des belles vagues, il allait faire du kitesurf finalement. Je ne lui en voulais pas ? Je pouvais venir avec lui si je voulais, c'était marée descendante, le sable serait assez dur pour courir au bord de l'eau.

— Parce que tu fais du kitesurf aussi ? je lui ai demandé.

— On n'a pas le droit d'avoir un hobby ?

Je lui ai dit que c'était sympa, pour le mot hobby, que quelqu'un pense encore à l'utiliser. Il m'a répondu qu'il m'entendait mal à cause du vent et qu'il m'attendait comme prévu derrière chez lui.

J'ai laissé la voiture au bord de la route, j'ai pris le petit passage entre la maison de Jérémy et ses voisins. Il a commencé à marcher vers la plage dès qu'il m'a vue arriver. Sans doute parce qu'il était pressé d'aller à l'eau et aussi parce qu'il savait que je le rattraperais vite vu que, contrairement à lui, je n'étais pas chargée. Je suis arrivée à son niveau, il s'est arrêté pour me faire la bise. Il a refusé que je l'aide à porter un de ses sacs. J'ai insisté. Il m'a fait remarquer que j'avais une étiquette à l'arrière de mon tee-shirt, et une autre à l'arrière du short. Ça l'a amusé, il a dit qu'il était flatté que j'aie acheté de nouveaux habits rien que pour lui, et moi aussi j'ai fait semblant d'être amusée, c'était très drôle en effet d'imaginer que je puisse avoir acheté de nouveaux habits rien que pour lui (humiliation).

Sur la plage, avec des gestes automatiques et soigneux, il a déroulé le cerf-volant, sorti une pompe d'un étui, déplié un harnais, démêlé toutes sortes de fils, pédalé pour gonfler le cerf-volant (c'est un cerf-volant qu'il faut gonfler), m'a confié le cerf-volant à plaquer au sol, le temps qu'il sorte la planche de surf de sa housse, qu'il se mette en maillot, qu'il enfile sa combinaison et se mette de la crème solaire sur le visage.

Au cours de ce processus, Jérémy s'est retrouvé nu quelques instants, entre le moment où il a enlevé son caleçon et le moment où il l'a remplacé par son maillot de bain. Il était pile devant moi et il me parlait, du coup j'ai juste baissé les yeux, spontanément, par timidité, ce qui a eu l'effet idiot de rapprocher mon regard de ce que j'étais censée éviter. Je n'ai pas pu m'empêcher de ressentir un certain, comment dire, titillement, qui était moins dû à ce que je voyais qu'au fait de constater que Jérémy, devant moi, n'essayait pas de se cacher. L'événement n'a duré qu'une seconde. L'analyse de l'événement a occupé l'intégralité de mon jogging après : les hommes sont-ils naturellement plus exhibitionnistes que les femmes ? La nudité a-t-elle moins de signification pour eux ? Jérémy considère-t-il qu'il n'a plus de raison de se cacher puisqu'on a déjà couché ensemble ? Ou a-t-il délibérément choisi de se mettre nu devant moi pour me provoquer ?

Il a zippé sa combinaison et m'a demandé si j'allais courir. Je lui ai répondu oui bien sûr, n'étais-je pas venue pour ça ? Il m'a dit alors bon courage, à tout à l'heure, on se retrouve là. Il a soulevé sa planche, tiré sur les fils, le cerf-volant s'est envolé dans un gros bruit de fouet, et j'ai été témoin de la transformation de Jérémy en kitesurfeur sur l'océan.

Il en a rejoint d'autres. C'était la première fois que j'en connaissais un.

J'ai regardé l'heure toutes les trente secondes. À chaque fois, j'étais sincèrement persuadée qu'il s'était passé au moins cinq minutes depuis la dernière fois. Au bout de vingt minutes, j'ai mis mon essoufflement sur le compte du vent, qui venait d'en face, et j'ai décidé que ça suffisait pour une première fois. Pour ne pas que Jérémy me voie revenir si tôt, je suis allée rebrousser chemin dans la forêt. Quand je suis arrivée à son niveau, je me suis assise derrière un arbre et je l'ai regardé. J'ai attendu une demi-heure comme ça. Puis je suis revenue sur la plage en courant.

Il s'est laissé tomber à l'eau, il a traversé la barrière des vagues, il a fait atterrir son cerf-volant sur le sable et m'a rejointe. Il a sorti une bouteille d'eau de son sac à dos et m'a demandé si j'avais bien couru. Je ne l'avais pas lâché des yeux, depuis l'instant où il volait suspendu au cerf-volant, trois mètres au-dessus des vagues, jusqu'à maintenant où il me proposait de l'eau. Mais mon cerveau avait du mal à faire le lien entre les deux. J'ai ressenti une forme de tristesse : les sensations que Jérémy connaissait de l'autre côté de la barrière des vagues m'étaient inaccessibles. Il n'y avait qu'une place sur sa planche, il ne pouvait pas m'emmener voler entre les vagues avec lui.

Il a quasiment vidé la bouteille et il m'a dit que les vagues étaient parfaites et qu'il allait y retourner. Je ne lui en voulais pas ?

De quoi lui en voudrais-je ? Je pouvais rentrer toute seule, c'était la plage de mon enfance, il n'était pas né que je connaissais déjà le chemin. À ce propos, je n'allais pas tarder à y aller, moi... Il m'a dit comme tu veux, il m'a re-proposé la bouteille d'eau, je lui ai redit que je n'avais pas soif, il m'a souri, il l'a rangée, il est reparti.

Je l'ai regardé courir vers l'eau, comme si je le perdais, et j'ai fait le constat que je l'aimais. Que c'était sérieux.

En rentrant par la forêt je me suis dit : vu la bombe à retardement dans ta tête, il n'a jamais été aussi important que tu restes à distance de lui.

Dimanche 11 mai
1/784

Ma mère à la maison : jour 14.

Grâce à la maison : jour 13.

Je n'ai pas revu Corail depuis vendredi. Il paraît que c'est normal, statistiquement, de se disputer avec sa mère dans les semaines qui précèdent son mariage. C'est ma mère qui m'a dit ça. Je ne sais pas d'où elle le tient. Elle est allée chez le fleuriste au marché ce matin et elle a passé l'après-midi sur la terrasse à faire des essais de pièces centrales pour les quinze tables du mariage de Corail et Romain. Je lui ai demandé si elle pensait qu'on se disputerait de la même façon si je devais me marier.

— Ne sois pas bête, on n'a plus rien à se disputer.

Il m'a fallu plusieurs secondes pour comprendre que ma mère n'avait pas fait de faute de français. Quelle drôle de phrase...

— Corail et Grâce, elles se disputent quoi ? j'ai répondu dans la même la formulation.

— Le regard des gens. Des hommes. Tu trouves que c'est joli si je plante les aiguilles de pin en plumeau ?

Je lui ai dit qu'il était impossible que Grâce soit jalouse de Corail.

— Ce n'est pas de la jalousie, m'a-t-elle renvoyé sans hésiter. Marier sa fille, c'est passer le flambeau de la jeunesse et d'une forme de féminité. Quand tu passes le flambeau, tu as envie de le faire bien. Grâce aurait aimé que Corail ressemble plus à la fille qu'elle était, elle, quand elle s'est mariée.

Ça fait des années que je n'avais pas entendu ma mère parler avec ce qui s'apparentait à de la sagesse et de la lucidité. Pour la première fois depuis deux semaines qu'elle s'est installée à la maison, je me suis dit qu'elle avait une chance de ne pas s'effondrer si elle allait au bout de sa séparation avec José Gobineau. Je réfléchissais à tout ça, elle piquait ses fleurs dans des blocs de mousse artificielle, elle sifflotait. Soudain, j'ai repensé à la première phrase qu'elle avait prononcée, au tout début de la conversation : comment avais-je pu ne pas voir ce qu'elle avait d'insultant pour moi ?

— Qu'est-ce que tu veux dire quand tu dis que, toi et moi, on n'a rien à se disputer ? Que tu penses que je ne me marierai jamais ? Ou t'as laissé tomber l'idée que je sois à la hauteur du flambeau que t'aurais pu me passer ?

Elle a levé la tête vers moi, elle a vu que j'étais vexée, elle a éclaté de rire. Elle a fait le tour de la table, et elle m'a prise dans ses bras. Je suis restée toute raide. C'était anormal, ma mère qui me prenait dans ses bras. Elle m'a relâchée, elle a refait le tour de la table et s'est remise à planter ses fleurs dans le bloc de mousse.

Il ne s'est rien passé pendant plusieurs longues secondes, je l'ai scrutée. Puis elle s'est mise à rire, toute seule, en secouant la tête :

— Tu m'as vue ?

Je n'avais aucune idée de quoi elle parlait mais ça avait l'air très amusant car elle avait les épaules qui gigotaient.

— Mais, ma Julie, moi je n'ai jamais eu de flambeau à passer.

As-tu une mère, cher Journal ? Parce que, je te jure, ça perce le cœur d'entendre sa mère dire ça. Elle a planté une marguerite au bord de la composition, qui était ainsi achevée. Elle l'a déposée au centre de la table, avec les quatre premières, et elle m'a demandé quelle était ma préférée. Je lui ai dit que je les aimais toutes. Elle m'a dit que j'avais forcément une préférée. Je lui ai redit que je les aimais toutes autant. Ce qui n'était pas vrai : j'ai une préférence pour celle avec les coquelicots. Mais qui suis-je pour prétendre que tout le monde aura le même avis que moi ? Je les aime toutes autant, j'ai répété, comme une mère à propos de ses enfants. Sur ce, ma mère a poussé un petit cri, bon, allez, soyons fous, c'est décidé, elle improvisera une composition différente pour chaque table du banquet.

Le ton terrifié sur lequel elle a prononcé ceci est normalement réservé aux personnes qui décident, sur un coup de tête, de foncer à l'aéroport, direction Nouméa, sans valise ni billet.

21 h 25

Argh !!! Trente minutes que je cherche mon iPod et je viens de comprendre : je l'ai posé hier dans le sac de Jérémy quand il est sorti de l'eau et que je l'ai aidé à immobiliser son cerf-volant. Je dis « argh !!! » à cause d'une fonctionnalité intitulée « Top 20 » qui est apparue/apparaîtra à l'écran quand fatalement Jérémy a appuyé/appuiera sur l'écran de l'appareil ne serait-ce que pour vérifier avant de me le rendre qu'il n'a pas pris l'eau. Le Top 20 est la première chose qui s'affiche sur mon iPod quand on l'allume. Elle indique en gros : « Vos 20 morceaux les plus écoutés. » D'après la dernière synchronisation effectuée depuis mon MacBook, actuellement sous mes yeux, mon Top 20 est composé des titres suivants :

20. *Mourir sur scène* – Dalida
19. *Je te donne* – Worlds Apart
18. *Je te survivrai* – Jean-Pierre François
17. *Déprime* – Sylvie Vartan
16. *Boule de flipper* – Corynne Charby
15. *Tes états d'âme... Éric* – Luna Parker
14. *J'ai encore rêvé d'elle* – Il était une fois
13. *Tu m'oublieras* – Larusso
12. *Pour que tu m'aimes encore* – Céline Dion
11. *Les Bêtises* – Sabine Paturel
10. *Laisse tes mains sur mes hanches* – Salvatore Adamo
09. *Sensualité* – Axelle Red
08. *Ouragan* – Stéphanie de Monaco
07. *Libertine* – Mylène Farmer
06. *Le Premier Jour du reste de ta vie* – Étienne Daho
05. *Les Valses de Vienne* – François Feldman
04. *Jour de neige* – Elsa

03. *Quelque chose dans mon cœur* – Elsa
02. *T'en va pas* – Elsa
01. *Est-ce que tu viens pour les vacances ?* – David et Jonathan

Lundi 12 mai
1/783
Ma mère à la maison : jour 15.
Grâce à la maison : jour 14.
Je sors de chez Jérémy. Hier soir, par SMS, je l'ai prévenu que je passerais chercher mon iPod ce matin avant d'aller bosser. Il m'a répondu OK. J'ai prié pour qu'entre-temps il n'ait pas l'idée de l'allumer. Je n'assume pas mon top 20 car il est la conséquence d'un syndrome dépressif induit par une maladie, pas le reflet de ma personnalité. Avant mon anévrisme, j'écoutais de la musique pointue (conseillée par Sabri qui s'y connaît). Ce n'est que depuis janvier que j'ai dérapé. À ce rythme, en effet, je vais décéder avec Patrick Sébastien et René la Taupe dans mon top 20. Appelez ça de la coquetterie si vous le voulez, mais je crois que nos goûts nous définissent et, même si ça ne change rien, je ne voudrais pas que Jérémy garde cette image de moi.

Il m'a ouvert en caleçon. Je venais de le réveiller. Il n'avait pas calculé qu'« avant d'aller travailler » peut signifier « 8 h 30 ».

— Parce que tu commences à quelle heure, toi ?
— On a décrassage à 11 h 30.

J'ai ironisé sur la dureté de sa vie. Il s'est justifié en disant qu'ils sont rentrés tard hier de déplacement parce qu'ils ont fêté leur victoire sur place après le match. Les yeux à moitié ouverts, il m'a fait entrer dans son salon.

— Je vais chercher ta machine. Bouge pas.

Bonne nouvelle : vu son état, il n'avait pas pu avoir l'idée d'allumer l'iPod. Il a disparu assez longtemps, je me demandais si finalement il s'était recouché, quand tout d'un coup le sol de la maison s'est mis à vibrer. Comme dans une discothèque.

T'avais les cheveux blonds
Un crocodile sur ton blouson
On s'est connus comme ça
Au soleil, au même endrooooit...

Il est réapparu dans le salon, une télécommande à la main qu'il utilisait comme un micro. Il a sauté debout sur le canapé.

T'avais des yeux d'enfant
Des yeux couleur de l'océan
Moi pour faire le malin
Je chantais en italieeeen...

J'ai couru jusqu'à la chaîne hifi et j'ai arraché l'iPod. J'ai réussi à éviter le refrain. D'habitude, ça ne me dérange pas qu'on se moque de moi. Là, j'ai ressenti la même honte que dans les rêves où on se rend compte qu'on est sorti nu dans la rue. J'imagine qu'on a tous une zone sensible, sur laquelle il ne faut pas nous attaquer : moi, ce sont les goûts musicaux, apparemment. Je m'en suis voulu de réagir si vivement, mais je n'avais plus aucun sens de l'humour, c'était plus fort que moi. J'ai marché tête baissée vers la sortie, j'ai lancé : « Ciao, merci, bonne journée » sans me retourner. À la seconde où j'allais poser le pied sur le paillasson, il m'a attrapé l'épaule. Ça m'a fait pivoter et je me suis retrouvée face à lui, à quelques centimètres de son visage. Il était torse nu, ce qui était fréquent avec lui, mais ça m'a fait bizarre d'être près de lui comme ça. J'ai reculé. Il me tenait toujours le bras. Il m'a demandé pourquoi je le prenais comme ça.

— Pourquoi je prends quoi comment ?

Il a changé de stratégie :

— J'aime bien cette chanson, moi.

Il l'a dit d'une manière étrange, j'ai eu l'impression qu'il disait qu'il m'aimait moi.

Je l'ai regardé et ma colère s'est transformée en angoisse. J'ai cru qu'il allait m'embrasser... Une angoisse pleine d'espoir : c'est dire si mes émotions étaient embrouillées.

Il avait sa bouche près tout près de moi. Il me regardait avec des yeux qui hésitaient et qui pétillaient. Je me suis dit que c'était une très mauvaise idée, que je n'étais pas du tout équipée pour gérer les conséquences de ce baiser. Une autre année, une autre vie, pas là maintenant. En même temps, c'était évident, s'il terminait de se pencher pour m'embrasser, je serais incapable de refuser. Ce serait une erreur énorme. Une erreur énorme dont j'avais envie énormément.

J'ai arrêté de tirer en arrière, il a arrêté de me tirer vers lui. Je me suis concentrée sur la chaleur de sa main sur mon bras. J'ai eu l'impression, millimètre par millimètre, que sa bouche se rapprochait... Il a eu l'air gêné, il a avalé sa salive. Il a dit :

— Pour l'Italie, j'ai dit oui.

Retour à la réalité : j'avais tout rêvé, il m'avait juste retenue pour me dire ça.

— Ils m'ont appelé hier soir, ils acceptent toutes les conditions.

Il a souri. J'ai secoué mon bras pour qu'il le lâche.

— Je pouvais plus dire non, tu comprends.

Je lui ai dit bravo, il m'a dit merci.

— Merci, parce que c'est grâce à toi.

On s'est dit encore pas mal de mercis maladroits, non c'est grâce à toi, non c'est grâce à toi, à toi, non toi, tandis que je marchais à reculons. J'ai fini par arriver à la camionnette, où j'ai plaisanté qu'il devait vite rentrer parce que ça allait jaser en ville si on le voyait devant chez lui en caleçon avec moi. Il m'a fait la bise et on s'est souhaité une bonne journée.

Deux minutes plus tard, quand j'ai dépassé le panneau « Miganosse » barré à la sortie de la ville, machinalement, comme tous les matins, j'ai mis mes écouteurs et allumé l'iPod.

Est-ce que tu viens pour les vacances ?
Moi je n'ai pas changé d'adresse
Je serai je pense
Un peu en avance
Au rendez-vous de nos promesses...

Comme une grosse baleine, je me suis mise à pleurer.

J'ai garé la voiture au bord de la route, dans la forêt, et le pire c'est que j'ai écouté la chanson jusqu'au bout. Puis je t'ai sorti, petit Journal, pour te raconter.

20 h 30

Ah ! Ah ! Ah ! Grâce m'a appelée en fin d'après-midi et m'a demandé si c'était vrai, ce que venait de lui dire Audrey, à propos de l'article dans *La Dépêche landaise*. Je lui ai dit que ça captait mal et, en rentrant ce soir, je suis passée acheter un exemplaire à la Maison de la presse. C'était inutile parce que, entre-temps, Audrey était venue en apporter un à la maison, que Grâce a brandi sur le trottoir, la tête enroulée dans un foulard Hermès, façon burka, tandis que j'essayais de garer la camionnette. « Comment tu as pu faire ça ? »/« Audrey est une fille fragile. »/« *That's just mean* »/« Je pourrais dénoncer ton contrat. » Grâce avait préparé un certain nombre de phrases qu'elle m'a répétées dans un ordre aléatoire, tandis que son foulard se défaisait et que je voyais ses dernières croûtes s'effriter au fur et à mesure qu'elle s'agitait. Ça a duré un certain temps, sur le trottoir, dans le jardin, dans le salon, le journal ouvert sur la table basse comme une pièce à conviction.

Ma mère nous suivait, Karma dans les bras, sans oser parler.

J'ai essayé de me défendre en expliquant à Grâce qu'Audrey, la semaine dernière, m'avait traitée de petite moche devant les joueurs. « De petite moche », j'ai insisté. J'ai même traduit : « de *little ugly girl* ». Mais ça, pour le coup, ça n'a pas eu l'air de la choquer. Peut-être parce qu'elle pense que c'est juste une description factuelle de la vérité ?

Je t'ai assez fait languir, cher Journal, voici la photo qui a été publiée ce matin dans *La Dépêche landaise*, en illustration de l'article sur le lancement de l'appli du RC Miganosse Océan le 24 mai prochain. Comme tu peux le constater à ses bajoues et son double menton, Audrey, sur la photo, souffre manifestement d'un problème de type obésité. Elle garde un joli sourire, cela dit.

Il y a trois semaines, on a pris contact avec *La Dépêche landaise*, qui a accepté de faire un article pour annoncer le lancement de l'appli. Il est prévu pour l'avant-dernier match de la saison. Ça tombe en même temps que la Fête du Bois, qui entraîne toujours un record d'affluence au stade. Le journaliste a choisi comme angle « Trois femmes derrière la nouvelle appli-mobile du club de rugby ». Ils sont venus nous interroger, puis on leur a préparé tous les éléments, avec la photo d'Audrey, Grâce et moi, que j'ai prise sur trépied. Au lieu de retirer cinq kilos à Audrey, comme je suis généralement payée pour le faire, je lui en ai ajouté vingt-cinq. Je me suis retenue d'exagérer : on n'a pas l'impression que c'est truqué, on se dit juste, oh ben dis donc, elle a morflé la Castagné. Je ne le dis pas souvent, cher Journal, mais je suis trop fière de moi. Par ailleurs, je ne sais pas si je te l'ai déjà dit, petit Journal, mais je suis TROP. FIÈRE. DE. MOI. (Comme ce n'est pas si courant, je me permets de le souligner.)

22 h 45

Reçu à l'instant message d'Audrey : « Tu vas payer. »

Mardi 13 mai
1/782
Ma mère à la maison : jour 16.
~~Grâce à la maison : jour 15~~.
On a sonné à 7 h 30 ce matin. C'est ma mère qui a ouvert, vu qu'elle dort dans le salon.
— Ma chérie ! C'est pour toi !
Je suis sortie au radar.
C'était Jérémy.
Trop tard : il m'avait vue. Il était en short, tee-shirt, baskets. Moi j'étais en pyjama, et pas le genre qu'on voit dans les catalogues Ikea. Je suis restée à huit mètres de lui, comme si c'était la distance naturelle pour se parler dans une maison. Il m'a dit qu'il me devait un jogging tous les deux et que, par ailleurs, il voulait se venger d'avoir été réveillé hier matin.
— D'une pierre deux coups, tu vois, j'honore ma dette et je me venge d'hier matin. C'est ça l'efficacité masculine.
J'ai fait une grimace, qu'il a royalement ignorée, préférant me passer devant pour aller se servir un verre de jus d'orange dans la cuisine tranquilou comme chez lui.

Après deux gorgées, il a dit qu'il m'attendait, qu'est-ce que je faisais encore en pyjama.

J'ai échangé quelques regards avec Grâce et ma mère, que la scène amusait beaucoup.

— Aucune envie d'aller courir, j'ai déclaré.

Fin de la discussion.

On est allés courir dans la forêt juste derrière. Il faisait des allers-retours devant moi comme un petit chien, tandis que je traînais les pieds derrière, avec la double excuse de n'être pas réveillée et de n'avoir rien mangé.

Je ne sais pas pourquoi je te raconte ça, Journal, parce qu'il ne s'est absolument rien passé. À un moment, simplement, il a couru à côté de moi et il m'a dit que, depuis deux jours, il était « quand même un peu stressé ». Je lui ai demandé pourquoi.

— Déjà parce que je sais pas parler italien.

— Tu feras comme eux, tu parleras avec les mains.

Silence. Il a réfléchi.

— Ça suffira pas...

J'ai dû le regarder attentivement pour comprendre qu'il était sérieux. Il fait le pitre, mais il a vraiment un problème avec l'ironie.

— Tu sais que maintenant que t'as accepté, j'ai dit, tu seras le premier athlète français à aller bosser pour un club étranger.

Il a pris des précautions pour ne pas me vexer :

— Heu, si, je crois qu'y en a déjà eu plein...

Normalement, je devrais le trouver bête et me moquer, mais, curieusement, son côté premier degré, c'est presque ce que je préfère chez lui.

Je suis contente pour lui qu'il aille en Italie.

Non, c'est vrai, je suis très contente pour lui.

00 h 15

« Entendu dire que Romain a flirté avec une fille de Narbonne dimanche soir en déplacement... Réfléchis, ma chérie, il n'est pas trop tard pour changer d'avis. »

Corail a reçu ce SMS de Grâce aujourd'hui et a débarqué à la maison, après son service, sans prévenir, vers 23 h 30. Grâce et ma mère étaient couchées. Elles lisaient dans le canapé-lit. Corail est entrée sans sonner, elle a allumé la grande lumière, elle a soulevé le drap du côté de sa mère : « Hop, toi tu dégages. »

J'ai assisté à la scène depuis la porte de ma chambre. Corail a mis les affaires de sa mère en vrac dans sa valise, elle lui a lancé sur le lit un pull et une paire de baskets « pour que tu puisses rentrer chez ton mari, celui que t'as si bien choisi ».

Grâce a tenté de se justifier en disant qu'elle ne voulait « que son bien ». Corail a reconnu que Romain était « un queutard » et a fait remarquer, non sans franchise : « Et qui te dit que moi aussi j'en profite pas ? »

Devant tant de clarté, Grâce s'est tue. Pour une fois. Elle a soulevé sa valise et elle est partie à pied dans la nuit. Comme une pauvresse. Ni ma mère ni moi, sous le choc, n'avons proposé de la raccompagner en voiture. Le calendrier ne tombe pas si mal cela dit : elle a annoncé ce matin que sa peau était suffisamment cicatrisée pour reprendre le fond de teint.

J-18 avant le mariage. Bonne ambiance. J'ai bien fait de ne pas me faire opérer avant, ç'aurait été dommage de rater ça.

Corail est restée dormir. Je lui ai apporté une tasse de tisane dans sa chambre et, au lieu de lui parler de ce qui venait de se passer, je lui ai montré la photo d'Audrey dans *La Dépêche landaise*. Elle m'a dit que j'étais la quinzième personne à la lui montrer aujourd'hui et qu'il fallait l'encadrer, dommage qu'on n'ait pas de cheminée pour l'accrocher au-dessus.

Mercredi 14 mai
1/781
Ma mère à la maison : jour 17. Mais plus pour longtemps : je rentre à l'instant, je lui dis bonsoir, comment tu vas, elle me répond super, cet après-midi je suis allée me chercher des sandales à la maison, t'imagines pas le chantier, on dirait qu'une coulée de boue a traversé le salon. Par contre, a-t-elle ajouté, je suis fière de moi car je suis montée direct, impassible, sans ranger ni rien. Du coup, José m'a suivie à l'étage. Il a été gentil avec moi, il m'a fait des compliments. Il a même dit que je lui manquais, ça faisait des années qu'il ne m'avait pas fait l'amour comme ça.
— L'amour ? !
— Oui, ma Julie, l'amour !
Elle m'a demandé de lui apporter du coton car elle était en train de se vernir les ongles de pied et ça avait un peu débordé.
— Une chose est sûre, ma chérie, on tient le bon bout !
BLEURF.

21 h 30

Pile quand je commençais à me réjouir pour ma mère, et ce n'est pas facile de se réjouir pour qui que ce soit qui a des rapports sexuels avec José Gobineau, elle a déposé une tasse de tisane sur le secrétaire et s'est assise au bord du lit derrière moi :
— Je crois que je vais divorcer.

J'ai fait semblant de ne pas avoir entendu. J'ai continué de gribouiller des idées pour le discours que je devrai prononcer au mariage de Corail.

— C'est te voir, tu sais, ma chérie, sûre de toi, qui trace ton chemin, qui m'a fait me dire : lance-toi. José a peut-être besoin de moi, mais moi, ai-je besoin de lui ? Corail m'a dit que tu vas sur une page Internet pour rencontrer des célibataires ?

Je n'ai pas levé la tête parce que je ne savais pas quelle tête j'étais censée faire.

— Plutôt que de retourner dans ton studio inondé, on pourrait se trouver un appartement à Bordeaux ? Toi et moi ?

Elle a secoué la tête pour donner du volume à ses cheveux détachés.

— Je pourrais me plaire, dans une grande ville, je crois.

Me retrouver seule et anonyme dans mon petit appart à Bordeaux est mon seul horizon positif. Je ne vais pas en plus renoncer à ça ? J'ai soufflé sur la tisane pour la faire refroidir mais en vrai pour réfléchir à ce que je devais dire.

J'ai posé ma tasse et j'ai regardé ma mère. Elle était pieds nus, en robe d'été, elle avait l'air un peu folle, elle avait les yeux qui pétillaient.

— Quoi qu'il se passe, j'ai dit, je suis là pour toi.

Mais ce n'est pas si gentil, c'est même presque pervers en fait, parce qu'après lui avoir dit qu'elle pouvait compter sur moi, j'ai ajouté :

— Tout ce que tu n'as pas fait pour moi, je veux bien essayer de le faire pour toi.

J'ai du mal à faire amie-amie avec ma mère en ignorant le passé. Je ne dis pas qu'elle a été une mère horrible, juste une mère psychologiquement absente.

À sa décharge (je m'en rends compte aujourd'hui que la situation est inversée et qu'elle attend des conseils de moi) : c'est compliqué d'aider les autres à trouver leur chemin quand on ne sait pas soi-même où on va.

Il s'est peut-être passé cinq minutes de silence, moi faisant semblant d'écrire, ma mère toujours assise derrière moi.

— Pourquoi tu t'es pas plus occupée de moi quand j'étais ado ?

— Je me suis occupée de toi.

— Pourquoi tu m'as pas aidée ?

Je me suis retournée pour la regarder et l'empêcher de mentir.

— Quand j'allais mal, j'ai insisté.

Elle n'a pas baissé les yeux mais son regard est devenu vague.

— Parce que je me reconnaissais trop dans ce que tu traversais.

Son regard vague, ce n'était pas de la nostalgie mais de la honte. J'aurais aimé trouver quelque chose à répondre, mais elle s'est levée et elle est sortie sans un regard vers moi.

À mon tour, j'ai eu honte de moi.

(Pas de nouvelles de Jérémy, à part ça.)

Jeudi 15 mai
1/780

Ma mère à la maison : jour 18.

Ma mère est venue au cours de danse sans José. Elle n'a dansé qu'au dernier quart d'heure quand on s'échange les partenaires. Il y avait aussi Grâce, avec Jacques, et sa tête de touriste hollandaise après une journée sans crème solaire. Il y avait Corail et Romain, l'air encore plus complices qu'avant. (Corail a fait la bise à sa mère l'air de rien, comme si elle ne l'avait pas jetée pieds nus dans la nuit quarante-huit heures plus tôt.) Il y avait Audrey, qui a fait la bise à tout le monde sauf à moi. Et il y avait Jérémy.

On a répété les tangos sans rien se dire. Il était concentré. Vincent a chorégraphié le premier tango pour ouvrir le bal après la valse des mariés : Jérémy connaissait les pas pour deux, je n'avais qu'à me laisser porter. Ensuite on a travaillé le cha-cha-cha. Il ne parlait toujours pas, alors qu'il n'y avait plus l'excuse de la concentration et des pas à se rappeler. J'ai commencé à me dire qu'il était en colère contre moi, pour une raison qui m'échappait. Son attitude m'a d'autant plus déstabilisée qu'il était en train de gâcher mon moment préféré de la semaine, quand je danse avec lui. Quand on danse, je me raconte l'histoire de notre amour interdit, de nos destins qui n'auraient pas dû se rencontrer. Qui se frôlent à peine, le temps d'un tango, d'une valse, d'un cha-cha-cha. Nous ne sommes autorisés qu'à danser : un geste déplacé et on pourrait nous voir. Une parole de trop, et on pourrait nous entendre. Alors, chaque respiration compte, chaque frôlement. Nous volons deux petites heures à la fatalité, mais bientôt les engrenages tragiques de nos vies reprendront leurs droits. Nous sommes Roméo et Juliette, Jack et Rose, Luke et Leia.

Soudain, il a baissé le regard vers moi :

— Tu fais la gueule parce que l'autre jour j'ai voulu t'embrasser ?

J'ai profité de la musique pour faire semblant de ne pas avoir entendu. Puis j'ai réalisé que sa question cachait une information importante. Je n'avais pas rêvé lundi matin, chez lui, juste avant qu'il m'annonce qu'il avait dit oui pour l'Italie : il avait vraiment essayé de m'embrasser. Ce n'était pas moi qui avais mal compris, c'était réellement ce qui s'était passé. Attention ceci ne change rien, mon surmoi m'a-t-il aussitôt rappelée, ce n'est pas parce qu'il aurait envie de toi, et toi de lui, que soudain ce serait une bonne idée.

— Je ne me suis pas rendu compte, j'ai menti, que tu avais voulu m'embrasser.

Il m'a semblé que j'avais trouvé le bon ton anodin. Restait à réussir la suite. Puisqu'il avait avoué avoir voulu m'embrasser, et que j'avais dit que je ne m'en étais par rendu compte, l'étape suivante était logiquement de lui dire si, oui ou non, je regrettais d'être passée à côté de ce baiser.

Est-ce que je regrettais d'être passé à côté de ce baiser ?

Un, deux, tcha tcha tcha, trois, quatre, tcha tcha tcha.

Il a dit :

— C'est la première fois qu'on me reproche de ne pas être assez direct avec une nana.

Je n'aime pas le mot « nana ». Dans mon esprit, Journal, ne me demande pas pourquoi, il implique que le monde est composé de deux camps hermétiques, les mecs et les nanas, qui ne se croisent jamais, sauf ponctuellement pour coucher et acheter des armoires à Ikea. Je n'ai pas aimé non plus qu'il sous-entende qu'avant moi il y en avait eu beaucoup d'autres, des nanas. Pour le coup, ce n'était pas une surprise et j'aurais eu du mal à faire l'étonnée si j'avais voulu me plaindre de ça.

Il a serré son bras pour me faire pivoter vers lui et me forcer à le regarder. J'ai dit :

— Dans les vestiaires, c'était juste un plan cul, non ?

— T'es cash comme fille.

Quand on a peur, on se protège. Je ne suis pas cash, j'ai une carapace. Ensuite il y a eu un silence. Il m'a fallu du temps pour trouver la question qui résumait ce que je ressentais :

— C'est bizarre, non, que tu veuilles m'embrasser pile le jour où tu m'annonces que tu vas t'en aller ?

N'était-ce pas pervers de vouloir embrasser une personne à l'instant même où on lui annonce qu'on va la quitter ? D'ailleurs, il n'a rien dit. Je l'ai laissé dans son jus un tour de piste entier.

J'ai pris mon inspiration et je lui ai demandé :

— Il y a eu, tu sais, cette fois dans les vestiaires, et toi, par exemple, t'aurais voulu qu'on se, hum, revoie après ?

Il s'est énervé :

— Évidemment que j'aurais voulu qu'on se revoie. Parfois, je me demande : mais pour qui tu me prends ?

Comme je ne savais pas quoi répondre, j'ai baissé les yeux.

— Tu sais, Julie, c'est pas moi qui écris sur Internet que je cherche des rencontres d'un soir seulement.

Dans les dents.

Je te promets, Journal, qu'il ne m'a pas dit ça comme un compliment. J'ai attendu la fin du morceau sans rien dire et j'ai quitté la salle en inventant un appel urgent.

Il m'a retrouvée dehors deux minutes plus tard et il a vu que je n'étais pas au téléphone. C'était les dernières minutes avant le coucher de soleil, ce qui rendait très bien cinématographiquement. J'étais debout contre un poteau en bois pourri, dernier vestige de la balançoire que mon père m'a construite il y a… vingt-sept ans. Ça me donne envie de pleurer, d'écrire ça : vingt-sept ans.

Jérémy s'est arrêté à un mètre de moi. Il se tenait droit, les bras dans le dos, comme un enfant qui a un poème à réciter :

— Je veux pas partir sans avoir refait l'amour avec toi.

Il s'est approché, il m'a glissé une mèche de cheveux derrière l'oreille, il m'a demandé : « T'en penses quoi ? », et il m'est apparu que rarement une erreur n'avait été aussi désirable. Quelque chose m'échappait dans l'enchaînement logique, quelques instants plus tôt on s'insultait à coups de sous-entendus, à présent il me demandait de faire l'amour avec lui une dernière fois. Je lui ai répondu « d'accord », et je n'ai jamais rien ressenti de plus fort que cette émotion-là.

Vendredi 16 mai
1/779

SMS de Jérémy à 09 h 47 : « Ce soir, 20 h, chez moi. :o) »

Ma réponse à 10 h 59 : « À ce soir. »

(Presque une heure et quart avant de répondre, fière de moi.)

13 h 35

Oh putain.

15 h 35

Arrive pas à bosser. Rangé trois fois le bureau depuis ce matin. Tiens pas en place. Christophe a pointé mon agitation de sa manière à lui : « T'as des morpions ou quoi ? » Bien le jour de me dire ça.

17 h 18

Trop tard pour annuler mais, à vous, archéologues du futur, je précise que je suis consciente qu'on aurait mieux fait d'attendre la veille de son départ pour coucher ensemble, Jérémy et moi. Ou le soir du mariage de Corail, disons. Ou à une date où on aurait été sûrs de ne pas se recroiser après. J'enchaîne les conneries mais j'en ai :
1 – conscience ;
2 – trop envie pour reculer.

18 h 30

Rentrée de bonne heure. Bonne à rien au bureau. Une heure et demie pour me faire belle ! Gros travaux.

18 h 51

J'ai présentement une tête de raton laveur qui a volé du rouge à lèvres.

19 h 02

Saloperie de fond de teint.

19 h 06

Même pour un Halloween spécial prostitution, je pourrais pas sortir comme ça.

19 h 23

Il est cool, quand même. Je l'appelle et, tout de suite, il me dit : « Si t'annules, je m'en fous, je viens te chercher. » Il a insisté : « Par la peau des fesses si nécessaire. » J'ai répondu : « J'ai bien compris que c'était au programme de la soirée. » Qu'est-ce qu'on est grivois.

Il n'empêche que j'appelais bien pour annuler, car, à l'heure où j'écris, la situation au niveau de mon visage évoque un samedi soir chez Michou (le numéro qu'on programme en dernier quand tout le monde est bourré).

Je sais que c'est une erreur de vouloir cacher ma cicatrice. Ça ne marche jamais. Devant le miroir, j'ai quand même basculé en mode pensée-magique : la soirée est unique *donc* le fond de teint va parfaitement lisser ma peau. Contrairement à 100 % de mes tentatives ces quinze dernières années. Mon cerveau défaillant a pensé : ce soir le fond de teint ne s'entassera pas dans les micro-plis de la cicatrice et ceci ne produira pas de gros grumeaux.

Pour homogénéiser, du coup, je dois étaler, pétrir, façonner. Ceci a au moins le mérite de renforcer la sympathie que j'avais déjà pour les transsexuels du monde entier.

Pour une fois avec un homme, j'ai été entièrement transparente :

— Je voulais me maquiller, ça a dérapé, le résultat est grotesque, je suis déprimée. Ça te dérange si on reporte à demain ? Le seul endroit où je pourrais sortir ce soir c'est un bal déguisé.

— Ben t'as qu'à faire ça.

— Faire quoi ?

— Venir déguisée.

J'ai dit OK.

Il plaisantait : je l'ai pris au mot. Vous pouvez rétrograder mon niveau d'intelligence d'« intermédiaire » à « résiduelle », je m'en fous. Je vais me débarbouiller, tout reprendre à zéro. À partir du moment où c'est assumé que je suis déguisée, j'ai moins de questions à me poser. Au pire, ce n'est pas moi qui suis moche, c'est le déguisement qui est raté. Jérémy va se déguiser aussi. Je lui ai dit que je serais en Marilyn et qu'il devait être en Kennedy. Je ne pense pas que beaucoup d'hommes auraient accepté de jouer le jeu comme lui.

J'ai négocié une demi-heure de rab, ce qui me laisse presque trois quarts d'heure pour recycler en robe Marilyn la robe qui me sert d'habitude à me déguiser en princesse Leia. Je vais découdre les manches et la raccourcir de trente centimètres en bas. Il me reste de la bande thermocollante pour l'ourlet.

19 h 51

Prête ! J'ai pensé à ~~deux~~ trois choses pendant que je coiffais ma perruque :

1 – On s'apprête à faire, Jérémy et moi, ce que, hier soir, on s'est mutuellement reproché : ne chercher que des histoires d'un soir. Compliqué, la sexualité chez les humains ;

2 – Romain avait raison quand il disait que je me déguise pour plaire (*cf. supra* mon opinion sur la sexualité des humains) ;

3 – Je vais passer par la fenêtre, je ne veux pas que Corail et ma mère me voient comme ça.

Samedi 17 mai
1/778
~~Ma mère à la maison : jour 20.~~

Il faut vraiment que je t'aime, cher Journal, pour ramper jusqu'à toi. Ma place naturelle serait sous la couette, tête comprise, Karma ronronnant contre moi, mon CD de Larusso à fond dans la maison.

Tu as bien lu, petit Journal : Larusso.

Je suis arrivée chez Jérémy à 20 h 07, une bouteille de Lynch Bages 1985 à la main, qui doit valoir, je pense, 300 euros (600 si vous la commandez au restaurant). C'est en faisant le tour de la maison après être passée par la fenêtre que j'ai eu l'idée d'aller piquer une bouteille à la cave. Ce n'est pas vraiment piquer, vu que ma grand-mère a légué sa petite cave moitié à Corail et moitié à moi. Il y avait de la poussière dessus, que je me suis surtout gardée de retirer, pour que Jérémy voie que c'était du vin qui avait une histoire car je ne me moquais pas de lui.

J'ai sonné, j'ai mis ma main devant ma bouche, les yeux grands ouverts, comme Marilyn. J'étais très satisfaite du grain de beauté que je m'étais dessiné au crayon. La porte s'est ouverte... Jérémy est apparu en jean et en polo. Pas du tout en Kennedy !

Il a mis son bras dans mon dos, comme s'il avait peur que je m'enfuie. Il m'a fait entrer, il a refermé la porte derrière moi, comme un vampire (mais au sang chaud), il a pris ma bouteille sans même la regarder, il l'a posée par terre, il m'a fait reculer jusqu'à ce qu'on se retrouve contre le mur et il a dit :

— Je t'ai menti.

J'ai essayé de protester, il avait promis qu'il serait déguisé, etc., mais je n'ai pas pu dire tout ce que je voulais à cause de sa bouche qu'il a collée sur la mienne. Le baiser a duré un certain temps. Mais je n'en ai pas profité, il y avait trop de voix contradictoires dans ma tête. Ensuite, il a pris sa voix grave, comme les méchants dans les films, pour dire qu'il m'avait fait croire qu'il allait se déguiser dans le seul but de me faire venir ici, ah ah ah... Il a passé sa main sous le bord de ma perruque et, d'un coup, il me l'a enlevée. Je me suis sentie laide et nue. Il n'y avait pas de miroir à proximité mais j'imaginais l'état de mes cheveux : tout plaqués, transpirants. J'y ai passé la main en panique, pour évaluer les dégâts. J'ai essayé de les arranger. Ça a fait sourire Jérémy, qui y a mis sa main aussi, qui m'a embrassée derrière l'oreille, et qui m'a dit que j'étais belle. Il a profité de cette diversion pour essuyer mon grain de beauté, et je n'ai même pas pu protester car il avait déjà recollé sa bouche sur la mienne. C'est le problème quand vous fréquentez des sportifs : avec leur bonne coordination spatio-corporelle, ils ont toujours un temps d'avance sur vous. J'ai choisi une autre stratégie. Je suis restée collée à lui de sorte qu'il n'ait pas le recul nécessaire pour me regarder sans loucher. Il fallait que j'arrive à nous faire dériver dans cette position, debout l'un contre l'autre, jusqu'à la salle de bains, où je pourrais subrepticement m'enfermer à clé.

Je m'y regarderais dans le miroir, et ferais du mieux que je pourrais, ce qui impliquerait éventuellement de passer par la fenêtre. Malheureusement, Jérémy pèse vingt-cinq kilos de plus que moi, c'est donc dans la direction qu'il voulait lui que s'est dirigée la masse de nos deux corps. On s'est retrouvés dans l'espace salle à manger, entre le canapé et la baie vitrée, où j'ai aperçu dans un coin de mon champ de vision qu'il avait dressé une belle table avec des bougies et des couverts apparemment en argent. Il ne s'était pas approché de la table pour dîner. Sa main est remontée de ma cuisse à ma culotte, qu'il a commencé à retirer.

— Tu veux pas qu'on, hum, dîne d'abord ? j'ai marmonné la tête dans son cou. Faudrait pas qu'après tes plats soient tout brûl...

— Non, je veux pas qu'on dîne d'abord.

Il m'a fait basculer sur le canapé et on n'a pas dîné d'abord.

Archéologues, avez-vous remarqué comment, après l'amour, on a une fenêtre d'une heure pendant laquelle on se fiche de savoir si on est belle ou beau ? Parce qu'après on s'est reposés sur le canapé et je n'avais plus peur qu'il me voie. C'est hormonal, et on est d'autant plus confiant qu'on suppose que son partenaire est dans le même état de déconnexion avec la réalité. À tel point que j'ai ri quand je me suis vue dans le miroir de la salle de bains. L'ourlet thermocollé s'était défait sur tout l'arrière. À la place des manches, des fils tombaient sur les épaules. Le noir de mes yeux avait coulé sur mes joues et mon rouge à lèvres avait coulé sur mon menton. Jérémy est entré (il aurait pu frapper), il m'a demandé pourquoi je souriais, il a très vite compris pourquoi, et il a dit qu'il en prendrait pour quinze ans de prison si la police débarquait à cet instant et me voyait comme ça.

Après la douche, quand je l'ai retrouvé dans la chambre, il m'a tendu un maillot de rugby, en disant qu'il trouvait ça sexy, une fille cheveux mouillés, en culotte, dans un maillot trop grand. Le bois de la chaise m'a gratté les cuisses pendant le repas, mais ça valait le coup. Largement.

> *Menu de Jérémy*
>
> Gaspacho au piment d'Espelette et croûtons d'Etorki
> Filet de sole, pois gourmands, polenta à l'huile de noix
> Framboises, crème Chantilly du marché

C'est la première fois, ai-je réalisé quand il a apporté les bols pour le gaspacho, qu'un homme cuisine pour moi. Je me suis sentie minable : il avait dû y passer l'après-midi et moi je ne saurais pas faire le quart de ce qu'il avait cuisiné. Juste les framboises. Je sais rincer des framboises dans un évier. C'était d'autant plus vexant qu'il n'a que vingt-huit ans et que j'ai donc eu trois années et demie de plus que lui pour apprendre à cuisiner.

En mai, le soleil commence à se coucher tard. La salle à manger de Jérémy donne côté Océan, la lumière était superbe. Le soleil descendait entre les pins de la forêt, les troncs projetaient de drôles d'ombres orange dans le salon. Jérémy avait ouvert les portes-fenêtres en grand, on devinait le bruit des vagues. Il a servi le Gaspacho et, comme je suis une idiote, je lui ai dit :

— Ça doit faire son petit effet chaque fois que tu ramènes une fille chez toi.

— J'aime pas trop ramener des filles ici.

— Ah non ?

Il a haussé les épaules.

— Je préfère chez elles. Chez moi, je sais pas... C'est chez moi.

Dans ma tête, pendant le repas, c'était comme si on était deux. Il y avait Julie qui regardait Jérémy. Et il y avait Julie qui regardait Julie qui regardait Jérémy et qui la voyait tomber amoureuse de lui.

Je crois avoir déjà évoqué, fidèle Journal, quelques sentiments pour Jérémy. Hier soir était comme la première photo de la Terre depuis une fusée : on savait déjà que la Terre était ronde, mais la voir depuis l'espace, ça a quand même tout changé.

Dans la même schizophrénie, j'étais heureuse et inquiète à la fois. Heureuse, parce que ce n'est pas désagréable de tomber amoureuse de quelqu'un qui vous fait l'amour et vous nourrit. Inquiète, parce que tomber amoureuse de Jérémy est l'opposé de ce qu'il faut me souhaiter. L'idée était de vivre un moment intense avec quelqu'un de bien, pas de m'attacher à quelqu'un que je vais perdre.

Il a posé les framboises et il a dit :

— Tu viens, on va se baigner.

C'était un ordre. Pas une question. Se baigner dans l'océan ? Alors qu'il fait presque nuit ? Je crois que ça lui fait plaisir, quand il me voit déstabilisée. Je n'ai pas de maillot de bain, lui ai-je dit. Il a souri :

— C'est bien l'idée.

Il a attrapé deux serviettes qui séchaient sur des chaises devant la maison et il a marché vers l'océan. Il n'a même pas regardé si je le suivais. J'ai dû courir pour le rattraper. Il ne voulait pas me laisser le temps d'hésiter.

Deux cents mètres plus loin, on est arrivés à la plage. Personne. Je n'avais pas l'excuse de la pudeur, je ne pouvais pas me dérober. On a descendu la petite dune entre la forêt et la plage, on s'enfonçait dans le sable, on faisait des pas de géants. Les vagues étaient grosses, tant mieux : l'eau est froide en mai, mais avec les rouleaux pour vous fouetter et vous forcer à bouger, vous mettez moins de temps à vous réchauffer. Cent mètres plus loin encore, on est arrivés au bord de l'eau et il s'est retrouvé en caleçon en moins de deux secondes, qu'il a retiré dans le même mouvement. Il a glissé « à tout de suite » dans mon oreille. J'ai regardé ses petites fesses se faire rattraper par l'écume, se contracter, bondir et disparaître dans l'eau.

Qu'est-ce qui fait, dans ces cas-là, qu'on décide d'y aller ou pas ? Pourquoi, la seconde d'avant, on est tiraillée et incapable de prédire sa propre décision, et pourquoi, la seconde d'après, on est sûre de soi ? Que se passe-t-il entre ces deux secondes-là ?

J'ai pris mon inspiration.

Je m'en souviens nettement, cher Journal, c'est à cause de toi que j'ai pris ma décision. Je me suis rappelé ce que je t'ai dit le… laisse-moi retrouver… le 9 février. En première position sur la « liste de choses à faire avant mon opération » : me baigner toute nue dans la mer la nuit.

La nuit n'était pas tombée, mais c'était imminent.

J'ai retiré le maillot de rugby de Jérémy. J'ai dégrafé mon soutien-gorge. Certaines occasions, même dans une vie sans anévrisme, ne se représentent pas dix fois. Jérémy ne me regardait pas, il nageait, je voyais ses mouvements de crawl, entre les reflets orange, derrière la barrière de vagues. J'ai eu l'intuition qu'il nageait volontairement loin pour que je puisse me déshabiller sans son regard sur moi. Je me suis penchée en avant, j'ai retiré ma culotte, et j'ai aimé la douceur du vent. J'ai eu le sentiment que la plage, sur des kilomètres, était à moi. Au lieu de courir dans l'eau un bras entre les jambes, l'autre sur mes seins, je suis restée immobile quelques secondes. J'ai senti une assurance que je ressens rarement. Sur l'échelle de 1 à 10 de la confiance en soi, j'étais à 7, au moins. Je suis montée à 8, une fois, après avoir passé la nuit à dessiner une interface de site Internet : le client me l'a achetée le matin même, et c'est devenu mon premier contrat. J'ai laissé mes bras le long de mon corps, j'ai marché droit vers l'océan sans presser le pas, vers le soleil, je l'ai laissé m'éblouir.

Je suis entrée dans l'eau sans accélérer. C'est curieux : l'eau paraît moins froide quand on n'a pas de maillot. Essayez, archéologues, ça marche, vous verrez. (Pas toi, petit Journal, car tu es en papier.) J'ai laissé les vagues me mouiller, jusqu'à ce que j'arrive au bord des rouleaux, et j'ai plongé.

C'est l'avantage d'avoir grandi près de l'océan : j'ai peur de beaucoup de choses, mais je n'ai pas peur des vagues.

J'ai nagé jusqu'à Jérémy, là où on n'a plus pied. Il a souri quand il m'a vue. Il s'est passé quelque chose dans ses yeux. Il n'était pas sûr que je le rejoigne et j'ai eu l'impression que c'était important que je l'aie fait. Il s'est mis contre moi, il m'a embrassée. Il a pris sa respiration, il a plongé, et il est venu m'embrasser entre les seins, sur le ventre, entre les jambes, ça chatouillait, ça faisait des bulles. On a nagé, chacun de son côté, ensemble, on a un peu parlé, pas beaucoup, à un moment il a regardé la forêt rougie par le soleil et il a dit :

— Ça va me manquer.

Puis il a regardé dans la même direction que moi jusqu'à ce que le soleil soit entièrement couché. Après le dernier rayon, Jérémy a dit qu'il allait se sécher. Mais moi je pouvais prendre mon temps... Il fermerait les yeux, promis, quand à mon tour je sortirais.

Il a tenu sa promesse. Il m'attendait sur la plage, les bras ouverts et les yeux fermés, tendant une serviette dans laquelle je n'ai eu qu'à m'enrouler.

On est rentrés en silence. Sa maison est quand même à trois cents mètres de la plage, je dirais. C'est donc un silence qui a duré assez longtemps, mais ça m'allait bien. Chez lui, il m'a pris la main et m'a conduite à sa chambre. Il m'a allongée sur le lit, et on a refait l'amour. Ça m'a semblé plus tendre que les premières fois, même si la différence, je crois, était seulement qu'on se connaissait.

Après, on est restés l'un contre l'autre, ma tête sur son épaule, à regarder le plafond, pendant que la lumière de la fenêtre continuait de diminuer. Bientôt il n'y aurait plus que la lune pour éclairer. Il a répété ce qu'il avait dit dans les vagues trois quarts d'heure plus tôt :

— Ça va me manquer.

J'ai failli mais je ne lui ai pas demandé ce qui allait lui manquer. On s'est tus encore une minute, immobiles. J'ai tourné la tête vers lui, mais il a continué de regarder le plafond. Puis je me suis levée. Il m'a demandé où j'allais mais je ne me suis pas retournée car je ne voulais pas qu'il voie que je pleurais.

Même sans justification rationnelle, il ne m'a pas semblé anormal de pleurer. Ça faisait partie du chemin, de l'histoire. Pour autant je lui aurais dit quoi ? C'était irrationnel et normal. J'aurais eu du mal à le lui expliquer.

J'ai eu le temps d'absorber mes larmes dans la serviette de plage avant qu'il ne me rejoigne dans le salon. J'avais retrouvé mes habits. Il portait un nouveau caleçon.

— Je pensais que tu serais restée.

Je n'ai pas répondu et il n'a pas insisté. Au fond, il devait sentir que j'avais raison : c'était le bon moment pour se dire au revoir. Attendre le lendemain aurait rendu les choses soit plus cruelles, soit plus triviales. C'était l'heure juste, le point d'équilibre, le moment de conclure notre histoire d'amour d'un soir seulement.

Voilà, Journal, tu sais tout. La bonne élève en moi est fière d'avoir atteint l'objectif qu'elle s'était fixé. Je suis triste mais je vais bien, je vais bien car je suis triste. La tristesse est un sentiment positif car on ne peut être triste que des choses qu'on a aimées.

14 h 15

Manquait plus que ça. À cause de la musique, j'ai mis du temps à entendre qu'on sonnait. Sans doute ma mère ou Corail qui avait oublié ses clés. J'ai ouvert la porte en pyjama, un demi-camembert à la main, et Larusso à fond dans la maison.

— Bonjour, Jérémy.

Bleurf. Jérémy n'était pas censé me voir comme ça. Il était censé garder intact le souvenir de la créature mi-sirène mi-fée qui s'était évaporée la nuit dernière dans un parfum sensuel de sable et de rose.

Il me rapportait la perruque que j'avais oubliée chez lui.

— Je l'ai retrouvée dans le canapé.

J'ai pris la perruque. Il a souri.

— Tu fais une fête et tu m'invites pas ?

Je me suis raccrochée à l'espoir qu'il ne m'ait pas entendue chanter.

— C'est ma mère, j'ai dit. Elle écoute ses chansons.
— Ah d'accord.

Il a froncé les sourcils, comme s'il avait découvert un tatouage sur mon front.

— Ça va toi ?

Je lui ai répondu que la nuit avait été courte, avec autant d'espièglerie et de désinvolture que j'étais capable de simuler. Je lui ai dit merci pour la perruque, et j'ai fait mine de fermer la porte. Mais il est entré d'autorité, comme dans les séries policières quand le héros suspecte qu'une jeune vierge est prisonnière dans la cave. Je me suis retenue de courir à la chaîne hifi. J'y suis allée en marchant vite.

> *Quand tu lui feras l'amour*
> *Tu oublieras*
> *Tu m'oublie...*

Larusso s'est tue, il n'y a plus eu un bruit dans la maison.
— Elle est où, ta mère ? a-t-il demandé.
J'ai tourné la tête vers la cuisine puis vers la chambre de Corail. J'ai appelé ma mère plusieurs fois, en criant, et j'ai fait semblant d'être surprise par l'absence de réponse. Jérémy n'était pas surpris, lui. Comme le Mentalist, il a souri :
— C'est *toi* qui écoutais Larusso.
Il était de bonne humeur. Normal : il va partir chasser les Italiennes et gagner plein d'argent à Florence. Pendant que moi, au mieux, je serai en train de manger du camembert avec Karma dans un canapé Ikea. Et encore, non, techniquement, Karma est le chat de Corail, donc je mangerai du camembert devant *Game of Thrones* et la photo d'un chat (deux chances sur trois, parce que je peux juste être morte aussi). Je sais que je ne prends pas forcément les meilleures décisions, mais j'étais censée dire quoi ? « Si je me réveille de mon opération le 9 juin, emmène-moi en Italie avec toi. Faudra juste m'entretenir, car je ne parle pas italien et je ne trouverai aucun client là-bas. Avec ma cicatrice en travers du menton je suis deux fois moins jolie que la fille moyenne qui se retourne sur toi, je râle tout le temps, et quand je fais des

blagues tu les comprends pas : tu serais ballot de passer à côté d'une occasion comme ça. »

J'ai dû être raisonnable pour deux. Je l'ai remercié pour hier, pour la perruque, et je lui ai dit à la prochaine. Je l'ai dit en souriant mais il l'a mal pris. Il s'est assombri et il m'a dit :

— Un soir seulement et pas une minute de plus ?

Malgré les apparences, ce n'était pas une question. Ou alors il n'avait pas envie d'entendre la réponse, car il est parti sans me laisser le temps de... Merde, on sonne.

Il revient et je suis toujours en pyjama...

14 h 41

C'était le voisin : « OK pour la musique à fond, mais si au moins vous pouviez changer de chanson. »

Cahier # 4

Dimanche 18 mai
1/777

Je ne t'ai même pas raconté, Journal, le départ de ma mère. J'ai fini par lui envoyer un SMS, en fin de journée, pour savoir où elle était. Elle m'a répondu : « Rentrée à la maison, un de ces ménages à rattraper, on n'imagine pas ! Manches retroussées ! À l'attaque !!! » Elle est donc cliniquement folle et plus du tout déterminée à divorcer. Même si je n'aime pas les images que ça engendre dans ma tête, je n'ai sincèrement qu'une hypothèse pour expliquer ce revirement : ma mère et M. Gobineau ont des fantasmes sexuels très rares et complémentaires.

Sinon : une bien belle journée. Je dis ça sans ironie. Même s'il y a toujours un peu d'ironie quand je parle, pour la forme, c'est ma manière d'être, qui me rend très attachante, une forme d'ironie non ironique. Ce matin, il n'y avait que Corail et moi au petit déjeuner, car Romain accompagne l'équipe de rugby en déplacement. Ça faisait longtemps que ça ne nous était pas arrivé, de n'être que toutes les deux. À 10 heures, Corail m'a apporté un plateau dans ma chambre, avec du café et une chocolatine. Je lui ai dit merci, tiens, au fait, il faut que je te parle de mon anévrisme au cerveau.

Ce n'était pas prémédité. C'est venu comme ça.

Je lui ai fait signe de s'asseoir à côté de moi, pas comme un garde-malade au bord du lit, vraiment à côté de moi, les jambes sur la couette et le dos contre la tête de lit.

— T'aurais pas maigri, toi ? je lui ai demandé pendant qu'elle escaladait.

— Six kilos.

Puis elle m'a regardée, l'air menaçant :

— Mais juste pour le mariage. Rien de permanent.

C'est là, sans raison particulière, que j'ai lâché :

— Moi j'ai un anévrisme au cerveau.

Une seconde plus tôt, je n'avais aucune idée que j'allais dire ça. C'est sorti tout seul, j'étais aussi surprise qu'elle. Elle a réagi comme il était normal qu'elle réagisse :

– avec prudence, parce qu'on ne sait pas forcément ce que c'est un anévrisme au cerveau, quelles sont les conséquences, les possibilités de traitement ;

– avec douceur, car il faut être à l'écoute sans laisser paraître l'inquiétude morbide qui soudain vous étouffe de l'intérieur.

Sans en donner l'air, elle s'est renseignée sur les risques dont on parlait. Quitte ou double, lui ai-je expliqué. Lundi 9 juin au soir, soit mon anévrisme ne sera plus qu'un mauvais souvenir. Et roule ma poule. Soit ce sera moi le souvenir. Plus de cousine pour toi, cocotte. D'après mon médecin, le risque que je ne me réveille pas est de un sur trois.

Difficile de se faire une opinion sur un risque de un sur trois. Parfois, je me dis que le risque est gigantesque. Parfois, je me dis que les chances sont nettement en ma faveur. D'autres fois, que le docteur Elorduizapatarietxe a gonflé le chiffre pour que mes proches se préparent au pire. Ou qu'il l'a sous-estimé pour que je ne renonce pas à l'opération.

J'ai sans doute été trop brusque avec Corail. Elle était entrée dans ma chambre telle Perrette avec sa chocolatine et son petit pot de lait, et voilà que je lui racontais que je ne passerais peut-être pas l'été.

Ses larmes suivaient toutes le même petit ruisseau. Bientôt, il y aurait une stalactite sur son menton. Elle pleurait, mais sa voix restait posée, assurée, intacte, comme si sa bouche et ses yeux étaient contrôlés par deux cerveaux différents. Elle m'a posé plein de questions, parfois elle tournait la tête vers moi, mais le plus souvent elle regardait le mur en face : Comment l'avais-je découvert ? Est-ce que mon médecin était le meilleur du marché ? Combien de fois l'avais-je vu ? Avais-je rencontré des gens dans la même situation que moi ? Y avait-il des contre-indications alimentaires ? Physiques ? Émotionnelles ? Y avait des choses qu'on pouvait faire dès aujourd'hui pour diminuer le risque pendant l'opération ? J'étais incapable de répondre à ses questions et je me suis sentie coupable de ne pas avoir traité mon anévrisme plus sérieusement. Luc Elorduizapatarietxe était-il le meilleur médecin ? Aurais-je dû prendre contact avec des gens qui ont été opérés d'un anévrisme avec succès ? Y avait-il des conseils à suivre dont il ne m'avait pas parlé ? Je n'en ai aucune idée.

C'est pour ça que je ne voulais en parler à personne : plus j'en parlerais, plus j'angoisserais. Je n'ai pas envie d'être dans la position de devoir, moi, rassurer les autres. Je veux pouvoir continuer de faire comme si le problème n'existait pas.

Ce n'est pas forcément lâche de faire l'autruche. Il y a peut-être de la lâcheté, mais il y a aussi le besoin de protéger les autres et de ne pas gâcher le temps qu'on a. Entre l'angoisse collective et une insouciance bricolée, vous choisiriez quoi, archéologues, pour vos peut-être derniers moments ?

Honnêtement, vous feriez quoi ?

Vous garderiez le secret un temps, avant de le confier à la personne de laquelle vous vous sentez le plus aimée.

J'ai expliqué à Corail qu'il n'y avait rien de spécial à faire, ni à ne pas faire, sauf peut-être le grand huit du parc Astérix, qu'il valait mieux éviter. Je devais juste continuer de vivre normalement. Elle m'a dit :

— C'est à cause de mon mariage que t'as repoussé l'opération ?

J'aurais dû mentir. Dans l'élan, cependant, j'ai confirmé.

— *Grâce* à toi, j'ai insisté.

Elle a levé les yeux au ciel :

— Putain, je m'en veux.

Pour faire diversion, j'ai décidé de lui raconter ma soirée chez Jérémy. Après quelques secondes de doute, ses yeux se sont éclairés. Elle m'a demandé quand on se revoyait. J'ai failli lui dire que Jérémy partait en Italie dans moins d'un mois, mais c'est un secret, et je tiens à ce qu'on respecte les secrets, alors je lui ai juste répondu qu'on ne se reverrait pas. Elle a hoché la tête et elle m'a demandé s'il y avait quelque chose qu'elle pouvait faire pour moi. Je lui ai dit oui : qu'elle fasse semblant de se réconcilier avec sa mère jusqu'au mariage. Mon père se marie la veille. Elle se marie le jour suivant. Je serai témoin les deux fois : j'ai repoussé mon opération pour assister au spectacle d'un bonheur parfait.

Elle a voulu m'accompagner chez ma mère pour le café. En chemin, dans la forêt, elle a accepté de garder le silence jusqu'au lundi après son mariage. Je lui ai promis de prévenir tout le monde au plus tard lundi 2 juin. Mon droit de préserver ma tranquillité s'arrête, paraît-il, là où commence le droit de mes parents et mes amis de m'accompagner. On s'est serré la main.

Tandis que José taillait ses rosiers au fond du jardin, ma mère nous a fait asseoir autour de la table du jardin, telle Marie-Antoinette dans un Versailles en plastique. Elle était détendue, le Royaume se portait bien.
Quand Grâce est arrivée, Corail s'est levée pour l'embrasser.
Corail a parlé du menu pour le mariage, de la robe qu'elle avait choisie avec Romain. Elle a montré à sa mère que, sans elle, elle survivait très bien. On a parlé comme des femmes normales, sur la mode, la cuisine, les garçons. Je faisais comme si j'étais heureuse que ma mère soit de retour chez José, Grâce faisait semblant de croire que Corail serait heureuse avec Romain, et Corail faisait semblant de ne pas penser à mon anévrisme alors que c'était à peine si elle pouvait poser les yeux sur moi.
Ma mère nous a apporté des cookies. Elle nous a dit qu'elle les avait cuisinés pour nous. En nous tendant l'assiette, incidemment, elle a dit qu'elle avait acheté une robe pour le mariage de Gilles et Vincent.
Les cookies étaient secs et il n'en restait que trois : elle les avait manifestement faits la veille pour les enfants. Mais ils étaient bons. Et ma mère avait imposé d'aller au mariage de mon père contre l'avis de José. J'ai ressenti de la joie, de la fierté, presque du bonheur. J'ai pensé : pour être heureux, le secret est de tenir bon sur l'essentiel et, pour le reste, d'accepter de faire semblant.

23 h 40

Jérémy est passé à la maison, avec des pizzas, à cause de Corail qui lui a envoyé un SMS disant que ça me ferait du bien de ne pas être seule ce soir. J'aurais dû trahir le secret de Jérémy et dire à Corail qu'il serait en Italie dans deux semaines, ça m'aurait protégée de ses mauvaises idées.

Jérémy a beaucoup parlé de son transfert. Il m'a redit qu'il avait peur des réactions. Il a l'impression d'être un traître. Il attend le dernier match de la saison pour annoncer la nouvelle, ce qui n'est que reculer pour mieux sauter, me suis-je permis de lui dire. Ce à quoi il m'a répondu que garder le secret lui permettait de se concentrer sur les deux derniers matchs et de les jouer à fond. Ensuite je n'ai plus insisté car il m'est venu à l'esprit que certaines analogies existaient entre certaines situations.

Il a mis le couvert sur la table de la cuisine sans me demander si j'avais déjà dîné. Il n'a fait aucune allusion à hier matin : on peut ajouter à sa liste de qualités qu'il n'est pas rancunier.

Qu'est-ce qu'il attend de moi ? Pourquoi il rapplique au moindre SMS de Corail qui lui dit de passer me voir ? Il n'a pas l'impression que c'est un tout petit peu pervers de passer du temps avec moi alors que dans quinze jours il change de pays ? À moins qu'il pense que, quinze jours, c'est dans très longtemps ? En fait, Journal, c'est probablement exactement comme ça que ça fonctionne dans la tête de Jérémy : sa mémoire n'a pas l'air de couvrir plus que les dernières vingt-quatre heures et il n'a jamais l'air de se projeter davantage en avant.

Qu'est-ce que j'aimerais être comme lui.

J'ai fait comme s'il était Corail, pas Jérémy, et que je passais une soirée comme une autre avec ma cousine à la maison. Je ne nous ai pas installés au salon, je n'ai pas mis de musique ni de lumière tamisée. J'ai mis le couvert à côté du micro-ondes. J'ai servi le vin dans des verres Amora.

La conversation a fini par dériver vers les troisièmes mi-temps et les filles qu'il était facile d'y rencontrer. Il a eu son petit air provoc que j'aime bien :
— C'est le jeu. Y a les filles pour la nuit. Et les filles pour le petit déjeuner...
J'ai été faible :
— Et moi, je suis quoi ? je lui ai demandé.
J'ai aussitôt regretté. Il a souri. Je me demande s'il ne serait pas du genre à sourire quand il est gêné. Il s'est levé pour attraper le pot de Nutella dans le placard, comme chez lui. Il s'est découpé une tranche de brioche sur laquelle il s'est étalé deux bonnes louchées. Avant de mordre dedans, il a dit :
— C'est toi qui n'as pas voulu rester.
Il y a eu un silence. Il l'a comblé d'un haussement d'épaules :
— Avec toi, au moins, on peut parler.
Pour éviter un nouveau silence, je lui ai demandé quelles autres qualités il recherchait chez une femme. Il a répondu la bouche pleine :
— Qu'elles n'essaient pas de me faire un enfant dans le dos. Je te jure, ça m'est déjà arrivé.
Son anecdote lui a permis d'éloigner la conversation de nous :
— Je te jure, elle essayait tout le temps qu'on baise sans capote. Une fois, quand je suis entré dans la salle de bains, elle avait la capote usagée dans les mains. Tu vas dire que je suis parano, mais je crois qu'elle était en train d'essayer de défaire le nœud.
J'ai fait la grimace. Il a ménagé sa chute :
— Le lendemain, j'ai appris qu'en fait elle avait trente-sept ans.
Je l'ai traité de macho sexiste, parce que je suis programmée comme ça, mais en même temps j'ai ri aux éclats. Car son histoire avait beau être ridicule, elle suggérait qu'il y avait des filles plus désespérées que moi. Moins dignes aussi. Jérémy sait trou-

ver les bons mots aux bons moments. Il m'est alors apparu que les sentiments que j'ai pour Jérémy sont liés aux circonstances. Je ne saurais pas expliquer le lien entre cette conclusion et son histoire de fille de trente-sept ans et de capote usagée, pourtant ça me semble évident : Jérémy est l'inverse d'un homme que j'imagine pour moi, ce que je ressens pour lui est lié au fait qu'il part et que je me fais opérer. Je ne regrette rien de ce qu'il s'est passé entre nous et en même temps je sais que c'est la bonne décision de s'en tenir à ça.

Il est parti un peu avant 11 heures. Il m'a fait la bise en me disant que c'était sympa et qu'il espérait rentrer à Miganosse souvent (comme on dit à un pote avec qui, par exemple, on aime bien faire du kitesurf de temps en temps).

Lundi 19 mai

1/776

Chez l'anesthésiste ce matin :
LUI : Vous auriez pu nous prévenir.
MOI : De quoi ?
LUI : Que vous êtes enceinte.

Mardi 20 mai

1/775

Hier, chez la pharmacienne, en sortant de chez l'anesthésiste :
MOI : Bonjour.
ELLE : Bonjour.
MOI : C'est n'importe quoi votre pilule du lendemain.
ELLE : Vous l'avez prise quand ?
MOI : Le lendemain.
ELLE : Le lendemain ?
MOI : Oui, le lendemain.
ELLE : Non, mais faut la prendre le jour même.

Elle a ouvert une boîte pour me lire la notice : « Vingt-quatre heures après le rapport sexuel, l'efficacité constatée n'est plus que de 50 %. » Elle m'a dit qu'il fallait lire les notices. Je lui ai fait remarquer que ça s'appelle « pilule du *lendemain* » et qu'il n'y en a qu'une dans la boîte : ça n'appelle pas des dizaines de questions en matière de posologie. « On récolte ce que l'on sème », n'a-t-elle pas eu besoin de dire tant sa façon de hausser les épaules en pinçant les lèvres suffisait à l'exprimer.

Ensuite, je suis allée voir ~~Jérémy~~ le père de mon enfant. Je lui ai annoncé la nouvelle : sous l'effet de la joie, il a levé les bras au ciel. Puis il s'est agenouillé, il a posé sa joue contre mon ventre, le souffle coupé par l'émotion. Il s'est relevé, il m'a soulevée, il m'a embrassée, il m'a fait tournoyer dans ses bras. Il a dit qu'on appellerait l'enfant Léo si c'était un garçon, Léa si c'était une fille, qu'il deviendrait chanteur, chirurgien ou explorateur et serait connu dans le monde entier.

Tel est exactement ce qui ne s'est pas du tout passé.

Je suis rentrée à la maison et j'ai ouvert le pot de Nutella, car quand on est enceinte on a le droit de manger ce qu'on veut (même si je soupçonne que la règle ne vaut que pour les femmes qui n'ont pas prévu de se faire avorter). Tu seras le seul au courant, Journal, d'ailleurs je vais peut-être devoir prendre plus de précautions pour te cacher. Je sais que ma « grossesse » (pour le coup écrire ce mot me provoque une nausée) remonte à notre rapport dans les vestiaires car vendredi dernier Jérémy a mis un préservatif les deux fois. Je peux donc affirmer, c'est l'avantage de t'avoir dans ma vie, gentil Journal, que je suis enceinte de six semaines et un jour.

Même si j'ai toujours eu des règles irrégulières, et qu'il ne me semble pas totalement idiot d'avoir pensé que la pilule du lendemain avait décalé mon cycle, j'avoue que je me sens minable de ne pas m'en être rendu compte plus tôt.

L'anesthésiste m'a dit que, du moment qu'il en est informé, ma grossesse n'a pas d'incidence sur l'opération. Il compte sur moi pour l'informer à la moindre complication. Après la pharmacie, je suis rentrée au bureau, où Christophe et Sabri m'ont dit que je faisais une drôle de tête. Je leur ai dit qu'ils se faisaient des idées, que j'allais très bien, et j'ai fixé le logo Google pendant le reste de l'après-midi. Jusqu'à ce que je me résolve à chercher le numéro de téléphone que j'ai gardé sur ma table de chevet toute la nuit et que je vais appeler ce matin dès que j'arrive à Bordeaux.

20 h 45

La réceptionniste a dit : « Clinique Tourny, bonjour. » Je lui ai répondu : « Oui, bonjour, c'est pour un avortement. » Elle a été surprise que je réclame un rendez-vous le 16 juin. Elle m'a demandé à combien de semaines de grossesse j'étais, on a fait le calcul ensemble, elle a convenu que je pourrai encore me faire avorter à la date que je demandais. Mais si ma décision était prise, m'a-t-elle demandé prudemment, étais-je bien certaine de vouloir repousser autant l'intervention ? Même si, bien sûr, elle respectait mon besoin de m'accorder un temps de réflexion... Je lui ai expliqué que je me faisais opérer d'un anévrisme la semaine d'avant et que ça ferait peut-être d'une pierre deux coups.

— D'une pierre deux coups ? a-t-elle demandé.

J'étais dans la rue, au pied du bureau, pour éviter d'avoir la conversation devant Christophe et Sabri.

— L'opération de mon anévrisme est risquée, j'ai expliqué à la réceptionniste. Tant qu'à être morte, autant pas me faire avorter.

Une vieille bourge qui passait avec sa poussette à marché m'a regardée bizarrement.

Mercredi 21 mai
1/774

Aujourd'hui, j'ai décidé de n'écrire que les choses positives !

Par exemple, Grâce et Jacques ont approuvé la version finale de mon appli. Ils m'ont donné un chèque de 20 000 euros. C'est le plus gros chèque que j'aie jamais eu entre les mains. Comme je ne tiens pas à escroquer les gens *post mortem*, j'ai signé trois chèques dans la foulée : 4 000 euros à Christophe pour la programmation, 1 000 euros à Sabri pour les photos, 7 500 euros à mon propriétaire pour les travaux à l'appartement. Il reste donc 7 500 euros pour moi. Ce n'est en fait pas énorme, comme revenu, depuis le début de l'année, vu que j'ai travaillé presque exclusivement pour le RC Miganosse Océan. Mais le dégât des eaux est remboursé : je m'autorise à être fière de moi.

L'appli est classée secret-défense. On va la lancer pendant le match de samedi, qui est l'avant-dernier match de la saison. Ce sera le week-end de la Fête du Bois. Il y aura plein d'attractions autour du stade, des manèges, un bal. C'est le jour de l'année, paraît-il, où le stade est le plus rempli. Grâce m'a demandé de fabriquer un montage vidéo qui sera diffusé dans le stade sur l'écran géant, à la mi-temps, pour inciter le public à télécharger l'appli. Mon heure de gloire, en espérant que ce ne soit pas mon chant du cygne.

(La dernière fois qu'on a parlé de moi au micro dans le stade, c'était pour dire que je m'étais fait dépuceler dans les vestiaires, que ma cousine était grosse et que j'étais moche.)

Jeudi 22 mai
1/773

Je n'arrête pas de penser à Jérémy. Je ne t'en ai pas parlé depuis dimanche, cher Journal, j'espérais que ce serait juste une phase, une réaction hormonale à la découverte que je suis enceinte de lui. Ce soir, on a eu l'avant-dernier cours à l'école de danse. José Gobineau est venu pour la première fois. Il a dansé avec ma mère, qui avait l'air ravie. Il ne m'a pas adressé la parole, mais je ne lui en demande pas tant non plus. Je n'ai jamais aussi mal dansé. J'étais moins concentrée sur la musique que sur comment éviter le regard de Jérémy. Après le cours, il m'a raccompagnée chez moi. Il ne m'a pas demandé si je voulais qu'il me raccompagne : il m'a juste suivie, comme ça. Pour quelqu'un dans mon état psycho-hormonal, ce comportement est pile ce qu'il ne faut pas, car je n'ai pas envie de passer du temps avec lui mais je suis incapable de le repousser.

Je ne sais pas ce qu'il cherche. C'est quoi, son programme avec moi ? J'ai l'impression qu'il se sent proche de moi par le hasard du fait que je suis la seule à savoir qu'il ne sera pas là la saison prochaine. Il doit se dire : on a déjà couché ensemble, donc elle ne va pas s'imaginer que je la drague. Elle est au courant pour l'Italie, donc pas besoin de faire attention à ce que je dis. Avec Julie, pratique, ni ambiguïté ni secret.

Bien vu, champion.

Dans la forêt, il a levé la tête vers la cime des pins et il m'a dit que, quand il était petit, il adorait construire des cabanes. Qu'il était doué pour ça.

Son défi était de les construire le plus haut possible. C'était une remarque de sa tante qui avait déclenché ça : elle avait dit un dimanche que vu qu'il était élevé sans père, il serait sans doute moins doué que les autres garçons « pour tout ce qui est travaux manuels, cabanes et bricolage ». Ça a été comme un coup de fouet pour le motiver à apprendre tout seul. Il peut donc dire merci à sa tante, même s'il continue de la détester. Et si, après sa carrière de rugby, m'a-t-il demandé, il ouvrait son propre parcours d'accrobranche ? Est-ce que c'était ridicule, comme idée ? Mais attention, un parcours impressionnant. La totale : des ponts suspendus, des tyroliennes, des sauts de Tarzan. Ce serait toujours mieux que jardinier municipal, non ? Constructeur d'accrobranche, ce serait comme jardinier, mais en plus haut, en plus excitant. Avec tous les touristes qui viennent à Miganosse l'été, ça pourrait peut-être marcher... Et toi, Julie, c'est quoi ton rêve dans dix ans ?

C'était drôle, sa manière de parler, comme si on avait seize ans et la possibilité de choisir ce qu'on voulait dans la vie. Je lui ai dit que, dans dix ans, j'aimerais avoir mon agence de graphisme, avec des meubles en bois. Le bois était apparemment le point commun entre mon rêve et le sien. J'ai parlé comme on lit un conte à un enfant : avec l'impression de mentir, mais pour la bonne cause, la réalité ayant parfois besoin d'être améliorée. Mes employés parleront plein de langues différentes, on sera sollicités par des clients du monde entier et on ne retiendra que des projets éthiques auxquels on adhérera vraiment.

— Ah d'accord, a-t-il répondu sans que je sois sûre qu'il m'avait vraiment écoutée. Et sentimentalement ?

Comment ça, sentimentalement ? Parfois j'ai du mal à reconnaître le Jérémy que j'ai rencontré au début de l'année. Il se met à enchaîner plusieurs phrases à la suite et il utilise des mots tels que « sentimentalement ».

— Est-ce que tu te vois avec un homme et, si oui, tu te vois avec un homme comment ?

Il m'a bien sûr effleuré l'esprit que sa question ressemblait à une stratégie de collégien : le garçon que tu aimes, est-il brun, a-t-il les yeux marrons, s'appelle-t-il Nicolas, en ce moment même est-il debout juste devant toi ? Mais ce n'était pas le cas. Il était en train de prendre, pour la première fois, une décision qui allait changer sa vie. C'était nouveau, pour lui, de se projeter, et ça le rassurait de savoir que d'autres le faisaient aussi.

Je lui ai dit :

— Je me vois en Corse, sur le GR20, avec des grosses chaussures qui puent et quelqu'un qui voudra bien de moi sous la tente même si je suis pas épilée depuis un jour et demi.

Il a fait une drôle de tête. Il m'a demandé si j'aimais la randonnée.

— Heu, je sais pas, j'en ai jamais fait.
— Moi je veux bien faire de la randonnée avec toi.
— C'était une image, Jérémy.
— T'étais ironique ?
— Non. Un peu. C'était de l'ironie non ironique.
— J'ai envie de t'embrasser.

J'ai regardé mes pieds. Avant de lui répondre, j'ai dû attendre que ma gorge se soit dénouée. Je lui ai dit qu'il ne fallait pas m'embrasser.

Il ne m'a pas écoutée. Il a pris ma main, ce qui a eu comme effet de me faire pivoter vers lui. Il a passé son autre main derrière ma nuque, et il m'a embrassée. Une initiative idiote contre laquelle je n'ai pas résisté.

Les premières fois qu'on s'est embrassés, il y avait de l'excitation. C'était sexuel, plein d'interdits. Ce soir, c'était différent. C'était plus tendre, plus... Le mot est étrange : plus *amical*. Ensuite, il m'a souri, et c'est comme s'il avait tout deviné. Il a lu dans mes yeux mes fantasmes et mes secrets. Il a compris pour l'anévrisme, la grossesse, mon rêve de me réveiller un matin dans un grand lit inconnu, avec lui qui me regarde depuis le balcon, qui s'approche, qui me dit qu'il m'a opérée tout seul dans la nuit, parce qu'il sait tout faire, Jérémy : il m'a opérée à mains nues, et, ça y est, je suis guérie. Quant à ma grossesse, il l'a devinée. Il l'a sentie à l'odeur de ma peau. Il me pardonne de ne lui avoir rien dit. Je peux garder l'enfant, il sera là pour moi, mais c'est ma décision, c'est comme je veux. Si on le garde, par contre, ce sera un petit Italien, parce que Jérémy, pendant que j'étais endormie, m'a emmenée en Italie avec lui. Tiens, regarde, on voit la Méditerranée par la fenêtre ! Prends le temps de te réveiller, je reviens dans deux minutes, *amore mio*, avec du *panettone* et un *cappuccino* tout chaud.

Il m'a embrassée une autre fois devant la porte de la maison, mais il n'a pas essayé d'entrer. Comme les vampires dans *True Blood* qui ne peuvent pas pénétrer dans une maison sans y avoir été invités. Quitte à se raconter des histoires, voilà ce que je retiens de son regard à cet instant : Jérémy me disait qu'il mourait d'envie d'entrer avec moi, mais il partait bientôt en Italie, alors il valait mieux pas. Si l'histoire de notre rencontre raconte que Jérémy préfère ne pas risquer de s'attacher car justement le risque est trop élevé, alors c'est une histoire qui me va bien.

23 h 35

Mon téléphone vient de vibrer. J'ai senti que c'était Jérémy, pour me demander si, finalement, il pouvait passer. J'étais excitée et en colère à la fois, ce qui est devenu un état normal lorsque je pense à Jérémy.

D'ailleurs, je me suis recoiffée dans le miroir avant d'ouvrir le message.

C'était un SMS d'Audrey. Elle écrit :

« Je t'ai vue avec Jérémy. Je t'avais prévenue. Prépare-toi au pire samedi. »

On ne se parle plus depuis que je l'ai photoshopée en obèse dans le journal, mais elle me surveille. Quand on tourne et que Jérémy danse avec elle, elle se dandine, elle se penche en avant, elle tire sur son tee-shirt, ce n'est plus un décolleté, c'est le salon des produits laitiers. Elle veut me faire peur, mais ça ne marche pas. Avec mon anévrisme, ma réputation de pute d'un soir, le départ de Jérémy et ma grossesse non désirée, en matière de pire, je suis préparée. Bonne chance, Audrey !

Vendredi 23 mai

1/772

Je ne suis pas allée travailler. J'étais déjà en chemin, sur l'autoroute, quand j'ai décidé que je n'irais pas travailler. J'ai le droit : j'ai bossé comme une folle pour l'appli, et je n'ai pas pris un jour de vacances depuis mes quatre jours à Noël. On croit qu'on est libre quand on est freelance, en fait on se sent coupable quand on arrête de bosser une demi-journée. Avec mon anévrisme, ça fait longtemps que j'aurais dû tout lâcher. Au lieu de rester trimer pour payer les travaux, les factures, les loyers. J'aurais dû prendre un crédit Cofinoga à 60 % d'intérêt par mois et partir à Bali en leur faisant un gros doigt. Je me suis garée à la Bourse, comme d'habitude, sauf qu'ensuite je suis allée cours de l'Intendance. Je suis entrée dans toutes les boutiques. Comme un défi que je me serais lancé. Je suis allée chez Dior, chez Louis Vuitton… C'est la première fois que j'allais dans des boutiques comme ça. D'une part, parce que je suis contre les marques (alors qu'il y a tellement de petits designers pas connus qui ont du talent !). D'autre part, parce que j'avais peur qu'en me voyant entrer les vendeuses de 1.80 m s'approchent de moi et me disent, désolées, la marque vend exclusivement ses habits aux personnes n'ayant pas de problème de type cicatrice sur le menton. Si vous le désirez, je peux néanmoins vous montrer notre collection de cagoules : nous les proposons à moitié prix dans le cadre de notre fondation pour le progrès de l'humanité. Rien de tel ne s'est produit : il s'avère que les grandes marques sont prêtes à vendre n'importe quoi à n'importe qui (exemple : les Russes). Il suffit de respirer un grand coup, de pousser la porte, et de se lancer. En ce qui me concerne, c'est le fait de savoir que j'avais de l'argent sur mon compte qui m'a libérée. J'avais le choix entre une paire de chaussures et mes trois mois de loyers d'été, donc je n'ai pas réellement hésité. Mais, théoriquement, j'avais les moyens, alors je me suis amusée.

Je mens, je me suis fait un cadeau. J'ai acheté une robe dans la boutique d'une créatrice qui vient d'ouvrir dans mon quartier et qui fait des pièces quasi uniques. Ça m'a coûté 320 euros, ce qui est trois fois le maximum que j'aie dépensé pour un vêtement jusqu'à aujourd'hui. J'ai acheté la robe car, en réalité, elle ne coûte que 80 euros : 80 euros pour le lancement de l'appli, 80 euros pour le mariage de mon père, 80 euros pour le mariage de ma cousine, et 80 euros pour mon enterrement. Elle est serrée sur les hanches, évasée en bas, avec un jupon en tulle qui lui donne du volume comme dans les contes de fées. Elle ne me ressemble absolument pas. Mais j'ai toujours aimé me déguiser. Cette fois je me déguise en quelqu'un que j'aurais aimé être. La vendeuse/designeuse a pris mes mesures et a retouché la robe, devant moi, pendant qu'elle me servait du thé, ce qui est quand même luxueux pour une robe à 80 euros. Je dois dire que l'effet de ses retouches est particulièrement spectaculaire au niveau de la poitrine. Ça fait comme dans les films en costumes où les filles portent des corsets : à chaque respiration, on voit mes seins gonfler. Je trouve ça romanesque, les seins qui gonflent. La robe est crème avec une bande rose pâle autour de la taille. Les bretelles sont de fines bandes en satin à nouer soi-même sur les épaules. Après c'est une question d'accessoirisation : je piquerai des chaussures à Corail, différentes à chaque occasion.

C'est d'ailleurs ce que j'étais en train de faire (piquer des chaussures à Corail) lorsque la porte s'est ouverte et que Romain m'a surprise dans ma robe devant le miroir du couloir. Il était presque minuit. Il rentrait de l'Ovale ou il avait bu des coups avec ses copains. Corail faisait la fermeture et n'allait plus tarder. Il n'a pas marqué d'étonnement à me voir dans cette tenue. Sans doute parce qu'il était bourré. Il n'a rien dit. Moi non plus. Il a posé sa veste sur la commode, il a fait quelques pas et s'est mis derrière moi, tout près. Je sentais sa chaleur. Tout près, mais sans me toucher. Il nous a regardés dans le miroir. Il a dit qu'il nous trouvait beaux. Je me suis dit qu'on ne faisait rien de mal et que je n'avais pas à me sentir coupable, tout allait bien. Même si j'avais peur qu'il dérape et se mette à tout gâcher. J'ai repensé au début de l'année, à ma cristallisation sur lui. Je ne me souvenais plus comment j'ai pu croire que coucher avec Romain serait la solution à mes problèmes. Je ne me souvenais pas non plus comment, encore récemment (je préfère ignorer la date exacte : archéologues, je vous laisse vérifier), j'avais pu me convaincre que coucher avec lui sur Skype était la chose la plus maligne jamais entreprise par une fille en quête de temps à rattraper. On est restés un certain temps debout, devant le miroir, à regarder ce qu'on aurait pu être. Il a redit qu'il nous trouvait beaux et j'ai pris le compliment sans amertume. Au contraire, j'étais contente qu'on puisse aujourd'hui être proches sans qu'il y ait d'ambiguïté. Ou plutôt : qu'on soit suffisamment proches pour dépasser l'ambiguïté. Je me suis dit qu'il était un peu comme un grand frère ou, disons, un beau-cousin. Il s'est un peu collé à moi, il m'a prise dans ses bras, toujours tous les deux face au miroir. C'était le plus loin qu'on pouvait aller, physiquement, sans que ce soit trop loin. J'étais bien avec lui comme ça, même si la voix à l'intérieur disait pourvu qu'il n'aille pas plus loin... Il y avait sans doute la même voix à l'intérieur de Romain : j'espère qu'elle ne va pas mal interpréter mon geste, que ça ne lui donne pas des idées... Nos voix intérieures voient le mal partout : il ne s'est rien passé. On a prolongé quelques secondes ce câlin fraternel, puis je me suis retournée : je lui ai fait un bisou près de l'oreille et je lui ai dit que j'allais me doucher.

En me douchant, je me suis sentie apaisée : un apaisement propre aux moments où on sent qu'une boucle, enfin, a été bouclée.

En sortant de la douche, j'ai entendu des cris dans le salon. Je me suis enroulée dans ma serviette. Corail venait de rentrer (elle a encore perdu deux kilos). Elle était furieuse. Elle venait de voir une trace de rouge à lèvres dans le cou de Romain : s'il n'avait pas la décence de se retenir de la tromper dix jours avant leur mariage, pourrait-il au moins avoir l'élégance de le faire discrètement ? Ce à quoi Romain a répondu, haussant le ton lui aussi, que Corail n'était pas comme ça avant, qu'est-ce qui lui prenait ces derniers temps, ça ne lui ressemblait pas d'aboyer sans lui laisser le temps de s'expliquer, leur relation n'était pas censée fonctionner comme ça, c'était d'ailleurs pour ça qu'il l'aimait. Quand il m'a vue sortir de la salle de bains, il m'a demandé si je pouvais aller chercher le rouge à lèvres que je portais tout à l'heure, pour montrer à Corail qu'elle se racontait des histoires. J'ai confirmé que j'avais fait des essais de maquillage, que la trace qu'elle avait vue sur Romain venait de moi, ce à quoi Corail m'a répondu l'air méchant que la morale de l'histoire n'est pas qu'elle se méfie trop mais qu'elle ne se méfie peut-être pas assez.

Je suis allée m'enfermer dans ma chambre sans daigner répondre à ça. J'ai entendu Romain menacer de partir. Finalement, il est resté. Depuis, plus rien, plus un bruit. Je crois qu'ils se sont couchés sans se parler. Le prix de ma robe remonte à 106,67 euros si leur mariage est annulé.

01 h 25

Tant mieux, au fait : pas de nouvelles de Jérémy.

04 h 15

Je n'arrive pas à dormir. À cause des angoisses, mon cœur fait trop de bruit.

Samedi 24 mai
1/771

Je dois me pincer pour croire que je suis encore vivante pour écrire ça.

Terminé Miganosse. Terminé Jérémy. C'est une bonne chose, parce que je le sais depuis le premier jour que je n'avais rien à faire ici.

On devait lancer l'appli à la mi-temps. Corail s'était étonnée que je porte une belle robe comme ça pour aller au stade. Je lui avais répondu que, malgré mes cernes, c'était ma journée, et je ne croyais pas si bien dire.

J'avais envoyé la vidéo validée à Grâce jeudi, pas grand-chose, juste une animation sommaire à diffuser en boucle sur l'écran géant pendant la mi-temps. J'y avais mis des images des différentes pages de l'appli et les instructions pour la télécharger gratuitement. J'avais livré les éléments au speaker, qui s'occupe de la technique, et je suis arrivée au stade avec Corail les mains dans les poches (façon de parler, ma robe n'a pas de poches). Grâce nous avait donné deux places en tribune d'honneur.

On était dans la même configuration que le jour où Audrey nous a traitées, Corail et moi, de petite grosse et de petite moche : nous au milieu des gradins, Audrey à côté du speaker dans la cabine. Je regardais Jérémy dans ma belle robe couleur du temps, j'étais la mieux habillée de toutes les tribunes, d'ailleurs des petites filles m'avaient montrée du doigt en arrivant.

Le stade a pas mal applaudi les équipes pendant la première mi-temps. Une fois, j'ai même applaudi debout. Jérémy a tourné la tête vers moi, il m'a fait un signe de la main. J'ai eu l'impression d'être une princesse, une vraie princesse coincée du temps jadis, qui bat des cils et descend embrasser le vainqueur dans l'arène après le tournoi. C'est d'ailleurs à ce moment que Corail m'a indiqué la cabine en haut des gradins : « Putain la gueule qu'elle tire Audrey. »

Qui suis-je pour dire si Jérémy est doué au rugby ? En tout cas, c'était lui le plus beau et il n'arrêtait pas. Il était trempé quand l'arbitre a sifflé la mi-temps. C'est à ce moment-là, comme prévu, que le speaker a annoncé que le RC Miganosse Océan était « fier et heureux de présenter sa toute nouvelle application smartphone ». Un compte à rebours s'est affiché sur l'écran géant, puis ma petite vidéo promotionnelle a été diffusée. J'ai vu des ados sortir leur portable pour télécharger mon appli je crois. Personne n'a applaudi, mais je n'en demandais pas tant. La vidéo s'est terminée, et a repris aussitôt, en boucle, tandis que les gens ont commencé à descendre vers les buvettes. J'ai jeté un coup d'œil vers le speaker : il quittait la cabine, c'était l'heure de sa pause à lui aussi. Et c'est à ce moment-là...

Sur l'écran géant, l'image s'est figée. Puis elle est devenue noire. Corail et moi nous sommes retournées en même temps vers la cabine derrière nous. On a vu Audrey, seule à la place du speaker, concentrée sur ce qui semblait être un ordinateur portable. J'ai repensé à ses menaces confuses par SMS jeudi soir et j'ai compris, simultanément, que j'étais concernée par ce qui était à deux doigts de se produire et qu'il était trop tard pour l'arrêter. Ce sont des cris d'étonnement dans le public qui m'ont fait tourner la tête vers l'écran géant. J'avais les yeux rivés sur Audrey, j'ai dû être la dernière à découvrir les images qu'elle venait de lancer. Même si j'avais pris ses menaces au sérieux, je n'aurais jamais imaginé ça.

C'était moi, sur l'écran. Et contrairement à ma petite vengeance à moi dans *La Dépêche landaise* (je reconnais avoir contribué à une escalade du conflit), rien n'était photoshopé. J'étais nue. Dans ma chambre. On me voyait en gros plan, du front jusqu'aux quasi-tétons. Il n'y avait pas de son. Juste moi, qui bougeais, qui semblais parler, qui me dandinais, qui riais, qui me pinçais les lèvres... Avant de me redresser soudain, et de montrer mes seins plein champ.

Le public a fait : « Ohhh... »

C'était les images de ma séance sur Skype avec Romain.

Quand j'ai repris une forme de conscience, j'ai vu que Corail s'était levée et qu'elle courait vers la cabine en haut des gradins. J'ai croisé le regard d'Audrey, en haut, qui m'a lancé un grand sourire derrière la vitre et m'a fait un petit signe avec la main. Elle aurait juste dû penser à fermer à clé la porte de la cabine, cette idiote, parce que Corail est arrivée à ce moment-là.

Tout à sa victoire, Audrey n'a rien vu venir : elle a juste eu le temps de tourner vers Corail son sourire satisfait, et Corail, de tout son poids, lui a balancé un énorme pain. Un énorme pain dans la petite gueule d'Audrey. Elle s'est effondrée sous la console.

Je ne l'ai pas revue depuis.

Malheureusement, Corail a eu beau s'agiter, elle n'a pas réussi à couper la vidéo. J'ai assisté, démunie, avec le stade entier, à cet instant magique et poétique où, après avoir fait briller mes doigts humides devant la webcam, je me relève soudain, comme sur des ressorts, et expose plein cadre mon bas de pyjama trempé d'une énorme tache, qui goutte un peu, et dont l'origine est laissée à l'interprétation des spectateurs. Le regard d'un type au rang devant le mien s'est retourné et m'a souri. Il m'avait reconnue, lui et la trentaine de personnes encore en dessous, qui se sont également tournées vers moi. Quelle bonne idée, cette grosse robe de princesse qui prenait trois sièges et qu'on voyait depuis l'autre bout du terrain.

Les gens ont dû croire que c'était un happening un peu olé olé et que maintenant j'allais leur faire un show. J'ai failli descendre vers la pelouse, pour m'enfuir, comme je l'avais fait seize ans plus tôt après qu'Audrey avait dit dans le micro que j'étais moche et que je m'étais fait dépuceler par Romain. Pour que le calvaire soit tout à fait complet, je me suis rendu compte, alors que je cherchais un itinéraire de fuite, que la vidéo avait fait revenir les joueurs sur le terrain. Parmi eux, évidemment : Jérémy. Son regard a croisé le mien. C'est là que je me suis mise à courir. Dans la direction opposée. Plutôt que de descendre vers lui, j'ai fait demi-tour, et j'ai longé la rangée en sens inverse, jusqu'au bord de la tribune. Les gens se levaient sur mon passage pour de pas entraver le spectacle. Ils n'avaient pas l'air mécontents de voir de près ce qu'ils venaient de voir en grand.

J'ai pensé au petit escalier de secours au bord des gradins. J'ai dû enjamber quelques sièges, remonter plusieurs rangées, j'ai dû me contorsionner pour passer sous la chaîne qui barrait l'accès à l'escalier.

J'ai couru dans le colimaçon en acier, soulagée de ne plus être observée par personne. Je suis arrivée en bas dans le gravier. J'ai poussé une grille qui par chance était ouverte. Je me suis retrouvée sur le parking.

Je n'osais pas m'arrêter pour reprendre mon souffle. Le plus logique aurait été de courir vers la forêt, jusqu'à la maison, de m'y barricader et n'en ressortir que le 9 juin pour mon opération. C'est sans doute ce que j'aurais fait si un jeune garçon, à cet instant, entre la forêt et moi, ne m'avait pas montrée du doigt. Il venait des gradins d'en face. Il était avec ses parents. Comme la moitié de Miganosse, ils m'avaient vue à poil sur l'écran géant. À présent, ils allaient raconter à l'autre moitié des Miganossais ce qu'ils avaient raté. Le 9 juin m'a paru beaucoup trop loin.

Je ne suis pas fière, Journal, archéologues, de ce que je m'apprête à raconter. Ça ne me ressemble pas. Du moins, je *croyais* que ça ne me ressemblait pas. Je ne me pensais pas capable ou, plutôt, assez fragile pour ça. Mais je ne vous ai dit que la vérité jusqu'ici, alors la voilà :

Chaque année, au mois de mai, vous le savez, c'est la Fête du Bois à Miganosse. On mange des huîtres, on fait des concours de bûcherons. Des artistes qu'on ne voit qu'une fois par an, dont on se demande bien ce qu'ils font de leur vie le reste du temps, quand ils ne sculptent pas des dauphins et des écureuils dans des planches de pins. Ils peuvent également réaliser des portraits ratés de vous, et bien d'autres choses encore. Les forains installent leurs manèges entre le stade et la mairie.

C'est là que je suis allée.

Il y avait une dizaine de manèges, mais pas encore énormément de monde puisque le match n'était pas terminé. J'ai couru à l'entrée des montagnes russes, j'ai donné 4 euros à la vieille barbue dans la cabine, et elle m'a laissée passer. C'était vraiment idiot, encore une fois : j'ai honte de ça. À cet instant, entre la caisse et la plateforme d'entrée dans les wagons, j'ai vu Corail et Jérémy qui me couraient après. Alors, j'ai accéléré. J'ai doublé deux adolescentes devant moi et je suis montée dans le train qui partait. Un type a rabaissé la barre de protection, le wagon a quitté le quai, j'étais seule à bord. Le cric-crac a commencé à faire son bruit typique des montagnes russes, à vous casser les oreilles, tandis que vous basculez en arrière et que vous vous mettez à grimper.

J'ai tellement honte que je préfère écrire que c'est seulement à ce moment-là que je me suis rappelé la blague du docteur Elorduizapatarietxe. Il m'avait dit qu'il n'y avait aucune contre-indication particulière dans ma vie quotidienne avec un anévrisme, « évitez les afflux de sang au cerveau, de type montagnes russes et parc Astérix, ce sera déjà bien ». Il est possible que j'aie pensé à ce conseil *avant* d'acheter mon ticket, mais on va dire que c'est un détail qui ne change rien au résultat.

Au cours de la montée, j'ai pris du recul sur les événements, comme le wagon a pris du recul sur la ville qui commençait à faire toute petite en bas. J'ai pris conscience du danger et de l'ampleur de ma connerie. Pourtant, je n'ai pas crié pour faire arrêter le manège. Avec un fatalisme qui me terrifie rien que d'y repenser, je me suis dit que c'était trop tard. J'ai posé ma tête en arrière sur le dossier. J'ai fermé les yeux.

Le wagon est arrivé en haut. Il ne restait que quelques mètres avant le vide et la chute. Le cric-crac de la rampe est devenu plus doux. J'ai rouvert les yeux. J'aurais voulu les garder fermés mais mon instinct était plus fort que ma volonté. Mes yeux se sont rouverts. J'étais si haut que je voyais le terrain de rugby d'un côté et l'océan de l'autre, au loin, après la forêt. J'ai vraiment cru, cette fois, que c'était la fin.

Vous m'auriez manqué.

Le cric-crac s'est arrêté. Le wagon avait fini de grimper. Il était libéré de la chaîne qui l'avait hissé jusque-là, désormais il était livré à lui-même. Juste lui, moi, et les rails en chute libre. J'ai attendu le vide... Il n'est pas venu. Le wagon n'était pas passé par une position horizontale : j'étais encore légèrement penchée en arrière. De nouveau, j'ai attendu. Il n'y avait aucun bruit tout là-haut, juste le silence, le vent dans mes oreilles, et mon cœur qui battait fort. Comme il ne se passait toujours rien, je me suis rapprochée du bord et j'ai jeté un coup d'œil en bas. J'ai aperçu Corail au centre d'un petit groupe d'inconnus. Elle levait la tête vers moi. Quand elle m'a vue, elle a levé le bras. D'autres l'ont imitée. J'en ai eu marre que toute la ville me montre du doigt.

Je me suis rendu compte que certains badauds ne pointaient pas tout à fait vers moi. Certains pointaient un peu plus bas. Je me suis penchée un peu plus, pour essayer de voir ce qu'ils regardaient. Au milieu de vide, j'ai vu la tête de Jérémy.

Il était en train de grimper l'escalier qui longe la rampe de lancement. Il n'était déjà plus qu'à quelques mètres de moi. Au lieu de le regarder approcher, je me suis soudain remise à ma place dans le wagon. Comme s'il était encore temps de préparer une stratégie. Comme s'il y avait une chance qu'il ne me voie pas. Dans quelques secondes, sa tête sortirait du vide, juste là, à l'extérieur du wagon : J'étais censée lui dire quoi ? Devais-je lui faire une place à l'intérieur ? Et comment avaient-ils convaincu la vieille barbue d'arrêter son manège ? On n'arrête pas un manège comme ça... Pour les convaincre d'appuyer sur le bouton, Corail avait-elle dû révéler à tout le monde mon anévrisme ? Leur avait-elle dit aussi pour mon opération ? Et les risques de l'opération ? Après avoir vu mes seins, Miganosse était au courant des malformations de mon cerveau... Au lieu de se calmer, mon cœur a battu encore plus fort. Drôle comme une panique chasse l'autre : il y a quelques secondes c'était la peur de mourir. Maintenant, de nouveau, c'était l'angoisse d'être le centre de l'attention. Après avoir raconté que j'étais une chaudasse sur Skype, d'ailleurs ils avaient vu la vidéo et tout, et vas-y qu'elle se lèche les doigts, et vas-y qu'elle montre ses tétons, les gens passeraient à la seconde partie de la conversation : ils diraient, vous savez, Jérémy Labaste n'a pas hésité, il a grimpé dans le ciel, il est allé la sauver. C'est à ça qu'on reconnaît les vrais héros, comme Jérémy, qui sont prêts à risquer leur vie pour n'importe qui.

— Donne-moi ta main, a dit Jérémy.

J'ai juste tourné les yeux vers lui, pas la tête. Il fallait que je m'habitue à l'idée de sa présence en haut de la rampe avec moi.

— Donne-moi ta main, on descend.

— T'es fou, j'ai répondu, qu'est-ce qu'il te prend...

— Viens, descends, les gens vont s'inquiéter.

J'ai tourné la tête vers lui. Je lui ai demandé ce qu'ils avaient raconté pour faire arrêter le manège.

L'explication a été un peu confuse. Moitié par pudeur, moitié parce qu'il n'avait pas tout compris.

— Corail a dit que c'était une question de vie ou de mort... Que t'étais... malade. C'est elle qui m'a dit d'aller te chercher, j'ai commencé à grimper avant qu'ils arrêtent le manège, j'ai pas entendu la fin de ce qu'elle leur a dit...

Il y a eu un silence. Et quand je dis silence, Journal, à cet endroit-là, au milieu du vide, c'est vraiment du silence. Du silence complet.

J'aurais dû parler avant, mais Jérémy a été le premier. Il m'a demandé si ce qu'avait dit Corail était vrai.

— T'es... malade... Julie ?

Ça m'a fait bizarre d'entendre mon prénom dans sa bouche. J'étais en haut d'un grand huit dans un wagon à l'arrêt, auprès de Jérémy qui avait escaladé la rampe pour me sauver d'une maladie qu'il ignorait, sous les yeux de la ville qui, après avoir vu mes seins, avait failli assister en direct à mon AVC... Il y avait l'embarras du choix mais, ce que mon cerveau a choisi de trouver bizarre, c'est le fait que Jérémy m'ait appelée par mon prénom. Je n'ai pas d'explication à cette réaction. Je ne sais pas. Mon prénom, dans sa bouche, c'était comme le rappel que j'existais *davantage* que ce que j'avais pensé.

— Elle a menti, ai-je menti. Je ne suis pas malade.

C'était déjà assez dur de le dire à Corail. Je n'avais pas envie qu'il le sache aussi. Je n'avais pas envie de prononcer les mots à haute voix. Pas devant lui.

— C'est n'importe quoi cette histoire de maladie, j'ai continué en me forçant à sourire. Réfléchis : quel genre de maladie empêche de faire des montagnes russes ?

Il a hésité, puis il a vaguement souri. Comme s'il réalisait que Corail l'avait bien eu.

Je me suis sentie coupable :
— Elle a dû faire ça juste pour que tu puisses être le héros...

Une sirène de pompiers a retenti. Les humiliations n'étaient pas terminées. Selon ma prof de philo du lycée, ai-je expliqué à Jérémy car il fallait bien meubler, la vie est une succession d'humiliations. Mais je n'avais pas compris qu'il fallait le prendre au premier degré à ce point. Elle nous a expliqué que, en grandissant, on découvre qu'on n'est pas le centre de l'univers. Qu'on n'est pas éternel. Qu'on est un tout petit point minuscule. Et que ce petit point minuscule que nous sommes n'est d'ailleurs même pas maître de ses propres désirs ni de ses propres pensées.

— J'ai envie que tu viennes en Italie avec moi, a répondu Jérémy.

Il a lâché ça comme ça, en me regardant dans les yeux.

Ensuite, il a dit la plus belle chose que j'aie jamais entendue dans la vraie vie, surtout qu'elle venait d'un garçon comme lui :

— Le présent, je sais en profiter. Pour l'avenir, par contre, je ne sais pas comment je pourrais faire sans toi.

J'ai levé les yeux au ciel, l'air de dire que je le trouvais ridicule, comme je fais quand on dit des choses trop belles pour moi.

— C'est vrai, t'y vois clair, a-t-il insisté. Tu sais où tu vas. T'as une meilleure vision du futur que moi.

À présent la phrase la plus ironiquement fausse de l'histoire de l'humanité.

La sirène des pompiers, en bas, nous rappelait que nos secondes en haut étaient comptées. Si on ne descendait pas nous-mêmes, ils allaient venir nous chercher. Alors que Jérémy me parlait d'avenir, j'ai pensé qu'il méritait la vérité :

— Quand Corail t'a dit que j'étais malade...
— Oui ?
— Elle a dit ça parce que...

Je voulais lui dire la vérité, je promets, je voulais mais je n'y suis pas arrivée. Ce que je venais d'entendre rendait l'aveu encore plus difficile. On ne peut pas dire à quelqu'un qui veut que vous le suiviez en Italie que vous allez peut-être mourir le 9 juin.

Alors j'ai remplacé cette vérité par une autre vérité :
— Je suis enceinte de toi.

Sur ce qui s'est passé ensuite, cher Journal, je préfère ne pas m'attarder. D'autant qu'il est bientôt 2 heures du matin et que j'ai mal à la main. Corail m'a dit qu'elle se ferait remplacer à l'Ovale pour rester avec moi demain. Romain aussi devrait passer. Il m'a demandé pardon cent fois, mais je serais idiote de lui en vouloir : tout le principe d'un logiciel espion est justement qu'on ignore qu'il est là.

Avant l'arrivée des pompiers, donc, le visage de Jérémy était devenu si dur que j'avais l'impression que je ne le connaissais pas. Il m'a demandé ce que je comptais faire de l'enfant. Il m'a demandé aussi quand est-ce que j'avais envisagé de lui en parler. On n'avait plus beaucoup de temps pour parler, on entendait les voix des pompiers sur la rampe un peu plus bas. Je lui ai dit que j'avais « bien sûr l'intention d'avorter », mais que Corail ne le savait pas, et qu'elle avait fait arrêter le manège pour ça. Il a répliqué : « Depuis quand les femmes prennent ce genre de décision toute seule de leur côté ? », ce à quoi j'ai répondu : « Depuis l'invention de l'aiguille à tricoter. »

On est d'accord, cher Journal, chers archéologues : c'était une très mauvaise blague. Au pire moment imaginable.

C'est là que j'ai perdu Jérémy définitivement.

Me retirer mes mauvaises blagues, c'est retirer 90 % de ma personnalité : si l'ablation était possible, ça ferait longtemps que je l'aurais fait.

Il a laissé les pompiers me prendre en charge. Je les ai suivis, docilement. Ils ont eu l'air déçus de s'être déplacés pour si peu, ils m'ont donné plein de consignes que je n'ai pas entendues parce que je n'étais concentrée que sur mon objectif de rejoindre Corail avant Jérémy. Je l'ai prévenue, entre deux pompiers, qu'il n'était toujours pas au courant pour mon anévrisme, qu'il croyait qu'elle inventait cette histoire de maladie pour faire arrêter le manège parce qu'elle avait peur que je fasse « une connerie ». Les pompiers, conformément à la procédure, étaient tenus de me conduire soit à l'hôpital, soit chez moi. Avant que je monte dans l'ambulance, Jérémy m'a dit que, puisque j'allais bien, il allait finir le match. Je lui ai demandé de ne parler de ma grossesse à personne. Il m'a répondu : « T'en fais pas pour ça. » Il ne m'a pas rappelée depuis. J'ai donc lu correctement son dernier regard, qui disait : « Je ne te rappellerai pas après le match car tu m'as irréversiblement déçue. »

Sur le plan des bonnes nouvelles : mon appli fonctionne ! Elle indique qu'aujourd'hui le RC Miganosse Océan a perdu 43-15 contre le Sporting Club Albigeois.

Dimanche 25 mai
1/770

Bleeeeeeurf. Mal à la tête. À la fois faim et la nausée. Il est 18 heures, je me réveille de ma troisième sieste de la journée, sachant que je ne compte pas celle de 11 heures à midi qui était juste un bout rajouté à ma nuit après mon petit déjeuner. J'ai décroché le miroir au-dessus de la table de chevet, j'ai une tête à faire fuir un bonobo. Je suis sortie de ma chambre vingt minutes, aux alentours de 14 heures. Corail et Romain, adorables, avaient préparé un déjeuner. Ils m'ont dit que mes parents avaient appelé plusieurs fois dans la matinée pour demander s'ils pouvaient venir me voir. J'ai dit non, par pitié non, j'ai remis mes lunettes de soleil, et j'ai avalé une dernière bouchée de hachis parmentier. J'ai fait un bisou à Corail et à Romain et je suis retournée me coucher. Dans ma chambre, j'ai rallumé mon téléphone. J'avais quatre messages et dix appels en absence. Rien de Jérémy. J'ai tout effacé.

Il y avait aussi une alerte qui s'était affichée dans l'appli RC Miganosse Océan : « Départ de Jérémy Labaste qui jouera la saison prochaine en série A au Firenze Rugby 1931. »

Je ne partage même plus ce secret avec lui.

Corail et Romain sont en train de s'engueuler dans la cuisine. Ils parlent à voix basse mais on n'entend que ça. J'ai l'impression d'avoir treize ans et demi et que mes parents vont divorcer. Je vais probablement me réveiller demain avec de l'acné.

Ce serait bien qu'ils fassent semblant jusqu'à leur mariage samedi, et qu'ils tiennent encore une petite semaine après, histoire de garder l'illusion que je n'ai pas repoussé mon opération totalement pour rien.

Lundi 26 mai
1/769

Ce matin, en partant pour Bordeaux (j'ai failli ne pas aller travailler, mais à quoi bon rester enfermée à la maison), j'ai dû m'arrêter pour faire le plein. J'ai choisi la pompe carte bleue, pour minimiser les contacts avec les autochtones. Sur le trottoir, devant le bar-tabac d'à côté, il y avait un tréteau avec la une de *La Dépêche landaise* de ce matin. La tête de Jérémy en pleine page : « De Miganosse à Florence, une fierté locale qui s'en va. » Je décide de l'acheter. Il y avait des ivrognes au bar. Je prends le journal, je tends un billet. Pendant que la caissière me rend la monnaie, j'ouvre à la double page sur Jérémy. Youpi, devinez qui est aussi dans le journal ? Pour les trois péquenauds qui n'étaient pas au match hier, un encadré en bas à droite raconte ce qui s'est passé à la mi-temps, avec une photo de l'écran géant. Ils ont eu l'élégance de flouter mes seins. Ma bouche en cul-de-poule, en revanche, ils l'ont gardée. Ils se sont dit que c'était cette image-là qui traduisait au mieux l'essence de l'événement.

Je récupère la monnaie, je plie le journal à la hâte. Je dis à peine au revoir à la caissière tellement je ne sais pas où me mettre. Je croise alors le regard des deux abrutis au comptoir : le premier me fait un clin d'œil, le second m'envoie un baiser en faisant semblant de se pincer les tétons.

Je dois être forte en résilience, parce qu'au lieu de redémarrer la camionnette et d'aller pleurer en forêt, j'ai sorti mon téléphone et j'ai envoyé un SMS à Jérémy. Je lui ai écrit : « J'espère que ce n'est pas trop dur de gérer l'annonce de ton départ. Tu as fait le bon choix, sois fier de toi. Julie. »

J'ai passé ma vie à me construire une carapace. Un jour comme aujourd'hui, au moins, c'est payant. Je ne sais pas comment je ferais sans. Je ne suis pas très assurée sur mes jambes, mais quand d'autres seraient à terre, moi je suis encore debout.

Deux secondes plus tard, Jérémy m'a répondu : « Je t'aime, Julie, j'ai mal réagi hier, tu es la femme de ma vie, je suis prêt à tout remettre en cause pour toi. »

Ah ah. Vous savez ce qu'il s'est dit, en vrai, quand il a reçu mon message ?

Moi non plus, mais dès qu'il me répondra, je vous tiendrai au courant.

Mardi 27 mai
1/768

Chaos ce matin à la maison. J'envisage d'aller dormir à Bordeaux, même sans eau chaude, même au milieu des travaux. Dans mon petit appartement à moi, dans la grande ville anonyme, où seule une infime portion de la population m'a vue me caresser les seins.

Ça a commencé par une trace rouge que Romain a aperçue sur la murette depuis la fenêtre du salon. Il est sorti en caleçon, avec sa tasse de café. Puis il nous a appelées, Corail et moi, et nous a dit de ne pas nous inquiéter. Il s'occuperait de tout faire disparaître dans la journée. Il n'en fallait pas plus pour qu'on se précipite dehors et qu'on découvre ce tag, en majuscules, sur la longueur de la murette :
LA PETITE PUTE ET LA GROSSE COCUE

On aurait aimé accuser Audrey, mais il paraît que, depuis son œil au beurre noir et son licenciement, elle est partie « se reposer » chez sa grand-mère au Cap-Ferret. Et même si c'est une bonne amie, je ne vois pas Manon venir la venger en pleine nuit, cachée dans son carré Hermès, sortant une bombe de peinture de son petit sac Longchamp.

Honnêtement, ça peut être n'importe qui. Audrey a beaucoup d'amis à Miganosse et ce n'est peut-être même pas un ami d'Audrey qui a fait ça. Dimanche soir, Audrey a posté sur Facebook que c'est avec Romain que j'étais sur Skype quand j'ai fait mon petit numéro. La rumeur est arrivée aux oreilles de Corail hier à l'Ovale. Un ou deux joueurs l'ont taquinée avec ça mais, avant le tag sur la murette, elle n'avait pas perçu la haine qu'une rumeur pouvait déclencher. Je ne sais pas si c'est de la haine, d'ailleurs, ou juste une pulsion gratuite de destruction.

C'est violent de découvrir « LA PETITE PUTE ET LA GROSSE COCUE » sur la murette de votre maison. Néanmoins, grâce à la carapace dont je te parlais déjà hier, petit Journal, ça ne m'a pas bouleversée. Je me suis même dit que Corail réagirait comme moi : au lieu de la fragiliser avec Romain, ça allait à l'inverse les renforcer, les unir, les souder...

Perdu. Le tag a atteint exactement l'objectif visé : Corail a craqué. Elle a hurlé sur Romain. Elle lui a demandé si ce serait ça, sa vie, désormais. S'il ne pouvait pas au moins faire attention quand il la trompait. Elle ne voyait pas à quoi ça servait de se marier dans ces conditions, etc., ça a duré un bon moment. Corail perd rarement ses moyens, mais quand ça arrive, rien à faire, l'ouragan doit passer. Pas la peine de s'enfuir, elle vous poursuit jusqu'à épuisement.

Elle savait que ses reproches étaient injustes, que Romain n'avait jamais trahi les règles qu'ils s'étaient fixées, qu'il ne pouvait pas savoir que son ordinateur était espionné, encore moins que les images seraient montrées sur un écran géant.

Elle m'a appelée, il y a une demi-heure, pendant le déjeuner. Elle voulait s'excuser. Je lui ai dit qu'elle n'avait à s'excuser de rien.

— Une petite pouffe, a-t-elle dit. Qui pète un câble à quatre jours du mariage. Pile ce que je voulais éviter.

Elle m'a demandé si j'avais des nouvelles de Romain. J'ai bien été obligée de lui dire que je n'en avais pas.

Je vais rentrer de bonne heure, je crois.

23 h 45

En rentrant, je suis passée à Bricomarché. Je suis allée voir le vendeur du rayon peinture pour une recommandation concernant un crépi extérieur à repeindre en blanc. Il était déjà avec un client, qui s'est tourné vers moi. C'était Romain ! Ça nous a fait rire. Quelque chose de nerveux dans nos rires racontait que ce n'est pas si évident de rire en ce moment. Je lui ai dit que Corail s'inquiétait de savoir où il avait passé la journée.

— Windsurf avec Jérémy. J'avais besoin de ça.

C'est bien d'un homme de répondre en huit mots à une question comme ça. Il a soulevé les deux énormes pots de peinture que le vendeur venait de lui conseiller et, d'un mouvement de tête, il m'a fait signe de venir avec lui.

— Et sinon, Jérémy... je lui ai demandé, il t'a rien dit de spécial ?

— Spécial sur quoi ?

J'ai répondu « Spécial sur moi », et il a haussé les épaules, perplexe, gêné de ne pas pouvoir davantage m'aider.

Donc Jérémy n'a pas dit à Romain que je suis enceinte de lui.

Est-ce que c'est bon signe ou pas ?

De toute façon, je ne sais pas en quoi ça m'avancerait de recevoir un signe. Je ne sais pas quel genre de signe j'attends.

J'ai suivi Romain en camionnette et il a dû écarquiller les yeux autant que moi en arrivant à la maison : il y avait déjà quatre peintres en salopette devant la murette.

Grâce, Vincent, mon père, ma mère.

Honnêtement, mon cœur s'est serré en les voyant. Ils avaient déjà presque terminé. Ils avaient déjà tout recouvert une fois. Ils en étaient à la deuxième couche (on devinait encore le rouge du tag par endroits). Le plus bizarre : ils avaient l'air contents d'être là. Tandis que Romain, ballot avec ses deux gros pots, fouillait ses poches à la recherche du ticket de caisse, Grâce a annoncé que, ce soir, on pique-niquerait sur la plage. Activité obligatoire. Aucune dispense tolérée. Ma mère a dit qu'on aurait un beau coucher de soleil. D'autant qu'on arrivait à la période de l'année où les jours étaient les plus longs, a ajouté Vincent. Pour les sandwichs, a dit mon père, il fallait passer commande à la cuisine. Et la cuisine est venue à nous à cet instant : Corail est sortie en tablier. Elle avait son visage concentré des moments qui comptent, son visage grave des moments où il s'agit de ne pas se tromper. Elle s'est approchée en scrutant le visage de Romain... Elle a vu les pots de peinture à ses pieds.

Ils se sont dit « jambon », « gruyère » et « mayonnaise ». Ce n'était pas diététique, mais ils s'aimaient.

J'ai entassé autant de serviettes que j'ai pu dans le grand sac de plage de ma grand-mère. Une demi-heure plus tard, on était tous à la plage. Il y avait des sandwichs, des yaourts et du vin, ce qui n'était pas mal pour un pique-nique improvisé. On s'est descendu trois bouteilles de saint-julien 1990. C'est Grâce qui avait choisi le vin : « Allez zou, on ne vit qu'une fois, *party time* ! » Le soleil s'est couché, aussi beau qu'on peut s'y attendre quand l'horizon est dégagé. Je réalise, en écrivant, qu'on a de la chance, en France, que l'océan soit à l'ouest : tant pis si on ne voit jamais le soleil s'y lever, je préfère mille fois être là pour le coucher.

Sur les montagnes russes, Jérémy a dit qu'il était doué pour le présent. Sous-entendu : pas toi, Julie. Toi, Julie, tu es trop préoccupée à chaque instant par les instants qui vont venir après. Il doit avoir raison car c'est bien après le coucher de soleil, quand on était en train de rentrer par la forêt, que j'ai eu conscience que ce n'était pas une soirée ordinaire qu'on venait de passer. Il n'y en a pas souvent, des soirées comme ça. D'ailleurs, dans notre famille, je ne sais pas s'il y en avait jamais eu. La seconde d'avant, je marchais avec les autres, en fixant la petite lumière tout au loin, sur la terrasse de Jérémy, qui clignotait entre les troncs d'arbres. La seconde d'après, soudain, j'avais conscience de nous, de la tribu, et je me suis sentie bien. Dans l'instant. Ça aurait pu être mieux avec Jérémy, mais on était déjà beaucoup : moi la Petite Pute, avec ma Grosse Cocue, maman Xanax, Barbie Botox, Docteur Queutard et les deux Pédés, nous marchions au même endroit, au même moment, du même pas.

Comme j'aime bien cette phrase, je m'arrête là.

Mercredi 28 mai
1/767

> *Contrat sexuel de mariage
> de Corail Duvignau et Romain Cayrou*
>
> 1 – Les époux se doivent fidélité.
> 2 – Dans l'hypothèse où l'ensemble des conditions énoncées ci-dessous seraient respectées, il ne serait pas fait violation à l'article premier :
> a. Le port du préservatif avec un tiers est systématique ;
> b. Aucune rencontre avec un tiers n'a lieu au domicile conjugal ;
> c. Deux rencontres avec un tiers ne peuvent survenir dans le même mois du calendrier civil ;
> d. Un tiers n'est jamais rencontré deux fois (par le même époux en tout cas, LOL) ;
> e. Les communications avec un tiers, qu'elles soient écrites ou orales, ne comportent aucune ambiguïté amoureuse.
> 3 – Les époux s'engagent par ailleurs à mettre en œuvre la plus grande discrétion pour que leurs éventuelles rencontres avec des tiers restent secrètes, y compris aux yeux de l'autre époux.
> 4 – Les époux s'engagent à dire la vérité si leur conjoint venait à les interroger sur une rencontre supposée avec un tiers, même s'il est entendu qu'il est préférable que de telles interrogations ne surviennent pas.
> 5 – Les conditions prévues aux alinéas (c) et (d) de l'article 2 ne s'appliquent pas lorsque l'un des époux séjourne seul en territoire étranger.
> 6 – Puisqu'ils impliquent par nature un consentement mutuel et au cas par cas, les plans à trois ne

> sont pas concernés par ce contrat, même si je t'ai déjà dit Romain que vraiment ça ne me branche pas.
> 7 – Ce contrat prendra pleinement effet dans un an à compter de la date du mariage. D'ici là, seul l'article 1 prévaut.
>
> Fait à Miganosse, le 28 mai 2014.
Corail Duvignau Romain Cayrou
>
> ADDENDUM : Romain Cayrou a droit à un plan à trois avec deux tiers (ou deux quarts ? !) une fois par an, eu égard au fait qu'il a bien le droit de rêver.
> ADDENDUM 2 : OK, mais sans payer, c'est trop facile sinon.

Jeudi 29 mai
1/766

Plus je sais que je ne dois pas penser à Jérémy, plus je pense à Jérémy. Toute la matinée, j'ai testé l'inverse, j'ai essayé de me forcer à penser à lui, en espérant que, par esprit de contradiction, mon cerveau finirait par arrêter de penser à Jérémy. Ça n'a pas marché. Je n'ai rien fait de la matinée.

Pour samedi, Corail et Romain angoissent parce qu'ils ne sont pas angoissés. Ils disent que, normalement, les gens sont censés être en panique à deux jours de leur mariage. À chaque repas, Corail repasse tout en revue et ils se rendent compte qu'ils ont pensé à tout. Même si je dis rien, c'est moi qui angoisse le plus. La date du mariage fonctionnait comme une sorte de barrage entre mon opération et moi. Maintenant que j'approche du barrage...

Je n'arrive pas à ne penser qu'à l'instant. Je n'arrive pas à ne sentir que la chaleur du soleil et la fraîcheur du vent. Je ne peux pas m'empêcher de chercher un sens dans ma vie. Je n'arrive pas à me dire que ce n'était rien d'autre que ça.

Je me sens tellement... anecdotique. J'ai vécu trente-deux ans : j'ai l'impression qu'on pourrait m'effacer et que ça ne changerait rien. Je sais qu'il est vain et orgueilleux de vouloir laisser des traces. Mais comment ne pas penser à mes espoirs, mes envies, mes peurs, mes souvenirs, et tout ce que j'ai appris, sans regretter que, de toute cette énergie, après moi, il ne restera rien ?

Corail avait besoin d'une gomme pour le brouillon de plan de table. En cherchant dans le tiroir du secrétaire de ma grand-mère (sur lequel j'écris), je n'ai pas trouvé de gomme mais j'ai trouvé un dé. Sur deux faces du dé, avec un feutre, j'ai dessiné une croix. Sur le 1 et le 6. Maintenant, si on le lance, on a une chance sur trois de tomber sur une croix.

Je viens de lancer le dé. J'ai lancé le dé sur la surface en cuir du secrétaire. Je ne vous dirai pas sur quelle face il est tombé.

Vendredi 30 mai
1/765

Même s'ils ne voulaient pas de grande soirée, Vincent et mon père ont néanmoins organisé un grand buffet derrière l'école de danse. La « vraie fête », comme ils disent, c'est le voyage qu'ils vont faire cet été. Ils avaient accroché des photophores aux troncs des pins : très chou quand la nuit a commencé à tomber. Ils avaient sorti le piano. Ils avaient invité plusieurs élèves de l'école de musique qui ont semblé tout fiers de s'y relayer. Simple et élégant.

Pas comme à la mairie deux heures avant.

Le calendrier fait que, avec le pont de l'Ascension, le dernier match de la saison pour Miganosse tombait aujourd'hui. Il y avait des voitures garées tout au long de la route qui sépare le stade et la mairie. Ça aurait été amusant que tous ces gens soient venus pour le mariage de mon père et Vincent. À la mairie, ils attendaient une quarantaine de personnes. Beaucoup d'élèves de l'école de danse avaient dit qu'elles y seraient.

Je n'ai pas mis ma robe, finalement. Quelque chose m'a dit qu'elle avait déjà bien été repérée au stade samedi dernier et que la remettre demain au mariage de Corail et Romain serait suffisant. J'ai mis des chaussures à talons couleur abricot, vernies, mon jean qui me fait des belles fesses, et le chemisier en satin beige dont Sabri dit qu'il fait très « femme » à chaque fois que je le mets. En se mordant les lèvres sur le F de « femme », et en faisant des bruits de tigre après.

On y est allées à pied, avec Corail, même si c'était compliqué de marcher en talons dans la forêt. Avec le match, on savait que ce serait impossible de se garer. Boostée par son double aplomb de femme qui a perdu dix kilos et de femme bientôt mariée, elle était parfaite avec ses espadrilles compensées, sa robe empire blanche brodée autour du décolleté, et l'énorme chapeau de paille que ma grand-mère rangeait soigneusement dans une boîte au grenier.

Le premier indice selon lequel tout n'allait pas glisser comme un kitesurf sur l'océan est arrivé sous la forme d'une très vieille petite dame courbée, un mètre quarante dépliée, qui est sortie du fond de la mairie et qui a cherché à parler aux mariés. Je me suis approchée. Elle expliquait que le maire, en raison du dernier match de la saison qui avait lieu au même moment, ne pourrait pas célébrer le mariage. Alors il l'avait désignée, elle, en remplacement. Elle s'appelait

Mme Cournau, elle était adjointe à la culture. Elle nous a demandé par avance d'être bienveillants, ce serait la première fois qu'elle célébrerait un mariage, « de quelque forme que ce soit ».

Mon père s'est étonné de ce changement de programme. La semaine dernière, le maire l'a justement appelé pour avancer la cérémonie, initialement prévue une heure après la fin du match. Aujourd'hui le maire ne pouvait pas venir à l'heure qu'il avait lui-même choisie ?

— C'est-à-dire que..., a hésité Mme Cournau, je crois comprendre que ça arrange Monsieur le maire comme ça.

Mon père n'a rien laissé paraître. Vincent a lâché un « sympa » ironique. C'est moi qui ai le plus bouilli en entendant ça. Mais, comme les autres, j'ai laissé couler, pour ne pas gâcher la fête, et parce qu'il ne sert à rien de se battre contre cette ville, il faut juste la regarder de haut avec mépris et autorité. La vieille petite dame nous a demandé de la suivre. On a traversé le hall, jusqu'aux portes de la salle des cérémonies, qu'elle a essayé d'ouvrir, puis mon père, puis Corail, puis Vincent, mais qui sont restées fermées à clé.

Elle a déclaré qu'il devait y avoir un malentendu et qu'elle allait se renseigner. Elle est revenue cinq minutes plus tard et nous a expliqué qu'elle avait pu joindre le maire sur son portable : la salle des cérémonies était « malheureusement fermée aujourd'hui pour des raisons de sécurité », nous étions donc invités à accomplir la cérémonie dans le hall d'entrée.

Je lui ai demandé si on était vraiment censés célébrer le mariage debout dans le hall d'entrée.

Elle a confirmé. Elle était désolée, mais que c'était les seules instructions qu'elle avait. Si nous n'y voyions pas d'inconvénients, nous pouvions commencer.

— *NO WAY !*

Grâce a eu plus de cran que moi.

— Ça ne se passera certainement pas comme ça !

En réalité, l'affront dépassait largement la question du mariage gay : Grâce Abadie-Duvignau ne pouvait pas tolérer qu'on refuse l'accès à la salle des cérémonies à un mariage, n'importe quel mariage auquel Grâce Abadie-Duvignau assistait. Elle a parlé d'oppression, de scandale, des futures élections, du club de Rugby, qui était le poumon économique de Miganosse. En tant qu'épouse du président, elle ne laisserait pas le maire, un homme qu'elle avait toujours soutenu, s'en tirer comme ça, elle le disait haut, elle l'assumait fort, elle n'en resterait pas là. Gilles et Vincent ont essayé de calmer le jeu, mais malheureusement pour l'adjointe à la culture, le jeu de Grâce n'était plus calmable, et moi je dois reconnaître que je n'ai jamais autant aimé Grâce qu'à ce moment-là.

Elle a sorti son téléphone.

— Jacques, a-t-elle ordonné dans l'appareil, dis au maire que s'il ne vient pas immédiatement ouvrir la salle des cérémonies on défonce la porte et il aura affaire à moi.

Ça a duré un petit temps. Son mari n'avait pas l'air disposé à mélanger la politique et le sport. Elle a raccroché et, sans laisser le temps à mon père de la raisonner, elle a appelé Romain. Elle s'est présentée comme « sa future belle-mère » et lui a demandé de lui envoyer à la mairie « les trois petits Gobineau sur-le-champ ». C'était la mi-temps, elle a assuré qu'ils seraient de retour dans les gradins à la reprise du match. Ma mère a mollement rappelé que José était contre la présence de ses enfants au mariage de Gilles et Vincent, mais Grâce ne l'a pas laissée terminer sa phrase : elle ne demandait pas aux petits Gobineau d'assister à quelque mariage que ce soit, elle les faisait venir parce qu'ils étaient bons en mêlée et qu'elle avait un travail pour eux. Elle s'est alors tournée vers la petite foule des invités agglutinés dans le hall de la mairie, qui essayait de comprendre ce qui se passait. Elle a levé le bras vers les grandes portes en bois de la salle des cérémonies et, telle la Liberté guidant le peuple, elle a proclamé :

— Ils ne veulent pas les ouvrir ? Nous allons les forcer !

Elle a rappelé Romain pour s'assurer que les petits Gobineau étaient en chemin. Il y a eu ensuite un temps mort un peu gênant. Les invités n'osaient plus parler. La vieille adjointe a disparu à la recherche d'un téléphone pour prévenir Monsieur le maire. Mon regard a erré d'un visage à l'autre, jusqu'à ce qu'il revienne sur ceux des principaux intéressés : j'ai croisé le regard de mon père un quart de seconde, pas plus, parce qu'ensuite il a regardé ses pieds. Il y avait de la honte dans ses yeux. Je ne l'ai pas supporté.

Là, c'est moi qui ai vrillé.

J'ai pris la main de Corail et je lui ai dit viens avec moi.

L'application smartphone que le RC Miganosse Océan a fièrement dévoilée à ses supporters la semaine dernière (modulo quelques images pornographiques inopinées) était la seconde innovation technologique de la saison. Depuis septembre dernier, une caméra embarquée sur la casquette de l'arbitre permet au public de voir et revoir, au plus près, certaines actions sur l'écran géant.

Autre élément que vous n'avez peut-être pas enregistré, archéologues du futur : entre la mairie et le stade, il n'y a que la route à traverser.

Tout le monde au stade nous connaît, Corail et moi. On n'a eu aucun problème pour entrer. Elle m'a demandé, à plusieurs reprises, ce qui me prenait et ce que je faisais. Au lieu de lui répondre, je l'ai appelée sur son portable et je lui ai demandé de rester en contact avec moi. Grimpe à la cabine du speaker, je lui ai dit, et préviens-moi quand t'y es. Bon soldat, elle a couru vers les gradins, pendant que, de mon côté, j'ai continué vers le couloir des vestiaires. J'ai eu peur de croiser Jérémy, c'était un des risques que je courais, mais j'ai eu de la chance, ce n'est pas arrivé. Je me demande ce qu'il aurait dit. S'il m'aurait évitée ou s'il m'aurait fait la bise pour ne rien dire.

Le vestiaire des arbitres est celui qui se situe le plus près du terrain. Je ne pouvais pas me tromper, c'était marqué dessus : « Vestiaire Arbitres ». Devant la porte, je me suis demandé quelle était la meilleure stratégie, puis comme je ne trouvais pas et que l'heure tournait, je me suis dit que le mieux était juste de frapper, d'entrer et de voir ce qui se passait.

J'ai entendu des bruits de douche. Mais personne en vue. Le vestiaire des arbitres était beaucoup plus petit que les vestiaires des joueurs. Il n'y avait qu'un banc et une dizaine de casiers. J'ai avancé, l'air de rien. Je n'ai pas trouvé ce que je cherchais dans les deux premiers casiers entrouverts. J'ai jeté un coup d'œil dans le troisième : bingo. Mon cœur s'est serré à l'idée de ce que je m'apprêtais à faire. La casquette de l'arbitre était là, à portée de main, suspendue à la patère, avec la caméra au-dessus de la visière.

J'ai roulé la casquette, hop, je l'ai fourrée dans mon sac à main. Dans le couloir, j'ai parlé à Corail pour me donner une contenance.

— T'en es où ? je lui ai demandé.
— J'y suis.
— Toute seule ?
— Positif.

Je suis repassée devant la porte du vestiaire derrière laquelle, en toute logique, se trouvait Jérémy. Pas le moment d'y penser.

— C'est dingue non, a dit Corail, qu'après la semaine dernière ils aient encore laissé la cabine ouverte à la mi-temps...

Je lui ai dit de s'enfermer à clé. J'ai déplié la casquette, je l'ai mise sur la tête. J'ai regardé devant moi et j'ai demandé à Corail si elle voyait la mairie quelque part devant sur un écran.

J'ai prié : dis oui, dis oui...

— Non, je vois pas...

— T'es sûre ? Ils sont où, les retours caméra ?

Il y a eu des bruits de chaise et de clavier.

— Oui, ça y est, je vous vois !

Joie. Anxiété. Concentration. J'ai retiré la casquette et j'ai pointé la caméra vers moi.

— Je te vois ! Ah, c'est drôle ! Un peu flou mais je te vois... Putain, Julie, a-t-elle réalisé, t'as pas fait ça...

Je lui ai demandé de trouver comment faire basculer l'image de la caméra-casquette sur l'écran géant, mais de ne pas le faire pour l'instant. J'avais le cœur qui battait à fond mais, en même temps, je me disais que ma connerie avait un sens, elle prouvait que les choses auraient un peu été différentes sans moi, et si un jour je la racontais à mes petits-enfants, je serais obligée de leur dire « mais si ! mais si ! » car ils ne me croiraient pas.

Quand je suis entrée dans la mairie, Kiki, Caca et Cucu étaient en train de donner des coups d'épaule, à tour de rôle, dans les portes de la salle des cérémonies, sous les encouragements de Grâce et les regards livides de mon père et de Vincent. Les autres invités avaient juste l'air de trouver ça marrant.

Les portes ont cédé au moment exactement où Corail a crié dans mon oreille qu'on était désormais en direct sur le grand écran.

— Je t'avais dit d'attendre ! j'ai protesté.

— Trop tard, tout le stade vous voit...

La petite adjointe à la culture est entrée la première. Elle a consenti à prendre sa place sur l'estrade, consciente que la police viendrait la délivrer bientôt des vandales qui la tenaient en otage. Grâce a remercié les enfants de José Gobineau et leur a promis des places en tribune d'honneur la saison prochaine. La petite foule a pris place à l'intérieur. Je me suis mise au premier rang, avec ma mère, qui m'a demandé pourquoi j'avais une casquette sur la tête et si c'était encore une nouvelle mode de ma génération. Mon père et Vincent sont entrés en dernier, comme à l'église, ils ont marché dans l'allée centrale, pas assez vite pour moi qui savais que la retransmission pouvait être coupée n'importe quand. Je les ai regardés la tête haute, parce que j'étais fière, et parce que tout un stade comptait sur moi pour bien cadrer.

Corail m'a dit que le stade venait de comprendre ce qui se passait. Il y avait des sifflets, mais surtout des applaudissements. Dans les dents, Monsieur le maire. Les joueurs étaient revenus sur le terrain pour voir ce qu'il se passait. Elle m'a dit que le speaker frappait de plus en plus fort à la porte de la cabine et qu'elle ne savait pas si elle allait pouvoir tenir longtemps. Je m'en suis voulu de l'avoir mise dans cette situation, mais elle continuait de me parler avec une voix calme et posée, presque blasée. C'est ma cousine : il en faut beaucoup pour l'intimider.

Les cérémonies civiles de mariage, homo ou hétéro, ont l'avantage de la brièveté. Gilles et Vincent se sont regardés, se sont souri, ont dit oui, émus, timides, maladroits, et l'adjointe a appelé les témoins (c'est-à-dire la sœur de Vincent et moi) à signer le registre.

Au même moment, Corail m'a dit que Jacques avait rejoint le speaker à la porte de la cabine et que, contrairement à ce dernier, il avait le droit de donner l'ordre de démonter la porte. Ce qui, m'a-t-elle expliqué, serait vraisemblablement accompli dans les cinquante prochaines secondes.

Un interrupteur a sauté en moi. Mon surmoi a pris le contrôle :

— Et Jérémy, a chuchoté cette Julie totalement folle, il est sur le terrain aussi ?

Corail a dit : « Oui, pourquoi ? » et la Julie folle qui avait pris possession de moi a dit à l'adjointe, en pleine cérémonie donc, qu'elle revenait dans deux minutes. Tout le monde l'a regardée comme la folle qu'elle était, c'est-à-dire tout le monde m'a regardée moi, je vais arrêter de parler à la troisième personne, pour plus de clarté, cher Journal, même s'il doit rester entendu que par la suite, même si je dis « je », je me désolidarise de moi.

Je, donc, ai quitté la cérémonie, toujours avec ma belle casquette, en répétant tout sourire, à mon père et à l'assemblée : « Je reviens. » Je suis sortie en courant sur le parvis.

Là, j'ai posé la casquette sur la plus haute marche. J'ai descendu les marches de sorte que mon visage soit au niveau de la casquette.

— On me voit comme ça ? j'ai demandé à Corail.
— Remonte d'une marche...
— Comme ça ?
— C'est bon. On peut savoir ce que tu fais, sinon ?

Elle m'a dit qu'il me restait environ vingt secondes.

La suite tu la connais, précieux Journal, que depuis janvier j'emmène partout avec moi : je t'ai sorti de mon sac et je t'ai arraché une poignée de pages.

En majuscules, sur la première page, j'ai écrit :
JÉRÉMY
Je l'ai brandie vers la caméra.
Sur la seconde :
PARDONNE-MOI
Je l'ai brandie à son tour.

J'avais posé le téléphone sur une marche, mais j'entendais Corail crier dans l'appareil, je ne savais pas si mes images arrivaient jusqu'à l'écran, ni jusqu'à Jérémy, ni s'il pouvait me lire...

Sur la troisième :
TU VAS ME MANQU...
Mais celle-là personne ne l'a vue car, à cet instant, un type s'est jeté sur moi, tandis qu'un autre récupérait la caméra.

J'ai pu aller signer le registre des témoins quelques minutes après, décoiffée mais libre. Les deux stadiers qui m'avaient plaquée au sol n'étaient pas des policiers, ils avaient bien été obligés de me relâcher. Corail m'a retrouvée dans le hall de la mairie pendant que tout le monde sortait. Elle m'a dit qu'on était bannies du stade à vie mais qu'elle s'était « trop amusée ».

J'ai essayé de prendre un ton pas concerné pour lui demander comment, selon elle, Jérémy avait réagi à mes petits messages à la fin.

Elle m'a rappelé que, vue de la cabine, Jérémy n'était qu'un petit point sur le terrain.

Mon père ne m'en a pas voulu pour la retransmission sauvage de son mariage homosexuel à la mi-temps du dernier match de rugby de la saison. Il ne m'en a pas voulu car il n'a pas compris ce que je lui expliquais. Il m'a dit : « Ah, c'était pour ça ta casquette ? C'est une fonctionnalité de ton application ? J'ai une élève dont le frère l'a téléchargée. »

Les trois premiers quarts d'heure, je me suis dit que c'était normal de ne pas avoir de nouvelles. Puis j'ai reçu une alerte sur mon appli (« RC Miganosse Océan 6e au classement. Merci à tous ! Rendez-vous le 23 août pour notre 16e saison en Pro D2. ») et j'ai passé le reste de la soirée la main dans mon sac à espérer sentir mon téléphone vibrer.

Il n'a pas vibré.

Jérémy n'était pas invité au cocktail de mon père et Vincent. J'ai passé la soirée les yeux tournés vers le parking en espérant voir sa voiture arriver.

Sa voiture n'est pas arrivée.

Il a raison. C'est pour ça que je l'aime : il sait éviter les complications inutiles, les plans foireux, les histoires perdues d'avance. Il se préserve, il fait des choix, il les tient, il avance.

— Parce que tu l'aimes vraiment ?

Corail m'a rapporté un cinquième triangle de pain-surprise, qui s'est malheureusement avéré être à la mousse de foie de canard. Elle m'a posé la question et j'ai répondu : « Oui. » C'était la première fois que je le reconnaissais à haute voix. Elle a dit qu'elle n'avait pas compris que c'était à ce point, j'ai failli lui répondre que, bonus, j'étais même enceinte de lui. Je l'avais sur le bout de la langue, mais je me suis retenue : Jérémy avait gardé le secret, je pouvais bien en faire autant, au moins par respect pour lui.

La soirée s'est terminée un peu après minuit. Corail et Romain étaient partis depuis longtemps pour cause de mariage le lendemain. J'ai aidé Vincent et mon père à ranger. On a rentré la nourriture et ils m'ont dit de laisser les tables en plan, ils s'en occuperaient demain. Il faisait doux, on est restés encore un peu à bavarder tous les trois. Puis je leur ai fait la bise, on s'est dit à demain, puis mon père a réalisé que j'étais à pied, alors il m'a raccompagnée en voiture. Devant la maison, il a vu que j'avais mon téléphone dans la main. Il m'a demandé si j'attendais un message. Je lui ai dit non, je n'attends rien.

Samedi 31 mai
1/764

On est dimanche, en vrai. Dimanche à l'heure où le soleil va se lever. Et tu ne devineras jamais d'où je t'écris, petit Journal. Ceci n'est pas un défi, c'est une affirmation : tu ne devineras jamais. Même moi, je n'aurais jamais deviné, alors que c'est quand même ma vie et que j'avais plus d'indices que toi.

Quant à vous, archéologues, vous avez le privilège du futur : peut-être que vous avez commencé par la fin, ma fin. Peut-être que vous avez triché, que vous saviez depuis le début. Peut-être que, d'une certaine manière, vous saviez avant moi.

Je me suis réveillée de bonne heure hier (samedi), excitée par le mariage de Corail et Romain. Je les ai trouvés dans le salon, ils avaient été encore plus matinaux que moi. Ils étaient au téléphone, chacun de leur côté, à régler des détails d'organisation pour la journée. Romain avait une course à faire. Corail a dit qu'elle avait la matinée à la maison pour se faire belle et qu'elle avait besoin de moi. On a dit des bêtises très bêtes et on a ri de rires très gras : c'est pour ça que j'ai repoussé mon opération, j'ai pensé, pour ces moments-là. Corail le savait aussi et quelque chose de tacite dans son regard disait que ces moments étaient les miens autant que les siens.

Romain est rentré à 15 heures. La cérémonie était prévue à la mairie à 16 heures. Il nous a dit qu'il y avait du retard avec les fleurs, ils n'avaient pas fini de les installer. Est-ce que ça embêtait Corail de venir au club-house vérifier qu'elles étaient disposées comme elle le souhaitait ? Il y en aurait pour dix minutes, pas plus. J'ai dit qu'il n'en était pas question, tant pis pour les fleurs. Corail n'était pas de mon avis : « Pas de problème », a-t-elle répondu et, avant que j'essaie de la retenir, elle était à l'avant de la camionnette, que j'avais prêtée à Romain pour le transport des fleurs justement. Elle venait de mettre sa robe, elle était déjà coiffée et maquillée. Elle était impeccable, pourquoi risquer de se salir ou de transpirer ? J'ai protesté mais ça ne servait à rien, elle voulait aller au club-house. Romain m'a demandé si ça ne me gênait pas de m'installer à l'arrière avec les fleurs, « histoire de les tenir et au besoin de les caler ».

On est passés par l'arrière du stade, pour accéder au club-house côté terrain. Romain est sorti pour soulever une barrière. J'étais cachée à l'arrière de la camionnette, j'avais l'impression qu'on s'apprêtait à faire un casse.

On a redémarré, puis il m'a semblé que Romain garait la camionnette avant d'arriver à destination. Comme j'étais à l'arrière et qu'il y avait des pots et des feuilles partout, je ne voyais rien. Corail a fait le tour pour ouvrir les portes arrière et me libérer, elle a ri de me voir perdue au milieu des fleurs. Elle a voulu prendre une photo. Elle a sorti son téléphone de son sac à dos. C'était bizarre de voir une mariée avec un sac à dos. D'ailleurs, au fait, pourquoi avait-elle un sac à dos ? Elle m'a dit, tiens, avance vers le pare-chocs, assieds-toi au bord, tu seras plus à l'aise comme ça.

— À l'aise pour quoi ?
— Pour la photo.

Elle a pris une photo et elle s'est approchée.

— Pousse-toi, je vais m'installer derrière toi.

Je n'ai pas compris pourquoi elle voulait s'asseoir derrière moi. Ni comment elle a fait pour grimper dans la camionnette avec sa robe qui l'encombrait. Cette fois, c'est un caméscope qu'elle a sorti du sac à dos. J'ai réalisé qu'on n'était pas du tout au club-house. On était en plein milieu du stade, sur la pelouse. Elle a dit :

— C'est bon, Romain, on peut y aller.

Il y a eu un gros bruit de sono dans le stade. Suivi d'une musique familière que je n'ai eu aucun mal à identifier. Tout cela n'avait aucun sens à cet endroit, à cet instant, et j'ai commencé à me dire que quelque chose de très anormal était en train de se produire. Mon cœur s'est mis à battre plus fort, ainsi que les cœurs sont programmés pour le faire quand on sent une situation nous échapper. Tout doucement, Romain a fait rouler la camionnette. J'étais toujours assise, jambes pendantes, entre les portes arrière ouvertes en grand.

Mon père est apparu. Il a surgi d'un des flancs de la camionnette. Je ne l'avais pas vu arriver, ce qui était précisément l'effet recherché. Il s'est mis en face de moi, à deux mètres environ. Il marchait à la même vitesse que la camionnette. Il a ouvert la bouche en même temps que le premier vers du chanteur dans la chanson :

> *T'avais les cheveux blonds...*
> *Un crocodile sur ton blouson...*

Il a mimé de longs cheveux qui lui tombaient jusqu'aux hanches et qui le gênaient devant les yeux. Puis Vincent a surgi de l'autre côté de la camionnette. Il portait un polo Lacoste, il a pris la main de mon père en joignant le playback :

> *On s'est connus comme ça...*
> *Au soleil, au même endroit...*

Ils ont ralenti, la camionnette a pris un peu d'avance... Et ma mère s'est matérialisée devant moi. Je n'ai même pas vu de quel côté elle est arrivée. Elle portait un cadre. À l'intérieur du cadre, un dessin que j'avais fait moi. Je ne l'avais pas vu depuis des années, mais je l'ai reconnu immédiatement. Je le lui avais offert quand j'étais toute petite.

> *T'avais des yeux d'enfant...*
> *Des yeux couleur de l'océan...*

José l'a rejointe pour terminer le couplet. Il portait un tee-shirt blanc à rayures rouges et s'était dessiné une moustache torsadée, au feutre noir, comme un gondolier à Venise :

> *Moi pour faire le malin...*
> *Je chantais en italien...*

On arrivait au refrain et je n'avais aucune idée de ce qui se passait. J'aurais voulu sourire plus franchement, mais j'étais absorbée par cent questions. Je n'ai jamais aimé perdre le contrôle, je ne sais pas me laisser porter. D'autant que, si José Gobineau était déguisé en gondolier et chantait en playback pour moi, alors quelque chose de grave était en train de se passer. J'ai essayé d'avoir des réponses dans le regard de Corail, derrière moi, mais elle était concentrée sur ce qu'elle était en train de filmer.

Kiki, Caca et Cucu ont rejoint José et ma mère. Tous les trois en maillots de bain :

> *Est-ce que tu viens pour les vacances...*
> *Moi je n'ai pas changé d'adresse...*
> *Je serai je pense...*
> *Un peu en avance...*
> *Au rendez-vous de nos promesses...*

À la répétition du refrain, ce sont trois wonderwomen qui ont surgi : Laurence, Estelle et Carole, trois copines de mon école de design, que je n'avais pas vues depuis l'automne dernier. Elles portaient le même déguisement. (Pourquoi toutes les trois en wonderwoman ? Je n'ai pas la réponse à cette question.)

Les nouveaux arrivés prenaient place au premier rang, tandis que la petite foule des précédents grandissait derrière et suivait la camionnette selon un pas chorégraphié. J'entendais à peine la musique tellement mon cœur battait fort.

Soudain j'ai compris : Corail avait trahi mon secret. Elle avait parlé à tout le monde de mon anévrisme et de mon opération. Ils avaient profité de la présence de tout le monde à leur mariage pour organiser ce spectacle. Pour moi. Et Jérémy avait soufflé le titre de la chanson. Ils avaient préparé tout ça de longue date, avant que Jérémy rompe tout contact avec moi.

Voilà ce que mon cerveau a synthétisé comme déductions et conclusions, malgré le stress, ce qui n'est pas si mal que ça.

Sachant désormais où j'allais, j'ai pu me détendre et profiter du spectacle (relativement), repoussant à plus tard le moment où je disputerais Corail qui avait trahi ma confiance. Je m'étais engagée à prévenir mes parents de mon anévrisme ce lundi. Elle n'avait anticipé l'échéance que de deux jours. Mais, encore une fois, je n'aime pas quand les choses s'accélèrent et que je ne les maîtrise pas.

Sabri et Christophe sont arrivés, chacun de son côté, se sont retrouvés devant moi, se sont enlacés et ont dansé un slow... Christophe en Obi-Wan Kenobi et Sabri en princesse Leia. J'ai ri aux éclats.

Je reviendrai danser...
Une chanson triste, un slow d'été...
Je te tiendrai la main...
En rentrant au petit matin...

Quand j'ai vu la personne suivante arriver, je me suis retournée pour voir qui conduisait : sans que je m'en rende compte, mon père avait pris la place de Romain au volant. Romain avait enfilé un pyjama, s'était ébouriffé les cheveux, et chantait devant moi :

C'que j'ai pensé à toi...
Les nuits d'hiver où j'avais froid...
J'étais un goéland...
En exil de sentiments...

Il a battu ses bras comme un goéland et a rejoint le chœur pour le couplet. Alors que je n'attendais plus personne, un visage est apparu qui m'a saisie. Mathieu avait fait le voyage depuis Paris ! Mon cœur s'est encore resserré, jusqu'à la gorge. J'ai continué de sourire mais, de nouveau, l'angoisse a pris le dessus, l'angoisse, probablement, de ne pas être à la hauteur de ce qui était en train de se passer. Ils avaient même fait venir Mathieu... de Paris... Corail et Romain avaient certes plaisanté qu'ils l'inviteraient à leur mariage, mais on n'en avait pas reparlé et je m'étais dit que ça n'avait été que ça : une plaisanterie. Je me suis sentie heureuse et triste face à ces gens qui me montraient qu'ils m'aimaient. Heureuse, car ils m'aimaient. Triste, car ça ressemblait à un enterrement. Ce n'est pas bon signe quand les clowns vous rendent visite à l'hôpital.

J'étais touchée, mais j'espérais que tout cela ne prendrait pas trop de temps. Cérémonie à 16 heures, place aux choses vraiment joyeuses à présent.

Mathieu portait un tee-shirt blanc avec, en impression, le torse splendide d'un mannequin bodybuildé. Il m'a envoyé un baiser.

Est-ce que tu viens pour les vacances...
Moi je n'ai pas changé d'adresse...
Je serai je pense...
Un peu en avance...
Au rendez-vous de nos promesses...

Quand le couplet s'est répété, Grâce et Jacques ont remplacé Mathieu devant moi. Bon joueur, pas rancunier, Jacques était déguisé en arbitre, avec la casquette caméra que j'avais piquée la veille. Grâce était en rugbywoman, crampons et marques tribales sur les pommettes, elle avait l'air de follement s'amuser.

Puis le débarquement : ils ont été rejoints par l'équipe de rugby, que je connaissais bien depuis que je les avais photographiés torse nu. Dans un bel esprit de réciprocité, eux aussi m'avaient vue torse nu la semaine dernière sur l'écran géant. Ils étaient en tenue de jeu et ont effectué leur petite chorégraphie parfaitement.

Je n'avais pas l'impression de pleurer, pourtant force était de constater que j'avais la vue embuée et que mes doigts se mouillaient quand je les passais sur mon visage. Tout le monde chantait pour moi, c'était beaucoup trop de bons sentiments à gérer, d'autant qu'ils souriaient comme s'ils attendaient quelque chose en retour. Je ne pouvais rien dire, rien faire, j'avais déjà du mal à garder la tête droite pour les regarder. Je ressentais comme une honte, de la honte d'être au centre d'une attention que je n'avais pas méritée. Avoir un anévrisme n'est pas vraiment un accomplissement.

La camionnette avait presque terminé un tour de stade. Comme pour reprendre mon souffle, j'ai regardé Corail. Elle a tourné le caméscope vers moi le sourire en coin, mais n'a pas répondu quand je lui ai demandé si elle avait parlé à tout le monde de mon opération. J'aurais insisté si, à cet instant, la musique ne s'était pas arrêtée.

La camionnette aussi s'est arrêtée. La petite foule s'est écartée, selon les instructions discrètes de Romain.

Toutes les angoisses, toute la nervosité et l'émotion que je ne savais pas gérer, Journal, il faut maintenant les multiplier par dix pour comprendre.

J'ai arrêté de respirer quand je l'ai vu arriver.

Il portait une cravate, un beau costume noir avec le revers du col satiné, et une rose à la boutonnière. Surtout, c'était impressionnant : il était sur un cheval. À cru sur un grand cheval noir. Un grand cheval noir dont la croupe avait été taguée de grandes lettres blanches : « CHEVAL BLANC ». Le cheval avait un autre tag sur l'encolure : « PRINCE CHARMANT », avec une flèche qui pointait vers Jérémy.

À ce moment du processus, je ne sais pas dire si je pleure ou si je ris : c'est confus sur la vidéo que Corail a postée sur YouTube et que je suis en train de regarder.

Jérémy est descendu du cheval. Il a marché vers moi, sous les regards brillants et les sourires gagas. À cet instant, j'aurais voulu faire comme je fais maintenant : appuyer sur pause le temps de stabiliser mon rythme cardiaque. Il s'est approché sans me lâcher des yeux, l'air sûr de lui mais je sais bien qu'il flippait aussi. Je retranscris :
JÉRÉMY : T'as vu, je me suis déguisé.
JULIE : Le cheval aussi, il est déguisé...
JÉRÉMY : Ça te plaît ?
Tentative de paroles inaudibles pour cause de gorge nouée.
Puis :
JULIE : Tu sais même faire de l'équitation ?
Jérémy ne répond pas. Il inspire, comme on prend son élan, et se met à genoux devant moi. J'envoie un regard de détresse vers Corail et la caméra. Jérémy me prend la main. Je retire ma main et la cache dans mon dos. Je cache mes deux mains dans mon dos. Il tend le bras pour récupérer ma main. Je gigote. Je finis par céder.
JÉRÉMY : T'inquiète, je sais que tu trouves ça ringard, un homme qui demande à une femme de l'épouser.
Nouveaux tremblements de mon côté, nouveaux sourires idiots du côté de la foule. Grâce cache son visage dans ses mains.

JÉRÉMY : Julie ?

Onomatopée indistincte.

JÉRÉMY : Veux-tu me demander de devenir ton mari ?

JULIE : Hein ?

JÉRÉMY : Je te préviens : si tu demandes, je dis oui.

Nouveaux sons inaudibles. Petits cris attendris dans la foule (Mathieu surtout).

JÉRÉMY : Julie...

JULIE : Non, non, non, non, non, non, non.

Regard perdu vers mes pieds, puis vers la caméra, puis de nouveau vers Jérémy. J'essuie le petit filet de morve qui me coule du nez. Je me pince les lèvres. Je me frotte les yeux. Progressivement, de façon d'abord imperceptible, je commence à hocher la tête. Puis je me penche vers lui, je passe les bras autour de son cou, et je cache mon visage dans ses bras. Il recule. Je ne comprends pas... Il murmure :

JÉRÉMY : Faut que tu te mettes à genoux d'abord...

Regard de chouette devant le mystère de l'univers. Pourquoi a-t-il reculé ? Pourquoi me demande-t-il de me mettre à genoux ? Je mets du temps à comprendre...

JULIE : Ah, heu...

Les jambes chancelantes, je me mets à genoux en face de lui. Je le regarde... Je me lance :

JULIE : Jérémy...

JÉRÉMY : Oui ?

J'ai la tête de quelqu'un qui répète des sons en chinois mais qui n'a aucune idée de ce qu'elle dit :

JULIE : Veux-tu devenir mon mari ?

JÉRÉMY : Oui, Julie, je veux devenir ton mari.

On s'embrasse. Je me cache dans les bras de Jérémy. Tout le monde applaudit. L'image tremble. On voit des fleurs. La tête de Corail. Des fleurs. Fin de la vidéo.

Il ne m'a pas laissé le temps de souffler. Il est monté dans la camionnette avec moi. Il a fermé les portes de l'intérieur et on s'est mis à rouler. Où allait-on ? Pourquoi ? Qui conduisait ? Et le cheval, il devenait quoi ? J'ai posé mes questions à Jérémy, puis à Corail et Romain (qui avait repris le volant), mais ils n'ont pas dit un mot. Jérémy m'a serrée contre lui, il m'a enveloppée de ses bras, je ne voyais pas son visage, je n'avais que ses gestes pour essayer de deviner ce qu'il pensait. Je me suis blottie contre lui, et moi aussi je l'ai serré contre moi, pour me convaincre qu'il était là. Il a chuchoté comme si, dans la camionnette, il était interdit de parler. Il avait l'avantage sur moi de maîtriser la situation, mais ça m'a fait plaisir de sentir dans sa voix qu'il était aussi paumé que moi. Il s'est excusé de ne pas m'avoir appelée la veille.

— Mais c'était pour la bonne cause, j'étais en train de préparer ça...

J'avais soixante-quatorze questions à lui poser. Je ne lui avais pas parlé depuis les montagnes russes de la fête foraine. À présent, il était mon fiancé. Entre-temps, manifestement, il s'était passé deux ou trois choses dans sa tête. J'ai bien essayé de le faire parler davantage, mais il m'a répondu un petit « shhhh » dans mon oreille. Je l'ai regardé : il avait la tête d'un enfant qui sait qu'on arrive bientôt à Euro Disney. Alors j'ai joué le jeu, moi non plus je n'ai rien dit. Il avait prévu une dernière surprise, je ne voulais pas la gâcher. Je l'ai écouté respirer, je me suis laissée bercer par le rythme de sa poitrine. Lui. Moi. Jérémy. Julie. Il me faudra du temps pour comprendre vraiment.

Pour l'instant, mon travail était de jouer le jeu et de profiter du présent. De me laisser guider. Le présent, le présent... J'ai serré la main de Jérémy. C'est une bonne chose, j'ai pensé, le présent.

La camionnette a fait une manœuvre. Romain a enclenché le frein à main. Il est sorti, il a fait le tour pour nous libérer.

Les portes se sont ouvertes dans une grande tente blanche. J'ai compris qu'on était au lieu du mariage de Corail et Romain. Dans la forêt, la clairière qu'ils avaient prévue pour leur cérémonie. Ils avaient monté une grande tente, comme celles qu'utilise le club de rugby quand ils font des kermesses avec des buvettes, des stands de merguez et des longues tables en bois. Il y avait des draps blancs de chaque côté, y compris celui par lequel on était arrivés : deux draps avaient été écartés pour laisser passer l'arrière de la camionnette. La lumière du jour traversait, il faisait beau dehors, c'est tout ce qu'on devinait. Je savais ce qu'il y avait derrière les draps de l'autre côté, puisqu'on avait imaginé le dispositif à deux, Corail et moi. Derrière les draps d'en face, il y avait dix rangées de bancs en bois et une arche que Jardiland avait accepté de prêter pour la journée (le manager est un copain de Romain). Ma mère était censée l'avoir recouverte de fleurs pendant la matinée.

Corail s'est mise devant moi. Romain s'est mis derrière elle. J'étais toujours assise dans la camionnette. Jérémy me tenait toujours la main. Elle a dit :

— Romain et moi, comme cadeau de mariage, on voudrait vous offrir notre première partie.

Je n'ai pas compris. Corail m'a expliqué : parfois, dans les concerts de rock, il y a des groupes invités en première partie. Romain et elle voulaient que Jérémy et moi, à leur mariage, soyons la première partie.

Je ne comprenais toujours pas : Jérémy et moi n'allions pas nous marier aujourd'hui...

— Vous marier, non, a dit Romain. Mais Jérémy a eu l'idée d'une cérémonie de signature des bans.

Jérémy m'a souri.

— Après, on part en Italie.

Tout ça allait beaucoup trop vite pour moi.

— Un train de nuit, a dit Jérémy, ce soir. Un peu avant minuit.

Il m'a demandé si j'étais d'accord. Il a dû croire que je lui ai souri et que mon sourire voulait dire oui, alors que c'était juste la tête que je fais quand je suis terrorisée.

Jérémy et Romain sont sortis, je me suis retrouvée seule avec Corail. J'avais l'impression que tout tournait autour de moi. Elle a regardé sa montre.

Ma nature a repris le dessus. J'ai senti de la colère : ils étaient en train de me forcer la main. J'ai senti une vague de sueur froide percer à la lisière de mon front. Corail a compris ce qui se passait et a levé vers moi des yeux qui avaient anticipé la question : oui, elle avait parlé de mon anévrisme. Et de l'opération.

— J'en ai parlé à Jérémy. Et à Romain.

Elle a scruté ma réaction.

— Mais c'est tout, a-t-elle promis. Les autres ne savent rien.

Quand elle avait vu, via l'écran géant, les messages que j'avais écrits pour Jérémy, elle s'était dit que je ne pouvais pas le laisser partir comme ça. Elle l'avait retrouvé à la fête de fin de saison au club-house. Elle lui avait parlé de mon anévrisme et de mon opération. Elle savait qu'elle avait bien fait.

— Passé le choc, il a dit que ça l'éclairait sur deux, trois trucs dans ton comportement.

Cinq minutes après, il l'a rappelée sur son portable.

— C'était incroyable. Il avait déjà tout imaginé. Les déguisements, la chanson, la signature de bans...

Corail ne m'a pas laissée l'interrompre.

— Je te jure que personne d'autre n'est au courant. Juste Jérémy, Romain et moi.

Je l'ai prise dans mes bras.

Corail a sorti de son sac à dos une serviette, du maquillage, et m'a dit de rester immobile le temps qu'elle retouche mes yeux. Au lieu de lui obéir, j'ai attrapé mon portable et j'ai appelé Jérémy. Je lui ai dit que je devais lui parler. Dix secondes plus tard, quand il est arrivé dans la tente, je lui ai dit que c'était n'importe quoi de se marier par pitié. Corail a dit qu'elle nous laissait seuls quelques instants.

Quand Jérémy a commencé à parler, j'ai ressenti un mélange de réconfort et de honte qu'on ressent face à sa propre prévisibilité : le réconfort d'être comprise, la honte d'être transparente. Sans marquer aucun étonnement, à la manière des phrases Assimil qu'on répète phonétiquement, Jérémy m'a dit qu'il me comprenait, mais que ma remarque était ridicule. Il voulait se marier avec moi parce qu'il m'aimait, et qu'il avait envie de quelque chose de symbolique et d'engageant pour compenser le temps qu'on avait déjà perdu et qu'on n'aurait peut-être pas. Le ton factuel sur lequel il a parlé du « temps qu'on n'aurait peut-être pas » m'a saisie : c'était la première fois qu'il évoquait mon anévrisme, même indirectement. Il m'a raconté comment il s'était senti coupable, la veille, quand il m'avait vue tenir mon cahier sur l'écran géant. Il n'avait jamais aussi mal joué que la mi-temps d'après. Qu'il pensait en boucle depuis une semaine à sa réaction quand il avait appris que j'étais enceinte et que j'allais avorter sans lui en parler, et qu'il s'en voulait encore plus depuis qu'il connaissait les tenants et aboutissants de mon secret.

Pour une fois, il a parlé tout seul, sans que j'aie à le relancer. Il m'a dit qu'il n'avait pas eu le temps de se renseigner sur la conduite à tenir avec quelqu'un qui avait un anévrisme au cerveau. Mais il s'était dit que les secousses et les changements de pression étaient probablement mauvais, alors il avait pris un train de nuit plutôt qu'un avion. Demain matin, si je le voulais bien, on se réveillerait à Florence. Et ce serait trop bien. Dans dix jours, on rentrerait pour signer notre acte de mariage et pour mon opération...

Soit pour éviter de montrer son émotion, soit parce qu'il était épuisé d'avoir enchaîné tant de phrases, il m'a donné un baiser rapide, et il est sorti, sans se rendre compte de l'état de choc dans lequel il me laissait.

Je l'ai rattrapé. J'ai retenu sa main avant qu'elle ne disparaisse entre les draps.

Je lui ai demandé ce qu'on allait faire de l'embryon que je portais. Spontanément, j'ai formulé la question comme ça :

— Pour mon ventre, on fait comment ?

J'ai dit « ventre » pour ne pas l'influencer. « Ventre » était un terme neutre, qui ne trahissait pas d'attente sur le genre de réponse que j'attendais.

Il m'a demandé ce que j'en pensais. Mais je ne pensais rien. J'étais vide. J'avais juste besoin d'entendre son avis. Il m'a dit :

— J'ai envie de le garder.

Et j'ai réalisé que c'était exactement l'avis que j'espérais. J'ai ressenti une joie vive. Elle n'a pas duré, car aussitôt j'ai pris conscience qu'on allait *peut-être* être parents. Pas « peut-être » au sens habituel d'un couple qui décide d'essayer, « peut-être » au sens où j'étais déjà enceinte mais que l'histoire aller peut-être s'arrêter avant.

J'étais sur pause depuis dix ans, et je redémarrais en accéléré. Je me suis mise à pleurer. Plus exactement : mes yeux ont pleuré tout seuls, dans leur coin, sans que je leur demande rien.

— T'inquiète pas... On a tout le temps pour en parler...

— Non, non, d'accord, j'ai répondu, je veux le garder.

Je ne lui ai pas sauté au cou, comme l'aurait fait une fille normale, j'imagine. Je lui ai souri pendant que, à l'intérieur, je pensais à l'embryon, quelque part dans mon ventre, qui, en une seconde, venait de devenir un bébé.

Maintenant qu'il était censé exister, nos sorts étaient liés. Mes chances de survie à l'opération sont ses chances à lui. Est-ce que j'avais le droit de lui faire ça ? De lui faire courir ce risque ? Dans mon grand-huit émotionnel, sous le regard prudent de Jérémy qui essayait de me déchiffrer, j'ai eu la chance de repenser à une expression du docteur Elorduizapatarietxe. Quand on s'était vus, il avait parlé d'« histoire naturelle ». Il avait dit que j'avais le choix de la suivre ou pas. Je ne suis pas sûre d'avoir bien compris, mais elle m'a rassurée, en y repensant, cette expression : elle a quelque chose de poétique. Une poésie, certes funeste, qui aide à voir la beauté dans la fatalité. L'histoire naturelle est le cours inéluctable des choses dans lequel on accepte de se laisser porter. D'abord, on se bat. Puis, une fois qu'on s'est battu, on accepte de se laisser porter. L'histoire naturelle est une idée logique, simple, acceptable. J'allais faire de mon mieux avec ma vie, avec celle de l'embryon. Ce qui nous arriverait ensuite serait le cours naturel de notre histoire. Jérémy, à côté, serait là pour nous tenir la main.

Corail a passé la tête dans la tente pour nous dire que tout le monde était en place et qu'il faudrait peut-être songer à y aller. J'ai entendu la petite foule de l'autre côté du drap, comme si soudain elle s'était matérialisée. Tous ceux qui avaient fait les clowns au stade, devant moi, une demi-heure plus tôt, étaient à présent assis sur les bancs et attendaient la double cérémonie qu'on leur avait promise. J'ai traversé la tente et j'ai écarté discrètement les draps. Ils étaient tous là, tournés vers l'arche de fleurs, dans les déguisements que Jérémy leur avait demandé d'improviser pour moi.

J'ai refermé les draps, je me suis tournée vers Jérémy, et je lui ai dit que je voulais repousser l'opération.

Corail, de nouveau, nous a laissés seuls dans la tente.

J'ai regardé Jérémy. C'était la première fois que je le regardais dans les yeux depuis que je savais qu'il m'aimait. Je lui ai dit ça n'avait de sens, cette idée de mariage, que si je repoussais l'opération à la rentrée. Je voulais avoir tout l'été avec lui.

Il s'est obscurci.

— Hors de question.

Il était si beau, et si sûr de lui, comment un type comme ça pouvait vouloir un petit truc comme moi ?

Il m'a dit qu'il ne plaisantait pas avec son idée de mariage. Un mariage est censé durer la vie, et c'était ce qu'il voulait : un mariage qui durerait plus qu'un été. Corail lui avait tout raconté, le principe de l'opération, et le risque qui augmentait chaque jour qui passait. Je lui ai fait remarquer l'ironie de la situation : d'habitude, de son propre aveu, c'était lui qui était doué pour le présent. Et moi qui passais mon temps à angoisser sur ce qui arrive après. Pour une fois, je ne demandais que ça : du présent. Du présent pendant un été.

Il m'a redit non. Le risque était déjà assez élevé comme ça. J'ai insisté. Non encore. J'ai levé les yeux vers lui, sourcils froncés, lèvres serrées, air méchant, ce qui est la technique la plus aboutie que je connaisse en négociation. Il m'a dit :

— Fin du mois.
— Septembre.
— Juillet.
— Août.
— OK.

Les décisions que je venais de prendre en un quart d'heure étaient plus importantes que la somme des décisions que j'avais prises en trente-deux ans. Pourtant, il n'a déposé qu'un rapide baiser sur mes lèvres, comme si on venait de se mettre d'accord pour que ce soit moi qui passe acheter le papier toilette ce soir en rentrant. Corail est revenue dans la tente. Elle a dit à Jérémy qu'il était temps qu'il aille m'attendre sous l'arche à l'autre bout de l'allée.

Un air de violon a commencé. J'ai mis du temps à reconnaître : *Est-ce que tu viens pour les vacances ?* C'était un des élèves de mon père qui jouait. Mon père, justement, est entré dans la tente derrière moi, m'a fait sursauter, m'a souri, et a écarté son bras pour que j'y glisse le mien. Il ignorait tout de mon anévrisme, il pensait juste que c'était une petite fantaisie, cette signature de bans improvisée, et il était heureux d'y apporter sa contribution en descendant l'allée avec moi. Corail m'a embrassée sur la joue. Elle m'a dit « à tout de suite », et a écarté les draps.

Si ma vie était un film, je pense que le réalisateur déciderait de le terminer là. On me verrait avancer, de dos, avec mon père, vers l'arche de fleurs et Jérémy. On verrait tous ces visages familiers se retourner vers moi, pris au jeu de la surprise, ignorant la raison pour laquelle cette signature de bans devait avoir lieu aujourd'hui. Chacun leur tour, on les verrait me sourire, Mathieu, ma mère, José et ses enfants, Grâce, Jacques, Sabri, Christophe, Vincent, Romain, tandis que la caméra prendrait de la hauteur progressivement. L'assemblée serait de plus en plus petite, les arbres autour prendraient de plus en plus de place dans le champ, et quand je rejoindrais Jérémy, on ne serait plus que deux petits points sous l'arche de fleurs, les pins rempliraient toute l'image : la forêt, puis la plage, puis l'océan.

05 h 15

Je ne sais pas comment il fait pour dormir avec moi, qui écris à côté, la lumière allumée. Et vous, archéologues du futur, comment réussirez-vous à lire mon écriture, avec toutes les secousses du train ? Jérémy est sur la couchette d'en face, à la même hauteur que moi. J'ai du mal à me retenir de sauter au-dessus du vide, à travers le compartiment, et d'aller me blottir contre lui. J'aimerais pouvoir dormir comme lui. Ça a l'air tellement agréable. Il a le souffle si régulier... Je pourrais aller le rejoindre, il n'y a que nous dans le compartiment. À la gare, Corail s'est mise à pleurer et m'a donné un paquet que je n'avais le droit d'ouvrir qu'une fois que je serais en Italie. Je n'ai pas regardé par la fenêtre mais, il y a quelques minutes, en me réveillant d'une longue nuit d'au moins une heure et demie, je me suis dit qu'on avait dû passer la frontière et que je pouvais ouvrir son cadeau. C'est un Polaroid avec dix recharges : 100 potentielles photos. Corail avait mis un Polaroid sur sa liste de mariage. Je lui avais dit que c'était une bonne idée. Les photos de Polaroid sont de vraies photos car on ne peut pas les retoucher. Je devine que c'est pour une autre raison qu'elle a tenu à ce que je l'aie : on cadre la photo, on appuie sur le bouton, et on peut déjà la coller dans son carnet. Des souvenirs instantanés. J'ai chargé l'appareil. Dès qu'il y aura assez d'aube, je cadrerai sur Jérémy.

Cahier # 5[1]

---

1. Les 40 premières pages du cahier ne contiennent pas de texte. Elles sont composées de photos de Polaroid. On reconnaît Milan, Rome, Florence. On voit des lits d'hôtel défaits, des balcons, la mer, et beaucoup de pizzas.

Jeudi 14 août
1/2

J'ai été admise ce matin à l'hôpital de Florence, après m'être réveillée avec un mal de crâne à m'arracher les yeux. Jérémy a cru que je faisais un AVC, il m'a mise dans un taxi et vingt minutes plus tard j'étais dans le scanner, en caleçon de pyjama. On avait prévu de rentrer à Bordeaux à la fin du mois pour mon opération, mais les choses ne se passeront pas comme ça. Je crois que j'ai un peu trop tiré sur la corde. Je suis presque gênée pour le docteur Elorduizapatariexte. Je lui ai promis un deuxième rendez-vous toute l'année. Finalement, je lui pose un lapin. Ça me donne de l'espoir d'arriver à écrire son nom sans faire de faute. Je l'appellerai, demain, si je me réveille. Le médecin qui va m'opérer s'appelle Fabrizio Gucci, ce qui est ironique, moi qui suis contre les marques. Peut-être que mon croque-mort s'appellera Jean-Claude Vuitton. Quand on est arrivés à l'hôpital, Jérémy a sorti un sac que je n'avais jamais vu, avec mon dossier médical traduit en italien. Fin juillet, avant que Jérémy ne commence sa saison au Firenze, on est rentrés quatre jours à Miganosse et on s'est mariés officiellement. C'est à ce moment-là que j'ai pris mon dossier médical, mais je ne savais pas que Jérémy l'avait fait traduire, je n'aurais jamais pensé à faire ça. Pendant que le docteur Gucci a parcouru le dossier, Jérémy a minimisé son rôle en disant que c'étaient les gens du club qui avaient trouvé le traducteur, et je me suis mise à pleurer parce que je me suis rendu compte que demain, demain pour de vrai, je ne le verrai peut-être pas.

Christophe et Sabri ont mis une annonce pour un troisième locataire au bureau. Je suis jalouse de la personne qui va me remplacer. On ne devrait pas être remplaçable. Quand quelqu'un s'en va, tout le monde devrait s'en aller. Clé sous la porte. Terminé.

Avec Jérémy, on ne parle pas d'après l'opération. Ce serait trop glauque. Et ça n'a jamais été sa nature de penser à l'après. Quand il se projette dans l'avenir, il est généralement question du prochain repas. Ça va rarement au-delà, ce qui est la principale raison pour laquelle j'ai passé un été parfait, surréel, à flotter d'hôtel en hôtel, de terrasse en port de pêche. Il m'a appris à être moins ironique de temps en temps. J'ai essayé de lui donner des clés pour me comprendre le reste du temps.

Tu m'as manqué, Journal. Pardon de ne pas t'avoir écrit depuis deux mois. Il me semblait que mes photos parlaient d'elles-mêmes. Je te raconterais bien les détails de pourquoi Jérémy est un rêve que je n'aurais pas osé rêver, mais l'infirmière ne m'a laissé qu'une demi-heure, et j'ai (très) mal à la tête, alors tu vas devoir te contenter de ça :

> *Jérémy ce Héros*
> *– Top 3 –*
>
> 3 – La fois où il nous a préparé une citronnade à mains nues avec cinq citrons gros comme des pamplemousses volés dans un verger et quinze sachets de sucre volés à la pension (île de Procida).
> 2 – La fois où on lui a offert un kilo de Mozzarella di Bufala pour avoir tué un serpent à coups de pierre pendant la visite de la laiterie de Somma Vesuviana (Campanie).
> 1 – La fois où le seul café du village était fermé (Fornacino, Toscane) et où il nous a fait lui-même des crêpes au Nutella chez Mme Daniela Bassini (72 ans).

12 h 30

Ça approche. Ça me fait du bien d'écrire. Quand je t'écris, Journal, j'arrive à contenir mes émotions. Malgré la peur et la douleur, j'ai l'impression de rester moi. Pas comme au téléphone, ce matin, avec Corail et mes parents. Je ne leur ai pas dit que mon anévrisme avait été dépisté en janvier, ils m'en auraient trop voulu. Pour autant, je ne regrette pas d'avoir gardé le secret. Je ne sais pas gérer leur angoisse. Ils avaient la voix nouée au téléphone. Je me suis retrouvée à devoir les rassurer. J'ai fait de mon mieux pour garder un ton anodin, et j'ai terminé par « à demain », sans leur dire qu'il y a une chance sur deux pour j'aie menti. Quand j'écris une chance sur deux, moi-même je ne sais pas vraiment. Tout à l'heure, quand j'ai demandé au docteur Gucci (quand j'écris son nom je trouve ça drôle et absurde et ça me fait du bien) s'il y avait plus de chance que je me réveille ou que je ne me réveille pas, il a répondu : « Hardeu tou sé, aïeu don't laïke zisse kaïnd ove questione. » Il s'est forcé à sourire et il m'a dit que mon travail était de me détendre, *bella ragazza*, et que tout irait bien.

Je lui ai demandé si on pouvait remettre l'opération à demain, pour que mes parents aient le temps d'arriver. Il a refusé. Il a dit que c'était trop dangereux. Opération programmée à 14 h 45, pas de discussion possible. Il a dit que j'avais beaucoup de chance que mon anévrisme ait grossi sans rompre. Mes maux de tête sont le signe que la pression est devenue critique et que la rupture est imminente.

J'aime t'écrire, Journal, car ça me permet de profiter de la présence de Jérémy sur le fauteuil à côté de mon lit sans avoir à bavarder en faisant semblant que tout va bien. Mon angoisse, depuis la sortie du scanner, quand le docteur Gucci a décrété qu'il m'opérait aujourd'hui, est de devoir dire au revoir à Jérémy. On masque nos peurs, lui et moi, comme s'il était inenvisageable que l'opération puisse se terminer autrement que bien. Comme si on n'y pensait même pas. Pourtant, un brancardier va venir me chercher. Le moment viendra où les mots qu'on se dira seront peut-être les derniers et où nos mains arrêteront de se toucher. Je ne trouverai peut-être pas les mots pour lui dire que je l'aime, que je n'aurais jamais pensé vivre, de ma vie, un si bel été, mais j'espère qu'il le verra dans mes yeux. Depuis ce matin, j'ai peur de la dernière phrase. Il y en aura une, forcément. J'ai peur de la rater. On ne peut pas résumer le passé, le présent et l'espoir en une seule phrase. Je lui dirai probablement que je l'aime, mais c'est bateau, et ça n'exprime pas le tiers de ce que j'ai envie qu'il garde de moi.

Il est intelligent, il comblera les blancs.

Maintenant, il faut que je pense à une blague parce qu'il est juste à côté et je ne veux pas qu'il me voie pleurer.

Qu'un homme comme Jérémy me tienne la main en ce moment ajoute une couche d'irréel à ce que je vis. Et je ne dis pas ça juste parce qu'il est beau. C'est juste un bonus, sa jolie tête sans Photoshop. Et son corps. Et sa voix. Et sa nuque. Et ses mains.

Je l'ai autorisé à te lire, Journal. En cas de malheur seulement. J'ai dû écrire des horreurs sur lui. Mais je sais que, de ce point de vue au moins, ça se termine bien.

Jérémy, je ne sais pas dans quel état j'étais, au moment où j'ai lâché ta main une dernière fois. Je tiens à m'excuser si la dernière image que tu as de moi est celle d'une petite saucisse avec un sac plastique sur la tête, qui essaie de parler, mais n'y arrive pas à cause de la morve qui lui coule du nez. D'expérience : je réagis mal au Valium qu'ils donnent avant l'opération. J'espère que tu auras la mémoire assez sélective pour remplacer salive et morve par des étoiles et des paillettes dans les derniers souvenirs que tu auras de moi. Ce que j'essayais d'articuler était : « Ne regrette jamais de m'avoir laissée repousser l'opération, cet été avec toi est le meilleur risque que j'aie jamais pris. » Il est également probable que j'aie voulu improviser une blague pourrie. Je parierais même sur cette seconde possibilité vu que, comme tu le sais, je n'ai aucun sens de l'à-propos et que je suis incapable d'exprimer un sentiment à haute voix. À douze ans, quand ils m'ont retiré les amygdales, je suis partie au bloc en riant aux éclats parce que je trouvais que le chariot, en roulant, faisait des petits bruits de pets.

Quoi que j'aie pu essayer de dire, le sens était le même : grâce à toi, j'ai eu plus que j'espérais. J'ai pris chaque risque en conscience et je compte sur toi pour n'avoir aucun regret. Même si j'aime l'idée d'avoir une place dans tes souvenirs, garde cette légèreté du présent, celle pour laquelle je t'aime tant, tant, tant, et qui te va si bien.

13 h 40

L'anesthésiste vient de repasser. Comme il parle mal anglais, on a eu du mal, Jérémy et moi, à comprendre ce qu'il voulait.

Et quand on a compris, on a compris aussi pourquoi on avait eu du mal à comprendre. C'est même dur à écrire.

Il veut savoir quel est notre « souhait pour l'enfant ».

Il nous a dit que l'enfant que je porte est en bonne santé. Dans quelques semaines, il sera viable. Si le pire devait se produire, je me retrouverais en état de mort cérébrale, et la question se poserait alors, pour lui, anesthésiste, de continuer à faire « vivre » mon corps le temps que ma fille achève son développement. Elle pourrait alors naître par césarienne.

Je ne t'ai pas dit, Journal : c'est une fille.

Quand on a compris la question, j'ai dit : « Certainement pas », et Jérémy a répondu : « Bien sûr que oui. »

Le médecin a dit qu'il était désolé de nous mettre face à cette décision. Il avait besoin d'une réponse d'ici une demi-heure. Entre-temps, il était disponible pour répondre à nos questions.

Je pensais m'en remettre aux autres, enfin. Je pensais passer cette dernière heure avant l'opération à regarder Jérémy et écouter sa voix. Je ne suis pas prête, pas du tout prête, à faire un choix comme ça. Entre Jérémy qui reste, et moi qui risque de m'en aller, comment réconcilier nos instincts ?

Il est en train de parler dans le couloir avec l'anesthésiste.

L'idée que ma fille ne me connaisse pas m'est insupportable. L'idée de l'abandonner avant même qu'elle soit née... De la laisser se débrouiller seule. Dans un monde où il faut tant se battre pour la moindre place. Comment imaginer laisser mon enfant grandir sans rien lui transmettre de ce que j'ai compris, de ce qu'il m'a fallu tant de temps à apprendre ? Elle aura besoin de moi pour la protéger de ceux, ils seront nombreux, ils sont *toujours* nombreux, qui essaieront de la diminuer, de la faire rentrer dans des cases. Je ne peux pas faire ça. Elle a besoin de moi.

Je comprends Jérémy. Mais il faut qu'il me comprenne moi. Je ne peux pas abandonner mon enfant dans un monde comme ça.

14 h 05

Jérémy dit que ce sera mon choix mais qu'il n'a jamais été aussi sûr de sa vie : il l'aime déjà, il faut tout faire pour garder l'enfant.

Il doit comprendre que je ne peux pas accepter l'idée que ma fille ne me connaisse pas.

Même le bruit de Jérémy qui fait pipi dans la salle de bains me fait pleurer : il est temps d'y aller.

14 h 20

L'anesthésiste est revenu et je lui ai dit qu'en cas de mort cérébrale je ne souhaitais pas être maintenue artificiellement en vie. Il a dit qu'il comprenait. Il m'a dit à tout à l'heure et, pour la première fois depuis que je le connais, j'ai vu Jérémy pleurer. Rien de bruyant, juste deux larmes, une de chaque côté. Qu'il n'a pas osé essuyer car je crois qu'il espérait que je ne les voie pas. Je me suis levée, j'ai couru dans le couloir et j'ai crié à l'anesthésiste de revenir parce que j'avais changé d'avis.

14 h 38

Ma petite Noisette,

Tu es là, sous mon stylo, dont tu dois sentir les vibrations. Moi, je te sens bouger plusieurs fois par jour, et j'adore ça. Une fois, tu m'as réveillée la nuit. Un trait central de ma personnalité est qu'il ne faut pas me réveiller la nuit. Si on me réveille en plein sommeil, je suis comme un yorkshire chez le vétérinaire après anesthésie : regard creux, poils hirsutes, bave aux lèvres, grognements.

Sauf toi. Toi, tu peux me réveiller en pleine nuit et j'ai envie de te chanter « cerf, cerf, ouvre-moi, ou le chasseur me tuera, lapin, lapin, entre et viens, me serrer la main ».

J'espère que dans quelques heures je serai ce yorkshire hirsute, qu'une infirmière me donnera des petites claques sur les joues pour me réveiller, et qu'elle me dira en italien que l'opération est terminée et que tout s'est bien passé. Puis je l'insulterai (ma mère m'a raconté que j'étais agressive après mon opération des amygdales) et la vie continuera, comme si mon anévrisme n'avait jamais existé.

Il paraît qu'être parent consiste principalement à se sentir coupable. J'aurai donc été parent, car je me sens coupable d'avoir hésité à autoriser l'anesthésiste à amener ma grossesse à terme. Ce sont les larmes de ton père qui m'ont fait changer d'avis. J'ai compris que la vie continuerait après moi, avec lui. Je ne t'abandonne pas puisque Jérémy est là. Puisque Jérémy, c'est un peu moi.

Ensuite, j'ai vu ce journal sur la table à côté du lit. Ce journal, Noisette, j'ai commencé à l'écrire pour moi, et je le termine pour toi. Je veux que tu l'aies : c'est ce que je te transmets. Il te dira qui je suis et d'où tu viens.

Neuf personnes sur dix penseront que je mérite d'aller en prison pour t'avoir fait lire tout ça. Mais je pense que les névroses que te créera la lecture de ce journal seront moins grandes que les névroses que tu garderas dans ta vie d'adulte si tu ne le lis pas. Si tu ne sais pas ce que signifie névrose, c'est que tu n'as pas attendu le bon âge pour lire mon journal, ou que tu n'écoutes pas assez en classe. Pose ce journal et va réviser ton programme de français. J'espère que tu lis beaucoup, petite Noisette, plein de livres, même des livres sans images, pas comme les livres de Manon et d'Audrey. Sois bonne aussi en mathématiques, en physique et en technologie, ce n'est pas parce que tu es une fille que ces matières comptent moins. Au contraire.

Voilà justement ton père qui revient avec les premiers cahiers de mon journal. Je ne sais pas comment il a fait, mais il a réussi à envoyer quelqu'un les chercher à l'appartement et me les rapporter ici. Ton père est un super-héros. Tu as de la chance, tu sais.

Je te laisse quelques minutes, je reviens.

J'ai parcouru mon journal à toute allure pour censurer certains passages (j'ai noté les dates sur la couverture). Tout le reste, tu pourrais le lire le jour de tes treize ans. Pourquoi treize ans ? Parce que c'est l'âge où, moi, j'aurais eu le plus besoin de lire le journal de ma mère. L'âge où je me posais le plus de questions. Où je ne comprenais rien.

Avec un père comme Jérémy, quelque chose me dit que tu sais construire des cabanes dans les arbres, toute seule et à mains nues. Et que tu fais du surf depuis l'âge de cinq ans. Je suis si fière de toi ! Je devine aussi, du même coup, que les garçons ont un peu peur de toi…

Je suis si fière de toi ! Tant mieux si les garçons ont un peu peur de toi. Tu auras moins de mal à repérer les bons. Les bons sont ceux qui ont assez confiance en eux pour ne pas avoir peur de toi.

Je t'accorde un joker : une fois par an, tu as le droit de faire semblant d'avoir peur des araignées. Ça leur fera plaisir de te protéger. Et c'est agréable de se sentir protégée...

Peut-être que tu préfères les filles ? C'est bien aussi. Sauf si vous avez toutes les deux peur des araignées, ta copine et toi. Là c'est compliqué. Mais il y a des solutions à tout, telles que les insecticides en spray.

L'infirmière est revenue à la charge avec son Valium. J'ai gagné un quart d'heure. Je me suis accroché à mon cahier et je n'ai pas été très polie. J'espère que ce n'est pas elle qui assiste le docteur Gucci pendant l'opération.

Il y a deux autres choses que je voulais te dire :
I/L'adolescence, Noisette, est une période pourrie. C'est inévitable. Tu passes ton temps à regarder ton corps changer en temps réel dans le miroir, et tu te sens humiliée et insultée si quiconque fait une remarque qui suggère que ça se voit. Il y a plusieurs certitudes que tu dois garder en tête à tout moment. 1/Oui, les gens sont des cons. C'est une donnée avec laquelle il faut apprendre à composer. 2/Sauf ton père, qui t'aime et qui fait de son mieux. 3/Lis des livres, va faire du surf ou ce que tu veux, laisse le temps passer. Tu seras heureuse : je te promets. Quand on devient adulte tout devient mieux.
II/Tu as lu mon journal, Jérémy t'a parlé de moi, il t'a raconté d'où tu viens, et tu as dû te faire la remarque que tu aurais pu ne pas exister. Pire, que tu as failli ne pas exister. Que tu n'étais pas programmée. Que tu es arrivée par hasard. Que je n'avais pas toujours prévu de te garder... Comme je te disais, je me sens incroyablement coupable de tout ça. En même temps, je ne regrette

pas mes hésitations et mes accidents. Certains enfants sont le produit d'un calcul de parents organisés qui ont attendu d'avoir leurs CDI et programmé la naissance en juin pour un bon enchaînement sur les vacances d'été. Toi, ma petite Noisette, tu es le fruit de désir, d'amour, de risques et de hasards. N'aie pas honte de ça. Au contraire : c'est ton identité. C'est ton histoire : embrasse-la. Je compte sur toi pour puiser dans ton histoire encore plus de liberté, et la détermination de faire quelque chose d'unique et de beau avec ta vie.

Du Désir, de l'Amour, des Risques, des Hasards : tu es la définition de la vie. Tu es ce que j'aurais voulu comprendre plus tôt. Des risques surtout. C'est important de les prendre. On se fait moins mal en tombant qu'en ne courant pas.

Ce qui ne signifie pas que tu es autorisée à monter sans casque sur un scooter. La petite voix que tu entendras si tu fais ça sera la mienne, et je serai très en colère contre toi.

L'infirmière ne revient pas. J'en profite :

Pour le cannabis, je t'autorise à essayer à partir de seize ans, mais pas plus d'une fois par an, et uniquement si tu n'as pas à monter dans une voiture ou sur un scooter après. Sachant que je t'autorise à fumer du cannabis uniquement dans une logique de psychologie inversée : si tu as mon autorisation, ce ne sera plus un interdit, donc ce ne sera plus transgressif, donc moins excitant, donc ça ne t'intéressera pas. Tu vois comme ta mère est rusée.

Pour les tatouages : OK si tu y tiens vraiment. Mais tu dois auparavant y tenir vraiment pendant un minimum de deux ans sans discontinuer. Si cette condition est remplie, et seulement si elle est remplie, tu pourras te faire tatouer à l'endroit de ton choix qui n'est pas visible en entretien d'embauche. L'adolescence est faite pour s'ouvrir des portes, pas pour les fermer.

Ne mélange jamais le Fervex et la vodka. Avant de comprendre que j'étais enceinte, il a pu m'arriver de faire cette erreur-là, et j'en suis sincèrement, sincèrement désolée. Ta mère n'a pas été exemplaire, elle a bu les premières semaines de sa grossesse, donc il est probable que tu sois plus fragile que d'autres face au risque d'addiction à l'alcool. Méfie-t'en particulièrement. Du coup, tu seras vigilante, ç'aura peut-être été un petit mal pour un grand bien.

Si les autres filles se comportent mal avec toi, je te conseille de ne pas répondre, de hausser les sourcils avec un sourire en coin, en sous-entendant qu'elles ne sont même pas dignes que tu poses le regard sur elles car ta vie est tellement plus intéressante que la leur, tu n'as pas de temps pour ça, ce qui est très probablement vrai. J'ai remarqué qu'il est efficace aussi de les imaginer, ces filles-là, dans dix ans. Grosses, enceintes de leur deuxième enfant, avec des faux ongles et une raie brune à la racine de leurs faux cheveux blonds. Elles ont un tatouage mal vieilli sur le bras, une licorne par exemple, et toi tu leur souris de l'autre côté du comptoir. Tu leur demandes un pain au chocolat avec ta baguette de pain, « ah, une chocolatine, pardon je voyage tellement que j'oublie que vous ne dites pas pain au chocolat dans la région ». Quelque chose comme ça.

Ce que tu dois retenir sur ta première fois : ce n'est pas si important que ça. Ne te mets pas la pression, il y en aura plein d'autres, des fois. Comme tu auras peur, essaie de choisir quelqu'un en qui tu auras confiance. Quelqu'un dont tu n'auras pas honte après : c'est le critère le plus important. Parce que le vrai problème des premières fois, c'est qu'on ne les oublie pas. Pas forcément un prince charmant, mais quelqu'un qui mérite une place dans tes souvenirs.

N'en veux pas à ton père s'il regarde d'un mauvais œil les garçons qui tournent autour de toi. Dis-lui : « Parce que toi tu sortais jamais à mon âge ? », ce à quoi il répondra : « Mais moi c'était pas pareil. » Enchaîne avec : « Ah bon, parce que les hommes et les femmes n'ont pas les mêmes droits ? », et il devrait te laisser tranquille après. Sois toujours juste avec lui, et aie l'honnêteté de reconnaître que, au fond, tu aimes bien qu'il soit protecteur avec toi, ton petit papa.

Prends soin de lui en retour. Je compte sur toi pour vérifier qu'il mange bien, pas trop sucré, pas trop salé, pas trop gras, pas trop de viande rouge, et qu'il continue de faire du sport même quand il aura arrêté le rugby. Du jogging, du windsurf, de l'accrobranche, c'est très important. Et ça lui va bien.

L'infirmière a gagné, je viens d'avaler son Valium. Jérémy ne sait plus où se mettre tellement je lui ai demandé de négocier des minutes de rab. Des gens sont probablement morts à cause de moi tant j'ai désorganisé le planning du bloc opératoire.

Toi, tu vivras.

Les taches que tu vois sur le papier ne sont pas des larmes de tristesse, mais des larmes de soulagement. Le soulagement d'avoir pris la bonne décision. Je vais descendre au bloc en me sentant accomplie. Grâce à Jérémy et grâce à toi, j'ai confiance en l'avenir.

Je vais te dire ce que sera la dernière phrase que je lui dirai. Je viens de la choisir en t'écrivant. Je vais lui dire quel sera ton prénom, du nom de cette ville si belle que je n'avais pas prévu de visiter, où j'ai passé depuis un mois les plus beaux jours de ma vie. Cette ville où je te passe le relais et où je suis si fière que tu sois née.

Je vais lui dire : « Elle s'appelle Florence. »
Je t'aime, ma Floflo, ma Noisette.

Ta mère, ta maman, Julie.

Journal de Florence Labaste
(douze ans et demi)
strictement privé et confidentiel

Mercredi 31 mars 2027

Dimanche après-midi, en cherchant un chapeau d'Indien au grenier pour mon déguisement (c'est les six ans de Lucas samedi), j'ai découvert un journal que ma mère a écrit quand elle était enceinte de moi. Il y a cinq cahiers. Je les ai lus en cachette avec la lampe frontale de papa. Je n'avais pas le droit de les lire avant d'avoir treize ans. J'ai même lu les passages censurés. Par contre, je ne suis pas du tout choquée. Dans ma classe, je suis amie avec Lilas, et on trouve que Cléa, parfois, est vraiment une p--e. Je préfère ne pas écrire le mot en entier, cher Journal, par contre je l'ai déjà dit plusieurs fois.

De toute façon, je connaissais déjà l'histoire de l'anévrisme de maman. Sous les cahiers, il y avait un nœud papillon élastique : j'ai reconnu que c'était celui de papa sur sa vidéo de demande en mariage quand il arrive à cheval déguisé en président des États-Unis. Il m'a raconté qu'il l'a donné à maman au bout du couloir quand le brancard est arrivé à la porte où seuls les médecins et les infirmiers ont le droit d'aller. Elle lui avait dit qu'elle voulait garder quelque chose de lui. Ça me rend triste d'y penser. Surtout que j'étais dans son ventre à ce moment-là.

J'ai préparé un spectacle de magie, samedi, pour les petits. J'ai commencé à faire de la magie parce que Nathan, qui est dans ma classe, en fait aussi. Ça nous fait déjà une passion en commun.
P.-S. : J'ai cherché « névrose » sur Internet : je n'ai rien compris.

Jeudi 1er avril 2027
Personne ne m'a fait de poisson d'avril (à part papa, donc ça ne compte pas). Il a caché une fausse araignée dans mes céréales. Il dit que j'ai sursauté, mais ce n'est pas vrai.

Dimanche, je dois aller coller des affiches, car c'est bientôt les élections municipales. Peut-être que je devrais proposer à Nathan de venir m'aider. Selon lui, la démocratie est quelque chose de très important.

Vendredi 2 avril 2027
Nathan s'est mis à côté de moi en maths mais à côté de Cléa en anglais. Par conséquent, je ne sais pas quoi penser.

Samedi 3 avril 2027
J'avais préparé un message pour proposer à Nathan de nous aider demain. Je sais qu'il faut prendre des risques dans la vie, mais au dernier moment je n'ai pas osé.
P.-S. : Mon spectacle de magie a emporté un franc succès.

Dimanche 4 avril 2027
120 affiches à coller. 700 tracts à distribuer. Corail et mon cousin Clément vont venir nous aider. Nathan

aussi (!!!). Mais pas papa, il doit terminer le parcours d'accrobranche qui va ouvrir cet été.

Je te laisse, cher Journal, on m'appelle.

09 h 35

C'était maman. Elle m'a demandé mon avis sur ce que je pensais des tracts. Elle veut faire interdire le concours de Miss Miganosse, qui est un spectacle dégradant pour les femmes, et pour les hommes aussi, car au lieu de voir l'humain on nous conditionne collectivement à donner une valeur aux femmes sur la base de leur physique.

J'ai été honnête avec elle. Je lui ai dit : bonne chance pour te faire élire maire avec un programme comme ça.

Remerciements

Merci tout particulièrement à Sylvie Sagnes pour sa générosité, son intelligence et sa bienveillance.

Merci à mes premiers lecteurs, Jamila Asermouh, Stéphanie Bodin, Stéphane Chatagnier, Aurélie Lagniel et Manon Nicolle, qui m'ont accompagné si chaleureusement dans les moments de doute.

Merci à David Germanaud et Thomas Blauwblomme pour leur expertise. Les détails médicaux sont d'eux – les erreurs, de moi.

Merci, et pardon, aux usagers de Meetic qui ont cliqué sur « Julie, 31 ans, Bordeaux, cherche un homme pour un soir seulement ». Un code éthique strict a été respecté lors de cette expérience. Aucun cobaye n'a été maltraité.

Merci à Guillaume Robert, mon éditeur adoré, qui court beaucoup plus vite que moi.

Merci à Laurence, ma mère, pour ses conseils si justes et sa patience de lire mes brouillons.

Merci à ma famille, Olivier, Clément, Adrien.

Merci à Damien, qui donne un sens à tout ça.

Merci enfin à mes lecteurs, dont les messages sont une respiration, une inspiration, et un encouragement quotidiens.

11363

Composition
FACOMPO

Achevé d'imprimer en Slovaquie
par NOVOPRINT SLK
le 22 août 2017

Dépôt légal avril 2016
EAN 9782290126172
L21EPLN001947C005

ÉDITIONS J'AI LU
87, quai Panhard-et-Levassor, 75013 Paris

Diffusion France et étranger : Flammarion